Carl Amery
Arbeit an der Zukunft

Carl Amery

Arbeit an der Zukunft

Essays

Herausgegeben
von
Joseph Kiermeier-Debre

Sammlung Luchterhand

Wir danken dem Literaturarchiv der Monacensia für die Bereitstellung der Texte aus dem Nachlass von Carl Amery. Die Essays wurden behutsam korrigiert, Eigenwilligkeiten bewusst belasssen.

FSC
Mixed Sources
Product group from well-managed forests and other controlled sources
Cert no. GFA-COC-1223
www.fsc.org
© 1996 Forest Stewardship Council

Verlagsgruppe Random House FSC-DEU-0100
Das für dieses Buch verwendete FSC-zertifizierte Papier *Munken Print* liefert Arctic Paper Munkedals AB, Schweden.

Originalausgabe

Satz: Greiner & Reichel, Köln
Druck und Einband: Clausen & Bosse, Leck
Printed in Germany
ISBN-13: 978-3-3630-62123-4

www.luchterhand-literaturverlag.de

Inhalt

Einleitung

Vorstellung

in der Deutschen Akademie für Sprache und Dichtung
September 1992

Ich gehöre dem Jahrgang 1922 an; dem Jahrgang also, dessen Aufstiegschancen nach 1945 glänzend waren, weil der Krieg soviel gleichaltrige Konkurrenz liquidiert hatte. (So hat man mir das jedenfalls einmal soziologisch erklärt ...)

Ich wurde in München geboren und wuchs in Freising und Passau auf. Beide Elternteile waren promovierte Altphilologen, mein Vater wurde Hochschulprofessor für Geschichte. Er und meine Mutter gehörten der süddeutsch-katholischen Bildungsschicht an, die mir meine ersten kulturellen Eindrücke und meine unverrückbare, höchstens nach links ausbaubare Feindschaft zum Nationalsozialismus vermittelte.

Ich studierte von 1940 auf 41 und dann wieder ab 1946 bis 1950. Meine Fächer waren Romanistik und Anglistik, später ergänzt durch Amerikanistik (Folge eines Zwangsaufenthalts in den USA 1943/46). Am meisten verdanke ich den Lehrern Hans Rheinfelder und Wolfgang Clemen in München und Helmut Hatzfeld in Washington, D.C.

Zu schreiben begann ich in der Pubertät, ich produzierte damals die üblichen Normal-Ergüsse dieses Alters, zusätzlich verwässert durch die provinzielle Ästhetik der Hitlerzeit. Mein Elternhaus vermittelte mir allerdings wichtige Perspektiven, vor allem ein originäres Verhältnis zur Geschichte. Ich habe etwa in den Perspektiven von Braudel, Ladurie u.a. Dinge vorgefunden, die ich ansatzweise von der Arbeit meines Vaters kannte – so etwas wie eine rudimentäre *histoire des mentalités.*

Meine erste »ordentliche« Story schrieb ich im Winter 1945/46 in Arkansas, wo ich als kriegsgefangener Baumwollpflücker, später Dolmetscher tätig war. Sie wurde in einem der interessanten jugendlichen Blätter jener Zeit veröffentlicht, machte einen Lektor der Nymphenburger Verlagshandlung auf mich aufmerksam und führte so zum ersten Romanvertrag. (Die Veröffentlichung erfolgte 1953 und war mittelbar für meinen Zugang zur Gruppe 47 verantwortlich.) Seit 1950 verheiratet, mußte ich mich allerdings auf die Lebensweise eines ›freien‹, d.h. zu ständiger Produktion gezwungenen Schriftstellers einrichten, was hauptsächlich durch Mitarbeit beim Rundfunk gelang.

Meinen Prosastil hätte ich nicht ohne die langjährige Bekanntschaft mit angelsächsischer und französischer Literatur entwickeln können – und (damit im Zusammenhang) nicht ohne die mit den Jahren wachsende Überzeugung, daß der komische Weltzugang leichter und eher die Tragödie enthält und aus sich entläßt als umgekehrt. Wie erwähnt, habe ich dabei immer angenommen, daß ich von westlichen Vorbildern und Kategorien ausging und ausgehe; doch hat mich vor einem Jahr, bei einer Lesung in Prag, die Frage eines Tschechen nachdenklich gemacht, ob ich nicht eine starke Affinität zum tschechisch-mährischen literarischen Humor verspüre. Da könnte, wie man sagt, was dran sein – zumindest in den letzten Jahren.

Größere Resonanz als meine Belletristik lösten meine Aufsätze und Monographien zu zentralen kulturellen und gesellschaftlichen Fragen aus – so 1963 meine kurze Analyse des (west)deutschen Milieukatholizismus und, etwa ab 1970, meine Aufsätze und Monographien zur heraufsteigenden und jetzt allgegenwärtigen ökologischen Krise, die ich als Kulturkrise begreife. Da sie die bisher ernsteste Krise der Menschheit ist, und da sie die bisherigen Stereotypen von Rechts und Links, Konservativ/Reaktionär und Progressiv/Revolutionär, gründlich außer Kraft setzt, waren die letzten Jahrzehnte für mich einerseits ein ständiges Starren ins Antlitz der Medusa, andererseits aber ein faszinierendes Wander-Abenteuer in wahrhaft neuem Gelände mit vielen neuen Freunden aus anderen Lebensgebieten – insbesondere Renegaten aus dem Bereich der Natur- und Lebenswissenschaften: Sprache und Dichtung, so will mir scheinen, haben bereits jetzt mehr Impulse diesen möglichen (und vielleicht demnächst wirklichen) Brückenschlägen zu verdanken als dem traditionellen exklusiven Verhältnis zu den sogenannten Geisteswissenschaften, die in eben diesen Jahrzehnten den neuen Paradigmen merkwürdig verschlossen blieben. (Leider läßt sich der übliche Kulturbetrieb, wenn man einen oder mehrere Blicke in die gängigen Feuilletons, Zeitschriften und Bildschirm-Programme wirft, auf dergleichen noch lange nicht oder doch nur flüchtig ein.) Das Material-Buch zu diesem Abenteuer finden Sie unter dem Titel BILEAMS ESEL beim List-Verlag (1991). Es enthält Reden, Stellungnahmen und Aufsätze aus den letzten fünfzehn bis siebzehn Jahren.

Im übrigen danke ich der Akademie für die Zuwahl und insbesondere meinen Paten, die sie ermöglicht haben.

Von Leben, Tod und Würde

Humanismus heute (?)

Ein Festvortrag für das Leopoldinum Passau
19. März 1987

Beginnen wir, wie sich das immer gut macht, unsere Betrachtung über »Humanismus heute« (hinter welchen Titel wir gewissenhaft ein Fragezeichen setzen) mit einer vergnüglichen Tatsache.

Das Wilhelmsgymnasium zu München (eine bekannte Anstalt, die nicht nur mein Vater und zwei meiner Söhne, durchlaufen haben, sondern auch Heinrich Himmler) ist in einem Bau aus der Zeit Max des Zweiten untergebracht, einem sehr schicklichen. An der schmalen Südseite trägt er zwei Nischen, in denen ein griechischer Dichter und ein römischer Feldherr untergebracht sind. Der Feldherr, Julius Caesar, ist durch eine Tafel identifiziert, auf der in Quadrata-Schrift zu lesen steht:

HAEC STUDIA ADOLESCENTIAM ALUNT.

Mit den Studien, welche die Jugend kräftigend nähren, sind zweifellos die humanistischen gemeint, und die einladende Geste Caesars bezieht sich offensichtlich auf die hoffende Jugend, die durch die Tore der Schule einziehen soll.

Nun, Jahrzehnte nach meiner Gymnasialzeit stieß ich zufällig auf den Textzusammenhang dieses Zitats. Es stammt aus DE BELLO GALLICO, und zwar aus einem Exkurs, in dem Caesar die gesellschaftlichen Verhältnisse der keltischen Gallier beschreibt. Die jungen Edelinge, so schreibt er, schlagen sich die Tage mit Sport, mit Jagd, mit wilden Ritten und handfesten Gelagen um die Ohren, und mit knochentrockenem Humor kommentiert er abschließend: HAEC STUDIA ADOLESCENTIA ALUNT – mit einem solchen Programm wird die gallische Jugend großgezogen ...

Typisch fürs 19. Jahrhundert, könnte man sagen – aus dem Bau der Antike werden ein paar Legosteine herausgelöst, aus denen man sozusagen einen autothematischen Humanismusbetrieb zusammensetzt, ein Florilegium von Schulweisheiten; alte Humanisten haben das wohl noch im Ohr: *o me dareis anthropos u paideuetai – non scholae sed vitae discimus – multa tulit fecitque puer, sudavit et alsit – nulla dies sine linea* – und schließlich, in unheilvoll-gradliniger Verlängerung: *o xein, anggelein* – sowie *dulce et decorum est pro patria mori* ... Und der Brockhaus von 1884 (man schrieb damals »Conversations-Lexikon« noch mit C) schreibt denn auch kritisch-offen: »Wenn hier ursprünglich die Einführung der Jugend in die Litteratur und in den Geist der alten Völker der leitende Gesichtspunkt war, so ist nicht zu verkennen, daß in der Folge vielfach das Mittel dazu, der Sprachunterricht, zum alleinigen Zweck wurde und an die Stelle der frischen Lebendigkeit ein geistloser Formalismus trat ...«

So weit, so gut – oder so schlecht. Jeder oder fast jeder, der ein humanistisches Gymnasium besucht hat, weiß, daß dies oft so gewesen ist; aber auch jeder oder fast jeder, der es besucht hat, wie etwa der Leopoldinum-Abiturient des Jahrgangs 1940, weiß, daß es oft und oft auch ganz anders gewesen ist. Weniger der Plan von oben, aus den Tiefen der Bildungsgeschichte oder vom Münchener Salvatorplatz, wo das Kultusministerium seit eh und je wirkt, als vielmehr das Charisma und das Verantwortungsgefühl des Lehrers – sowie der kaum konkret greifbare »Geist der Klasse« entschieden darüber, welche Erfahrung überwog. Ich kann mir auch nicht vorstellen, daß das heute anders sein sollte. Aber wenn wir die Frage »Humanismus heute?« nicht aufgrund mehr oder weniger gemischter Erfahrungen, sondern prinzipiell stellen, müssen wir etwas weiter ausholen, müssen hinter den »Zögling Törless« und die »Feuerzangenbowle«, hinter Musil und Torberg und Heinrich Spoerl zurück, nach guter Humanisten-Tradition AD FONTES, zum Ursprung der humanistischen Geistesbewegung zurück, um überhaupt einen Stand-Punkt zu finden, von dem aus wir die Frage wenn nicht aushebeln, (*dommy pa sto*, schon wieder so ein Zitat!), so doch ein Stück bewegen können – aus der Gegenwart, vielleicht, in eine verhangene Zukunft hinein.

Denn eines ist klar: als Gesamt-Phänomen ist die Antike nicht zu bewältigen, ist sie kein gangbares Programm. Sie ist ein Kosmos, der sicher vielfältiger ist als unsere Gegenwart – eine Gegenwart, in der nicht nur jeden Tag eine Tier- und Pflanzenart, sondern auch eine Sprache und eine ethnische Kultur ausstirbt. Bilden, Bildung haben heißt schließlich Vor-Bilder haben, und Vor-Bilder zu suchen heißt im voraus zu urteilen, Vor-Urteile in einem ganz nüchternen, nicht abwertenden Wortsinn zu entwickeln. An welche Antike sollen wir uns denn halten? An die Lakedaimonier mit ihrer pädagogischen Päderastie, ihrer Geheimpolizei, ihren Kindsaussetzungen? An das freche, unendlich gescheite, unendlich mißtrauische, unendlich ausbeuterische Athen? An die Römer mit ihrer Steinzeit-Religiosität und ihrer unglaublichen Begabung für Propaganda? Keine moderne Literatur reicht auch nur entfernt an eine Seite attischer Prosa heran – aber was hat Thukydides geschildert, was hat Demosthenes bewirkt? Es gibt kein goldeneres Latein als das Ciceros – aber was für eine traurige – und oft genug verdächtige Figur macht er nicht in den Tagen der späten Republik, in einer Epoche der unglaublichsten Schändlichkeiten! Wo finden wir, allein, den echten Homer: in der steinernen Schicksals-Traurigkeit der Ilias oder dem prachtvollen Seefahrer- und Kriminal-Roman der Odyssee? Nein, ein Ordnungs-Gitter, ein Auswahl-Schema ist notwendig, um ein humanistisches Programm zu erstellen, so oder so; und die Geschichte des

Humanismus im engeren Sinne ist die Geschichte solcher Programme – oft genug von Programmen, die einander bitter bekämpften. Davon soll, bei unserem Weg AD FONTES, zu den Ursprüngen, zunächst die Rede sein.

Die zeitlichen Daten sind ziemlich klar. Der Humanismus läuft zeitgleich mit der Renaissance, ihre Anfänge sind die seinen, und diese Anfänge sind politisch-gesellschaftlich: sie sind der wichtigste Teil der Geschichte des ausgehenden Mittelalters und der anhebenden Neuzeit.

In gewisser Weise hebt der Humanismus an mit der Niederlage Barbarossas gegen Mailand. Dem Vorort eines italienischen Städtebundes, in Koalition mit einem relativ modern organisierten Papsttum, gelang es, sich gegen die geballte Macht des feudal verfaßten Kaisertums zu behaupten. Von da an war der Aufstieg der Signorien, des frühen Abenteurer-Kapitalismus, unaufhaltsam; und seine Ideologie war bereits nicht mehr mittelalterlich. Noch ein paar Jahrhunderte tobte dort der Kampf der Guelfen gegen die Ghibellinen – er endete mit der Enthauptung Konradins, des letzten Staufers. Es bedurfte des Falles von Konstantinopel 1453, um die endgültigen Voraussetzungen eines humanistischen Programms zu schaffen: die volle Einbeziehung der griechischen Quellen, mächtig gefördert durch byzantinische Flüchtlinge, die nach Italien kamen. Aber was wohl ebenso wichtig war: der westeuropäische Norden, der deutsch-französisch-englische Kulturkreis, schloß sich dieser Bewegung an.

Keine Frage: die Bewegung war eine Revolte. Sie trug alle Merkmale einer Kulturrevolution, wie sie noch das XX. Jahrhundert kennt. Das Ursprüngliche wurde gegen die Verfremdung und Verkrustung, die Vernunft gegen den Aberglauben, die Jugend gegen die Herrschaft der Greise aufgerufen: »Die Jugend blüht, die Geister erwachen – es ist eine Lust zu leben«. Die Parole stammt von einem Laien, einem Ritter, einem desperaten Abenteurer – Ulrich von

Hutten. Aber wichtiger als Hutten war jemand wie Erasmus von Rotterdam – formal wie inhaltlich: *Epistolae obscurorum virorum* – »Briefe der Dunkelmänner«. Mit diesem Titel schuf der zarte, pazifistische Gelehrte, der Freund des Thomas Morus, einen Topos, eine Kampf-Front, die in kommenden Jahrhunderten so viel wert war wie zehn Divisionen – den Topos des Licht-Kampfes der Vernunft gegen die erstickende, abergläubische Tradition.

Und fast gleichzeitig erstand das humanistisch-pädagogische Programm im engeren Sinne. Federführend war, zum Ruhme Deutschlands sei's gesagt, dabei ein Nürnberger Patrizier, Willibald Pirckheimer. Sein Lehrplan (man muß jetzt von einem solchen sprechen) liest sich heute wie das Manifest einer progressiven Frei-Schule, etwa nach Steiner oder Montessori. Fenster sollten da aufgestoßen, die Jugend vom bedrückenden Drill der Scholastik befreit, mit den bunten, anregenden Bildern der Antike genährt werden – von den Fabeln des Äsop bis zu den griechischen Tragikern. (Schwierigkeiten des Sprachenlernens, so scheint es, haben damals nicht existiert – oder Willibald Pirckheimer und seine Freunde bemerkten sie nicht ...)

Hinter all dem stand die Annahme, daß mehrere Jahrhunderte lang der Geist Europas in Fesseln gelegen hatte – und zwar waren diese Fesseln nichts anderes als der Entzug, die Unterdrückung der FONTES, der Quellen abendländischer Bildung, die in der mittelmeerischen Antike lagen und liegen.

Das führt natürlich zwangsläufig zu einer Rückfrage: stimmte diese Annahme überhaupt? Hatte im Mittelalter wirklich ein Wille, eine (sagen wir, von der Kirche gesteuerte) Sabotage der Antike vorgelegen? Hatten sich die Mächte der Unterdrückung wirklich fast ein Jahrtausend lang so finster, so entschlossen vor die Quellen, die FONTES gelegt, daß diese nicht mehr sprudeln konnten, sodaß es der befreienden humanistischen Tat bedurfte?

Die schlichte Antwort ist Nein. Das Mittelalter (um einmal den vergröbernden Begriff zu verwenden) hatte in diesem Sinne keinen anti-humanistischen, keinen anti-antiken Komplex. Es hatte allerdings ein anderes Ordnungs-Schema, ein anderes Begriffs-Gitter verwendet, um, auf seine Weise, das antike Erbe zu verarbeiten. Und dieses Begriffs-Gitter war, auf gewisse Weise, sogar »wissenschaftlicher« als das der Humanisten der Renaissance.

Einer der besten Belege hiefür, die ich kenne, ist die »Weltchronik« des Otto von Freising, eines der gewichtigsten Historiker des mittelalterlichen Abendlandes. Er verwendet ein langes Kapitel darauf, zu demonstrieren, wie die Vorsehung das augusteische Zeitalter, den Beginn der römischen Kaiserherrschaft, mit dem Erlösungswerk Christi verknüpfte. Die mittelmeerische Ökumene, die PAX ROMANA auf der Grundlage der hellenistischen Kultur, beschreibt er als die unentbehrliche Infra-Struktur (um ein blasses modernes Wort zu gebrauchen) für die Ausbreitung der Frohbotschaft und damit das Wachsen der CIVITAS DEI, der Stadt Gottes in einem (etwas vergröberten und vereinfachten) augustinischen Sinne. Ja, das ist wohl entscheidend für das vor-humanistische Schema der Rezeption der Antike: ihre logische (man ist versucht zu sagen ihre hegelianische) Synthese ist das römische Kaisertum, das nun fast ungebrochen, wenn auch ständig angefochten, die weltliche Grundlage für den mählichen Bau der CIVITAS DEI wurde.

Es ist deshalb völlig logisch, daß der beliebteste mittelalterliche Autor der Antike Vergil war. Er wurde zum Hohenpriester und Kronzeugen des neuen christlichen Äons. Die berühmte Stelle in den Eklogen (die Stelle von dem Kind, mit dem der *novus ordo saeclorum,* die neue Ordnung des Äons, geboren wird) ist nicht nur in der Kathedrale von Siena in Stein gefaßt – die ganze augusteische Ideologie der Aeneis wurde im Mittelalter voll und freudig rezipiert. Der letzte, schon spätherbstliche Beweis für die

Stärke dieses Schemas ist Dante. Nicht nur, daß ihn Vergil durch Hölle und Purgatorium führt – im untersten Höllenkreis, dem des Verrats, werden Judas, Brutus und Cassius, also die Archetypen des Abfalls von weltlicher wie himmlischer Herrschaft, gleichwertig von den Kiefern Satans zermalmt. (Dante war, zur Erinnerung sei's gesagt, Ghibelline, also Anhänger der Kaisermacht.)

Diesem Schema widerspricht nun leidenschaftlich der neue Geist des Humanismus. Er setzt neue Wertungen; und er tut dies, nicht zuletzt, mit den Werkzeugen der Philologie. Dem Kaisertum der Antike konfrontiert er neue »Goldene Zeitalter«: ein griechisches und ein römisches – sie sind an der Qualität ihres Griechisch bezw. ihres Lateins erkennbar.

Das »beste« Griechisch: das ist das Attische des perikleischen Athen – und das »beste« Latein ist das Ciceros i. e. der ausgehenden Republik. Diese philologische Klassifizierung eignet sich nicht nur hervorragend zur Polemik (siehe Erasmus von Rotterdam) – sie fällt auch zusammen mit den Interessen der aufstrebenden Mächte, eben der italienischen Republiken und der im europäischen Westen aufsteigenden Königreiche. Dem Imperium wird, zunächst durchaus geschichtsmächtig, die Republik entgegengesetzt.

Gleichzeitig (und darüber täuschen keine christlich-aufklärerischen Bekenntnisse der Humanisten hinweg) wird eine neue Mythologie gleichwertig neben das Christentum gesetzt – eine Mythologie der Antike, die von nun an, mit den größten künstlerischen Gewinnen, einige Jahrhunderte lang die Kunst und die Literatur befruchtet. Während in den Kirchen noch der christliche Kosmos herrscht, dominiert in den Residenzen die sinnliche Pracht der polytheistischen Apotheosen.

Aber greifen wir nicht vor. Verharren wir zunächst auf dem neuen, dem von der Renaissance, das heißt den Interessen der italienischen Stadtstaaten einschließlich des Kirchenstaates, geförderten Umwertung der Antike. Diese Umwertung hatte von Anfang an revolutionären Charakter – wenn wir *revolutio* im Wortsinn als »Rückwälzung«, d. h. als Wiederherstellung idealer Zustände verstehen. (Hannah Arendt hat uns gelehrt, diesen Wortsinn in den großen Revolutionen der Neuzeit wiederzuentdecken.) Da diese Rückwälzung sich aber auf Modelle bezog, die sich in der tatsächlichen Geschichte nur verzweifelt kurz behaupten konnten (das perikleische Zeitalter dauerte von der Schlacht von Salamis bis zum Ausbruch des Peloponnesischen Kriegs, also genau eine Generation lang, und das ciceronianische Latein hielt es vielleicht doppelt so lang aus), konnte diese geforderte Rückwälzung nichts anderes sein als ein letzten Endes geschichts-widersprechender, ein utopischer Entwurf. Mit dem Humanismus wurde die Utopie geboren und zwar in einem ganz konkret literarischen Sinn: der größte englische Humanist, der Kanzler Thomas Morus, schrieb die erste UTOPIA.

Schlimmer als die Utopia des Engländers Morus war die Utopie des Italieners Machiavelli. Sein gewichtigstes Werk war nicht, was im allgemeinen nicht mehr bekannt ist, sein PRINCIPE, sondern eine Geschichte der römischen Republik, der er sich mit allen Fasern seines Wesens verbunden fühlte. Getreu dieser Verbundenheit hat er versucht, die Macht seiner Vaterstadt Florenz durch ein republikanisches Bürgerheer zu sichern – was zu einer katastrophalen Niederlage führte. Erst unter dem Eindruck dieser Niederlage tat er den verzweifelten Sprung in die politische Verhaltensforschung, in den Raubtierkäfig der Borgias. Und ironischerweise wurde diese Verhaltensforschung (eben der PRINCIPE) zur Bibel, zum Vademecum der politischen Haifische, die bis in unsere Tage die Geschicke der Völker bestimmen.

Worauf es hier ankommt: der Humanismus war und ist nicht nur ein Bildungsprogramm; er war und ist eine Revolte. Und zwar eine Revolte im Namen der REPUBLIK – des

Gemeinwesens der Freien, welche Formen auch immer es in den nun folgenden Jahrhunderten aus sich heraustrieb.

Dieser Charakter des Humanismus; dieses Territorium zwischen Skepsis, Utopie und Republik, hat die Geschichte der Neuzeit entscheidend mitbestimmt. Überall dort, wo REPUBLIK konkret entstand, suchte sie ganz bewußt den Rückbezug auf die antiken Werte. Vermutlich hat es nie eine »antikere« neuzeitliche Gesellschaft gegeben als die der amerikanischen Kolonien, die sich gegen England erhoben – eine lockere Föderation von Gemeinfreien mit einer soliden Sklavenbasis, in der vom *negotium,* also von der alltäglichen Plackerei freigestellte Gründerväter eine vom Senat, vom Rat der Alten, dominierte Verfassung entwarfen (übrigens nicht ohne Rückgriff auf die föderativen Traditionen der Ureinwohner, wie neuere Forschungen zwingend belegen).

Ihren vollen ideologischen Wert erwiesen diese republikanisch-antiken Traditionen (oder, vielmehr, utopischen Erinnerungen) in der französischen Revolution. Ihre gesamte Rhetorik bis in den bonapartistischen Umsturz hinein beruht geradezu zwanghaft auf römischen Erinnerungen. Der literarisch Interessierte kann diese Fixierung in Büchners »Dantons Tod« auffinden in der Suada der Jakobinerclubs, in den ständigen Redensarten vom »Dolch des Cato« und vom »Dolch des Brutus«. In dieser Phase der französischen Revolution enthüllt sich der zutiefst laizistische, aber auch zutiefst utopistische Charakter des politisch umgesetzten Humanismus.

Freilich, dieser radikale linke Humanismus, dieses antikrepublikanische Pathos blieb begrenzt. Wichtiger als seine Manifestationen waren die Aufklärungen (man muß den Plural verwenden), die gerade im Gefolge des wissenschaftlichen Humanismus im engeren Sinne erstanden. Und am wichtigsten wurde vermutlich die Textkritik mit all ihren Hilfswissenschaften, der sich der wissenschaftliche Humanismus von Anfang an verschrieb. In dem Maße, in dem der Weg zurück AD FONTES mit philologisch-historischem Rüstzeug beschritten wurde und die wissenschaftlichen Einsichten sich häuften, in dem Maße wurde unausweichlich und unvermeidlich auch die Bibel, bislang unberührbar von menschlicher Neugier als Wort Gottes, zu einer Quelle wie jede andere. Der ebenso unausweichlich einsetzenden Skepsis konnte der protestantische Raum naturgemäß weniger widerstehen als der katholische; dennoch waren in allen Räumen westlicher Kultur, dem protestantischen wie dem katholischen, die entsprechenden Folgen spätestens im 19. Jahrhundert sichtbar und irreversibel.

Fassen wir, an diesem Punkt unserer Überlegungen angelangt, noch einmal ihren bisherigen Gang zusammen:

1. Der Humanismus nimmt seinen Ausgang vom Aufstieg der italienischen Stadtrepubliken. Sie gewinnen das jahrhundertlange Ringen mit der Kaisermacht, wobei das Papsttum ihr Verbündeter ist.
2. Durch den Drang, den wissenschaftlichen, AD FONTES, zurück zu den Quellen, insbesondere auch den griechischen, wird die Erinnerung an die Antike völlig umgewertet. Nicht mehr eine kontinuierliche, von der Vorsehung gewollte Entwicklung hinauf bis zur römischen Kaisermacht als Verbündeter des Christentums wird jetzt gesehen, sondern in den Vordergrund treten vor allem zwei (kurze) Blütezeiten: das perikleische Athen und das Rom der späten Republik. Ihr Zustand entspricht nicht nur den Idealen der italienischen Stadtrepubliken, sondern läßt sich auch philologisch erhöhen – durch die jeweilige Vorbildlichkeit des klassischen Attischen und des Goldenen ciceronianischen Lateins.
3. Der Humanismus tritt also zunächst der mittelalterlichen Wertwelt als Revolte entgegen. Politisch steht er den republikanischen Freiheits-Idealen nahe, pädago-

gisch strebt er nach Befreiung von alten Schulzwängen, will der Jugend die buntstrahlende Welt der Antike vor allem über die Literatur vermitteln.

4. Die Erinnerung an das antike Erbe tritt besonders intensiv in zwei Revolutionen hervor: dem amerikanischen Unabhängigkeitskrieg und der neuen amerikanischen Verfassung, dann in der republikanischen Phase der Französischen Revolution. Insbesondere die Jakobiner orientierten sich radikal am Heroismus der (meist legendären) römischen Republik.
5. und letztens: die Ferne der kurzen Blütezeiten, ihre Unangepaßtheit an die eigenen Verhältnisse, führte zur Geburt der humanistischen Utopie. Der erste Verfasser einer solchen war der eminente englische Humanist und Lordkanzler Thomas Morus.

Nach dieser Vergewisserung ist es hoch an der Zeit, uns wieder ein wenig zu verunsichern – wenn auch tröstlich zu verunsichern. Das Auftreten der humanistischen Revolte führte ja nur in den wenigsten Fällen zu konkret-blutiger Polarisierung. Meist sorgten die Verhältnisse – oft in Gestalt weitsichtiger Fürsten der Welt oder der Kirche, oft in der Form aufstrebender Klassen und Schichten – für eine allmähliche Aufnahme des neuen Bildungsgutes, für Verschmelzung vor allem mit dem christlichen Erbe und den neuen und alten gesellschaftlichen Verhältnissen. Vor allem im Westen zeichneten sich zwei Wege ab, die beide aus den altfeudalen Zuständen herausführten: der englische und der franzöische. Letzterer durch einen Absolutismus, der eine neue Gesellschaft aus Adeligen und (schon bald) bürgerlichen Beamten und Kaufleuten formte, ersterer durch die immer stärkere Kapitalisierung und (später) Industrialisierung. Die neuen oder neu geformten Schichten begrüßten das humanistische Gut als ein Element der Sozialisierung im elegantesten Sinne – eine Sozialisierung, die als Idealtypus den *honnête homme* beziehungsweise den *gentleman* hervorbrachte. Gewiß, weder der eine noch der andere waren »christlich« im vollen Anspruch des Wortes (Kardinal Newman hat über den Gentleman in eben diesem Sinne eine höchst bedenkenswerte Studie geschrieben) – aber die beiden Typen waren gewissermaßen neue soziale »Natur«, auf welche die Gnade aufbauen konnte.

Dazu kam, daß spätestens mit der Industrialisierung neue Problemstellungen für den Humanismus auftauchten. Problemstellungen, die einen »christlichen« Humanismus geradezu gebieterisch erforderten. Humanismus, so begriff man, ist der jeweilige Kampf gegen Verkrüppelung, Benachteiligung, Unmündighalten des Menschen – ganz gleich, von welcher Seite diese Verkrüppelung, Benachteiligung, Unmündigkeit betrieben wurde. Die Herren des neuen Zeitalters beeilten sich ja wahrhaftig, solche Zustände in Schwung zu bringen – oft grausamer und effizienter, als dies den alten Mächten und der alten Kirche möglich gewesen war. So konnte es nicht ausbleiben, daß etwa christlich-konservative Kulturkritiker das frühe Industrie-System mit mindestens der gleichen wütenden Schärfe attackierten wie der junge Marx, daß sie sich, gleich ihm, dagegen wehrten, »daß der Mensch wie eine Sache seiner selbst entfremdet werde«. Doch was blieb, jedenfalls im Westen, war ein gesellschaftlicher Konsens darüber, wie solche Konflikte, selbst bei schärfster Diagnose und grimmigster Verbalisierung, auszutragen seien – auszutragen in einem sozialen Forum von Gentlemen und honnêtes hommes.

Ganz anders freilich verlief die Geschichte des Humanismus in Deutschland – und damit kommen wir der Themafrage um mehrere höchst unangenehme Schritte näher.

Fügen wir hier wieder eine wahre Geschichte ein, die illustrierend mehr aussagt als viele Sätze Diskurs.

Einer der interessantesten Humanisten des 18. Jahrhunderts in Deutschland war Johann Gottfried Seume, bekanntgeworden durch seinen kurzweiligen Bericht über eine Fußwanderung nach Italien. Er war aufklärerisch-protestantisch gesinnt und verliert nicht wenige kritische Worte über die bigotten Zustände der Halbinsel. Aber das war nicht sein schlimmstes Problem. Dies bestand vielmehr darin, daß er ungewöhnlich groß gewachsen war – und damit ein lohnendes Ziel für die unzähligen Soldatenwerber, die damals wie Haifische im deutschen Binnenmeer herumschossen. Naturgemäß fürchtete er vor allem die preußischen – die Fixierung Friedrich Wilhelms auf »lange Kerls« ist bekannt. So trudelte er selbst unstet, in trüben Hauslehrer-Verhältnissen, durch deutsche Lande, bis er doch erwischt wurde – allerdings nicht von den Preußen, sondern ausgerechnet von den Hessen, die ihn denn auch prompt ins graue Tuch steckten und nach Amerika verkauften. Auch auf dieser Odyssee (die ihn nicht mehr ins Kriegsgebiet, sondern nur nach Kanada entführte) schrieb er fleißig Tagebuch.

Eines Tages, so berichtet er, saß er während der endlos langen Fahrt den St.-Lorenz-Strom hinauf an Deck und las – das war immerhin erlaubt. Der englische Kapitän des Transporters trat auf ihn zu und erkundigte sich, was er denn da so lese. Seumes Auskunft: Homer (natürlich auf griechisch). Der Kapitän, sicher ein Gentleman, klopfte ihm wohlwollend auf die Schulter: »Ein guter Trost«, so sprach er, »für einen Mann in Eurer Lage!«

Das wars. Mehrere Generationen lang war die humanistische Bildung (eine gewaltige Bildung, schon damals) armen Teufeln anvertraut, die endlos mit den Problemen einer unterentwickelten feudal-absolutistischen Gesellschaft zu kämpfen hatten.

Man sehe sich nur einmal die Biographien der Besten an – mit der einzigen Ausnahme Goethes! Hofmeister, Zweiter Bibliothekar, Hauslehrer – gelegentlich irgendein wohlwollendes Stift: zu mehr hat es selten gereicht. Und die Betroffenen waren sich ihres schlimmen Loses durchaus bewußt – Schiller hat darüber gedichtet, Lenz, Hölderlin, Büchner. Höhere Bildung als Trost in schlimmer Lage – ja, das wars.

Gewiß, sie machten das Beste daraus – Lessing, als Bibliothekar in Wolfenbüttel schrieb Texte, die sich ebenbürtig neben die großen französischen Aufklärer stellen können; ein armer homophiler Schulmeister, Winckelmann, zwang anderthalb deutschen Jahrhunderten seine Sichtweise der griechischen Kunst auf: edle Einfalt, stille Größe, man kennt es. (Winckelmann hat nie gewußt, daß die griechischen Statuen bemalt waren, es hätte seine ganze Ästhetik über den Haufen geworfen.) Und Hölderlin – über Hölderlin brauchen wir kein Wort zu verlieren.

Wiederum war es die Weltgeschichte, welche dem deutschen Humanismus den letzten, unheilvollen Stoß ins gesellschaftliche Niemandsland versetzte: die Französische Revolution – vielmehr ihr blutigster Abschnitt, der Terreur.

Vorher, 1789, war sie die allgemeine und unwidersprochene Hoffnung, dafür gibt es unzählige Dokumente. Aber der Terreur, die totalitäre Epoche von 1792 bis 1795, gab all diesen Hoffnungen den Todesstoß. Dies, so stellte sich der deutsche Humanist die Frage, sollte die politische Frucht der republikanischen Aufklärung sein? Dies, die Guillotine, die Schreckensweiber, die Petroleusen, der unbegrenzte Justizterror? Die Heere der Sansculotten, die sich wie Heuschrecken über Europa ergossen? Goethe, immerhin, von seiner sicheren gesellschaftlichen Warte aus, begriff, was sich mit der Kannonade von Valmy entschied, sah die neue Epoche der Weltgeschichte und wurde dann Bonapartist. Fast alle andern aber (wenn man von den wenigen Jakobinern absieht, die sich auch physisch nach Frankreich begaben – bezeichnenderweise oft katholische Klosterflüchtlinge), wußten oder glaubten zu wissen, was nun der einzige Ausweg war – der Weg nach innen: »Bildet zu Menschen euch aus«, wie Schiller es formulierte. Abgelöst von den

Wirrungen des Tages, abgelöst von den schnöden Erfordernissen der Politik, widmete man sich der holden Kunst – und der Anschauung des Wahren, Guten und Edlen. Für jemand wie Hölderlin endete das im Wahnsinn, für Büchner in totaler Resignation und frühem Tod – aber auch das waren Ausnahmen, ebenso wie die Minderheit der Intellektuellen, die (Heine allen voran) am guten alten, links-revolutionären Humanismus festhielten.

Vergessen wir keinen Augenblick: dies war die Zeit, in der die ganze gebildete Welt bewundernd auf eben dieses geistige Deutschland blickte – auf seine Musiker, seine Dichter, seine Philosophen und Gelehrten. Ganze Territorien wie etwa die moderne Sprachwissenschaft, alle wesentlichen Richtungen der neueren Philosophie, waren fest in der Hand deutscher Gelehrsamkeit. Die Reaktion auf den Terreur, der Weg in die Reiche des Inneren, war offensichtlich richtig gewesen – die Resultate belegten es, sichtbar für eine ganze Welt.

Aber vielleicht hilft hier wieder eine kleine Geschichte. Eine der originellsten Personen der napoleonischen Zeit, die geistreiche Madame de Staël, wurde von diesem deutschen Geist angezogen wie eine Motte vom Licht und bereiste unser Land – Frucht davon war ihr dickleibiger Bericht »De l'Allemagne«. Sie gab sich wahrhaft redliche Mühe, vor allem in Norddeutschland, wo die bewunderten Lumières, die großen Leuchten saßen. Alles hat sie natürlich nicht verstanden, was ihr die Philosophen so erzählten. Interessant für uns ist eine Beobachtung, die sie immer wieder macht: die Deutschen hielten zwar prachtvolle Monologe, sie seien aber gänzlich unfähig zu elegantem gesellschaftlichen Kontakt, zum Eingehen auf den Gesprächspartner. Ja, sie blickten mit Verachtung auf die Kunst der »Conversation« herab – eine Kunst, die ihrer Meinung nach nur dazu dienen könne, die großen Gedanken abzuschleifen, sie als Wechselgeld über die Theke zu schieben.

Daß diese »Conversation« eine der großen Errungenschaften des Humanismus, ja eines seiner großen Kunstwerke war, wird, wie ich glaube, hierzulande heute noch nicht ganz begriffen. Bezeichnenderweise hat sie auf einem überseeischen Umweg über die USA nach dem letzten Krieg etwas Fuß gefaßt – in der reichlich reduzierten Form des »small talk«.)

Die Neigung zum Monolog ist natürlich nur die Anpassung an einen erzwungenen Zustand, an den erzwungenen Weg nach innen. Was da an Reichtümern in den Labyrinthen der Hirne und der Brust verschlossen wurde, hat man später, in den platteren zwei Dritteln des 19. Jahrhunderts, im »Conversationslexikon« auszustellen versucht – aber welch grotesker Irrtum verbirgt sich nicht hinter diesem Titel! Welcher Irrtum, anzunehmen, daß man sich die Kunst der Konversation einfach durch das Memorieren von lexikalischen Stichworten aneignen könne!

Nun, das Unheil war geschehen, ein Unheil, von dem sich Deutschland nie mehr ganz erholen sollte. Der Humanismus war einerseits endgültig zu einer Sache der Schulen und der Gelehrsamkeit geworden. Als solche, als ein pädagogisches Programm, das mehr und mehr als Lieferant von gesellschaftlichen Privilegien mißbraucht wurde (man denke nur an die unsägliche »Satisfaktionsfähigkeit«, d. h. das Recht, Duelle auszufechten, das mit dem Abitur verbunden war, oder das famose »Einjährige«, also die Mittlere Reife, mit der man sich ein Jahr Militärfreiheit erkaufte!), war der Humanismus zwar unsäglich verunstaltet, war weit von seinen jungen, mutigen Ansätzen entfernt, brachte aber trotz allem immer neue Geschlechter von wackeren, freundschaftsfähigen, hochqualifizierten Jünglingen hervor (Damen kamen erst im 20. Jahrhundert dazu). Und auch ihre Lehrer waren keineswegs immer gewillt, sich jenem Formalismus zu unterwerfen, den der zitierte Brockhaus tadelt. Mit Vergnügen habe ich, zum Beispiel, als Vorbereitung für diese

Überlegungen Josef Hofmillers Aufsätze über das Gymnasium gelesen – das sind gescheite Vorschläge gewesen, Vorschläge, die immer die Ausweitung des Bildungsangebots, seine bessere Verknüpfung mit der Wirklichkeit, zum Ziele hatten. (Das »offene Fenster« des alten Pirckheimer-Programms war eben nie ganz vergessen.)

Aber andererseits (und dieses Andererseits muß ich aussprechen, kann es nicht vermeiden), andererseits brachte es der deutsche Schulhumanismus nach dem 19. Jahrhundert nie mehr fertig, sich eine Plattform zu verschaffen, auf der er mit dem abgespaltenen Teil des Humanismus, dem linken, zuerst republikanisch-radikal-freiheitlichen, später sozialistischen, Wipfel des humanistischen Baums sich in der Manier etwa der Franzosen in die Konversation eintreten – ja, ihn auch nur verstehen konnte. Dies, verzeihen Sie, halte ich für eine der schlimmsten Katastrophen der deutschen Geschichte. Ohne sie wäre der Aufstieg der Barbarei, die im Dritten Reich gipfelte, unverständlich. Nehmen Sie, ich bitte Sie herzlich, auf der einen Seite einen hochgebildeten linken Humanisten Eisner; einen libertären ethischen Sozialisten, der in der Bildungstradition des deutschen Humanismus aufwuchs – Heinrich Mann nannte ihn in seiner Grabrede den »ersten geistigen Menschen an der Spitze eines deutschen Staates«. Ich bitte Sie, mich nicht mißzuverstehen: es geht nicht darum, ob Heinrich Mann damit recht hatte oder nicht. Es geht nicht darum, ob Eisner überhaupt recht hatte oder nicht. Es geht darum, ob es überhaupt vorstellbar war, daß ein kantianisch-ethischer, ein humanistisch geformter Sozialist wie er gleichberechtigt und mit einer echten Chance des Angehörtwerdens in die »Konversation« mit den offiziellen Hütern des humanistischen Erbes eintrat, eintreten könnte. Sie kennen die Antwort auf diese Frage: es war unvorstellbar. Nicht ihm, vielmehr seinem Mörder schlug die volle Sympathie der sogenannten gebildeten Kreise entgegen. Auch dies wollen Sie bitte nicht als eine Wertung betrachten, sondern als Feststellung einer historischen Tatsache.

Zu diesen Tatsachen gehört, daß der schon erwähnte Josef Hofmiller, ein hochgebildeter Mann, der den bayrischen Kunst- und Landschafts-Essay wenn nicht geschaffen, so doch unwiederholbar geprägt hat; daß dieser hervorragende und scharfsichtige Philologe in seinem Revolutionstagebuch von 1918/19 billigend die Tatsache vermerkt, daß im Mai 19 Weiße Garden ohne jede Rechtsgrundlage unbewaffnete Verdächtige aus einem Lokal am Maximilianeum holten und sofort erschossen. (Ganz ähnlich äußerte sich übrigens Ludwig Thoma.) Zu diesen Tatsachen gehört ferner, daß in den Jahren des permanenten Notstandes von rechts, also zwischen 1920 und 1923, der SPD jeder Schutz gegen die Totschläger der Saalschlachten verweigert wurde – der Sprecher der Bayerischen Volkspartei empfahl ihr zynisch die körperliche Ertüchtigung ihrer Mitglieder.

Und so kam es, wie es kommen mußte: eine humanistische Allianz gegen die vollständige Barbarei, die dann 1933 die Herrschaft antrat, kam nicht zustande, konnte nicht zustande kommen.

Was nun kam, war der individuelle Widerstand. In ihm, das kann ich aus eigenem familiären Leben bezeugen, hat der Humanismus, auch der Humanismus im engeren, bildungspolitischen Sinne, hervorragende Hilfe geboten. Ja, es waren Humanisten, die ich damals im einprägsamsten Alter zwischen zwölf und achzehn Jahren kennenlernen durfte – Menschen wie den Dichter Bergengruen, den Philosophen Theodor Haecker, den Herausgeber des HOCHLAND Carl Muth, seine Redakteure Friedrich Fuchs und Franz-Josef Schoeningh, und, nicht zu vergessen, meinen hochverehrten Lehrer Anton Glas zu Passau. Ja, es waren alle Humanisten, die schließlich dazu beitrugen, eine der reinsten Flammen des moralischen Widerstandes zu entzünden, die je in Deutschland brannte – die Flamme der Weißen Rose. Dafür gebührt ihnen allen unser Dank.

Aber – darauf müssen wir bestehen – es war nach 1933 zu spät für irgend etwas anderes als das eigene demonstrative Lebensopfer oder das schmerz- und wutgepeinigte Überwintern. Es war zu spät für das, was doch eigentlich Aufgabe des Humanismus sein sollte: die Zeichen der Zeit so zu deuten, daß der Angriff auf das Humanum rechtzeitig erkannt, rechtzeitig beantwortet wird; daß die Barbarenheere aus der Tatarenwüste rechtzeitig gesichtet, die Schutzwälle rechtzeitig getürmt werden – und das mit allen Händen und Herzen und Hirnen, die dafür zur Verfügung stehen. Dies ist nicht die Frage eines bestimmten politischen Standpunkts. Es ist vielmehr das Problem eines geistespolitischen Versäumnisses, das weit in unsere unglückselige Geschichte zurückreicht, und an dem wir heute noch genug zu beißen haben. Es war und ist das Problem der gesellschaftlichen und politischen Akzeptanz des notwendigen Konfliktes; das Problem auch der Umgangsformen mit diesem Konflikt. Es geht um die Errungenschaft, welche der große Aufklärer Voltaire in dem durch und durch humanistischen Satz ausdrückt: »Ich teile Deine Ansicht nicht. Aber ich werde bis zum Letzten darum kämpfen, daß sie ausgesprochen wird.« Es geht darum zu begreifen, daß gerade der Schmerz, der Zorn über eine gegnerische Äußerung ein Signal dafür ist, daß mit dem eigenen Standpunkt etwas nicht ganz stimmen kann. Es geht um die zutiefst humanistische Einsicht, daß die Unterdrückung des Gesprächs mit dem Gegner (auch dem radikalsten Gegner!) selten etwas anderes ist als die Unterdrückung der Konversation mit uns selbst, des zivilisierten Umgangs mit uns selbst. Unterdrückung einer Tradition, die unser eigener siamesischer Zwilling ist, wie wir aus den Lenden der großen humanistischen Revolte entsprungen.

Und damit sind wir natürlich schon in der Gegenwart. In der Gegenwart wie in der Vergangenheit hat der Humanist die Frage zu prüfen: Woher droht hier und heute dem Humanen, der Menschenwürde, die größte Gefahr? Woran ist sie zu erkennen, wie äußert sie sich? Unfruchtbare Reuetränen über die Vergangenheit zu vergießen würde sich nicht lohnen – aber die Erlösung führt, wie ein jüdischer Mystiker gesagt hat, über die Erinnerung. Diese Erinnerung soll uns nicht niederdrücken; sie soll uns vielmehr befähigen zur schärferen Sicht und Einsicht, die uns rechtzeitig das Nahen der Barbaren-Armee erkennen läßt.

So und nur so können wir das Fragezeichen hinter unserem Titel HUMANISMUS HEUTE streichen.

Stellen wir uns also die Schluß-Frage: Wo ist heute die kämpferische Hilfe des Humanismus nötig? Ist sie überhaupt nötig?

Die Antwort kann nur lauten: nie war ein kämpferischer Humanismus nötiger als heute. Ja, der Humanismus, und zwar ganz gleich welcher (ob christlich, existenzialistisch, marxistisch; ob aufklärerisch oder bürgerlich oder ästhetisch – jeder, mit anderen Worten, dem es um die Rettung der Menschenwürde und einer höheren Bestimmung des Menschen zu tun ist), steht vor seiner endgültigen Krise, das heißt vor seiner endgültigen Gefahr und Herausforderung – vor dem endgültigen Nachweis seiner Legitimation.

Denn noch nie war die Menschheit als Ganzes bedroht. Sie ist es heute. GAIA, die alte Erde der Griechen (sie wurde noch als Göttin verehrt) ist drauf und dran, sie als lästigen und existenzbedrohenden Parasitenschwarm abzustreifen. Das sagen nicht irgendwelche sauerkrautbärtigen Wirr-Propheten, das sagen führende Klimatologen, Bio-Chemiker, Natur- und Kulturforscher jeder Couleur, das sagen russische und amerikanische und asiatische Schriftsteller, christliche und buddhistische Fromme. Und die Welt um uns, die uns gerade die Künstler der Antike zu sehen und zu fühlen gelehrt haben, trägt schon deutliche Spuren dieses Verfalls. Im Mittelmeer sterben zum Beispiel die Delphine des Arion. In unseren Breiten sterben die Wälder, von denen Generationen unserer Dichter sangen. Mitten in einem strahlenden Mai, dem Mai 1986, haben wir erleben müssen, daß wir wochenlang vor ein paar Kaffeelöffeln radioaktiven Materials in der europäischen Atmosphäre zu zittern hatten. Unversehens – das zeigt uns dieses Beispiel – sind unsere Sinne enteignet; eben jene Sinne, die, Jahrtausende lang unerhört verfeinert, die Freunde und Dolmetscher der Dichter und Künstler, der Philosophen und der Liebenden, des Homer und des Plato, der Sappho und des Augustinus waren und sind – jene Sinne, über die jene bunte vielfältige Welt der Antike auch den Schülern des Willibald Pirckheimer und aller kommenden Humanisten-Generationen vermittelt werden sollte. Die Summe der Bildungsfächer, die ein humanistisches Curriculum ausmachen, hat man einst sehr genau die »Schönen Künste« genannt – aber noch nie gab es ein Zeitalter so grundlegender, so globaler Häßlichkeit wie heute. Die Schönen Künste und alles, wofür sie standen und stehen, ist praktisch von jeder Mitwirkung an den öffentlichen Angelegenheiten ausgeschlossen. Die Macher und das Machen – die haben das Wort, die haben die Macht, und zwar über alle politischen und ideologischen Grenzen hinweg. Der Humanist, wo bleibt er? Er bleibt im Freizeitsektor, er bleibt in den subventionierten Prozenten der öffentlichen Haushalte, und er bleibt auch in unserem eigenen Freizeit- und Privatsektor, während wir sonst verwendet werden – als Rädchen der großen Maschine, als Bruttosozialprodukt-Vermehrer, als Funktionär eines Welt-Systems, das dem Abgrund zurast. Wie dieses rationierte, folgenlose Humanistsein im Freizeitsektor funktioniert, das hat Aldous Huxley, der englische Schriftsteller und Kulturkritiker, schneidend in seinem Buch *Ape and Essence* beschrieben – am Beispiel der jungen Wissenschaftler in der B-Waffen-Rüstung, also der Entwicklung von Epidemien als Kampfmittel:

»Biologen, Pathologen, Physiologen – nach einem anstrengenden Tag im Labor kommen sie heim zu ihren

> Familien. Eine Umarmung der süßen kleinen Frau. Etwas Herumtollen mit den Kindern. Ein ruhiges Abendessen mit Freunden, nachher Kammermusik oder intelligente politische, philosophische Gespräche. Zu Bett um elf Uhr, die vertrauten Wonnen ehelicher Liebe. Und am nächsten Morgen, nach Orangensaft und Müsli, zurück an die Arbeit: zur Entdeckung von Möglichkeiten, noch mehr Familien, die genau wie die ihren sind, mit noch tödlicheren Varianten von *bacillus mallei* zu infizieren …«

Dies, meine Damen und Herren, ist keine Karikatur. Ich habe vor Jahren ein Interview der Presse mit dem Erfinder der Neutronenbombe, einem gewissen Herrn Cohen, gelesen – ein grausig-genaues Abziehbild dieser Huxley-Vorlage, bis hinunter zum Familienleben und dem netten Grill im Vorgarten. Ich weiß nicht, ob Herr Cohen antiken Studien oblag – vermutlich nicht. Aber angenommen, er hätte es getan – wer glaubt allen Ernstes, dies hätte ihn gehindert, einen interessanten Job anzunehmen? Zirka vierhunderttausend Wissenschaftler sollen heute weltweit an derlei Arbeiten sitzen, also an der Vorbereitung der Vernichtung der Menschheit und weiter Teile der Biosphäre. Ein Humanist, der über den deutschen Philosophen Max Scheler promoviert hat, nämlich der regierende Papst, hat diese Wissenschaftler ausdrücklich aufgefordert, diese Arbeitsplätze zu verlassen; von irgendeinem Resultat dieses Aufrufs habe ich nie etwas gehört. Wie viele Humanisten waren unter den Angesprochenen? Mindestens einige hundert; schließlich waren fast alle Atomwissenschaftler, die an der A- und der H-Bombe arbeiteten, Humanisten der alten Schule. Saubere Trennung von Pflicht und Moral, von Dienst und Schnaps – das ist humanistisch zwar unmöglich und verwerflich, hat aber seine antiken Vorlagen. Da gibt es etwa den Jüngeren Scipio – getreu seinem Auftrag, radiert er Karthago aus, steht dann auf dem Schutt der Byrsa, von der sich schreiende Mütter mit ihren Kindern in die Tiefe gestürzt hatten, weint menschlich und zitiert den Homer-Vers, den er von seinem griechischen Hauslehrer gelernt hat:

»Einst wird kommen der Tag, wo das heilige Ilion hinsinkt –
Priamos selbst und das Volk des lanzenkundigen Königs ...«

Nein. Ich sage Nein und verordne mir Hoffnung – humanistische Hoffnung. Ich verordne Hoffnung und suche Verbündete für ein neues, ein zeitgenössisches humanistisches Programm. In der Antike brauche ich nicht lange zu suchen. Da ist der Homer der Ilias, der zusammen mit Achilleus und Priamos das steinerne Schicksal beweint. Da ist der Aischylos der PERSER, der Sophokles der ANTIGONE, der Euripides der TROERINNEN. Da sind Sokrates und Lukrez, da ist aber auch die unbändige Sappho –

Poikilothron' athanat' Aphrodita –
bunt-thronende, unsterbliche Aphrodite

– da sind aber auch die wundervollen Spötter – der Aristophanes der LYSISTRATA, Lukian, Petronius. Da ist sogar der Plautus mit seinen skeptisch-liebenden Zeichnungen unbändigen Alltags.

Und heraufschreitend durch die Jahrhunderte, auf wieviel Bundesgenossen stößt man da nicht, auch in der neueren Literatur auf den Don Quijote, den Simplicius, auf Nathan den Weisen, auf Tolstoj und Dostojewskij und Proust und Tucholsky – jawohl, auch auf den großen Humanisten Tucholsky. Und in der Gegenwart? Ich kenne die Humanisten, die ich in meinem Hoffnungsprogramm hätte, gerne hätte. Russische und lateinamerikanische Schriftsteller, von Jurij Trifonow und Tschingis Aitmatow bis zu Gabriel Garcia Márquez und Pablo Neruda. Ich kenne die wundervollen Renegaten, die sich entschlossen gegen den Weltvernichtungs-Apparat gewandt haben und wenden – Kernphysiker, Computerspezialisten, Generäle und Admiräle, die der Strahl der humanen Erkenntnis vom hohen Roß geworfen hat. Ich umarme und grüße meine deutschen und europäischen Freunde, mit denen wir die Bewegung der ökologischen Perspektive aufgebaut haben; jener Perspektive, in der der Mensch nicht mehr als Eroberer mit bluttriefendem Schwert inmitten ermordeter Schöpfung steht (»Sie schaffen eine Wüste und nennen es Frieden«, wie bei Tacitus ein erbitterter Brite die Römer beschreibt ...), sondern in der er wieder zum *hieros gamos,* zur heiligen Hochzeit mit der vielfältigen und heiligen Schöpfung bereit ist.

Dies, so meine ich, wäre der pädagogischen Mühen wert. Dies, in vollem Widerspruch zur Welt der Funktionäre und der Kosten-Nutzungs-Rechner, wäre dringlich zu erstellen – in voller harmonischer Zusammenarbeit mit dem Kultusministerium am Salvatorplatz, da bin ich mir sicher. Denn noch nie wäre der eherne Satz über dem Caesar am Wilhelmsgymnasium wahrer gewesen:

HAEC STUDIA ADOLESCENTIAM ALUNT.

Leben / Tod

Zu einem menschenwürdigen Programm
Februar 1994

Unser Jahrhundert hat noch sechs Jahre vor sich – aber die Diskussion über seine möglichen und möglichst charakteristischen Beinamen hat längst begonnen.

Imgrunde hat diese Sucht, es mit Beinamen zu schmükken, schon mit seinem Anfang eingesetzt. Bereits vor dem Ersten Weltkrieg wurde der Geist des 20. Jahrhunderts (was immer man sich darunter vorstellte) hemmungslos beschworen. Und noch vor dem Anbruch seiner zweiten Hälfte stand es – je nach Parteilichkeit! – fest, daß es das Zeitalter des Sozialismus, des Kommunismus, oder aber, ganz andersrum, das Zeitalter Amerikas sei.

Gegenwärtig will man von all diesen Nomina nicht mehr viel wissen; dennoch, die Diskussion, ja der Streit wird weitergehen und umso schriller werden, je unsicherer die Physiognomie, das Profil des Jahrhunderts mit jedem schwindenden Jahr zu werden droht. Sind wir nicht wieder in den Tagen des Balkankriegs von 1912 gelandet? Oder noch weiter zurück, in dem bornierten nationalistischen Morast des wilhelminischen, viktorianischen, boulangistischen Zeitalters?

Und (was wichtiger ist) was ist in diesem unseren Jahrhundert aus den großen konstruktiven Linien geworden, die Generationen von Historikern wohlgemut gezogen haben, um die Entwicklung Europas, die Entwicklung hin zu einer Welt-Zivilisation zu skizzieren? Zumindest seit den Tagen der Renaissance, der Reformation, des Kolumbus schienen diese Entwicklungslinien klar genug: mit vielen Schnörkeln und Ellipsen, verschwindend an und ab in dunklen Tunnels und nächtigen Seitentälern, geht der Weg der Neuzeit unbeirrt und unbeirrbar in Richtung Fortschritt; will heißen: in immer reichere Gefilde der Weltbeherrschung, mit immer wirksameren Methoden, die alten Feinde der Menschheit, nämlich die apokalyptischen Reiter (Pest, Hunger, Krieg und Tod) zurückzudrängen und schließlich irgendwann einmal zu besiegen; darüber hinaus aber auch in Richtung von immer mehr Freiheit und Mitbestimmung, zu immer größerem Mut, sich des eigenen Verstandes zu bedienen, mit immer weniger Chancen für alte Dunkelmänner und Dunkelmächte, Zäune und Gewölbe der Knechtschaft um uns und in uns aufrechtzuerhalten. So ward und wird der Weg in die Sattheit, Gesundheit und Freiheit gleichzeitig gedacht als ein Weg ins immer umfassendere Wissen, und über dieses Wissen in immer umfassendere Beherrschung der Natur und der Welt.

Wenn man diese Tendenz der geschichtlichen Perspektive zitiert, muß man sich allerdings schon hüten, nicht von vornherein in Gelächter zu verfallen. Ganz, ganz andere Beinamen für das Jahrhundert liegen nahe: das Jahrhundert des Totalitarismus, das Jahrhundert der Lager (um nur zwei zu nennen, die heute von Osteuropäern vorgeschlagen werden); das Jahrhundert, in dem Gott starb (ein recht nüchternes Epitheton übrigens); das Jahrhundert der Atomspaltung und der Atombombe.

Alle diese Beinamen haben, auf ihre Weise, ihr Recht. Und dennoch scheinen sie alle nicht umfassend genug zu sein. Nicht umfassend und nicht bildhaft genug: denn wenn wir so etwas wie einen künstlerischen Blick auf das Jahrhundert wagen, drängt sich zweifellos ein Grundgefühl auf, das uns Menschen des 20. Jahrhunderts (insbesondere natürlich uns Angehörige der weißen Weltzivilisation) vor allem beherrscht, ja quält: wir blicken auf ein Jahrhundert zahlloser Widerlegungen.

Widerlegt wurde nicht nur der Optimismus der Renaissance und der Entdecker, der Optimismus der Aufklärer und der Gegenaufklärer, der Weltbau der mittelalterlichen Theologen wie die grimmige Total-Analyse des Marxismus. Widerlegt wurde und wird auch die Besserwisserei der Intellektuellen (ob sie es gemerkt haben oder nicht), die unschuldige Arroganz der Wissenschaft (ob sie es gemerkt hat oder nicht). Und die wilde Flucht der artikulierenden Klassen in Parolen von Vorgestern, die plötzlichen Entdeckungen in Europas Rumpelkammern werden immer kurzlebigere Valeurs zutage fördern, an denen man ein paar Wochen oder Jahre Sinngebung übt, bis sie ihrerseits vom wilden Gelächter der Geschichte verschlungen werden.

Aber halten wir uns nicht unnötig bei diesen Antiquitäten auf. Konzentrieren wir uns auf zwei Entdeckungen des Jahrhunderts, die mir die entscheidenden zu sein scheinen – vielleicht seine einzigen wahrhaft neuen Denkleistungen:

Erstens: das XX. Jahrhundert ist das Jahrhundert der Entdeckung der Gattungsfrage.

Zweitens: das XX. Jahrhundert ist das Jahrhundert der Entdeckung der GAIA-Theorie.

Zu Eins – zur Gattungsfrage: Natürlich läßt sich behaupten, daß die Menschheit an ihrer eigenen Existenzberechtigung schon seit Jahrtausenden zweifelt – zumindest seit dem Gilgamesh-Epos und der Erzählung von der Arche Noah. Aber erst in unserem Jahrhundert ist diesem mythischen Zweifel (der an sich berechtigt genug war und ist) die Evidenz der Wissenschaft zuhilfe gekommen; die Evidenz der Wissenschaft und – vor allem – die Ironie des Erfolgs.

Denn der Zweifel an der Fortdauer der Menschengattung, die stetig wachsende Unwahrscheinlichkeit unseres Weiter-Existierens als Spezies auf diesem Planeten ist ja nichts anderes als das Resultat unserer Erfolge; eben jener Erfolge, die wir unter dem Begriff »Fortschritt« zusammenfassen.

Oder will jemand allen Ernstes behaupten, daß die Vervierfachung der Menschenzahl in diesem Jahrhundert kein Erfolgs-Resultat ist? Daß die Benutzung von fündunddreißig Millionen Kraftfahrzeugen durch achtzig Millionen Deutschlandbewohner kein Resultat des Fortschritts ist? Und liegt es nicht ebenso auf der Hand, daß wenn nicht Berge von Einsicht, Legionen von Rationalität und Selbstlosigkeit, übermenschliche Anstrengungen von Menschlichkeit dazwischenkommen – eben jene Erfolge die sicheren Garanten unseres Untergangs sein werden, zumindest sein können? Mit dem unbeirrbaren Instinkt der Arterhaltung, wie sie jeder Tier-Population eignet, haben wir an der Vermehrung unserer Chancen, der Verstetigung unserer Lebensbedingungen, der Erweiterung unserer Lebensräume im weitesten Sinne gearbeitet. Und daß wir (dank dessen, was man ganz nüchtern den »überorganischen Faktor« nennt) damit die Erfolge jeder anderen Art auf Erden (mit Ausnahmen, über die zu reden sein wird) übertroffen haben, macht gerade das Problem aus. Und es kann und muß, sollten wir noch Wert auf Weiterbestehen der Menschheit legen, mit einer zentralen Einsicht Ernst machen: wir haben die Natur und die Funktion des Todes verkannt.

Darüber wird nun zu handeln sein. Sich davor drücken gilt nicht mehr – bei Strafe der evolutionären Selektion.

Verwunderlich war diese Entwicklung allerdings nicht. Der Tod – das ist zunächst und vor allem der Todfeind, den es um jeden Preis zu besiegen gilt. Unser gesamtes Gefühlsleben ist zunächst und zuunterst auf diese Konfrontation eingestellt; alle Dualismen der Welt, alle Schwarzweiß-Bilder beruhen auf solchen Gegensatz- und Koalitionspaaren:

Leben-Tugend-Himmel-Fülle-Licht einerseits, Tod-Sünde-Hölle-Not-Finsternis andererseits. Ihre extreme Ausprägung finden diese Gegensatz-Paare in manichäischen Religionssystemen wie etwa dem altpersischen, von Zarathustra gepredigten Ahuramazda-Ahrimanglauben, aus dem sich in unseren Kulturbreiten alle anderen dualistischen Systeme entwickelt haben.

Das jüdisch-christliche Traditions-Erbe ist (damit verglichen) von realistischer Widersprüchlichkeit; darüber wird noch zu sprechen sein.

Diesem Dualismus stehen heute die wissenschaftlichen Tatsachen gegenüber, wie wir sie kennen. Der Tod ist, man verzeihe die Banalität, einfach die Grundvoraussetzung für den Fortgang des Lebens. Ob im verhältnismäßig geschlossenen System eines Teiches oder in der Biosphäre des Planeten: die Tatsachen waren seit Jahrtausenden bekannt. Was in unserem Jahrhundert hinzutrat (damit kommen wir zur Entdeckung Nummer Zwei), ist das Ausmaß dieses ständigen Austausches von Tod und Leben. Die GAIA-Theorie ist wiederum nur die extremste Formulierung des Tatbestands. Sie besagt nichts anderes, als daß sehr bald nach Entstehung des Planeten, aber vor mindestens drei Milliarden Jahren, der Gestaltungsprozeß von lebenden Organismen an der Erde eingesetzt hat und seither höchst stabile Voraussetzungen für sein Weiterbestehen aufrechterhält. Dieser Gesamt-Lebensprozeß ist so ungewöhnlich, hängt von so vielen einzelnen Komponenten ab, daß es schwer ist, die GAIA (das ist die griechische Erdgöttin, nach der James Lovelock und Lynn Margulis ihre Theorie benannt haben) nicht als übergordnete intelligente Instanz unseres Daseins zu empfinden. Dem Naturwissenschaftler ist dies selbstverständlich untersagt, aber die Wunder dieser planetarisch-biologischen Gesamtexistenz sind so überwältigend, daß ein Gefühl tiefer Ehrfurcht fast zwangsläufig auftritt.

Hier sind einige der Daten, wie sie Wolfgang Krumbein

und Betsey Dyer 1988 in dem Papier »Der Bioplanet« zusammengestellt haben:

Zur Zeit leben auf der Erde etwa 1–7 x 10^{22} Organismen, und die Zahl hat sich wohl in den letzten 3 Milliarden Jahren kaum verändert. Dies läßt sich einfach daraus ableiten, daß 99,8 % aller lebenden Organismen mikroskopisch sind, und daß sich ihre Tätigkeit seit jenem frühen Datum kaum geändert hat. Über Einzelheiten wird noch diskutiert, es ist jedoch evident, daß Bakterien 1) so alt sind wie das Leben auf der Erde, daß 2) ihre Arten praktisch unzählbar sind, und daß 3) kaum biochemische oder katalytische Prinzipien auffindbar sind, die nicht von Bakterien seit zweieinhalb Milliarden Jahren angewendet wurden und werden. Sie können sich praktisch an alle Situationen anpassen, können die Geochemie der Erde verändern – und zwar in ungeheuren Quantitäten. Nicht nur die meisten Gebirge haben sie erbaut, man geht heute davon aus, daß sie zumindest die einleitenden Gleitvorgänge der Kontinentalverschiebungen verursachen. Verglichen mit dieser Welt der Bakterien sind wir Menschen (und man kann hinzufügen: alle Säuger) wahrhaftig Luxusausgaben, prächtige, in weiches Leder gebundene Unikate, die mit dem grundtiefen und in Jahrmilliarden gegründeten Leben des Planeten herzlich wenig zu tun haben. Aber selbstverständlich sind wir in seinen Stoffwechsel eingebaut, selbstverständlich profitieren wir davon, daß anärobische Bakterien all den Sauerstoff freigesetzt haben (ein höchst reizbares und korrosives Gas), den wir zum Atmen benötigen. Und selbstverständlich haben sie in diesem Zusammenhang die ungeheuren Flöze von Kohlenstoff (festem und flüssigem) in die Erde gebunden, die wir heute in dem stolzen Bewußtsein, damit dem Fortschritt zu dienen, wieder auf die Atmosphäre loslassen.

Lynn Margulis, die ich bereits erwähnte, hat deshalb auf einem GAIA-Symposium in Cornwall 1987 mit vollem Recht von *our bacterial heroes*, unseren bakteriellen Helden, gesprochen ...

All dies ist in der Tat geeignet, uns das einzuflößen, was man in frömmeren Zeiten die »Furcht des Herrn« nannte. Leben und Tod lassen sich in solchen gewaltigen Zusammenhängen wahrhaftig nicht mehr als Gegensätze lesen und auffassen, sondern als einander zwangsläufig bedingende Durchgangsphasen in der Bewahrung und Weiterentwicklung des Lebens auf der Erde.

Diese Selbststabilisierung des Planeten sorgt dafür, daß die Werkzeuge, welche jeder lebenden Art zur Verfügung stehen, und wozu ein jeweils ebenso hartnäckiges wie blindes Durchsetzungsvermögen gehört, letzten Endes einander ausgleichen, neutralisieren. Der Lebensdrang der Schlupfwespen, der Haifische, der Löwen und Schimpansen kennt keinen »Todestrieb« im Freudschen Sinne, er braucht keinen zu kennen – Bevölkerungs-Explosionen der Art werden über kurz oder lang von den Gesetzen des planetarischen Equilibriums eingeholt, und noch keine Riesenherde von Grasfressern gab und gibt es, die zum feststellbaren Zeitpunkt nicht von der Rinderpest oder dergleichen dezimiert würde, keine Spezies von Raubtieren, die ihre in fetten Jahren hochgeschnellte Dichte nicht in folgenden mageren wieder verlöre.

Anders der Mensch – und hier kommen wir zum entscheidenden Punkt.

Die Art und Weise, mit der wir uns in etwa zwei Millionen Jahren der Biosphäre bedient haben, unterscheidet sich zunächst überhaupt nicht von der anderer Tierarten. Oberstes, hartnäckig und eindeutig verfolgtes Gebot ist die Vermehrung, die Verstetigung, die zunehmende Sicherheit des einzelnen und des kollektiven Lebens. Dies wurde und wird nicht nur gegen die sogenannte Natur durchzusetzen versucht, sondern auch gegen rivalisierende Gruppen der gleichen Art. Bis vor kurzer Zeit war die sogenannte höhere Gewalt der Erdenwirklichkeit so groß, daß die Vermehrung der Menschheit in engen und engsten Grenzen blieb. Interessant ist in diesem Zusammenhang, daß in diesen Grenzen, solange sie von der Biologie gezogen wurden, unsere zu 98,8 % vorliegende genetische Gemeinsamkeit mit den Schimpansen durchaus auch ähnliche Verhaltensmuster aus sich entließ. Wie wir heute wissen, verwenden die Schimpansen Wekzeuge, lügen, treiben Politik, führen Vernichtungskriege gegeneinander – kurz, sie erfreuen sich der gleichen fortschrittlichen Ausrüstung, die wir als *homo sapiens* so trefflich zu handhaben wissen. Der Philosoph Max Scheler hat schon bemerkt, daß Alva Edison als Bastler und Glühbirnen-Erfinder durchaus noch in den Reichen der Schimpansen weilt.

Nicht aber als Mensch, und hier kommen wir zum Entscheidenden.

Ich folge hier weiter Max Scheler. Wo, so fragt er, liegt nun wirklich der Unterschied zwischen Mensch und Schimpanse? (Was steckt, so würden wir heute sagen, in den 1,2 Prozent?)

Scheler sieht den grundsätzlichen Unterschied in der Reflexionsfähigkeit des Menschen. Schon der Urzeitjäger, der, von einem fallenden Stein empfindlich verletzt, seine Wut und seinen Schreck soweit zügelt, daß er sich gewissermaßen außer sich selbst stellt, sein Unglück so objektiv betrachtet, wie er es kann (eben als Mensch kann) und daraus seine (wie immer richtigen oder falschen) Folgerungen zieht; der Urzeitjäger, der den Tod seines Bruders miterlebt hat, ihn aber in zahlreichen Nachtträumen wieder sieht und wieder spricht und daraus den Mythos des Doppelgängers formt; das zweckfreie Bewußtsein, das unzähligen widersprüchlichen Eindrücken ausgesetzt ist und – mehr oder weniger erfolgreich, mehr oder weniger mißleitet – versucht, sie zu einem sinnvollen Muster zu ordnen: das ist das Erbe, das ist die Qualität, die den Menschen grundsätzlich von seinen Vettern im Tierreich, selbst den allernächsten, unterscheidet.

In diesen Reichen und Bereichen schlummert und wirkt Phantasie und Wahnsinn, aus ihnen erwuchs und erwächst die Möglichkeit zu desinteressierter Forschung, aber auch die Möglichkeit zur Herstellung paranoider Bezugssysteme – Edgar Morin, der große französische Anthropologe, hat uns darauf aufmerksam gemacht, daß der HOMO SAPIENS von Anfang an, von seiner Bestimmung her, auch und immer der HOMO DEMENS, der verrückte Mensch, gewesen ist und nach wie vor ist.

Darum ist es wohl etwas voreilig, wie es die evolutionäre Erkenntnistheorie tut, von vornherein zu postulieren, daß der Mensch und seine Erkenntnisfähigkeit aufs Überleben, nicht auf die Wahrheit programmiert sei. Es ist natürlich völlig richtig, daß die Fallen, in welche die Menschheit immer und immer wieder geriet, auf der Fehlinterpretation von Situationen, vor allem von neuen Situationen, beruhen; aber diese Fehlinterpretationen waren oft genug nicht eine Folge der reinen Überlebens-Borniertheit, sondern die Folge der überbordenden und fehlgeleiteten Interpretationswut der Art. Wenn Zehntausende von russischen Menschen ihre Dörfer aufgeben, in die Wälder flüchten und dort wie die Tiere leben, weil der Zar sie zwingen will, das Kreuz mit drei statt mit zwei Fingern zu schlagen, kann man wohl nicht davon reden, daß hier ein Überlebensprogramm am Werk war.

Tatsache ist jedoch, daß die Falle, in die wir heute rennen, keineswegs mehr aus einer Fehlinterpretation resultiert. Im Gegenteil: der Erfolg, der mit der Falle identisch ist, beruht nicht zuletzt darauf, daß nur noch ein winziger Teil des spezifisch menschlichen Erbes, nämlich die wachstumsinteressierte Forschung und Erforschung materieller Grundlagen, als schicksalsbestimmend geduldet wird, und daß alle Götter und Systeme von einst hinter das reine Schimpansen-Programm zurücktreten: es geht um Erhaltung, Vermehrung und Lebenserleichterung für die Menschenart, auf Kosten alles anderen Lebens.

Dieser Rückzug aufs bornierte biologische Programm, das wir mit allen Arten teilen, und das wir, mithilfe unserer 1,2 % Sonderbegabung, weit über jedes biosphärisch verträgliche Maß hinausgetrieben haben, ist der Grund, warum wir heute vor der Gattungsfrage stehen. Die zwei grundlegenden Verstöße gegen die GAIA-Stabilität (oder vielmehr gegen ihr Flußgleichgewicht) sind beide das Resultat blinden kollektiven Überlebensdrangs: auf den Inseln der hochindustrialisierten Welt ist es die unerhörte Energie- und Schadstoff-Freisetzung, die die unausweichliche Folge unseres Sieges über Hunger, Krankheit und jede Art von Komfortmangel ist – in den übrigen Ländern der Welt die Bevölkerungsexplosion, die auf wesentlich archaischeren Vorstellungen vom kollektiven Überleben beruht, die aber ohne die immerhin teilweise funktionierende Solidarität des Ernährungs- und Gesundheitswesens nicht möglich wäre.

Diese beiden Verstöße müssen wir korrigieren, wenn wir Wert darauf legen, daß das Menschengeschlecht noch eine Zeitlang weiterlebt.

Bisher gibt es keinen entschiedenen Willen, dies zu tun. Man wird doch die famosen Ablaß-Krämereien, die den sogenannten Umweltschutz ausmachen, nicht allen Ernstes als entschiedenen Willen zur Umkehr interpretieren? Und solange die Armen und Ärmsten der Welt gute Gründe für zahlenstarke Familien haben, wird man ihnen umsonst generative Disziplin predigen, insbesondere dann nicht, wenn jeder Einzelne von uns in den hochindustrialisierten Ländern vierzig- oder achtzigmal mehr Energie pro Kopf verbraucht als, sagen wir, ein Mensch in Ruanda oder Bangladesh. Es ist ein sträflicher Irrtum zu glauben, daß die Armen notorisch dumm sind.

Allerdings hat es in unserem Jahrhundert zwei radikale Versuche gegeben, ein solches Programm zu entwickeln. Sie unterscheiden sich in ihrer grundsätzlichen Ideologie, teilen aber das Attribut der absoluten Menschenverachtung.

Ich spreche von den Programmen des Adolf Hitler und des Pol Pot.

Die Bedeutung des Nazismus (genauer: des Hitler-Rassismus) für unser Thema wird von der Zeitgeschichte bisher kaum wahrgenommen.

Dabei ist er einigermaßen schlüssig nur zu deuten, wenn man ihn als Vorgriff auf die Probleme der Gattungsfrage versteht. Der Kern des Hitlerschen Sozialdarwinismus war die Rasse, nicht der Staat – sehr im Gegensatz zu den übrigen Faschismen –, mit möglicher Ausnahme des ungarischen und des rumänischen. Hitler hat, wie so viele seiner halbgebildeten Zeitgenossen, diesen Sozialdarwinismus aus den trüben Aufklärungsschriften des 19. Jahrhunderts eingesogen, und er wurde sein eigentliches Handlungsprinzip. Wenn schon die Gattungsfrage am Horizont stand; wenn es schon darum ging, so oder so zu überleben – dann war die Geschichte durch Naturgeschichte abgelöst, und eine Rasse von Herrenmenschen konnte und mußte, auf rücksichtslos erweitertem Lebensraum, über die nachhaltige Verwaltung der Ressourcen verfügen – GENERALPLAN OST hieß das. Die Bevölkerungsentwicklung der Untermenschen konnte man elastisch gestalten, und natürlich mußte die eine Gruppe, die restlos auf Zivilisation im bisherigen Sinne angewiesen war, nämlich die Juden, komplett verschwinden. Keine Interpretation des Hitler-Wesens, so behaupte ich, die dieses Kernprogramm übersieht, kann der Logik der Fakten, der Logik von Auschwitz standhalten.

Und es ist mehr als wahrscheinlich, daß dieser Hitlersche Vorgriff heute Nachahmer finden wird. Welche Fetzen dieser Ideologie driften etwa durch die verdüsterten Himmel des Balkan –?

Der andere konsequente Versuch, der sich nicht expansionistisch nach außen, sondern nach innen, auf die Lebenswirklichkeit des eigenen Volkes richtete, war das Experiment des Pol Pot. Auch ihm muß man ökologische

Folgerichtigkeit attestieren. Die systematische Zurückführung der Khmer auf ein Niveau von Steinzeitbauern, die Liquidierung jeder irgendwie herausragenden Existenz und Intelligenz, war vordergründig eine radikal-marxistische Idee, aber wirklich nur vordergründig. Was dahinter stand, war die blutige Morgendämmerung einer wirklich nachhaltig, da geschichtslos lebenden Menschheit in der Normalität der hungrigen, verlausten, von Krankheit gezeichneten Jahrtausende und Jahrzehntausende der menschlichen Evolution. War die Khmer-Gesellschaft erst einmal auf den Rousseau'schen Urzustand reduziert, konnte ihr schlechthin nichts mehr zustoßen – jedenfalls nichts Schlimmeres als das, worin sie ohnehin existierte. Das verbleibende Problem waren die Fahrräder und Maschinenpistolen für die, welche gleicher waren als die Gleichen ...

Soviel zu den beiden extremen Modellen. Es ist natürlich anzunehmen, daß un- oder halbbewußt ähnliche Strebungen beim Archipel GULAG am Werke waren, daß sich in tödlicher Mischung Mordmacht aus der archaischen Zeit der absoluten Knappheit erhalten hat (etwa bei den Hilfsvölkern Hitlers in Ost- und Südosteuropa). Und natürlich ist es klar, daß die Gattungsfrage in ihrer konkretesten Ausprägung (Tötungsgifte von überallher, immer drangvollere Enge) einen immer größeren Bereich der sich allenthalben vermehrenden Konflikte ausmacht. Hitler als Vorläufer: die Möglichkeit wird in wachsendem Maße zur Wahrscheinlichkeit.

Aber unsere Fortschrittsgesellschaft weist dieses Inferno wenn schon nicht aus Gründen der Moral, so doch aus Gründen der inneren und äußeren Hygiene, des Bedürfnisses nach Reinlichkeit zurück. Und sie hat die Mittel dazu. Hier sei – ohne jede Wertung – an eine Entwicklung erinnert, die sich in weniger als fünfzig Jahren abgespielt hat – und wohl noch weiter spielen wird. Unter den Nazis wurde zunächst – und zwar *vor* dem Holocaust – ein Programm zur Vernichtung lebensunwerten Lebens begonnen, das nicht nur Sterilisation in großem Maßstab, sondern auch Kindstötung *en masse* betrieb. Es basierte auf Ideen, die schon seit dem 19. Jahrhundert international herumspukten, und zwar den Ideen der sogenannten »Eugenik«. Manche der angewendeten Kriterien waren offen rassistisch; so waren viele der hochgelehrten Eugenik-Experten von der Minderwertigkeit der Neger sozusagen *a priori* überzeugt. Dan Diner, ein sehr gewissenhafter Zeitgeschichtler, hat darauf hingewiesen, daß die Teams dieses Euthanasie-Programms nach Osten, in die Vernichtungslager, verlegt wurden – nicht zuletzt deshalb, weil das Programm bei allzuvielen Volksgenossen, vor allem bei Christenmenschen, auf zu heftigen Widerstand stieß. Das Entsetzen darüber war eigentlich die einzige Waffe, welche je die Nazis zu einem politischen Rückzug zwang ...

Wichtig für uns ist dies deshalb, weil eine solche Konfrontation in unserer Fortschrittsgesellschaft bald völlig vergessen werden kann. Die Möglichkeiten vorgeburtlicher Diagnose sind so fein entwickelt, daß die Entscheidung über lebens- bezw. unwertes Leben in die vorgeburtliche Phase verlegt werden kann, und dort wird sie völlig diskret und lautlos erfolgen.

Diskretion und Lautlosigkeit: das sind die Kriterien, welche in den großen Reduktionskampagnen der nahen Zukunft entscheidend sein werden. Daß sie kommen, davon bin ich fest überzeugt.

Schon jetzt werden im Zusammenhang mit den sich häufenden Serien düsterer Prognostik die erstaunlichsten Vorschläge gemacht. Sie liegen alle im Bereich der sogenannten *technological fixes*, der Tricks, mit deren Hilfe man der Atemnot der Menschheit eine Schnaufpause verschaffen will, ohne daß die entscheidenden Strukturen unseres Kulturentwurfs als solche diskutiert werden – denn schließlich hängen ja die Tricktechniker selber von den hohen Renditen unseres Industrie- und Ausbeutungssystems ab. Reversible Sterilisation von Männern; hormonale Einengung des fruchtbaren Alters bei Frauen; Einführung bestimmter Enzyme in Wasser-Reservoirs und so weiter: es ist auffällig, wie wenig – im Gegensatz dazu – an den ressourcenverzehrenden Gewohnheiten unserer Gesellschaft gerüttelt wird, denn, um eine mögliche Unklarheit zu beseitigen:

Die Abwägung zwischen dem, was wir ›Leben‹, und dem, was wir ›Tod‹ nennen, hat auf der Waagschale des Todes auch alle präventiven Mittel zu plazieren, die von der Empfängnisverhütung bis zur Euthanasie reichen können und reichen werden.

Fassen wir an diesem Punkt zusammen: Das Doppelgesicht, das unheimliche, unseres Jahrhunderts wird bestimmt durch das erstmalig massive Auftauchen der Gattungsfrage im öffentlichen Bewußtsein: kann, wird die Menschheit überleben, und zwar in absehbarer Zeit überleben? Die Situation ist als direkte Konsequenz des Erfolges unserer Art im rein biologischen Sinn entstanden. Unsere Zivilisation hat sich dafür entschieden, die Artüberlegenheit des Menschen, also die 1,2 Prozent, die ihn vom Schimpansen abheben, ausschließlich zur Erfüllung eines rein biologischen Programms einzusetzen, das heißt, zur Vermehrung, Verlängerung, Verstetigung des menschlichen Lebens auf Kosten sämtlicher anderen Lebens-Faktoren und Ressourcen des Planeten. Da auf diese Weise die Konfrontation mit der Lebens/Todes-Wahrheit immer schwieriger und abstrakter wird, verkümmern alle Fakultäten, die – in Geist und Gemüt – dem Menschen und seiner Kultur aus solcher Konfrontation erwuchsen. Während also der gleiche blinde Drang, der auf Petrischalen voller Bakterienkulturen oder beim Entstehen der Bierhefe zu beobachten ist, die Menschheit in eine lebensgefährliche Situation manövriert hat; während sie in dieser Situation immer entschiedener das ablehnt, das, was man früher einmal und heute noch in der englischen Juristensprache *Acts of God*, Höhere Gewalt genannt hat und nennt, als permanent anzuerkennen, und sie immer mehr ausschaltet oder zumindest verhindert, ist noch keine Generation vor uns den Tatsachen von Geburt und Tod so zimperlich und unfrei gegenübergestanden wie wir. Während wir uns, was unser Verhältnis zum Planeten und seiner Biosphäre betrifft, rein biologistisch verhalten haben und verhalten, nehmen wir nach wie vor an dem Tabu der absoluten und bedingungslosen Unverletzlichkeit jedes einzelnen Lebens teil.

Angesichts der Gattungsfrage wird das nicht mehr lange möglich sein. Entweder bricht das System von sich aus, wegen der eingebauten Streßfaktoren, zusammen – dann sind die gegenwärtigen Konflikte in aller Welt nur Vorboten dessen, was auf uns zukommt. *Acts of God*, unkontrollierbare Gewalten stauen sich hinter Dämmen, die wir nur noch flickschusternd mit immer neuen Fuhren von Sandsäcken absichern können.

Die unabweisbare Logik der Gattungsfrage kann aber auch zu anderen Reaktionen führen. Am raschesten erreichbar ist eine neue Form von Barbarei, mit modernsten Mitteln der Technik ausgestattet – einer Stammes-Barbarei mit Kategorien von Unter- und Übermenschen, siehe Hitler. Oder auch eine Barbarei des ins Wahnwitzige gesteigerten Rousseauismus à la Pol Pot.

In den örtlichen, regionalen, kontinentalen Katastrophen, die rings um uns bereits stattfinden, werden sich solche Tendenzen auch in mehr oder weniger, hinter National- oder Ideologie-Slogans getarnter Weise bemerkbar und wirksam machen.

Gleichzeitig, und nicht notwendigerweise im Gegensatz dazu, kann sich der wissenschaftlich-industrielle Komplex zu seiner bislang größten Leistung aufraffen: zur Einführung der Prinzipien moderner Land- und Forstwirtschaft gegenüber der eigenen Art, zur möglichst überparteilichen, antirassistischen, emotionsfreien Form des PLANET MANAGEMENT. Natürlich wird dabei niemand erwarten können, daß bei der überparteilichen, emotionsfreien Abwägung der Ausgangsfaktoren die Interessen von analphabetischen Hackbauern die gleiche Gewichtung erhalten wie die eines porschefahrenden Genetikers oder Atomphysikers; es müßte schon Bewertung entlang einer gleitenden, nach oben und unten offenen Sozial- und Wirtschafts-Skala erfolgen. Mit anderen Worten: dieses Planeten-Management wäre die vorläufig höchste erreichbare Stufe der Technokratie. Und diese Technokratie könnte, zum ersten Mal in der Menschheitsgeschichte, nicht nur das Leben/Tod-Syndrom der eigenen Art, sondern die unendlich komplexeren Vernetzungen der Biosphäre als ganzer berücksichtigen.

Abgesehen vom moralischen Horror dieser Vorstellung hat sie auch eine entschiedene wissenschaftliche Schwäche: die Logik des Mißlingens wie sie jedem allzuglatt und allzu konfliktfrei durchgeführten Schema innewohnt. So zynisch es klingen mag: ein Jahrhundert des völligen Anarchismus, wo eine mögliche Zukunft auf dem autopoietischen (und damit mörderischen) Weg von Versuch und Irrtum entsehen müßte, wäre dem totalen PLANET MANAGEMENT sogar logisch vorzuziehen.

Menschenwürdige Programme sind das alle nicht, das ist klar. Und ob es den nächsten hundert Jahren vergönnt sein wird, zu einem menschenwürdigen Programm zu gelangen, ist alles andere als sicher.

Es hieße jedoch von unserer Verantwortung als denkende (und zwar desinteressiert denkende) und fühlende Menschen zurückzutreten, wenn wir völlig darauf verzichteten, wenigstens einige der Markierungen abzustecken, die zu einem menschenwürdigen Programm von morgen und übermorgen (wenn nötig nach bisher unvorstellbaren Katastrophen) hinführen könnten. Und das führt zu der Frage: verfügt die Menschheit über Erfahrungen und Traditionen, die es ihr erleichtern könnten, solche Markierungen zu finden?

Zunächst: die Begrenzungen, innerhalb derer Überleben in Nachhaltigkeit noch möglich ist, sind wissenschaftlich bekannt. Sie lassen sich in dem sattsam strapazierten ökologischen Imperativ zusammenfassen: Handle so, daß Du Deinen Nachfahren eine unverminderte Lebensgrundlage hinterlassen kannst! Der Imperativ ist erstens sehr allgemein und zur Zeit schlechthin undurchführbar. Es gibt keine Menschengruppe, nicht einmal den Säugling an der Mutterbrust, die nicht auf ihre Weise zur Verminderung der Lebensgrundlagen beiträgt. Dieser Imperativ wäre dann anwendbar, wenn sich das Lebensnotwendige aus dem ständigen Energie-Einkommen der Erde aus der Sonne ergänzen würde – ein Desiderat, das nur bei drastisch reduzierter Bevölkerungszahl erfüllbar wäre.

Dies setzt wiederum eine sehr deutliche Markierung. Aber selbst sie bedarf der Spezifizierung. Eine Weltbevölkerung von, sagen wir, zwei Milliarden wäre nach wie vor bio-mörderisch, wenn sie sich an die Ansprüche der industrialisierten Regionen von heute klammerte. Ein drastischer Schnitt in das, was wir als selbstverständliche Werkzeuge unseres Gemein- und Einzelwohls empfinden, wird nicht zu vermeiden sein.

Aber wenn er notwendig ist – wie ist er zu begründen? Wie anders ist er zu erreichen als durch eine lange Epoche des Jammers und der ständig erneuerten Ängste, mit ihren notwendigen Folgekonflikten?

Ich wiederhole hier: dies ist keine Prognose. Dies ist keine Aussage über Wahrscheinlichkeit oder Unwahrscheinlichkeit der Entwicklung. Worum es geht, ist einzig und allein die Festlegung der Kriterien, welche für die Weiterexistenz der Menschheit nach dem Ende der gegenwärtigen Wucherungsphase notwendig – oder doch von Bedeutung sein werden.

Und so viel steht fest: niemals wird die Menschheit – oder Teile der Menschheit – einem Programm zustimmen, dessen Sinn sie nicht einzusehen vermag, oder dessen Werkzeugen sie nicht zustimmt. Mit anderen Worten: Jedes Programm der Zukunft setzt *Kultur* im weitesten Sinne voraus. Das Verhältnis von Leben und Tod wurde und wird in jeder Kultur nicht nur von den Möglichkeiten des Bierhefe- oder Schimpansen-Programms bestimmt, sondern von Einsichten und Willensakten, die aus den 1,2 % des reinen Menschheitserbes stammen. Darauf kommt es an. Es kommt darauf an, die Einsicht in die Notwendigkeit (um Hegel zu variieren) mit so machtvollen und konkreten Werkzeugen auszustatten, daß sie durchsetzbar, und zwar nicht nur individuell, sondern kollektiv durchsetzbar erscheint.

Solche Werkzeuge sind bekannt und erprobt. Sie bestanden, solange es Menschen gibt, wahrscheinlich stets darin, *Acts of God*, Werkzeuge außermenschlicher, höherer Gewalt in menschliche Leistung zu verwandeln. Fasten als Sublimierung des Hungers; Enthaltsamkeit als höhere Form der Selbstkontrolle; desinteressierte Suche nach Erkenntnis und Grundlagen der Erkenntnis statt zweckgerichteter Bastelei – und, wohl als höchste Form dieser Art von Selbstbefreiung, von Souveränitäts-Streben: die Sinnerfüllung des Todes, wie sie Jesus in Johannes 15,13 formuliert: »Niemand hat größere Liebe als die, daß er sein Leben läßt für seine Freunde.«

Ich wiederhole: all das ist bekannt und erporbt. Es kann selbstverständlich erleichtert und ergänzt werden durch die Ergebnisse der Neuzeit, die Werkzeuge, die durch ihre Wissenschaft bekanntgeworden sind. Häufig genug sind diese Werkzeuge nichts anderes als Bestätigungen älterer Weisheit; auf jeden Fall aber erweitern sie den Raum der Entscheidung.

Ist es überraschend, daß es sich für eine so geformte Zukunft nicht mehr um ein Programm, sondern um viele mögliche, das heißt um viele mögliche Kulturen handelt? Wechselnde Anteile von individuellem und kollektivem Kontrollverhalten: verschiedene Formen von Spiritualität; verschiedene Formen der Einsichts-Vermittlung – es wäre töricht, in dieser Phase rigorose Festlegungen vorzunehmen.

Das Überwölbende jedoch steht fest. Menschen, die es fertigbrachten und fertigbringen, so zu leben (bisher war es im allgemeinen nur eine Minderheit), haben sich in allen Kulturen, die den Namen verdienen, der größten Hochachtung erfreuen können. Man nannte und nennt sie Heilige; und zwar ohne Rücksicht auf die jeweilige Religion, in der solche Kanonisierung erfolgt. Hält man sich vor Augen, daß diese Lebenweise – *erstens*: diese Einzelnen zu äußerster Freiheit führte, und daß – *zweitens*: sie bisher als einzige die Kriterien der Nachhaltigkeit einhalten konnte und kann, die von der Wissenschaft markiert sind, so wird klar, daß dieser so oft mißbrauchte, von alten Weihrauchschwaden versüßlichte Begriff gewaltige praktische Aktualität hat. Er ist, so nüchtern und inhaltsvoll gesehen, sowohl den schlauen Gängeleien heiliger Büros entrückt, wie dem Verdacht des mangelhaften *Elan Vital*, des mangelnden Lebens-Schwungs, der ihm durch die genannten Gängeleien, aber auch durch die überwältigende Borniertheit des Bierhefe- und Schimpansen-Programms aufgeklebt wurde. Wenn Sie, verehrte Anwesende, diesen Begriff lieber nicht anwenden wollen, so ist das Ihre Sache. Ich bitte Sie aber herzlich, wenn Sie sachlich nichts mit ihm anfangen können, daraus nicht zu schließen, daß das, wofür er steht (jedenfalls in der Form, in der ich ihn hier angewendet habe), in irgendeiner Weise umgangen werden könnte, ohne dem miesesten Defätismus zu verfallen.

Zum Schluß ist es vielleicht notwendig zu betonen, daß uns diese Perspektive, dieses Vor-Programm der Menschenwürde keineswegs der Pflicht enthebt, innerhalb unserer

Zeit und unseres Raums auf die Verbesserungen der Bedingungen für Morgen hinzuarbeiten. Weder das Energieproblem noch die Organisation des Finanzwesens oder der Arbeit verliert dadurch an Dringlichkeit – im Gegenteil, alle diese Fragen erfahren zusätzliche Aufwertung.

Versöhnung und salvierende Formel

Religiosität und die biosphärische Problematik
Graduiertenkolleg Bonn, 22. November 1996

Die Problematik, mit der wir uns hier zu befassen haben, ist so komplex und verwirrend wie die Labyrinthe der Brust, von denen der Dichter spricht, wie auch die Labyrinthe, in denen sich die Menschheit seit der Morgendämmerung der Kulturgeschichte zurechtzufinden versucht. Die Geschichts-Sekunde, die mir jetzt zur Verfügung steht, erlaubt da nicht mehr als ein paar flüchtige Akzente. Ich habe sie im Titel des Vortrags zu fixieren versucht. Hoffen Sie bitte mit mir, daß uns einige Verdeutlichungen gelingen werden!

Die biosphärische Problematik begleitet die Kulturgeschichte der Menschheit natürlich von Anbeginn – ja, in einem gewissen Sinne ist die Kulturgeschichte diese Problematik selbst, jedenfalls bis zum Ende der sogenannten traditionellen Gesellschaften. In dieser Urtradition, die viel unmittelbarer von den Wirklichkeiten der menschlichen Lebenswelt umringt war als wir Kinder von Hochkulturen, wurden gemeinschaftliche Bewußtseinszustände und Regelwerke des Benehmens in uns eingewurzelt, denen wir (dem ursprünglich arterhaltenden, da energiesparenden Schema der unbewußten und vorbewußten Reflexhandlung gehorsam) noch heute in großem, ja überreichlichem Maße unterliegen. Aber ich greife vor ...

Der Moment, den viele Religionswissenschaftler als den *religious event* schlechthin sehen, ist der Moment des Gewahrwerdens von Organisation und Desorganisation in der

Lebenswelt, von Entropie und Syntropie, um es naturwissenschaftlich zu sagen. Da stehen Tod, Verfall und Zerstörung an, ereignen sich ständig – aber sie werden aufgewogen durch Geburt, Verjüngung, das Wachsen von Komplexität und Organisation in und mit der Natur. Da wird die Sonne müde, Blätter welken und fallen, der Frost sinkt herab; Menschen werden von Alter, Krankheit und Sterben gefällt; Metall verrostet, Holz verfault, soziale Bindungen sind bedroht und lösen sich auf. Aber dagegen stehen die Kräfte der Syntropie, welche das einmalige Kennzeichen, ja die Strategie des Lebens ist: Kinder werden geboren, mit jedem Frühling springt und sprießt Natur von neuem, die Sonne hat frische Kräfte gesammelt. Und selbst so bedrohliche Himmelszeichen wie Sonnen- und Mondfinsternisse werden vom Prinzip des Lebens überwunden, soziale Bindungen können neu geknüpft, können erweitert und gesichert werden.

Und nun entwickelt sich Religion als ein System von Überzeugungen, Gefühlen und Tätigkeiten, mit dem der Mensch den Kräften des Lebens, der Verjüngung, der Ordnung, letzten Endes der Autopoiesis der Evolution zuhilfekommt – und mit dem er gegen die Mächte der Auflösung und des Todes kämpft. Frühlingsriten sichern die Wiedergeburt der Pflanzenwelt; der Magier-König, der jeden Morgen auf dem Berggipfel betet, hilft (wie die Natchez-Indianer glaubten) der Sonne beim Aufgehen; Passage-Riten helfen dem Menschen, die Gefahren des sozialen Übergangs zu bewältigen oder doch zu minimieren; Zaubertrommeln helfen Sonne und Mond im Kampf gegen die Drachen der Finsternis.

Man hat diese Religiosität *animistisch* genannt – das Adjektiv beschreibt jedenfalls ihren immensen Respekt für alles Lebendige, aber gleichzeitig die anthropomorphe Interpretation aller Wirklichkeit und des sich daraus ergebenden magischen *modus operandi*. Animismus (oder, um einen neueren Ausdruck zu gebrauchen, *kosmische* Religiosität) setzt nicht nur einen umfassenden Schöpfungs-Sinn voraus, sondern auch die Möglichkeit der Kommunikation, des Verkehrs, ja des Handels mit den Mächten dieser Schöpfung. Dabei wurden tiefe Einblicke und Einsichten ins universale Netzwerk erworben; doch auch wenn sie uns noch heute tief beeindrucken: trennen uns nicht dennoch Jahrhunderte und Jahrtausende von ihrem rituellen und magischen *modus operandi?*

Kurz und deutlich: das ist zu bezweifeln. Die Realität, die schon erwähnt wurde – die Realität der uralten unbewußten und vorbewußten Reflexe, hat sich bestimmt noch nicht verabschiedet – jedenfalls nicht vollständig. Sie hat sich verwandelt, gewiß; aber im Kern birgt sie noch das gleiche Grundvertrauen: das Vertrauen vom möglichen sozialen Umgang mit dem nichtmenschlichen Mächtigen.

Setzen wir hier mit einer Geschichte an – einer Geschichte aus diesem Jahrhundert und aus unserem Kulturkreis.

Einer meiner englischen Lieblingsautoren, Gilbert Keith Chesterton, debattierte in einer Londoner Meeting Hall mit einem Fabier, also einem ziemlich radikalen Kathedersozialisten, über die Begriffe, ja die Möglichkeit von Sühne und Vergebung. Der progressive Gesprächspartner erklärte sie für bedeutungslos; er wies auf eines der großen Fenster der Halle und meinte: wenn ein Rowdy von außen einen Stein durch die Scheibe werfen sollte, so wäre sie unwiederbringlich in Scherben, und keine Vergebung könnte sie wiederherstellen.

Chesterton widersprach lebhaft. Er behauptete, die Behebung des Schadens hinge ausschließlich vom Verhalten des Hausbesitzers ab. Sei erst eine neue Scheibe eingesetzt, sei der alte Zustand der Ordnung wiederhergestellt – besonders dann, wenn der Besitzer dem Täter auch noch vergebe. Die Gesellschaft hätte dann keineswegs gelitten, im Gegenteil: durch einen solchen Akt der Großmut würde sie insgesamt verbessert, wäre einen Zoll weiter in Richtung auf Ordnung und Erlösung und weg vom Chaos gerückt.

Chesterton gibt hier sehr schön den religionsgeschichtlichen Fortschritt wieder, der mit der Universalisierung von Vergebung und Erlösung stattgefunden hat. Diese Universalisierung, die man als die Universalisierung der jüdisch-prophetischen Ethik durch das Christentum definieren kann, ist das langfristige geschichtliche Ergebnis jener Achsenzeit der Menschheit, etwa zwischen 1500 und 500 v. Chr., welche die allmähliche Loslösung des religiösen Denkens und Fühlens vom Kosmisch-Animistischen vollzog. Es verschob sich gewissermaßen die Geschäftsordnung der Religiosität: ins Zentrum rückte das Bemühen um soziale Synergie und persönliches Heil, und die nichtmenschliche Lebens- und Dingwelt wurde zwar nicht profaniert, man gestand ihr aber ein beträchtliches Maß an Selbstlauf zu. Das einleuchtendste biblische Dokument dafür ist sicher die Geschichte von Noahs Landung auf dem Ararat in Genesis VIII/IX und seinem Dankopfer – eigentlich dem letzten naturreligiösen Akt in der ganzen Bibel. Gott sichert, obwohl er ausdrücklich die immanente Bosheit des Menschen betont, in alle Zukunft ökologische Stabilität zu – »Bleiben werden Saat und Ernte, das Zittern der Tiere« vor der Mordabsicht des Jägers. Von nun an hat Religion eine andere Geschäftsordnung …

Sicher, die alte Naturreligiosität starb nicht so schnell, oft bildete sie den alten Wildstamm, auf den die neue Botschaft aufgepropft wurde. Nach wie vor beteten die Bauern um gutes Wetter, und fast bis in unsere Tage behielten sie auch die eine oder andere magische Praktik bei – aber im Mittelpunkt der neuen Hochreligionen stand und steht nicht mehr das alte Erleben von Entropie und Syntropie, der stetig wiederkehrende Regelkreis der lebendigen Welt, sondern das historische Ereignis – der Exodus, die Erleuchtung des Stifters unter dem Baum oder in der Wüstenhöhle, sein Opfertod für unser aller Heil. Und die religiöse Wahrnehmung war nun den Kategorien zugeordnet, welche der oder die Stifter in ihrer Botschaft artikuliert hatten.

Dennoch überdauerten Begriff und Praxis der Versöhnung den gefahrvollen Übergang von der kosmischen zur metakosmischen Religiosität. Versöhnung, Sühne: gerade dem vorgeschichtlich erwachenden menschlichen Bewußtsein mochte sie als unausweichlich erscheinen, denn was immer er der Erde, der lebendigen Welt entriß, um sein Dasein zu fristen, hatte ja seinerseits Recht auf Leben, war seinerseits darauf angewiesen, mit den unsichtbaren Mächten auszukommen, die ihm Leben gewährten – verfügte wohl auch über eigene Seelen-Macht, die sich bei allzu gierigem Griff in ihr Daseinsrecht feindselig gegen den Frevler richten mochte. Man konnte den Geist aller Kaninchen beleidigen, oder den Geist des Waldes beziehungsweise einer einzelnen Baumart; und man tat gut daran, sich mit all diesen Mächten gut zu stellen, wenn man sich und den Seinen Lebensrecht erhalten wollte.

Staunenswert sind die Praktiken, die zum Zweck solcher Versöhnung angewendet wurden. Da gab es die ›Unschuldskomödie‹: man brauchte einen Baum für ein neues Langhaus, fürchtete sich aber vor seinem Zorn, wenn man ihn fällte – und so erzählte man ihm während dieses peinlichen Vorgangs, daß man ihn zu einem besonders schönen Fest ins Dorf mitnehmen, ihn dafür transportabel machen wolle.

Am deutlichsten, ja am ergreifendsten manifestieren sich solche Ausflüchte in der alten Bären-Religion, die sich von der Ostsee über Europa, Asien und die Beringstraße bis in die indianischen Jägerkulturen erstreckte. Bei den Ainus in Nordjapan, die sich junge Bären eigens zu Opfer und Fest großzogen, funktionierte die Unschuldskomödie beziehungsweise der fromme Schwindel: man erzählte dem Bären, ehe man ihn tötete, daß man ihn zu den fernen Ahnen über die Berge senden werde.

In der Regel aber ist der Ritus nach der erfolgreichen Bärenjagd eine ehrliche Apologie, ein Eingeständnis der unausweichlichen Versündigung am fremden Leben. So etwa bei den Eismeer-Samojeden auf russischem Territorium, die noch heute nur eine ungefähre Ahnung vom Vorhandensein einer fernen Staatsmacht haben. Ihr Entschuldigungsfest nach dem Erlegen des Bären dauert etwa eine Woche. (Mein Gewährsmann, der ein solches Fest selbst in den Sechziger- oder Siebzigerjahren dieses Jahrhunderts mitgemacht und geschildert hat, ist Lennart Meri, ein estnischer Journalist und später der erste Staatspräsident des selbständigen Estland.) Bei den Lakotas, die wir Sioux nennen, küßte die älteste Großmutter des Stammes unter Tränen das blutige abgetrennte Bären-Haupt und erklärte ihm feierlich, daß sein Tod für das Weiterleben des Stammes unbedingt notwendig war.

Solche Apologie kann sich zur Sühne erweitern. So war der Maya-Jäger gehalten, sich die Zunge oder den Penis zu durchbohren, wenn er vor dem erlegten Wild stand. Ein neues, aber auch archaisches Motiv der Versöhnungs-Praxis: das Talionsprinzip, angewendet auf den Umgang mit der beleidigten Natur – das schmerzvolle Blutopfer als Entgelt in einem *sacrum commercium*. Schmerz als Entgelt: das durchschlingt fast alle Modi der Kommunikation mit der seelen-erfüllten Lebenswelt – und später mit den Überirdischen. Das blutige Opfer der Erstgeburt; welch ein unentrinnbares Gefühl des Ausgeliefertseins an möglichen himmlischen Zorn setzt es voraus! Welche Entschlossenheit, mit allen, auch den schmerzvollsten Mitteln die Versöhnung anzustreben!

Gern nimmt man dergleichen bestimmt nicht auf sich – und so tauchen bald die verschiedensten Methoden der Substitution, des Ersatzes auf; das *commercium* wird wieder und wieder zum Schauspiel, ja zur Komödie. Ergreifendes Spiel etwa zwischen Jahwe, Abraham und Isaak: was Gott da einfordert, ist zunächst Gehorsam buchstäblich bis zum Tode, aber gleichzeitig leitet Er selbst die Substitution ein, gestattet das Tier- statt des Erstgeburts-Opfers. Nachlaß, Ablaß wird möglich und sichtbar.

Und er tritt ein in die nächste Phase, die man schon eine vortheologische nennen könnte: das Opfertier wird zum rein symbolischen Entgelt. Man wickelt etwa das Gedärm und sonstiges Ungenießbare in die abgezogene Haut und wirft diese Opfer-Maskerade ins heilige Feuer, erfreut sich selbst am Wohlgeschmack des Restes; wohl wissend oder ahnend, daß der Gott oder die Götter zwar dergleichen durchschauen, aber in ihrer Gnade das Wertlosere als Ehrfurchtszeichen gelten lassen und die Mahlgemeinschaft mit den Menschen billigen – jedenfalls haben sie noch nie vernehmlich dagegen protestiert. (Sicher, gelegentlich tun sie's scheinbar doch. So hat Karthago in Zeiten nationaler Katastrophe das ursprüngliche Opfer der Erstgeborenen im glühenden Bauche des Baal wiederhergestellt – als politische Konzession an das Volk, das gerade den Reichen und Mächtigen listige Umgehung der schmerzvollen Pflicht vorwarf.)

Der Animismus freilich war um diese Zeit längst dahin; was an Versöhnung mit der Natur noch zu leisten war, geschah nun auf dem Umweg über eine Gottheit – in der Regel über die zuständige Gottheit, in der Regel eine weibliche. Die Götter waren angekommen, hatten die tausend Augen der Lebenswelt, die der Animist stets in einiger Panik auf sich ruhen spürte, in ihre eigene Güte und ihren eigenen Schrecken zusammengefaßt, waren die Sprachrohre der Welterklärung geworden, stellten Ordnung her im Rauschen der sich überlappenden, widersprüchlichen Erfahrungen des Herzens und der Sinne. Nun wurden Sterne und Schafslebern professionell gedeutet, die Mythen wurden komplizierter, und Theologie entstand, wenn auch heidnische.

Aber auch diesen Prozeß sollte man nicht zu abrupt sehen; schon die Schamanen waren Experten in ihrem Bereich, mit geheimnisvollen Erfahrungen, die interpretiert sein wollten. Und vor allem kannten sich die Schamanen mit dem aus, was schon im Kulturkreis des Animismus manchmal unentbehrlich ist oder scheint: der salvierenden Formel.

Folgende Geschichte erzählte der Indianerbeauftragte der kolumbianischen Regierung, der eben noch, auf einer ökologischen Konferenz in Cornwall, die überaus gut an seine Lebensverhältnisse angepaßte religiöse Praxis eines Urwaldstammes geschildert und gepriesen hatte: man setzte ihm, den geehrten Gast, einen schmackhaften Fisch, eine Salvaletta vor. Der Gast wußte genau, daß diese Fischart zur Zeit durch ein strenges Tabu gesperrt war, und er lehnte ab, schon aus Höflichkeit. Doch der örtliche Schamane beruhigte ihn: er, der Schamane, verfüge über einen Zauberspruch, der stark genug sei, die Sanktionen des Tabus aufzuheben.

Das ist nun, recht betrachtet, eine ziemlich komplizierte Angelegenheit. Offensichtlich hatte der Fisch unserem Gewährsmann nicht geschadet. Das war vielleicht gar nicht zu erwarten, wenn das Tabu korrekt, nämlich ökologisch begründet war. Es gab jedoch in den vielen Ausfaltungen des Tabu-Systems auch jede Menge totemistischer, esoterischer, letzten Endes lebensfeindlicher Verbote, mit denen kaum mehr zu leben war. Vielleicht gehört dazu auch das Salvaletta-Tabu, und der Schamane wußte das. Aber wahrscheinlich setzt man bei solcher Annahme schon einen okzidentalen, metakosmischen Wissensbegriff voraus. So oder so: ein Zauberspruch, eine salvierende Formel war nötig, um das Tabu gefahrlos zu umgehen.

Noch komplexer, ja fast künstlerisch ist ein Beispiel aus Australien. Viele der Aborigines-Stämme haben derart abgenommen, daß die alten, ungeheuer verwickelten Endo- und Exogamie-Regeln schlechthin nicht mehr einzuhalten sind. Der Stamm würde in kürzester Zeit aussterben, wenn sie alle befolgt würden – aber noch ist der Respekt vor den Ahnen, die das Netzwerk der Regeln woben, zu fest verwurzelt, als daß man sie einfach aufgeben und zerreißen würde.

Was tun also zwei junge Menschen, die zum Lebensbund entschlossen sind?

Nun, in einem Fluß, der zum Territorium des Stammes gehört, gibt es eine kleine, unbewohnte Insel, die als das Reich der Toten gilt. Dorthin brennen die beiden durch, mit genug Lebensmitteln, um ein paar Wochen in der Einsamkeit überstehen zu können. Nach diesen Flitterwochen kehren sie Hand in Hand zur Siedlung des Stammes zurück, der sie zunächst mit allen Zeichen des Entsetzens als Heimgekehrte aus dem Totenreich abwehrt, aber schließlich doch aufnimmt – als Neugeborene, ungefesselt durch die alten Bindungen.

Hier liegt eine salvierende Formel von äußerster Kühnheit vor. Ein sozio-religiöses System, das sich nicht selbst aufgeben will, aber das unter völlig veränderten Bedingungen zur Sackgasse zu werden droht, findet innerhalb seiner eigenen Prämissen die Möglichkeit nicht bloß zur Vergebung der Tabubrecher, sondern zum Verschwindenmachen des Tabus selber, das als Teil des tribalen Ideenhimmels erhalten bleibt, aber das Fortbestehen des Stammes nicht mehr gefährden kann.

Wären die beiden durchgebrannt, wenn sie die salvierende Formel, die Praxis der heiligen Komödie nicht gekannt hätten? Aber mußte es nicht ein erstes, geniales Paar gegeben haben (oder auch eine geniale Schwiegermutter), welche auf sie gestoßen, ja sie erfunden hatte? Es ist wohl müßig, hier nach einem Entweder-Oder zu fragen. Es steht jedenfalls fest: seit animistischen Zeiten verfügt der Homo sapiens (und, wer weiß, vor ihm vielleicht schon der Homo neanderthalensis, wie jüngste Funde nahelegen) über ein reiches Arsenal von kommunikativen Werkzeugen beim Umgang mit den Mächten, die er zunächst in allen Dingen der Natur, aber schließlich auch personifiziert in Gottheiten vermutet: Bitten, Flehen, Murren und Harren (wie Heinz Robert Schlette sagt), schmerzvollste Opfergaben auch, Schauspielereien bis hin zur Unschuldskomödie, gelegentlich kühner Ausbruch in neues Lebensgelände: all dies kreist, wenn wir so reduktionistisch vorgehen dürfen, um die beiden Pole der Versöhnung und der salvierenden Formel.

Aber kehren wir nun zurück in die Londoner Meeting Hall, zur Debatte zwischen Chesterton und dem Fabier. Chesterton zeigt da jedenfalls Stil und Großmut, und der Fabier ist ein filziger kleiner Materialist. Was macht schon eine zerbrochene Fensterscheibe aus, wenn sie in unseren fortschrittlichen Tagen fast über Nacht ersetzt werden kann? Ja, könnte sie nicht, bei christlichem oder postchristlich-humanistischem Verhalten der Beteiligten, zu einem Segen für die Gesellschaft werden, zu einem Anlaß für ein moralisches Aufwärts, einem Anlaß, sprechen wir es ruhig aus, für praktizierte Christenliebe?

Aber springen wir nun über den Zaun, über den die kaputte Scheibe in den Müll expediert worden ist – hinein in die Scherben der Entropie, die Gleichgültigkeit der Physik!

Und siehe da: hier hat Chesterton unrecht, völlig unrecht, und der Fabier völlig recht. Von der Warte der Physik und der Natur her gesehen, ist die Schandtat wirklich nicht mehr gutzumachen. Gewiß, tagtäglich wird in fleißigen Fabriken Glas gefertigt, jederzeit kann's angeliefert werden, kann Glaser und Glasergesellen ins Brot setzen. Aber die Verschleuderung von Energie und Rohstoffen, der Schritt von der Ordnung in die Unordnung, mit anderen Worten: die Erhöhung der Entropie – das ist irreversibel. Nur ein neuer Schub von Energien kann eine neue Scheibe herstellen – die Entropie-Bilanz bleibt bestehen.

Noch niemand hat es fertiggebracht, die Versöhnung, die durch alle Zeiten und Religionen mit den unsichtbaren Mächten angestrebt wurde, auf die Umkehr der Entropie auszudehnen – die Tasse, die vom Tisch fällt, zerbirst, die

Fensterscheibe vom Stein des Hooligans desgleichen, und bisher hat noch kein Gebet es fertiggebracht, sie ohne Aufwand neuer Energieschübe wieder zusammenzufügen. (Sicher, es gibt die frommen Legenden, die solche Umkehr des entropischen Prozesses als uralte Sehnsucht der Menschheit enthüllen; aber reifer Religiosität sind sie längst fremd, ja verdächtig geworden, und kein großer Stifter hat sich je mit solchen naiven Spielen aufgehalten.)

Während also Versöhnung und Sühne in qualvollen Jahrhunderten und Jahrtausenden zu immer subtileren Werkzeugen gesellschaftlicher und psychologischer Synergie entwickelt wurden, haben sich die Mächte der Natur, haben sich ihre Götter diesen Werkzeugen letzten Endes immer ins Unbestimmte entzogen. Aber wir sind diesen Werkzeugen treugeblieben, haben sie weiter angewandt, weil wir nichts Besseres hatten – oder zu haben glaubten.

Was uns, und damit auch unserer Religiosität, gelang, das war der endgültige Abschied vom Animismus – auf dem Umweg über die Entseelung der Natur. Was die große jüdische Stiftungstat eingeleitet hatte: die Fundierung des Bündnisses mit Einem Gott auf dem großen historischen Ereignis des Exodus, gab dieser Abwendung von der alten, animistischen und polytheistischen Geschäftsordnung ihre Dynamik und ihre unabänderliche Richtung. In einer kühnen, weit vor aller Wissenschaftlichkeit gewonnenen Erkenntnis, konkretisiert im Wort Gottes an Noah (wir sprachen darüber) vom Selbstlauf der Natur, wurden Henotheismus und Monotheismus zur entscheidenden Triebkraft der westeurasischen Geschichte – aus dürftigsten Anfängen.

Aber wiederholen wir den Sprung über den Zaun, in die Scherben der Entropie hinein: hier, in der Jahrtausendmüllkippe, lud die fortschreitende Menschheit alle die Fragen ab, die sich aus der Undurchsichtigkeit der nichtmenschlichen Lebenswelt ergaben. Die Religion (unsere Art von

Religion) hatte sich endgültig von allen magisch-animistischen Sühn- und Versöhnungsformeln befreit, es ging um das wachsende Heil der Gemeinde Gottes und schließlich des begnadeten, sündigen und wieder begnadigten Einzelnen. *Myself and my Creator* – Ich selbst und mein Schöpfer: in dieser markanten Grundformel Kardinal Newmans kulminierte das religiöse 19. Jahrhundert.

Aber auch dafür haben wir bezahlt: indem wir den Blick auf die Natur, die Befassung mit ihr an die Wissenschaft abgaben. Die war nun überhaupt nicht mehr ehrfürchtig oder respektvoll. Sie folgte der Empfehlung des Descartes, die Natur konsequent auf die Folter zu spannen, um ihr die Geheimnisse ihres Daseins und ihres Wirkens zu entreißen. Es lohnt sich vielleicht daran zu erinnern, daß dies der Kirche durchaus nicht mißfiel, im Gegenteil: ein nur Wenigen bekannter Pater Gassendi im Frankreich des 17. Jahrhunderts sah die Möglichkeit, mit dieser neuen Methode endgültig die immer noch drohenden alchemistisch-kabbalistischen Irrlehren zum Schweigen zu bringen, ja endgültig zu entmachten. Und er hat recht behalten.

Was weder er noch die allermeisten Zeitgenossen ahnen konnten: eben diese von jeder metaphysischen Bedrohlichkeit befreite Wissenschaft wurde einerseits zum Produktionsfaktor, wie man heute sagt – und andererseits zum Eroberer immer neuer und größerer Felder der Wirklichkeit und ihrer Wahrnehmung. Wir quittieren heute die Tatsache, daß der Vatikan die Evolutionstheorie, und das heißt auch unsere Abstammung von tierischen Vorfahren, gnädig anerkennt, durch mehr oder weniger witzige Karikaturen in den Tageszeitungen; wir haben keine Geschichtskarte mehr im Kopf, auf der die katastrophalen und verlustreichen Rückzüge der offiziellen Religion von Galilei und Giordano Bruno bis zu Darwin noch verzeichnet wären.

Zweifellos war das auch Befreiung, religiöse Befreiung, Abschied von belastender Anmaßung, peinlichem Erklärungsbedarf. Aber sie führte eben dazu, daß wir, wie Chesterton, die große und stetig wachsende Müllhalde nicht mehr wahrnahmen. Erst heute in der zweiten Hälfte dieses Jahrhunderts wird klar, daß sie zu uns, zu unserer sozialen, politischen, biologischen Wirklichkeit gehört, und daß diese Müllhalde der menschlichen Zivilisation Kopf und Kragen kosten kann.

Und damit steht unser bisheriger Umgang mit Versöhnung und Heil zur Disposition. Jahrhundertelang wurde Heil nur im Reich des Geistes, im Innenleben der Gemeinde und des Einzelnen gesucht – oft genug durch die handfeste Anwendung der salvierenden Formel, ich brauche hier nicht deutlicher zu werden. Die Müllhalde betrachteten wir moralisch wie metaphysisch inert – ja, ihre Vermehrung durch christlichen Gewerbefleiß konnte, bei entsprechender guter Meinung, sogar zur individuellen und gesellschaftlichen Seelenrettung beitragen. Seelenrettung – das hieß aber letzten Endes nichts anderes als eine Methode, den Tod zu überholen und zu besiegen.

Sieg über den Tod, den Tod auch in seinen verborgeneren Formen als Hunger, Leid, Pestilenz und Seelenqual: Das war und ist letzten Endes die *causa finalis,* das Gesamtziel der Heilssuche. Es hatte sich seit den Tagen des Animismus von den groben biologisch-biosphärischen Zielen gelöst, hatte die Biosphäre ihrem eigenen Lauf überlassen – und dabei den Begriff der WELT mehr und mehr hominisiert.

Was dabei außer Sicht geriet, wird erst jetzt, erst im 20. Jahrhundert als neues Zentralproblem der Menschheit wieder sichtbar. Während wir unsere hominisierte Binnen-Religiosität unerhört verfeinert haben, stehen uns (und zwar auch der sogenannten säkularisierten Gesellschaft) für den Umgang mit der Biosphäre, das heißt aber für den Umgang mit der drohenden selbstverschuldeten Selbstzerstörung unserer Zivilisation, nichts als die alten anthropogenen Werkzeuge und Formeln zur Verfügung, die hiefür vollständig inadäquat sind: Chestertons Fensterscheibe wird durch sie einfach nicht mehr ganz.

Nein, es ist so schlimmer. Worauf es ankäme, wäre, es nicht erst zum Zerschmeißen der Scheibe, zur Erhöhung der Müllhalden, zum Anwachsen des Todes und des Todespotentials in der nichtmenschlichen Welt kommen zu lassen. Doch haben uns fünfhundert Jahre der sogenannten Moderne aufs trefflichste darin eingeübt, dieses Potentials gar nicht erst ansichtig zu werden.

Und so erleben wir ringsum den Triumph der faden Unschuldskomödie, der salvierenden Entschuldigungsformel, die tränenreichen Küsse der alternativen Großmütter für das abgetrennte Haupt der lebendigen Natur. Wir vernehmen verlogene Formeln wie *Entsorgung* für die ratlose Hin- und Her-Verschiebung von Jahrtausendgiften, *Waldzustandsbericht* statt *Waldschadensbericht;* wir erleben die lächerlichen Empfehlungen von rituellen Gipfeltreffen, die nie in die Tat umgesetzt werden, weil sie dem Selbstlauf eines globalen Systems widersprechen, in dem eine ganz neue, fast nie als solche erkannte Religion triumphiert: der fundamentalistische Ökonomismus.

Dieser Ökonomismus ist insofern fundamentalistisch, als er, wie alle anderen Fundamentalismen, in ein geschlossenes paralogisches System eingezogen ist, in dem Wirklichkeiten jenseits seiner Koordinaten einfach nicht verarbeitet, andere Prioritäten einfach nicht anerkannt werden können. Er hat die alten Umgangs-Formen und -Formeln, die seit dem Animismus in Gebrauch sind, für seine Zwecke zurechtgebogen und zurechtgefeilt, er hat die bereits zitierten Sprach- und Denk-Regelungen erfunden, er quält sich mit dem Problem herum, wie man eine ökologische Komponente in die üblichen Rentabilitätsrechnungen hineinmogeln könnte. Er hat seine eigenen theologischen Fakultäten, nämlich die Wirtschaftswissenschaften, die allerdings noch nicht ganz die Präzision der scholastischen Magister des 15. Jahrhunderts erreicht haben. Er erteilt Ablaß für fromme Stoßseufzer wie Katalysatoren und Mülltrennung, während er die ihm restlos verfallene Gemeinde mit seinen Zentralsakramenten: der D-Mark und dem Führerschein nährt. Wie verkorkst es im Kopf eines solchen Fundamentalisten aussehen kann, erhellt ein Satz des Abgeordneten Ost, CDU-Berichterstatter im Wirtschaftsausschuß des Bundestages: »Es muß eben auch die Umwelt ihren Beitrag zum Industriestandort Deutschland leisten.«

Die alten Religionen, vor allem die Hochreligionen, haben mit diesem Fundamentalismus ihre Schwierigkeiten. Verurteilt wird er selten, höchstens etwas mürrisch getadelt wegen seiner moralischen Konsequenzen. Und wenn schon eine ökumenische Beratung über die von ihm verursachte soziale Krise stattfindet, holt man sich vorsichtshalber auch die Meinung der Deutschen Bank ein. Was die Umwelt betrifft (verwenden wir einmal den Ausdruck, der auch eine salvierende Formel ist), so ist gelegentlich von *Bewahrung der Schöpfung* die Rede, was erstens sehr anthropozentrisch und zweitens wissenschaftlich ziemlich schlampig ist. Der innerkirchliche Fundamentalismus und das Sektierertum innerhalb und außerhalb der großen Konfessionen, tut sich am leichtesten, es sperrt seinerseits alle Wirklichkeiten aus, die nicht in seinem Koordinatengitter Platz haben, und erwartet meist Heil von der ultimativen salvierend-salvatorischen Formel: der Apokalypse.

Wie schwer sich aber die Amtskirchen im allgemeinen und die katholische im besonderen mit der Rückkehr der kollektiven Bedrohung durch die verstümmelte Natur tun, erhellt aus einer der letzten Enzykliken des Papstes mit dem Titel *Evangelium Vitae*.

Ich gestehe, daß ich sie nicht ohne Spannung erwartete. Nachdem Paul VI. seinerzeit schon das berühmte Rundschreiben *Humanae Vitae* ausgesandt hatte, war nun mit einer Ausweitung des Themas, mit der längst fälligen Behandlung der drängendsten Frage des ausgehenden Jahrtausends zu rechnen.

Ich hätte es besser wissen müssen. Von den vielen hundert Nummern des Dokuments, das sich fast ausschließlich mit den modernen Bedrohungen des menschlichen Lebens, der Ungeborenen und der Behinderten, der Alten und Schwachen auseinandersetzte (durchaus leidenschaftlich, ohne den manchmal so peinlichen kurialen Ton), waren nur zwei oder drei wenigstens ansatzweise dem nichtmenschlichen Leben gewidmet. Und diese wenigen Sätze waren völlig ratlos, ja abstrus. So wurde etwa die Frage aufgeworfen, wie der Tod in die Welt gekommen sei, und die Antwort lautete: durch das Böse!

Es tut mir leid – das ist Obskurantismus. Tod ist eine wesentliche Verkehrsform des Lebens, das ist grundlegende Einsicht der Lebenswissenschaften. Ohne Tod ist Evolution, das heißt Ausfaltung und Höherentwicklung des Lebens, unvorstellbar. Daß er von jedem Lebewesen, also auch von den Menschen, als die letzte und höchste Drohung, als das Böse schlechthin gefürchtet wird, ist Teil dieser Lebensdynamik.

Der Mensch folgte und folgt diesem Fluchtdrang, dieser ultimativen Panik genauso wie alle Kreatur um ihn; er sucht nicht nur den Tod zu vermeiden, sondern alles, was ihn auch nur von fern an ihn erinnert. Er will sich und den Seinen (später immer größeren Verwandt- und Genossenschaften) ein langes, sicheres, möglichst leidfreies und genußreiches Leben bereiten und dabei verschlang und verschlingt er alle erreichbaren Ressourcen.

Seine Schwierigkeit ist, daß er zu erfolgreich war.

Mit der Hoch-Organisation seiner Gesellschaft, die ihm den kurzfristigen Ersatz jeder Fensterscheibe garantiert, hat er sich zum Herrn der Erde gemacht – zuerst nur in tastend-animistischer Kommunikation mit dem mitmenschlichen Leben, dann als *homo faber,* für den alles nichtmenschliche

Irdische entweder Rohstoff oder Werkzeug ist – einschließlich jener (laut Gesetzbuch) beweglichen Sache, die man vulgo Tier nennt.

Mit solcher Verzweckung des Lebens schwanden die letzten, immer noch anthropomorphen, aber Hunderte von Kulturen befruchtenden Verhandlungs- und Versöhnungsformen, die uns nichtmenschliche Lebenswahrheit jenseits aller Zwecke ahnen ließen. Dürr, opak, unzugänglich bleibt der Tod mitten in einer entseelten Landschaft stehen. Des Homo faber erfolgreichstes Rennen ist so gut wie gelaufen, er ist dabei, sein bisher erfolgreichstes Überlebenssystem zu globalisieren – und sieht sich unversehens am Rande der selbstverschuldeten Selbstzerstörung.

Das Fazit? Die bisher gebräuchlichen Formen des religiösen Umgangs mit der Biosphäre sind für diese katastrophale Lage so oder so nicht mehr geeignet. Sie waren es vielleicht nie, wie uns die Wissenschaft immer schlüssiger erklärt – aber sie genügten in einer Welt, deren Verwendung des solaren Energie-Imports so gut gelang, daß die mehr oder weniger großen Sünden gegen die Biosphäre ausgeglichen werden konnten – oder wenigstens unbemerkt blieben. Hier und heute geht das zuende. Die Ratlosigkeit der meisten Religionen gegenüber dieser Tatsache liegt auf der Hand.

Müssen wir uns also daran gewöhnen, daß Religion als Wirkmacht gerade gegenüber dem wesentlichsten Problem des nächsten Jahrhunderts einfach ausfällt, daß sie sich mit der Rolle des Sozialarbeiters begnügen muß? Und wenn das so ist: Welche andere Wirkmacht ist stark genug, sich mit diesem Problem zu messen?

Das ist die entscheidende, das ist die Schlußfrage. Und ich wage eine Antwort, die zunächst paradox erscheint: die einzige Wirkmacht, die universal genug ist, ist bestimmt nicht die Wissenschaft. Die vermag nur Zusammenhänge zu erhellen und Daten zu liefern. Nein, die einzig vorstellbare

Wirkmacht wird wieder Religion sein – aber Religion, die sich der Tatsache unserer Kreatürlichkeit in voller Souveränität zu stellen vermag.

Auch für sie sind globale Ansätze zu finden; Ansätze und vorgelebte Modelle. Es sind, kurz gesagt, die Modelle der Mystik und der rechtverstandenen Askese. Es ist die Mystik und die Mystik allein, die alles Verhandelbare zwischen Gott und Mensch, zwischen Leiden und Mensch, zwischen Tod und Mensch aufhebt und gerade darin den Menschen weit jenseits der Biologie zur Krone der Schöpfung macht. Die fatale Doppelwelt der herkömmlichen Religiosität – eine mehr oder weniger schlaue Optimierung des biologischen Programms, das wir mit der Bierhefe teilen, und die mehr oder weniger unbestimmte Handelschaft mit dem Übernatürlichen – kann und muß sich dann verabschieden.

Ich versuche nun eine letzte Konkretisierung dieses Gedankens, mit der ich, lassen Sie es mich offen gestehen, an die Grenzen dessen gelange, was ich bisher zu leisten versuchte. Und ich bitte Sie um Verzeihung dafür, daß sie notwendigerweise sehr diskussionsbedürftig bleibt. Ich will über Ostern sprechen.

Wir feiern, wenigstens potentiell, heute ein dreifaches Ostern. Eier und Frühlingsblumen und Palmkätzchen rufen die Erinnerung an die zyklische Religiosität der animistischen Ahnen herauf – an Ischtar, Persephone, Ostara. Die Liturgie der Osternacht, die mit dem Preis der Osterkerze an diese alte Welt anknüpft, stellt darauf aber die zweite, gewaltige Erinnerungsschicht: die Erinnerung ans erste Pascha, an den Exodus, an die Befreiung aus dem Sklavenhaus – und damit die Erinnerung an die völlige Veränderung der religiösen Agenda, die Suche nach dem Bündnis des Volkes mit Gott, seine stete Bewahrung, Verwerfung und Wiederauffindung, die dadurch erst ermöglichte Höherentwicklung des Menschheits-Ethos. Aber die Krönung des Ostergeheimnisses ist für uns natürlich erst die dritte, die christliche Schicht – die Auferstehung des Erstgeborenen von den Toten, der uns in die Unsterblichkeit vorangeht. *Dux vitae mortuus/regnat vivus*, wie es in der wundervollen Ostersequenz heißt.

Mit anderen Worten: der Tod ist besiegt. Merken wir es? Ist das wirklich aufrechtzuerhalten am Rande der selbstverschuldeten Selbstzerstörung? Ist das mehr, kann das mehr sein als eine verzweifelte Invokation, wenn wir uns nicht in das fundamentalistische *happy end* eines Jüngsten Tages zurückziehen wollen, der in keinerlei Kausalbeziehung zu dieser Schuld steht? Oder werden nicht (wenn wir schon beim Jüngsten Tag bleiben wollen) auf der Richtbank die Delphine, die Wale, die Wölfe und Gazellen, die tausend und abertausend Gedanken Gottes sitzen, die wir aus Raffgier, Blutdurst oder reiner Gedankenlosigkeit vernichtet haben? Wo bleibt dann der Sieg und das Regnum des Lebensfürsten? Oder: wie wird der Christos Kosmokrator dann mit uns verfahren, um Seinen Sieg zu behaupten?

Nein, so kommen wir mit Ostern nicht mehr zurecht. Und ich vermute, daß wir es in einen Prozeß, zunächst einen möglichen Prozeß umdenken müssen, wie wir dies schon mit der Schöpfung und – letzten Endes – mit der Passion tun. Wir haben Jesus als Stellvertreter, als Substitut, als Erstlingsopfer – und das heißt doch als Handelspreis in einem *sacrum commercium* verstanden, das uns erlaubt, weiter unser biologisches Programm zu verfolgen – und damit auf der Flucht vor dem Tod zu bleiben. Doch wenn das christliche Ostern wirklich die Universalisierung des Sieges über den Tod bedeutet, eines Sieges, der ihn unmöglich als Verkehrsform des Lebens beseitigen kann und darf – dann ist diese Universalisierung nichts anderes als seine Bejahung, ja seine Umarmung als ebendies, eine Form des Lebens, die der *dux vitae* in seiner Epiphanie bestätigt.

Was dies kulturell, sozial, politisch bedeuten würde, ist ungeheuer und vorläufig noch gar nicht abzusehen. Aber was immer oberhalb der natürlich notwendigen praktischen Umbauten der menschlichen Gesellschaft (die vorläufig von leicht zu benennenden Interessen systematisch blockiert werden) wahrgenommen werden müßte: eine Metanoia geringeren Ausmaßes, geringerer Kraft wäre ohne jede Zukunftsaussicht. Ohne sie könnten wir uns nur auf die elegante Gelassenheit zurückziehen, auf das Prinzip Akzeptanz, das uns von gewissen Neo-Stoikern längst empfohlen wird, oder auf die neo-kannibalische Borniertheit, wie sie etwa aus dem Antlitz von Herrn Westerwelle leuchtet. Ich finde beide Alternativen grauenhaft – für ein solches Endspiel haben die religiösen Genies der Jahrtausende vor uns nicht gelebt.

Danke.

Die Botschaft des Jahrtausends

Scheidewege, 26. Mai 1997

Wer in unseren Tagen darüber sprechen will – in unseren Tagen, in der die Aufmerksamkeit des Politikers bis zum nächsten Wahltermin, die des Unternehmers bis zur nächsten Aktionärsversammlung, die des Autofahrers bis zur nächsten Radarfalle reicht –, der tut zunächst gut daran, seinem Publikum zu danken, das bereit ist, Erwägungen über etwas bedeutendere Zeitstrecken anzuhören. Solcher Dank sei also füglich vorweggenommen.

Es sind keineswegs nur Kalenderzahlen, die das Thema nahelegen. Gewiß, es ist durchaus nützlich, mit dem Engel der Geschichte zurückzublicken von einer nahen Daten-Wasserscheide aus (eigentlich haben wir sie längst passiert, weil der fromme Mann, der Jesu Geburt auf 753 *ab urbe condita,* also seit der Gründung Roms festlegte, ein paar Jahre zu spät lag und liegt) – aber es ist vor allem deshalb nützlich, weil die Botschaft dieses Jahrtausends in der Tat höchst beunruhigend und höchst wichtig ist – die wichtigste vielleicht, seit der Homo sapiens in grauer Vorzeit aus dem Tanganjika-Becken aufgebrochen ist, um die Welt zu besetzen. Ja, wir werden zu dem Schluß gelangen, daß das Jahrtausend selbst die entscheidende Wende, der entscheidende Kreuzweg für die Menschheit geworden ist, entscheidend über ihr Leben oder ihren Tod.

Daß wir uns dabei auf Europa beschränken, hat seinen guten Grund. Es hat in diesem Zeitraum Europa bestürzend rasch nicht nur die Weltherrschaft übernommen, sondern dieser Welt seine Methoden und Standards als Weltkultur aufgezwungen oder doch aufzuzwingen versucht.

Dabei war Europa im Jahre 1000 eine ziemlich rückständige Halbinsel Asiens, dessen Großreiche über vielfach machtvollere Ressourcen und einen vielfach höheren Organisationsgrad verfügten. Die Botschaft, auf die Europa damals, am Ende des ersten Milleniums hörte, war die christliche, fundamentalistisch gedeutet und erlebt – und diese Botschaft barg die drohende Möglichkeit, daß mit dem Jahrtausendende die Wiederkunft des Herrn, der Tag des Gerichts fällig wurde. Diesen Tag erwartete man nicht mehr mit der Sehnsucht der Urchristen, man zitterte vielmehr vor ihm, vor dem *Dies Irae,* dem Tag des Zorns, der uns arme Sünder vor die Schranken des allwissenden Richters zitieren würde.

Es ist durchaus sinnvoll, das Ausbleiben dieses Gerichtstags als eine erste, eine sozio-psychologische Botschaft zu deuten. Der erschütterungsfreie (jedenfalls metaphysisch erschütterungsfreie) Übergang ins nächste Jahrtausend schob den eschatologischen Termin weit weg ins Ungewisse, nötigte zumindest zu einer weniger einfältigen, weniger selbstverständlichen Frömmigkeit – gab auch schon den Weg frei zu einer ersten Scheidung zwischen *heilig* und *profan,* die dann, durch die Revolution Gregors VII. im elften Jahrhundert, durch den Konflikt zwischen Papst und Kaiser, zu einem hochwichtigen, vielleicht dem wichtigsten Kennzeichen westeuropäischer Fortschrittsdynamik wurde.

Europa begriff die Lektion sehr rasch, und Italien wurde ihr gelehrigster Schüler. In seinen Stadtstaaten entstand der Frühkapitalismus, und schon im Hochmittelalter setzte eine erste Industrialisierung ein – Exportfertigung von Textilien hauptsächlich, für die mannigfache Arten von Mühlen und Hammerwerken tätig wurden. Eine Arbeitswelt von triefenden Rädern, unerbittlich, taktgerecht, dröhnend niedersausenden Kolben und Hammerköpfen: dies war durchaus etwas völlig Neues, und es gibt Berichte von byzantinischen Reisenden, die angesichts all dessen einen sehr modernen, das heißt romantisch-modernen Zukunftsschock erlitten.

Der Export von Barchent und anderen Tuchen ging natürlich auch nach Norden, in die Welt jenseits der Alpen, in denen sie guten Absatz fanden. Denn dort war eine Expansion der Bevölkerung im Gange, es war die Zeit der großen inneren Landnahme, der Rodungen, der Neubesiedlung bis dahin unbebauten oder bewaldeten Landes. Es gibt biologische Puristen, die im Niederlegen unserer Wälder die Ursünde Europas sehen: wir hätten, so meinen sie, keine Ernährungstechnik anwenden dürfen, die aus semi-ariden Breiten des Nahen Ostens und Südostens stammt; wir hätten lernen sollen, den Wald zu essen. Nun, wie immer es sei oder gewesen sei – die Rodungskolonisation entsprach dem Pioniergeist der Zeit, entsprach dem himmlischen Befehl, sich die Erde untertan zu machen, entsprach den großartigen Möglichkeiten, welche vor allem die straffe Disziplin der Klöster hervorbrachte – und wohl auch der jetzt allenthalben angewandte Scharpflug.

Industrie in Italien; innere Kolonisation und Landnahme nördlich der Alpen, überwölbt von einem deutlich wärmeren Himmel; schwindende Furcht vor dem Tag des Gerichts; zunehmende Festigung eines eigenständigen weltlichen Bereichs gegenüber der Sakralmacht – die Kräfte der Beschleunigung waren am Werk.

All dies wurde an Zukunfts-, an erdgeschichtlicher Bedeutung weit übertroffen von einem Ereignis, das unsere Juristen »Höhere Gewalt«, das ältere englische Recht noch *Act of God*, also eine Tat Gottes nennen.

Diese Gottestat hat ein moderner französischer Historiker in unübertrefflicher Sachlichkeit die »Internationalisierung der Mikroben« genannt. Dabei lassen sich deutlich zwei Wellen unterscheiden, die scheinbar völlig gegensätzlich liefen, aber zusammen zu einer höchst komplizierten Botschaft wurden.

Die erste Welle der Mikroben-Internationalisierung betraf eindeutig Europa – die Schwarze Pest. Sie wurde nicht durch einen Kriegszug ausgelöst wie die meisten Epidemien der Vergangenheit, sondern durch sein Geschwister, den Handel. Ihre Kriegshorde war eine neue Rattenart, die über Schiffs- und Karawanenwege eindrang und einen neuen Erreger einschleuste – einen Erreger, auf den der kleine Erdteil völlig unvorbereitet war. Was kam, wissen wir: bis zu zwei Drittel der Bevölkerung wurden hinweggefegt, Dörfer verödeten, in den Gassen der Städte häuften sich die Leichen, und die Gesamtseele des Jahrhunderts, jenes »Herbstes des Mittelalters«, war versehrt. Die Spätfolgen dieser Verheerung wirkten auf das Lebensgefühl, auf das Körperbewußtsein, auf den Stil der Frömmigkeit, – und sie reichen bis in die Zeit unserer Väter.

Ja, vielleicht reichen sie bis in unsere Tage. Ihr Vermächtnis ist unter anderem die unendliche Verbitterung, mit welcher wir gegen den Tod als unser Schicksal kämpfen. Die Pest machte ihn als kollektives Gemetzel von blendender Härte fühlbar, sie löste, so vermuten viele, eine langfristige europäische Neurose, eine Todespanik aus, die sich schließlich in die grimmige und kaum mehr hinterfragte Entschlossenheit der modernen Medizin verwandelte.

Sehr zwiespältig wird die Botschaft der Pest allerdings, wenn wir den Blick vom unmittelbaren Leid ab- und den Folgen für die gesamte europäische Lebenswelt zuwenden. Die sah nämlich im 14. Jahrhundert schon reichlich zerschunden aus, dank der Pioniertaten des Hochmittelalters. Der Ertrag war immer ärmlich, die Ernährung erbärmlich gewesen, immer um die Hungermarke oszillierend. Jetzt, im geleerten Land, brauchte man nur mehr die besseren Böden anzubauen. Moor, Wald und Heide war eine Erholungspause gegönnt.

Und solche Erholung bezog auch die Armen ein. Sobald das große Sterben vorbei war, erwischte es nachträglich die Reichen genau in dem Punkt, wo es ihnen am meisten wehtat: beim Reichtum. Die Zeugnisse der Zeit sagen, daß die Tagelöhner plötzlich ein Vielfaches von dem verdienten, was man ihnen vor der Pest gezahlt hatte, und es setzen auch bewegte Klagen über die plötzliche Dreistigkeit des Personals ein – die Pest hat also die Mächtigen wenn nicht vom Thron gestürzt, so doch ihren Abstand zu den Niedrigen erheblich verringert.

Viel folgenschwerer wurde die zweite Welle. Sie überflutete allerdings in der Hautsache nicht Europa, sondern sie ist bekannt als die Epoche der großen europäischen Entdekkungen und Erschließungen, vor allem in Amerika und auf der Südhalbkugel.

Die Rattenart, die diesmal zum Werkzeug der großen Mikrobenwanderung wurde, trug Musketen und Brustpanzer und hieß, je nachdem, Spanier, Portugiesen, Holländer, Franzosen oder Engländer. (Auch Deutsche machten mit, siehe die Welser in Venezuela.) Für sie, die intelligenten und energischen Säuger, war diese Entdeckung und Erschließung natürlich alles andere als ein Fluch; für sie wie für uns war sie eines der segensreichsten Ereignisse der Geschichte. Da stiegen gedeckte Tische aus der See empor, vor allem das riesige Amerika – ein gottgesandter Ausweg für die Millonen, die seit der großen Pest schon wieder zugewachsen waren; zweifellos eine Großtat Gottes an seine Erwählten – *Magnalia Christi Americana,* so lautete die Überschrift des ersten, von einem puritanischen Pastor verfaßten Geschichtsbuchs auf neuenglischem Boden. Er wie alle anderen Frommen stürzte sich mehr oder weniger gewalttätig in dieses *Manifest Destiny,* das sie in wenigen Generationen bis zum Pazifik trug.

Die Eindringlinge handhabten Stahl und Pulver, Säbel und Peitsche, Feuerwasser und verlogene Juristerei energisch genug; aber alle diese Waffen erklären nicht die Geschwindigkeit, mit der die indianische Bevölkerung schrumpfte:

Als Kolumbus die westindischen Inseln erreichte, lebten auf ihnen etwa fünfzehn Millionen Tainos. Vierzig Jahre später gab es sie nicht mehr.

Zwanzig oder dreißig Jahre nach der Eroberung Mexikos durch Cortés war das Land von noch höchstens einem Zehntel der Menschen bewohnt, die der Eroberer dort vorgefunden hatte.

Schon zur Zeit der sogenannten Pilgerväter, also zu Beginn des 17. Jahrhunderts, verschwanden ganze Algonkinstämme – die Kolonisten fanden ihre Friedhöfe, als sie anlandeten.

Was geschah, war klar. Riesige Heere von Mikroben waren aus den Biolabors der schmutzigen europäischen Städte und Dörfer aufgebrochen – kein einheitlicher Schwarzer Tod mehr, sondern eine Kollektion mit Typhus, Blattern, Cholera, Ruhr, Masern – bis hinunter zum ordinären Schnupfenbazillus. Und sie stießen auf Völker, deren Immunsystem auf sie völlig unvorbereitet war.

Gottestat für wen? Es gab spanische Priester, die daraus das Wohlgefallen Gottes mit seinen christlichen Kindern herauslasen: Er entferne eben rechtzeitig die weniger wohlgefälligen Rothäute, damit sie der Ausbreitung spanischer Macht und damit des Reiches Gottes nicht im Wege stünden.

Andere, etwa die Jesuiten in Kanada und Paraguay, waren ehrlich und tief betrübt, daß ihre Träume von wehrhaften christlichen Indianernationen auf so unerklärliche Weise zerrannen.

Segen oder Fluch? Zorn oder Wohltat Gottes? Stellen wir einfach fest, daß ein Erdteil, der wesentlich größer ist als Europa, einen wesentlich größeren Anteil der Bevölkerung verlor als Europa unter der Schwarzen Pest; daß die mikrobische Revanche Amerikas, die Syphilis, wesentlich weniger wirksam war (wenn sie auch den Lusthimmel auf Jahrhunderte verdüsterte und als unmittelbare Strafe für Unzucht eine beliebte Bußgeißel wurde). Stellen wir fest, daß die Weiten der gewonnenen Länder den Aufbau der bisher wohlhabendsten Gesellschaft der Welt ermöglichte – und zwar nicht nur in Amerika, Australien, Neuseeland selbst als auch bei uns im alten Land.

Jeder zweite Europäer lebt heute in anderen Erdteilen als Europa. Nicht nur wurden sie zu einem großartigen Ventil für die übervölkerten Stammlande; nicht nur boten sie dem Auswanderer Chancen, von denen er zuhause nicht zu träumen wagte. Wesentlicher noch, so ist zu fürchten, ist das, was sie unserer Gesamtseele angetan haben. In Amerika, Australien, weiten Teilen Afrikas konnten uralte europäische Sehnsüchte und Begierden ausgelebt und sogar wiederbelebt werden, die aus der Zeit der Völkerwanderung, der großen Eroberungen, der Beutezüge der Nordmänner stammten. Weiter Ausgriff in den Raum, die fast absolute Unabhängigkeit von irgendwelchen Autoritäten oder Kontrollen, der einsame Held im Angesicht der einsamen Gefahr: das wars, was sich das europäische Herz durch die Jahrhunderte der Unterdrückung, der geistlichen und weltlichen Oberaufsicht, des Hungers und der engbrüstigen Nachbarschaften bewahrt hatte: das Wissen vom rauhen, gefährlichen, aber unendlich weiten Paradies, das sich etwa in den Prosageschichten der Island-Sagas erhalten hat und im klassischen Western wiederbelebt wurde. Amerika etwa war genau das, was der Europäer wollte – genauer gesagt: was der nicht ganz erwachsene, der prahlerische und rechthaberische Europäer wollte. Das galt und gilt ebenso für den Schweinehirten aus der Estremadura wie für den See- und Prärie-Vaganten aus britischem oder schottischem Blut.

Die *Neue Welt:* das war für immer mehr europäische Neuerer von nun an die eigentliche, die »normale« Welt, die Welt ohne die Erblasten der kläglichen Vergangenheit.

Rousseau fand in ihr seinen Edlen Wilden, die Aufklärer fanden eine ideale Republik mit Menschenrechten und Verfassung. Der »Ausgang aus der selbstverschuldeten Unmündigkeit« (Kant) wurde um vieles leichter, wenn man wußte, wie viele unbewachte und unkontrollierbare Ausgänge in die Weiten der Berge und der Pampas immer noch und immer wieder zu finden waren. (Und 1944, gestehen wir das offen, kehrte diese Welt der unbegrenzten Möglichkeiten an den Strand der Normandie zurück und hat seither das Lebensgefühl Europas bestimmt – ab 1989 bis an den Ural.)

Was nun in Europa, speziell in Westeuropa, geformt wurde, war die Seemacht-Welt, welche die großen Imperialismen des 19. Jahrhunderts gebar. In ihren inneren Systemen waren und sind sie die freiheitlichsten, die es (mit Ausnahme kleiner, überschaubarer traditioneller Gesellschaften und Republiken) je gegeben hat. Ihr Wohlstand und ihre Freiheit wurden allerdings fast immer mit Praktiken erkauft, die unterhalb hochzivilisierter Gesellschaften tief ins »Herz der Finsternis« führten und führen.

Voraussetzung dafür war die restlose Säkularisation, die klinisch genaue Trennung von *heilig* und *profan*. Der letzte europäische Krieg, der noch unter konfessionellen Vorzeichen begann (der Dreißigjährige), enthüllte sich mehr und mehr als die erste und brutalste Auseinandersetzung um barocke Staatsraison zwischen den beiden Seemächten Spanien und Frankreich. Und der Konfessionskonflikt selbst hatte dafür gesorgt, daß sich die hohen Intelligenzen Europas mehr und mehr den Naturwissenschaften zuwandten, mit dem proklamierten Ziel, das diesseitige Leben soweit wie möglich zu verbessern.

Solche Lebensverbesserung jedoch ist ein durch und durch biologisches Programm. Es ist die alte, uralte Regel der Evolution – die Regel des Opportunismus. Jede Lebensform strebt danach, das eigene Leben oder das Leben ihrer Gruppe sicherer zu machen, Leiden möglichst zu vermeiden, Hunger und Durst möglichst bald zu stillen, alle erreichbaren Ressourcen zur eigenen Reproduktion und zur Reproduktion der Spezies an sich zu ziehen, um innerhalb ihres Habitats (und wenn möglich darüber hinaus) in den alleinigen oder möglichst alleinigen Genuß ungestörten Lebens zu gelangen. Das Programm reicht von der Bierhefe bis zum Homo sapiens.

Der Haken dabei ist, daß dieser prachtvolle Opportunismus, der ja nach Darwin zum Überleben der Fittesten (nicht der Stärksten) führt, und aus dem sich das ganze Ast- und Zweigwerk des Lebensbaums der Biosphäre entfaltet, eben durch diese Biosphäre strengen Regularien unterworfen ist. Vermehren sich die Schneehasen zu stark, vermehren sich auch die Füchse. Hat die Bierhefe allen erreichbaren Zukker in Alkohol, also in ihre Exkremente, verwandelt, geht sie in eben diesem Alkohol zugrunde. Einer einzigen Spezies, die sich deshalb Krone der Schöpfung nannte und nennt, bleibt es vorbehalten, dieses Grundgesetz von Leben und Tod aufgrund ihrer überlegenen Ausrüstung (die wir einmal den überorganischen Faktor nennen wollen) vor sich herzuschieben, die Bedingungen ihres Über- und Weiterlebens so zu modifizieren, daß der Opportunismus der Einzelnen und der Gruppe weit über jede bisherige Grenze vorangetrieben werden kann – insbesondere dann, wenn dieses Ingenium, dieser überorganische Faktor zielbewußt und ohne jede traditionelle Bindung an irgendwelche metaphysische oder ontologische Deutungen auf diesen einen Punkt, auf das möglichst glanzvolle Weiter- und Höherleben der Gruppe gerichtet ist.

Eben dies war neu, war die Errungenschaft der zweiten Jahrtausendhälfte. Und eben dies wird heute, am Ende dieses Jahrtausends, zum *Predicament of Mankind*, zum Dilemma der Menschheit.

Fassen wir dieses Dilemma genauer ins Auge. Der Expansions- und Herrschaftsdrang des biologisch angelegten Opportunismus, seine Raffgier, seine Ausnützung jeder ökologischen Nische, verwebt sich unterhalb der Spezies Mensch zu einem komplexen kybernetischen Spiel – und soweit der Mensch Biologie ist (und das sind die 98,8 Prozent Genom, die er mit den Schimpansen teilt), nimmt er selbstverständlich auch an diesem Spiel teil.

Nur (hier taucht sein entscheidendes Anderssein auf) vermag der Mensch etwas zu leisten, was jedenfalls nach unserem Wissen keiner anderen Art vergönnt ist. Er vermag zu reflektieren.

Schon der Urzeitjäger, von einem fallenden Stein verletzt, bekämpft seine Panik, bekommt sie unter Kontrolle. Er kann von sich selbst zurücktreten, kann sich außerhalb dieses panischen Selbst stellen, kann sein Trauma, sein Unglück objektiv betrachten, oder doch so objektiv, daß es ihm möglich ist, daraus seine (richtigen oder falschen) Folgerungen zu ziehen. Derselbe Urzeitjäger, der den Tod seines Bruders erlebt hat, aber diesen Bruder in zahlreichen Träumen wiedersieht und seine Stimme hört, formt daraus vielleicht seine Urangst vor dem Doppelgänger. Zunächst zweckfreies Bewußtsein also, das unzähligen widersprüchlichen Eindrücken ausgesetzt ist und (mehr oder weniger erfolgreich, mehr oder weniger mißleitet) versucht, sie zu einem sinnvollen Muster zu ordnen.

Es ist also nicht der *homo faber*, der den Menschen vom Tier abhebt – Schimpansen können Kisten aufeinanderstellen, Geier können Schildkröten auf die Autobahn schmeißen, so lange, bis sie aufknacken und eßbar werden. Nein, den Menschen zeichnet einzig die Reflexion aus, die Möglichkeit, von seinen eigenen Trieben zurückzutreten und sie einem Ordnungsversuch zu unterwerfen.

In diesen Reichen und Bereichen schlummern Verstandesschärfe und Phantasie, Spekulation und Wahnsinn. Aus ihnen entfaltet sich die Möglichkeit zu großer Kunst und desinteressierter Forschung – aber auch die Möglichkeit, paranoide Beziehungs- und Erklärungsnetze zu weben. Der Anthropologe Edgar Morin hat uns darauf aufmerksam gemacht, daß der *Homo sapiens* von seiner ganzen Anlage her auch und immer der *homo demens,* der verrückte Mensch, gewesen ist, heute ist und sein wird.

Sinnsuche und Sinnfindung: Auf seiner Wanderung durch die Rätselwüsten der Welt und der Geschichte hat der Mensch diese Notwendigkeit über jede andere gestellt. Sicher, der steinerne Druck der Materie (des Hungers etwa, der Gefahr durch Feinde) hat auf die Sinnsuche immer zurückgewirkt; dennoch mag ein Sinnzusammenhang (ein wirklicher oder wahnhafter) einleuchtend genug zu sein, um ihn auch in Zeiten bitterer Not festzuhalten, ja im äußersten Fall für diesen Sinnzusammenhang zu sterben. (So kommen Märtyrer und Selbstmord-Attentäter zustande ...)

Die Falle jedoch, in die die Menschheit heute zu tappen droht (oder schon halb hineingetappt ist) hat einen grundsätzlich anderen Charakter. Ein Teil der Menschheit – und zwar der Teil, der sich in diesem Jahrtausend als ihr umtriebigster erwies – hat sich von allen altmodischen Sinngebungen gelöst und beschlossen, das bisherige Verfahren, Stetigkeit des Lebens durch Sinnsuche zu erreichen, grundsätzlich umzukehren. Sinn als solchen sieht er nur in der Suche selbst, und zwar in der grundsätzlichen und vollständigen Bejahung des weitgefaßten biologischen Programms: Suche nach dem Glück *(pursuit of happiness).* Dafür werden alle Kräfte des überorganischen Faktors eingesetzt. Was darüberhinaus noch an vereinzelten Sinnbedürfnissen herumliegt, wird in die Ecke der Sozialbetreuung, der geisteswissenschaftlichen Lehrstühle und des Kulturbetriebs gefegt, zu dem auch die Kirchen gerechnet werden.

Dieses neue Programm war über alle Maßen erfolgreich. Der Reichtum der Welt und die Zahl der Menschen haben sich vervielfacht, und wenigstens für einen, nämlich für den genannten umtriebigsten Teil der Menschheit, haben sich

Lebensverhältnisse von einer Bequemlichkeit ergeben, wie sie noch niemand, auch die Despoten der Vorzeit nicht, je erreicht hat.

Das Fatale: es ist ein Bierhefe-Programm geblieben. Und das besagt, daß die Menschheit, wenn sie an ihm festhält, in kurzer Zeit das Schicksal der Bierhefe teilen wird: in den eigenen Exkrementen zu ersticken. Das, und nichts anderes! ist das Wesen der Gattungsfrage, wie die Gegenwart sie stellt, wie sie an der Wand des scheidenden Jahrtausends zu lesen ist – für jeden, der nicht angestrengt wegschaut:

IST DIE MENSCHHEIT IMSTANDE IHRE ERRUNGENSCHAFTEN ZU ÜBERLEBEN?

In der Tat: im Lichte dieser Frage, in den Dunkelheiten, die dahinterliegen, offenbart sich die letzte supreme Ironie unserer Lage. Wir haben die Mikroben gejagt; wir haben die alten Feinde, die Taten Gottes (oder die apokalyptischen Reiter, wenn man will) in die Finsternis zurückgeschoben. Wir haben unsere Lebenserwartung um zehn, um fünfzehn, um zwanzig Jahre verlängert. Wir haben eine Zivilisation geschaffen, in der der Hunger in der alten, brutalen, zerschmetternden Form nicht mehr bekannt ist. Und wir wissen genau, daß damit und erst damit die Gattungsfrage in ihrer ganzen Härte gestellt ist: SIND WIR IMSTANDE, UNSERE ERRUNGENSCHAFTEN ZU ÜBERLEBEN?

Dies ist eine Frage an unsere Lebensart. Die meisten von uns halten von dieser Lebensart ohnehin nicht mehr allzuviel. Die Meisten von uns, jedenfalls wenn sie ehrlich sind, wissen auch, daß es enorm schwierig ist, von dieser Lebensart loszukommen. Und es wird unmöglich sein (diese Bedingung wage ich auszusprechen), wenn wir an der Innenwelt des Bierhefe-Programms festhalten. Die machtvollen Impulse des biologischen Programms treiben uns unerbittlich weiter auf dem Weg in die Expansion, in den restlosen Verschleiß der Ressourcen, den uns eine überorganische Privilegierung, eine besondere Huld des Schöpfers (wenn wir religiös reden) ermöglicht. Gleichzeitig aber können wir uns von der Reflexion unseres Dilemmas nicht drücken – so wenig, wie es der verwundete Jäger der Vorzeit konnte. So widersprüchlich das zunächst klingt: es ist die Blindheit des biologischen Programms, die unseren fatalen Triumphalismus als Krone der Schöpfung erst ermöglicht, aber dieser blinde Triumphalismus ist gleichzeitig der sicherste Weg, eben diesen Triumph in einen katastrophalen Abgrund stürzen zu lassen. Reflektierte Anerkennung unserer Kreatürlichkeit – das ist der erste Schritt. Ich habe das in den paradoxen Leitsatz zusammengefaßt:

Der Mensch kann die Krone der Schöpfung bleiben – vorausgesetzt, er weiß, daß er sie nicht ist.

Nun, Sie merken schon, jetzt wird es religiös. Das ist auch gar nicht zu vermeiden, und das ist gut so. Unsere jüdisch-christliche Religiosität hat sich (zunächst völlig geschichtslogisch) von den magischen Verkehrsformen der sogenannten Naturreligiosität gelöst und ihren Kampf ums Heil in die Seelen bezw. die sozialen Bezüge verlegt. Parallelwelten sind so entstanden, die immer stärker auf reine Innerlichkeit drängten; und diese Entwicklung wurde natürlich durch die schon erwähnte scharfe Trennung von *heilig* und *profan* gefördert: der Christ im Weltgetriebe braucht, solange er seiner Glaubensüberzeugung treu und den ethischen sozietalen Werten seines Glaubens verbunden bleibt, keine anderen Praktiken zu verwenden als sein skeptischer oder agnostischer Zeitgenosse; ja, irdischer Erfolg wurde und wird teilweise sogar als Gnaden-Ausweis betrachtet. Dem Zug der Lemminge zum Meer konnte eine solche Religiosität nichts entgegensetzen.

Denn nun ereignete sich in diesem Jahrhundert das, was wir als die wichtigste Botschaft des Jahrtausends erkannt haben: das unabweisliche Eindringen der Gattungsfrage ins allgemeine Bewußtsein. Und damit tritt die nichtmenschliche Biosphäre, bis hinab in die Welt der Rohstoffe und

Ressourcen, überfallartig auch ins religiöse Bewußtsein ein. Das Leben in seinen bisherigen Formen, insbesondere das Überleben der Menschheit selbst steht auf dem Spiel: das ist die ungeheuerliche Unheilsgeschichte, das Dysangelium, die Drohung mit einer Apokalyptik und Eschatologie, die sich grundlegend von unseren jüdisch-christlichen Kategorien unterscheidet.

Was ist nun Hölle? Was Fegefeuer? Ist Erbsünde nicht in Wahrheit eine Erblast – die Begrenztheit unseres Erkenntnisvermögens und der stetige Versuch, diese Begrenzung zu überlisten? Und was ist das Gericht? Was sind seine Kriterien und Paragraphen? Wird es uns den anerzogenen Beichtspiegel abfragen – oder werden in seiner Jury vielleicht die Delphine und Wale, die Robben und Nashörner sitzen, die wir ausrotten?

Es gibt eine Art von Gläubigen, denen diese Fragen gleichgültig sind: die Fundamentalisten jeder Spielart, ob Krieger Allahs, Zeugen Jehovas, katholische Engelwerker oder Scientologen. Ihre Systeme sind, wie alle paranoiden Systeme, in sich geschlossen, man geht einfach hinein und haut die Tür hinter sich zu. Was solls, wenn uns die Trümmer der Welt um die Ohren fliegen? Sie ist ohnehin nur Schall und Rauch, und wir werden einzig nach den Kriterien gerichtet werden, die in unserem jeweiligen fundamentalistischen Ambiente vorkommen. (Vergessen wir übrigens nicht den wichtigsten Fundamentalismus von allen: den ökonomistischen. Er ist zur Zeit das wahrhaft herrschende, das hegemoniale Credo der Zivilisation.)

Geben wir zu: bis vor kurzem war ein geschlossenes, ein fundamentalistisches System Allgemeinglaube der Christenheit. Die Großkirchen, die keine Sekten werden wollten, haben es Stück für Stück zurückgenommen, haben Heil und Heilsgeschichte immer innerlicher definiert, als Seelenheil und Seelengeschichte. Den Geschäften des Bierhefe-Programms stand man gleichgültig bis wohlwollend gegenüber.

Das sind schlechte Voraussetzungen, um den Neo-Kannibalen, die heute unsere Geschicke bestimmen, in den Arm zu fallen.

Und so ergab und ergibt sich die heutige Zwickmühle der Kirchen. Während die Fundamentalismen gedeihen wie der grüne Lorbeer, weil die Zeitgenossen die Wahrheiten des Dysangeliums einfach nicht aushalten wollen und lieber in geschlossene Treibhäuser einziehen, werden die Gestalten und Bezüge der sogenannten Heilsgeschichte in unseren Herzen und Hirnen blasser und blasser, haben weniger und weniger Kraft, den Hunger der Menschen nach Sinn und Deutung zu sättigen.

Nun stellt sich die Frage: Ist überhaupt eine Religiosität denkbar, die den neuen Einsichten der Lebenswissenschaften standhält – ja, sie zu ergänzen und zu bereichern vermag?

Ich sage ja. Die reine Diagnose, die wissenschaftliche Diagnose wird niemals genügen, Überleben, nachhaltiges und einigermaßen würdiges Überleben zu sichern. Wir brauchen Kulturen, die eine solche Zukunft bereiten können und sollen; eine Zukunft nicht in dumpfer tribalistischer Angst, nicht in zähneknirschender Unterwerfung unter eine Öko-Diktatur oder ein eitel-zynisches planetarisches Management, Kulturen ohne Verzicht auf die Souveränität des Menschen, auf die in Jahrtausenden errungene Vielfalt der Möglichkeiten und die innere Ausweitung unserer Grenzen und Gerüste.

Und dazu ist Sinnbestimmung nötig, welche die Wissenschaft grundsätzlich nicht geben kann und darf. Die ist Sache der Philosophie und der Theologie. Die Frage lautet also: Welche Bestimmung, welche *causa finalis* vermag der Mensch, vermögen wir hinter dem strengen Antlitz des Dilemmas der Menschheit zu erkennen oder doch zu ahnen? Welche Eigenschaften muß eine Religiosität haben, die dieser Herausforderung gerecht wird?

Zunächst und vor allem: Mit allen Sorten von metaphysischem Tauschhandel, mit salvatorischen Formeln und Ablaßwesen muß Schluß sein. Das lebendige, durch Milliarden Rückkopplungen ständig neugewebte Netz unseres Daseins läßt sich nicht durch Handelschaften mit außerirdischen Instanzen verändern – keine Verbeugung in Richtung Rom wird die Halbwertzeiten des Plutoniums verkürzen, keine nach Mekka wird das Ozonloch schrumpfen lassen. Hier sind wir in eine Verantwortung gerufen, welche sich weder durch Einladungen in christliche Akademien noch durch Hirtenworte wegeskamotieren läßt. Das Wort *Schuld* gewinnt in solchem Zusammenhang seine rein wissenschaftliche Bedeutung zurück: Bezeichnung eines Auslösevorgangs. Und kein neg-entropischer Weg führt auf dem Zeitpfeil zurück.

Ebenso wichtig ist die Einsicht in die Kreatürlichkeit unserer Erkenntnis – wir sagten es. Erbsünde soll und muß als Erblast begriffen werden, als die offensichtliche Last unserer Grenzen, wenn es um den Blick auf die volle Wahrheit geht.

Aber Religion beginnt erst da, wo solche Einsichten in Schuld und Last nicht mehr als Minderung empfunden werden, sondern als Mehrung unserer Menschlichkeit; wo sie uns eine Souveränität gibt, die unter der alten Todespanik des Bierhefe-Programms nie zu erreichen ist. Das Wissen, daß man nicht Krone der Schöpfung ist, aber auch das Wissen, daß man sich eben durch dieses Wissen von allen anderen Lebewesen unterscheidet, ist der unerhörte Kreuzungspunkt von Souveränität und Demut, der der zeiträumliche Ort künftiger Religiosität sein muß.

Und jetzt kommt natürlich die entscheidende Frage: Sind in der Geschichte unserer Art Anzeichen dafür zu finden, daß eine solche Religiosität, eine solche anthropologische Möglichkeit besteht?

Die Antwort lautet Ja. Es gab und gibt auf der ganzen

Welt Menschen, welche die eben formulierten Bedingungen in sich vereinigen. Menschen von fast völliger Unabhängigkeit vom Bierhefe-Programm, die ihre scheinbar so schwierige Existenz als Reichtum, ja als fast unendliche Ausweitung ihrer Souveränität empfinden. Man nennt sie Heilige.

Entkleiden wir das Wort jeder amtlichen Definition, des ganzen Krimskrams von Kanonisierungen und Weihrauchpfannen. Vergessen wir für einen Augenblick auch die Differenzen in der Kultur, in den Doktrinen, in den jeweiligen Wegen der Spiritualität. Die Heiligen, die wir meinen, leben in Himalaya-Klöstern und in Indianerschwitzhütten, in christlichen Klöstern und Familien, in jüdischen Gemeinschaften, in den Traditionen der islamischen Mystiker. Diese Heiligen sind keine Übermenschen; im Gegenteil: das »Übermenschen«-Ideal der Moderne, etwa Shaws oder Nietzsches, ist im Vergleich zu ihnen etwas ziemlich Lächerliches, nichts als eine überhöhte Version des Bierhefe-Programms, ein Modell des dümmlichen Eroberers, der zuletzt in der Sinkgrube seines eigenen Sondermülls zu ersticken bestimmt ist.

Diese Heiligen sind Zielvorstellung nicht nur für uns als Individuen, sondern auch als Kristallisationspunkte des notwendigen gesellschaftlichen Wertekatalogs. Und es ist nicht zu erwarten, daß sie die vorhandenen religiösen Gemeinschaften abschaffen werden. »Abschaffen« kam eigentlich keinem großen Stifter in den Sinn. Es wird vielmehr darum gehen, auf dem Felsengrund einer einzigen Einsicht, eben des Wissens vom notwendigen Weg zur Pforte der Freiheit, vom Weg des großen, großen Freiheitsgewinns aus dem Abschied vom Bierhefe-Programm, einen neuen Bund für alle zu errichten, die von Mittag und Mitternacht, von Aufgang und Niedergang kommen, um den wirklichen, den entscheidenden Sieg über den Tod zu erringen: den Sieg, der aus der Gelassenheit, aus der Einsicht in die Notwendigkeit des Todes als einer Verkehrsform des Lebens entsteht.

Wie wahrscheinlich ist das? Sind die Menschen imstande, durch dieses Nadelöhr zu kommen? Ich weiß es natürlich nicht. Das Gericht im Geist dieser neuen Religiosität wird in nichts anderem bestehen als im Erreichen oder Nicht-Erreichen, im Durchkommen oder im Nicht-Durchkommen. Und es wird aufzeigen, ob sich die Evolution mit uns etwas Sinnvolles geleistet hat oder nicht.

Vorläufig jedoch: auf unserem Abschnitt der Wüstenwanderung, ungetröstet durch die Lappalien des Zivilisationsbetriebs, rechts und links begleitet von den Skeletten und dem Schrott der Neo-Barbarei, blicken wir empor und gewahren die gekreuzten, zu Fäusten geschlossenen Hände des abwesenden Gottes: Wählt!

Das ist die Botschaft des Jahrtausends.

Über das Geld, die Macht, den Markt und die Kirchen

Markt / Mensch / Natur

Ein anthropologischer Hintergrund
Rabanus Maurus Akademie Mainz, Februar 1995

Nicht nur von Arnold Gehlen bekommen wirs mitgeteilt: der Mensch ist ein Mängelwesen. Ohne üppiges Fellkleid fiel er aus den Bäumen auf die Savanne, sein Gebiß ist zu dürftig für perfekte Einzeljagd, besonders schnell ist er auch nicht, selbst als er gelernt hat, auf zwei Beinen zu sprinten. Weder die Schwingen noch der Scharfblick des Adlers sind sein Teil. Werkzeuge und Grips, das waren demnach seine einzigen Chancen; schon der *homo erectus* soll es gelernt haben, mit kantigen Steinen die Hautdecke eines gefällten Tiers aufzureißen, ehe die wirklichen Beutemacher und Aasfresser kamen, vor denen er hastig ausriß. Ein elendes Leben das, ein Leben immer an der Kante des Heißhungers und der Gefahr, bis weit in die Zeit der archaischen Kulturen hinein. So sah es schon der karge Engländer Hobbes, er beschreibt das Leben der Wilden als *nasty, brutish and short* – also garstig, brutal und kurz.

Aber dagegen gibts energischen Widerspruch. Ich erinnere mich an das Buch von Marshall Sahlins, *Stone Age Economics,* das in den Sechzigerjahren Furore machte. Sahlins weist nach (oder bemüht sich erfolgreich nachzuweisen), daß die vorgeschichtlichen Jäger und Sammler eine Vierzig-, ja auch nur eine Fünfunddreißig-Stunden-Woche entrüstet als ein sklavisch entfremdetes Leben zurückgewiesen hätten. Selbst die Steinzeitmenschen von heute (etwa die Buschmänner der Kalahari oder die noch frei lebenden Aborigines Australiens), alle in Gebiete von äußerster Dürftigkeit zurückgedrängt, seien mit der Nahrungsbeschaffung in kürzester Zeit fertig und widmeten den weit größeren Anteil ihrer wachen Tage den Riten, dem Plausch, der sozialen Wärme ihrer kleinen Gemeinschaften. Um wieviel sorgloser, so Sahlins, müssen die Jahre der Cromagnon-Menschen verlaufen sein – an reichen Flüssen, auf üppig beweideten Savannen, an lebensstrotzenden Ufern von warmen Flüssen und Meeren!

Und in der Tat: angesichts etwa der wimmelnden Herden, die in der großartigen Höhlenkunst von Lascaux, Altamira und der neuentdeckten Chauvet-Höhle sich tummeln, angesichts auch der Muschelschalenhaufen, die sich vor einigen Steinzeit-Portalen finden (etwa am Ufer des Rivadasella-Flusses in Kantabrien), ist es fast unmöglich, sich diese wachen, ästhetisch so sicheren Ahnen in einem Leben des Elends vorzustellen. Oder ist all diese Kunst, sind all diese Herden vielleicht (wie manche meinen) schon die Spiegelungen einer nostalgischen Spät-Epoche, einer Epoche der erschwerten Jagdbedingungen, in der man die erinnerte oder erhoffte Fülle magisch beschwor? Eines steht auf jeden Fall fest: die durchschnittliche Lebensdauer war wesentlich kürzer als heute, es war sehr schwierig, ein hohes Alter zu erreichen; Unfälle und vor allem Krankheiten waren üblich, wenn auch andere als heute. (Das, was ein großer französischer Historiker als das Hauptereignis der anhebenden Neuzeit beschrieb, nämlich die Internationalisierung der Mikroben, lag in ferner Zukunft.)

Es ist wohl gar nicht nötig, die widersprüchlichen Hypothesen der Philosophen und Anthropologen gegeneinander auszuspielen. Insgesamt, so ist es wahrscheinlich, war die Entwicklung des Menschen von immer wiederkehrenden Krisen begleitet, von Perioden der Fülle und des Hungers, von Zeitaltern voll Feindseligkeit und Epochen friedlichen Nebeneinanders. Ausweichen wurde der Konfrontation, rituelle Drohgebärden dem realen Totschlag vorgezogen. Beides, sowohl die düstere Sicht von Hobbes wie die vitale Überfluß-Theorie des Georges Bataille, könnte richtig sein, für beide Szenarios ließen sich wohl durch die Paläo-Anthropologie Belege in Fülle finden ...

Für unser Thema ergibt (oder ergäbe) sich daraus der Schluß, daß die Motive, die zum Entstehen eines Marktes oder mehrerer Märkte geführt haben, wohl auch sehr gemischter Natur waren. John Maynard Keynes soll einmal in den Dreißigerjahren bemerkt haben, der einzige Austausch zwischen Kulturen und Regionen, der empfehlenswert und nicht destabilisierend sei, wäre der Austausch von Informationen und Gastgeschenken; und in der Tat hat der Fernhandel bis in die Zeit der Frühgeschichte hinein wohl öfters die Funktion und die Form diplomatischen Austausches gehabt als die der profitablen Handelschaft. Der Austausch von Gastgeschenken (und hier kehren wir zu John M. Keynes zurück) findet schließlich in Homers Ilias sogar auf dem Schlachtfeld statt – unverzichtbarer Bestandteil eines komplizierten Netzes feudaler Pflichten und Selbstverpflichtungen. Sogenannte primitive Gesellschaften, die wir heute lieber traditionelle Gesellschaften nennen, sind bekannt für die hohe Komplexität ihrer sozialen Beziehungen; und es ist nicht vermessen anzunehmen, daß der Sinn der Handelschaft in diesen Gesellschaften mindestens ebensosehr die Festigung der örtlichen oder regionalen Bande war wie der unmittelbare Gewinn für die Lebenshaltung.

Das schließt gröbere Formen der Handelschaft natürlich nicht aus. Nicht umsonst war Hermes für die Griechen sowohl der Gott der Diebe wie der Kaufleute. Noch in der Odyssee ist klar, daß die Abenteurer in ihren schwarzschnäbeligen Schiffen zwischen diesen beiden Möglichkeiten der Gewinn-Maximierung keinen grundsätzlichen Unterschied machten. Ob man durch verstohlenen Raub, durch offenen Angriff oder durch süße Schmeichelworte zu seinem Profit kam, war eine Frage der Opportunität und dessen, was man heute mit einem scheußlichen Wort das zwischenmenschliche Klima nennt. Es waren dabei mannigfache Variationen vorstellbar. Noch weit in die Geschichte des römischen Altertums hinein betrieben die Karthager Tauschhandel mit den wilden Stämmen der Berber und anderer Nordafrikaner: sie landeten an der Küste, legten die Ware aus, die sie anboten, und zogen sich dann wieder diskret aufs Wasser zurück. Dann erst kamen die Partner aus ihren Verstecken, musterten das Angebot, nahmen, was sie begehrten, legten dafür die Tauschware ab und verschwanden wieder, den Puniern das Einsammeln überlassend. Sicher, das was die Bewohner der Mittelmeerküsten heute lieben, das intensive Basargespräch, kam dabei nicht zustande; aber die Karthager wußten sicher, ob sie dabei auf ihre Rechnung kamen oder nicht.

So haftete der Handelschaft seit dem Morgenrot der Geschichte etwas von Abenteuer, von Ruchlosigkeit, von Lüge und Täuschung an. Ruth Benedikt beschreibt in ihrem Buch PATTERNS OF CULTURE die Kultur der Südseeinsel Dobu, die sich durch äußerstes Mißtrauen aller gegen alle und ein hohes Maß von Verlogenheit auszeichnet. Die Dobuaner sind eingewoben in ein unglaublich weites Handelsnetz im Südpazifik, das auf Ausleger-Kanus von den Bewohnern vieler Inselgruppen befahren wird. In diesem Netz gelten die Dobuaner – Kunststück – als besonders gerissen. Sie selber sind imgrunde davon überzeugt, daß kein vernünftiger Mensch mit ihnen verhandeln würde, wenn sie sich nicht durch magische Mittel selbst überhöhten. Vor der Ausfahrt pflegen sie ihren Körper, nehmen Mittel ein, um den Glanz ihrer Augen zu verstärken, und tun, was sie sonst an Zauberei zur Verfügung haben, um sich attraktiv und unwiderstehlich zu machen. PR nennt man das heute, wie ich höre.

Aber zurück in die Nüchternheit der Warenwelt! Welches

waren die Bedürfnisse etwa der Steinzeitmenschen, welche den Fernhandel schon vor zehntausend Jahren in Bewegung setzten?

Drei Warengruppen sind es, die sich auf den ersten Blick unterscheiden lassen: Gerätschaften, Spezereien und Schmuck.

Mancher mag hohe Kontinuität entdecken in der Tatsache, daß etwa der Handel mit Pfeilspitzen, Messerklingen und Schabsteinen schon vor zehntausend Jahren auf der Gunst der Standorte und auf dem Prinzip der Arbeitsteilung aufruhte. Ganz offensichtlich gab es Förderstellen von Flint, die zumindest durch ganz Mitteleuropa den Ruf der dort hergestellten Ware sicherten. Die Werkstätten sind archäologisch ebenfalls erschlossen – Abschlagen, zwei Arbeitsgänge von Zurechthauen und schließlich die Politur wurden getrennt, wohl von verschiedenen Arbeitern durchgeführt. Der Ausstoß dieser Werkzeug-Werke muß bedeutend gewesen sein, denn geschickte Hände schaffen ein solches Werkzeug, wie wir von Indianern wissen, in einer halben Stunde.

Bezeichnender für den komplexen Zustand der menschlichen Seele von Anfang an sind die beiden anderen Warengruppen. Zu den Spezereien zählten sowohl Gewürze wie Drogen – darunter vor allem Tabakkräuter verschiedenster Art und Wirkung, aber auch Teekräuter und später Alkohol und Pilze. Der hochstehende kulturelle Umgang mit bewußtseinserweiternden Pharmaka ist vor allem von den indianischen Kulturen bekannt – ebenso die verheerende Wirkung des Alkohols, der in solchen Kulturmustern mit der Wirkung von Flächenbombardierungen einschlagen mußte und muß. Wenn es überhaupt noch eines Beweises bedarf für Edgar Morins erregende These, daß der *Homo sapiens* von Anfang an und konstitutionell notwendig der *Homo demens*, der verrückte Mensch sei – hier ist er sicher gegeben.

Ganz Ähnliches gilt vom Schmuckbedürfnis. Schöne, teilweise auch bearbeitete Muschelschalen zum Beispiel von den Meeresküsten finden sich tief im Inland, aus Epochen, in denen man zunächst keinerlei Fernhandel vermutete. Dieser Schmuckhandel wird umso intensiver, je mehr sich Eliten oder Herrschafts-Hierarchien herausbildeten. Die Hälfte der Tributauflagen, welche die Azteken den von ihnen unterworfenen Völkern machten, besteht aus Edelsteinen und Prunkfedern, die zum höheren Ruhme der Hauptstadt abzuführen waren.

Aber sprechen wir nicht zu früh von Tributen und anderen Formen der Staatsfinanzierung. Bleiben wir beim urtümlichen Fernhandel selbst. Für die Natur als Ganzes, für das Wirken der Evolution und das ökologische Flußgleichgewicht stellte er noch kein großes Problem dar. Die Händler reisten meist zu Fuß, und die Ware war nicht umfangreich, ihre Herstellung meist umproblematisch, ihr Preis (ob in materieller Vergütung oder in Prestige) unverhältnismäßig hoch. Sicherlich hat dieser Handel einige besonders kostbare Ressourcen zu gefährden begonnen – etwa seltene Vogel- oder Muschelarten. Insgesamt aber war er wohl dazu geeignet, das gefährliche Potential an Zerstörung, das im *Homo demens* steckt, eher zu neutralisieren als zu verstärken.

Noch wahrscheinlicher wird diese Vermutung, wenn wir die ganzen Zeremonien beobachten, welche von jeher mit Handel und Markt verbunden sind. Nicht umsonst bezeichnet das Wort MESSE sowohl einen zeitweiligen Handelsplatz wie ein Zentralsakrament der Kirche. Kehren wir einen Augenblick zu den Dobuanern oder vielmehr zu den Südsee-Händlern zurück, von denen wir sprachen! Der Handelsring, an dem sie sich alle beteiligten oder beteiligen, ist nicht nur von gewaltiger Größe (er führt im Kreis über mehrere tausend Seemeilen des Pazifiks), sondern auch von einer Raffinesse, die die Intelligenz jedes Börsianers auf eine harte Probe stellen würde. Denn dieser Handelsring wird zweimal im Jahr gefahren, und zwar im Uhrzeiger- wie im entgegengesetzten Sinn. Die Währung des einen Rings, vielmehr der einen Fahrtrichtung, besteht in Schnüren von Kauri-Muscheln, mit denen bezahlt wird; die Währung der Gegenrichtung sind besonders große und schöne Muscheln, von denen jede einzelne einen Namen trägt. Ihr Erwerb, womöglich in Rivalität mit anderen Handelspartnern, ist sozusagen die Seele des Geschäfts; alles andere, die getauschten oder erworbenen Waren wie auch die sozusagen stromaufwärts anreisenden Kauri-Muscheln, sind zwar für den Außen-Beobachter der reale Grund für die erschöpfenden Fahrten, fallen aber für die Teilnehmer sozusagen am Rande an. Dabei kommen Abschlüsse und Verabredungen zustande, die nicht nur von ferne an die Termin- und Futures-Geschäfte heutiger Börsenplätze erinnern. Und der Dobuaner oder Trobriander, der es fertiggebracht hat, sich auf Kredit den Vorgriff auf eine kostbare Namensmuschel zu sichern, gilt den Seinen als Held und Vorbild.

In diesen Zusammenhang gehört auch die offensichtliche Wollust, mit der in südlichen Ländern Verkaufsgespräche betrieben werden. Der stumme Nordmann, der dort einfach den geforderten Preis auf den Tisch blättert, wird verachtet, der Verkauf an ihn als Enttäuschung empfunden.

Der archaische Fernhandel oder Regionalmarkt hat also erst in zweiter Linie mit der Bewegung von Gütermassen zu tun. Er zieht (zunächst) kompakte Kostbarkeiten oder Lebensnotwendigkeiten vor, in unseren Breiten wurde die wichtigste davon das Salz. Und das Salz als Umschlagware wurde zur wichtigsten Finanzquelle der Fürsten und Stände. Aber davon später.

Der ökologisch entscheidende Umschwung oder Durchbruch kam wohl mit der Seefahrt. In erdgeschichtlicher Sekundenschnelle veränderte sich nicht nur das Volumen dessen, was man transportieren konnte; vor allem der Bau der

Schiffe wurde zur Pandorabüchse der Zerstörung. Schon im klassischen Altertum wurde etwa von der Puniern oder den Athenern die Wachstumsspirale in Gang gesetzt, deren Endergebnis, deren *causa finalis* die Verkarstung weiter Landstriche des Mittelmeers war. Plato bezeugt bereits die Verwüstung von Attika; die dalmatinische, die Küsten des Peloponnes, die des tyrrhenischen Meeres folgten. Beteiligt waren zunächst die Griechen, später die Römer, dann die Venezianer und andere Seehandelsrepubliken. Zuletzt aber traf es das imperiale Spanien – die Historiker nehmen mit gutem Grund an, daß die Riesen-Anstrengung für die Armada, welche die großen Kahlschläge erforderte, ein für allemal das klimatische und wirtschaftliche Rückgrat der iberischen Halbinsel gebrochen hat.

Um diese Zeit stiegen aber auch die modernen Industrien mit ihrem enormen Bedarf an Grundstoffen und Energie empor. Und das veränderte den Charakter des Marktes endgültig.

Kürzlich wurde ich darauf aufmerksam gemacht, daß Adam Smith sein entscheidendes Buch »The Wealth of Nations – Der Wohlstand der Nationen« betitelt hat. Und der Titel ist durchaus programmatisch. Die Unsichtbare Hand, die er postuliert, und die den Ehrgeiz und die Gier der Unternehmer drängt, mit ihren Produkten auf den Markt zu gehen, ist zunächst durchaus eine nationale Hand. Denn keinem Unternehmer, der rechnen kann, würde es nach Adam Smith einfallen, seine Manufaktur, seine Werft, seine Schmelzhütte außerhalb der Landesgrenzen anzulegen. Der Transport entweder über langwierige Landstraßen oder über trügerische Meere in wenig geräumigen Schiffen würde entweder die Produktion selbst oder ihre Verbringung auf die Märkte mit so hohen Kosten belasten, daß der Rivale, der im Lande blieb und sich und die Seinen mehr oder weniger redlich nährte, auf jeden Fall einen Konkurrenzvorteil besitzen würde. Und so beruhte denn der Reichtum der frühen Kolonialmächte noch lange auf dem Import von möglichst kostbarer, das heißt möglichst teurer Ware pro Raumeinheit: Gold, Gewürze, Edelsteine, Luxusstoffe, kurz all das, was in einen Schiffsbauch gestopft oder auf einen Kamelrücken geschnallt guten Gewinn brachte – selbst dann, wenn die eine oder andere Ladung den Stürmen, den Piraten oder den Landräubern zum Opfer fiel.

Für die eigene, die neue Produktion, die man Sekundärproduktion nennt, galt aber noch lang das Axiom, daß räumliche Nähe zu den Grundstoffen (vor allem zu Kohle und Stahl) einen unüberwindlichen Konkurrenzvorteil darstellt. So entstanden die Fabriken der englischen Midlands, die Werften in Liverpool und am Clyde, später das große Ruhr-Revier in Deutschland.

Was dabei der Natur zustieß, wissen wir alle. Bis in unser Jahrhundert hinein blieb dies jedoch örtlicher Wundbefall, wenn sich der Schorf und der Eiter auch immer weiter ausbreiteten. Doch erst im zweiten Drittel unseres Säkulums offenbarte sich eine ganz neue Logik: die Logik des Weltmarktes – und damit der Weltverwüstung insgesamt.

Sicher, auch die großen Industrienationen des 19. und anhebenden 20. Jahrhunderts wollten ihn, träumten von ihm, sahen in ihm die eigentliche Erfüllung des Industriezeitalters. Die Ungleichheiten des Reichtums auf dem Globus, die Rückständigkeiten von so vielen Weltgegenden, die Stokkungen in der Allokation von Energieträgern und Rohstoffen – all das empfindet der Große Industrielle Traum als letzte Hindernisse auf dem Weg zum Einen, zum Großen Weltmarkt.

In der Praxis wird dieser Weg beschleunigt durch die Veränderung der Rangfolgen in der Produktion. Denn was heute das gute Geld bringt, sind nicht mehr die massiven Grundindustrien von gestern, mit ihren riesigen Gruben, Hütten, Walzstraßen und Maschinensälen. Das High-Tech-Zeitalter, das elektronische Zeitalter oder wie immer man das nennen mag, ist angebrochen. Nähe zu günstigen Rohstoffvorkommen spielt nun so gut wie keine Rolle mehr – Siemens in München oder Erlangen, Sony in Yokohama können sich das Nötige per Luftfracht verschaffen, wenns denn sein muß. Mit dem Wohlstand, den die erste industrielle Revolution geschaffen hat; mit dem Organisationsvorsprung, den die euro-atlantische Welt seit dem Mittelalter genießt, geht es noch so lange in Ordnung, als die hohen Lohnkosten durch noch höhere Qualifikation der Werktätigen ausgeglichen oder überboten werden.

Aber natürlich ist das kein statischer, sondern ein höchst kinetischer Prozeß. Neben den G-7-Nationen, die teilweise (wie England und, bis zu einem gewissen Grad, auch die USA, Deutschland und Frankreich) bereits mit dem Müll weiter Invalidenlandschaften zu kämpfen haben, wachsen eine Menge kleiner Tiger heran: – neben den vieren in Asien (Korea, Singapur, Taiwan und Hongkong) nun auch die aus dem realsozialistischen Käfig entlassenen flinken und hochqualifizierten Katzen vor der Haustür: Tschechien, Ungarn, Polen, Slowenien.

Und was das Allerneueste, die High-Tech-Elektronik betrifft: schon lassen deutsche Verleger die Disketten, welche an die Stelle von Manuskripten getreten sind, nach Jamaica fliegen und dort von fleißigen kaffeebraunen Fingern druckfertig einrichten – mit der übernächsten Abendmaschine kehren sie nach München oder Frankfurt zurück. Und die größte Software-Stadt der Welt ist heute Bangalore in Indien: dort werkeln Tausende von hochintelligenten jungen Spezialisten, welche sich bei einem Sechstel der hier üblichen Gehälter königlich entlohnt dünken.

So enthüllen sich eine Reihe von Widersprüchen, die sich aus dem Konzept des Weltmarktes ergeben, gleichzeitig.

Den ersten können wir am Schicksal der ehemaligen DDR aufs eindringlichste ablesen. Solange sie der westlichste Vorposten des sogenannten Ostblocks war, behauptete sie sich als industrielle und technische Vormacht eben dieses Blocks, war innerhalb des COMECON-Marktes. In dem Augenblick aber, wo die Schranken fielen, hatte sie gegen den G-7-Markt oder wie immer man das nennen mag, keine Chance mehr. Und die Produktivität des Westens war so hoch, daß der neue Markt bis zur Oder spielend mitversorgt werden konnte – vorausgesetzt, man sorgt durch Transfer-Milliarden für die Kaufkraft der dortigen Konsumenten.

Was dabei draufging und draufgeht, sind Arbeitsplätze. Nichts und niemand wird eine industrielle Maschine, insbesondere eine High-Tech-Maschine, dazu bewegen können, Arbeitsplätze auf Kosten ihrer Konkurrenzfähigkeit zu schaffen; und diese Konkurrenzfähigkeit muß sich umso härter bewähren, je offener die Märkte der Welt sind. Die offenkundige Unmoral dieses Zustands (steigende Gewinne bei sinkender Beschäftigtenzahl) verkraften die Herren in den Chefetagen mit einem Achselzucken: Peanuts.

Man fragt sich nur, wohin die ganze Reise gehen soll. Denn ein weiterer, auf die Dauer noch tödlicherer Widerspruch tritt hinzu. Es ist deutlich zu beobachten, daß die längst überfälligen Forderungen nach ökologischem Umbau der Industriegesellschaft (wahrscheinlich ein Paradox, aber das läßt sich diskutieren ...) umso schwerer durchzusetzen sind, je weiter die Markträume werden. Brüssel zwingt die fortschrittlichen Europäer (zu denen Deutschland erst hinter den Skandinaviern gehört) auf ein elenderes Niveau herab, und die Dinosaurier hierzulande nützen das weidlich aus, indem sie sich mit Händen und Füßen und Heuchelei gegen sogenannte Alleingänge sträuben. Und der Weltmarkt? Es ist bereits zu erfahren, daß europäische Auto-Hersteller unter den Fittichen des GATT-Abkommens gegen die strengen kalifornischen Auflagen klagen, weil diese zur Wettbewerbsverzerrung führten.

Mit anderen Worten: der Weltmarkt ist, alles in allem, das miserabelste Instrument zur Sanierung der Welt-Ökologie überhaupt. Er wird nicht nur die Reste lokaler Ökonomien, die Reste ihres Zeremoniells und ihrer jeweils speziellen Befriedigungen zerstören; er wird unübersteigbare Hindernisse (oder fast unübersteigbare) in den Weg jedes nur denkbaren ökopolitischen Fortschritts legen.

Ohne eine radikale Bestandsaufnahme unserer Weltsituation wird es also nicht gehen. Und diese Bestandsaufnahme darf keinen, aber auch keinen der Begriffe verschonen, mit denen heute so fraglos hantiert wird.

Lassen Sie mich, ohne mich gleich zu lynchen, als erstes einen bereits erwähnten Tabubegriff ansprechen: ARBEITSPLÄTZE.

Es gibt einen sarkastischen Satz des Irokesenschriftstellers Vine Deloria: »Before the White Man came, we Americans lived in a state of permanent unemployment«. Sinngemäß übersetzt, würde der Satz lauten: Ehe der Weiße Mann kam, gab es in Amerika überhaupt keine Arbeitsplätze. Was diese Indianer hatten, war eine (meist sehr kompetente) Idee, wie sich ihr Lebensunterhalt beschaffen ließ. Arbeitsplätze, die von sogenannten Arbeitgebern abhängig sind, wären ihnen wohl unvorstellbar gewesen. Dagegen haben wir uns an eine Kultur gewöhnt, gewöhnen müssen, in der das notwendigste Lebens-Mittel unmittelbar von der Herstellung von Waren oder der Herstellung von Infrastruktur irgendeiner Art abhängt. Reiche Gesellschaften wie die unseren können sich daneben und darüberhinaus noch einen sogenannten kulturellen Sektor leisten, der im Falle des Abschwungs dann auch als erster drankommt: die Berufe also, beziehungsweise die Menschen, die noch am meisten mit unseren Vorfahren in Lascaux und Altamira zu tun haben, sitzen dieser Produktionsgesellschaft als Parasiten zweiten oder dritten Grades auf. (Der Vortragende zählt zu ihnen.)

Die zweite Tabu-Figur, um die es hier, an diesem Wochenende, geht, ist die Gestalt des öffentlichen Finanzgebarens. Mit schlichteren Worten gesagt: wo nimmt die Obrigkeit, wo nimmt der Staat das Geld her, das er zur Wahrnehmung seiner Aufgaben braucht, und wie setzt sich dieser Tribut zusammen?

Meine entscheidende Lektion in Steuerpolitik erhielt ich von einem fränkischen Standesherrn, der uns sein Schloß zeigte. In einem der Zimmer hing ein sehr alter und sehr kostbarer venezianischer Spiegel. Mit dem fröhlichen Zynismus, den solche Edle für die eigene Familiengeschichte hegen, wies der Hausherr auf den Spiegel und sprach: »Das ist ein sehr kostbares Stück. Wissen Sie, unweit von hier lief eine stark frequentierte süd-nördliche Handelsstraße mit einem sehr praktischen Hohlweg auf unserm Territorium. Da wurde wohl dieser Mautzoll vereinbart.«

Das war es, das ist es: der Inkassopunkt für den Wegzoll, den Tribut an die Macht. Ein Hohlweg, eine Salzbrükke – und die möglichst unvermeidlich. Die so situiert, daß ein Umweg zur Vermeidung des Wegzolls das Ganze nur verteuert.

Der Wegzoll, der unsere öffentliche Hand in steigendem Maße finanziert, wird in einer unvermeidlichen Passage eingehoben: der Passage durch die Lohnstreifen der Gehaltsempfänger. Das Verfahren ist reinlich, sehr berechenbar, bedarf eines Minimums an Überwachung. Die Umsatzsteuern sowie die Einkommensteuer für Selbständige und Körperschaften sind demgegenüber nicht nur sehr kompliziert, sondern auch sehr vermeidbar. Der Umfang der jährlichen Steuerhinterziehung durch die Privilegierten (und das sind wir Freien allemal) würde leicht genügen, um die Verschuldung der öffentlichen Hände abzutragen; aber der Staat lebt (wohl mit Recht) in hündischer Angst vor dem Gekränktsein der Reichen, die dann einfach querfeldein in günstigere Landschaften verschwinden würden. Und so nimmt man lieber Anleihen auf – die Leute, die sie kaufen, erhalten dafür erfreuliche Zinsen, mit anderen Worten, der Steuerzahler (und das heißt in erster Linie der Lohnsteuerzahler) finanziert laufend das Reicherwerden der Reichen; jener Reichen, die schon aufheulen vor Wut und Schmerz, wenn auch nur ein Bruchteil ihrer Steuerschuld für Kapitaleinnahmen an der Quelle erhoben wird. Es ist deshalb nur logisch, daß sich hierzulande das Verhältnis der niedrigsten zu den höchsten Einkommen in wenigen Jahrzehnten von 1:30 in 1:60 verwandelt hat – eine wahrhaft christliche Szenerie.

Die Absurdität unseres Steuersystems (und alle untergehenden Reiche, vom alten Rom bis zum *Ancien Régime* Frankreichs, zeichneten sich durch absurde Steuersysteme aus) erhellt vollends aus einem weiteren Aspekt: seiner absolut zerstörerischen Wirkung auf das ökologische Flußgleichgewicht. Löhne werden hoch besteuert, Energieverbrauch wird üppig belohnt – man kann Automatisierungen abschreiben, der Verbrennungsmotor zu Lande und in der Luft wird offen oder versteckt subventioniert, man kriecht vor den Energiekonzernen im Staub und verzichtet seit Jahrzehnten auf ihre angemessene Besteuerung – all das beschleunigt den Raubbau an den Ressourcen und vergiftet die Lebenswelt mehr und mehr. Hier handelt es sich, wie Martin Jänicke schon vor Jahrzehnten festgestellt hat, schlicht und einfach um Staatsversagen.

Je länger eine grundsätzliche Änderung dieses Systems hinausgezögert wird, desto größer und schwerer werden die Härten sein, die eine notwendige Umkehr begleiten. Und die wichtigste Weiche, die wir sofort stellen können, ist zweifellos die Steuer, mit der wir uns an diesem Wochenende beschäftigen: die Ökosteuer.

Der Name besagt zunächst nicht viel – weil er zu viel besagt. Es gibt viele Systeme ökologisch sinnvoller Besteuerung. Ernsthafte Menschen lehnen sie ab, weil sie zu wirksam werden könnte – das heißt, daß die Wirtschaft zu früh und zu energisch den ökologischen Umbau betreiben könnte. Nun, auch dies ist absurd. Stellen wir zunächst einfach fest, welche Wirkungen aus einer sinnvoll gestalteten Ökosteuer erwachsen sollten:

erstens – die Minderung des Ausstoßes von Schadstoffen in die Lebenswelt;

zweitens – die Änderung des Mißverhältnisses von Lohn- und Energiebesteuerung;

drittens – Gegenwirkungen gegen den Kahlschlag der Kulturen durch den Weltmarkt; und

viertens – die Substitution regenerativer Energien anstelle der heute bevorzugten völker- und lebensmordenden Primärenergien.

Alle diese anzustrebenden Wirkungen werden wir wohl an diesem Wochenende diskutieren. Zusammenfassen ließen sie sich unter dem Motto: brechen wir das Monopol des Ökonomismus, das längst zu einem politischen, kulturellen, ja zu einem Bewußtseinsmonopol geworden ist! Sollte uns dies gelingen, dann könnte es auch gelingen, den Markt, vielmehr die Märkte zu retten – so paradox das zunächst auch klingt; nämlich die Märkte zu retten als kulturelle Gesamtgestalt, von Zeremonie, Prunk und dramatischem Dialog ebenso bestimmt und gestaltet wie vom puren Gewinnstreben.

Ich möchte mit einer bekannten ZEN-Geschichte schließen – der Geschichte vom verlorenen Ochsen. In dieser Geschichte macht sich ein tief bekümmerter Landwirt auf, seinen verlorenen Ochsen zu suchen; geheimnisvolle Spuren deuten sich an, sie führen zu einer beleuchteten Hütte auf einem Hügel. Dort – daran läßt die Geschichte keinen Zweifel – findet der Landmann seine Gewißheit, erlebt sein *satori,* seine innere Erleuchtung: der Ochse ist auf einmal völlig unwesentlich.

Und dann, im letzten Bild, kehrt der Heilige (denn zu dem ist der Landmann geworden) bergabwärts in die Stadt, auf den Markt zurück – listig lächelnd, offensichtlich etwas angeheitert, die Schnapskalebasse hat er an einen Stock gebunden, den er auf der Schulter trägt. Er ist einer wie alle, der Heilige, bereit wiederum für den Markt, aber alles ist völlig anders.

Hat er seinen Verlust vergessen? Welchen Verlust – so wird der Heilige zurückfragen. Er ist aus dem Reich der angstvollen Knappheit ins Reich der Fülle übergegangen.

Visionen vom Nutzen des Geldes

Rede zu Vianden
3. Juli 1997

Von den Veranstaltern beauftragt, Visionen vom Nutzen des Geldes abzuliefern, scheint es mir das Beste zu sein, mit einer Erinnerung zu beginnen. Sie wird nächstes Jahr ein halbes Jahrhundert alt. Ich erinnere mich an jenes Wochenende, an dem das Zentralsakrament unserer Religion eingesetzt wurde: jener Religion, in der wir alle leben, atmen und uns bewegen. Dieses Zentralsakrament war und ist die D-Mark.

Sie ging auf als goldene Sonne über der wüsten Nachkriegsnacht. In strahlendem, machtvollen Schweigen. Eben hatten wir noch ein studentisches Fest im Nymphenburger Park gefeiert, ein Fest, aus dem die üblichen idealistischen Blasen von einem Neuen Europa wie Luftballone in den Münchener Sommerhimmel stiegen ... Schon der Hauch eines Gerüchts vom Neuen Geld genügte, um nicht nur sie, sondern die gesamte lumpenbunte Gesellschaft herab- und auseinander zu fegen. Die Welt war verändert: alles war plötzlich da, war plötzlich zu haben, von Babywindeln und Butter über Fahrradschläuche bis zu jenem Volkswagen, den wenige Tage später ein Geschäftsmann vor Ort in Wolfsburg erwarb, per *cash* aus dem Koffer. Siehe, ich mache alles neu, Apk. 5, 21.

Ich lebte damals als Student in München, fast ohne Geld, bei freiem Logis in einer alten Stiftung, ziemlich mephistophelisch gestimmt. Ich beschloß, die Gnadenwirkung des

Neuen Bundes exemplarisch zu prüfen. In den elenden Jahren seit 1946 hatte ich des öfteren im Münchener »Spatenhaus« ein Stammgericht gegessen – ein Teller voll Goldrübchen etwa, gegen einen fiktiven Reichsmarkpreis und die Hingabe einer Fett-Rationsmarke von 2,5 Gramm. Das ebenerdige überfüllte Lokal roch nach schlechtem Fett und schlechtem Rauch, und das Gericht wurde einem mürrisch vor die Nase geknallt. (Dies ist keine Anklage oder Denunziation, es war einfach die allgemeine Stimmung.)

Nun, ich wollte sehen, was sich vielleicht geändert hatte. Ich ging spätabends, die ersten vierzig D-Mark in der Tasche, ins »Spatenhaus« – nicht ins Parterre, sondern in den festlich erleuchteten ersten Stock. Ich ließ mich als Einziger im weiten Raum an blütenweißem Tischtuch nieder und sah mich umringt von aufmerksamen Männern und Knaben in Schwarz und Weiß, die Zeit und Muße fanden, mir, dem singulären Gast, ihre ganze Aufmerksamkeit zu widmen. Es war schiere Transzendenz.

Von Fleisch- oder Fettmarken (sie galten offiziell noch immer) war natürlich keine Rede mehr. Etwas Kostbareres als ein Schnitzel habe ich wohl damals nicht bestellt, und die Zeche dürfte etwa ein Dreißigstel der jetzt üblichen Preise betragen haben. Zum Abschluß verlangte ich aus Bosheit noch eine amerikanische Zigarette, die es legal gar nicht gab. Man bedauerte bestürzt, sie nicht im Hause zu haben, aber selbstverständlich werde einer der schwarzweißen Knaben sofort über die Straße spritzen, wo ein sicherer Lieferant jederzeit zu finden sei. Ich wiederhole: es war schiere Transzendenz.

Das neue Pfingsten, das Pfingsten der Neuen Religion, war herabgestiegen in sanften, erhellenden, wärmenden Feuerzungen, hatte eine Gesellschaft von miesen Raunzern, von stets gereizten Hungerleidern, von Hamsterern und sich selbst bemitleidenden Egoisten wenigstens in eine Vorahnung der *civil society* verwandelt. Und so erfüllte die

D-Mark aufs genaueste die Anforderungen an ein Sakrament, wie sie der katholische Katechismus formuliert: das äußere Zeichen für eine unsichtbare Gnade.

Brechen wir, nach solcher notwendigen Erinnerung, in Richtung zukunftsträchtiger Vision auf. Wir passieren dabei jedoch die weiten, wüsten, verminten Felder der Gegenwart, und wir haben uns einiger Mythen dieser Gegenwart zu entledigen, ehe wir für das erwünschte Patmos frei werden.

Als Erstes drängt sich dabei die genauere Benennung der Religion auf, deren Zentralsakrament die D-Mark war und ist. Sie ist, wie jede Religion, die den Namen verdient, eine Heilslehre. Das Heil wird, wie wir alle wissen, als ökonomisches definiert: als Reichtum, als Fülle der Güter, als immer weiter aufsteigende Spirale von Bedürfnissen und Bedürfniserfüllung – gleichviel. Drei Viertel des Jahrhunderts (jene drei Viertel, die Kenner als die eigentliche Substanz des 20. Jahrhunderts bezeichnen) bauten sich zwei Konfessionen dieser Religion gegeneinander auf zum sogenannten Kalten Krieg. Er ist überhaupt nur erklärbar als Konfessionskrieg, der bekanntlich der unerbittlichste Religionskrieg überhaupt ist. In den Prämissen, im Skript des Konflikts, war man sich, betonen wirs, völlig einig. Es ging um die Entfesselung der Produktionskräfte, um die endgültige Sicherstellung des Lebens-Mittels. Jede Seite warf der anderen vor, die falsche, die völlig falsche Fährte zu diesem Ziel eingeschlagen zu haben. Den Ausgang des Matches, 1989, kennen wir.

Der Sieg war, um zum Thema zurückzukehren, der Sieg des unbestreitbar sakralen Charakters des Dollars und der D-Mark. (Vergessen wir den Yen nicht.) Der realexistierende Sozialismus hat das nie begriffen, und zuletzt, in der Brezhnjevtschina, waren riesige Grauzonen der Natural-Schattenwirtschaft und der feudalen Domänen entstanden, die sich jeder monetären Logik völlig entzogen. Der Übergang zum Kapitalismus, wie er heute in Rußland zu beobachten ist, leidet offensichtlich unter der Schwierigkeit, von diesen Feudaldomänen herunterzukommen – sowohl psychologisch wie organisatorisch.

Im Zuge dieses Kalten Krieges, der beide Seiten in Höllen der Simplifizierung zwang, wurde auch die ökonomische Religion des Westens endgültig fundamentalistisch, in einem ganz strikten Sinne. Denn was ist, letzten Endes, ein religiöser Fundamentalismus? Er ist die Ablehnung aller Wirklichkeiten, die sich nicht in das Schema seiner Heilserwartung fügen – ob das nun die iranischen Mullahs, die us-amerikanische Moral Majority, die halb untergründigen Splittersekten christlicher Provenienz oder die Restbestände des orthodoxen Marxismus sind. Unser Thema verbietet uns glücklicherweise, hier auf Einzelheiten einzugehen; und es bedarf ja auch keines besonderen Scharfblicks, um wahrzunehmen, daß der D-Mark-Fundamentalismus so sicher wie jeder andere in immer primitivere Dogmen, immer absurdere Auslegungen des eigenen Daseinsgesetzes drängt, je unerbittlicher die Wirklichkeit, die er nicht anerkennt, ihn von allen Seiten einkesselt.

Es entstehen dann so merkwürdige Dogmen wie etwa die Annahme, daß das Geld selbst arbeitet. Ja, so kann man es auf Plakaten und in Inseraten des Bankenwesens lesen: »Lassen Sie Ihr Geld für sich arbeiten!« Man muß nun wirklich nicht sehr gescheit sein, um das als schwachsinnig zu erkennen. Natürlich arbeitet mein Geld nicht, auch wenn es auf der Bank liegt. Natürlich arbeitet irgendwo im brasilianischen Urwald ein Chaboclo, der unersetzliche Bäume umsägt. Natürlich arbeitet in den Schären von Alaska ein analphabetischer Malaie, der einen Hunderttausendtonnen-Tanker für seinen besoffenen Kapitän so gut es geht durchbugsiert. Natürlich arbeitet, um mein Geld zu vermehren, ein Uran-Kumpel im Reservat der Navajos, denen er pro Kilowatt Atomstrom etliche Kubikmeter *Yellow*

Cake, also Strahlenmüll, vor die Türen ihrer Hogans schaufelt. Dank der Begrenzung unserer Sinne, dank der segensreichen Erfindung der Arbeitsteilung bleiben uns diese Tatsachen verborgen.

Dies ist der Punkt, wo die Gnaden-Funktion des D-Mark-Sakraments unversehens umschlägt in eine andere, wohlbekannte und verwandte, religiöse Funktion: die Funktion der Stellvertretung für alle Sünden, die ich eigentlich selbst zu verantworten habe. Ich bitte mich nicht mißzuverstehen: das Geld ist von Anfang an und seiner ganzen Bestimmung nach ein Instrument der Stellvertretung und als solches eine der genialsten Erfindungen der Menschheit. Auf lateinisch heißt das Geld *pecunia* und enthält den Stamm *pecus* – das heißt Rindvieh; es wurde also zum Ersatz für das mühselige Geschäft, für jeden Austausch von Gütern und Dienstleistungen eine Rindviehherde auftreiben zu müssen. Und auf deutsch wird mit jedem Stück GELD eben etwas ab-gegolten, ein Tausch besiegelt, so konkret oder abstrakt er immer sein mag.

Logischerweise hängt GELD etymologisch mit dem englischen GUILT zusammen, was »Schuld« heißt, aber nicht monetäre, sondern moralische Schuld, Schuld vor Gott und den Menschen. Fast alle alten Rechtsbücher vor allem der germanischen Völker sind voller Vorschriften für Bußzahlungen; »Wergeld« wurde für Totschlag gezahlt, für Schändung, für Treubruch – Geld hat gesühnt, Geld hat Schuld getilgt, Geld gab Ablaß.

Aber sofort treffen wir, wenn von solchem lösenden und erlösenden Wesen des Geldes die Rede ist, auf die finstere Kehrseite der Medaille: den Ablaß-Handel, die trügerische Annahme, daß man Leben und Tod und ihre ewigen Gesetze schon irgendwie wird managen können, wenn man nur den richtigen Preis ermittelt. Im Spätmittelalter verwaltete Rom den »Thesaurus Ecclesiae«, den Gnadenschatz, der sich durch Jesu Opfertod und durch die Verdienste der Heiligen sozusagen auf der Habenseite der ewigen Bilanz angesammelt hatte, und von dem die Kirche als Bankerin gegen entsprechende irdische Sicherheiten, lies Ablaßgelder, Sündenstraf-Nachlässe gewähren konnte. Wir kennen das geschichtliche Resultat: die Beamten der Fugger, die den Ablaßprediger Tetzel begleiteten, um die Rückzahlung der gewährten Kredite zu gewährleisten, zahlten für die Liebesdienste der Hübschlerinnen mit Ablaßbriefen, die absolute Konvertierbarkeit von weltlichem und geistlichem Geld war Tatsache.

Wie wir wissen, hat Luther all das durcheinandergebracht, hat nicht nur die Protestanten, sondern auch die Christen, die Rom die Treue hielten, von dieser Gleichschaltung der Währungen abgebracht. Aber es wäre höchst verwunderlich, wenn so in die Kultur eingepflanzte, eingefleischte Gedanken- und Gefühlsgänge sich nicht erhalten hätten, weit bis in unsere säkularisierte oder vielmehr ökonomisierte Gesellschaft hinein. Denn letzten Endes sind diese Gänge schon längst vor unserer christlichen Ära gegraben worden, gehören zu den ältesten Werkzeugen und Aushilfen der Menschheit: die magische salvatorische Formel, die es mir erlaubt, ein Tabu zu umgehen; der ewig fortlaufende Handel mit den Gottheiten und Mächten; die Konvertierbarkeit der himmlischen und weltlichen Währungen prägte schon immer den Umgang des Menschen mit dem, was er nicht ganz verstand, aber zur Anordnung eines Lebenssinnes unbedingt brauchte.

Und in einem ökonomischen Fundamentalismus wie dem unseren ist es naturgemäß das Geld und nichts als das Geld, was diese alten Umgangsformen ersetzt und übernommen hat. Mit anderen Worten: Alles hat seinen Preis. Damit hätten wir den zweiten Mythos, mit dem wir uns auseinandersetzen mussen.

Der Satz ist nämlich richtig, aber die Währung stimmt nicht. Alles, was auf dieser Welt geschieht und vorrätig ist, hat seinen Preis – aber er wird nicht in Dollar oder D-Mark oder Euro entrichtet, sondern in Energie – entweder in materieller oder in sozialer Energie. Unser Fundamentalismus beruht auf der steten kostenlosen oder doch kraß unterbezahlten Zufuhr dieser beiden Energieformen. Diese bedient sich zum Beispiel am Arbeitsethos alter Bauernkulturen, hat in Deutschland hintereinander italienische, griechische, südslawische und türkische Energien an sich gezogen und verwertet. Jene, die materielle Energie, wurde durch die Jahrmillionen der Erdgeschichte ausschließlich von der Sonne geliefert und im wesentlichen durch Ernährung und Verdauung freigesetzt, zunächst nur der des Menschen, dann in wachsendem Maß auch seiner tierischen Hausgenossen. Selbst das Brennholz stammte im wesentlichen aus regenerierbaren Waldbeständen – eine Kreislaufwirtschaft, die sich erst mit dem Aufkommen der sogenannten Hochkulturen, vor allem der Seefahrt, änderte.

Dann entdeckte man die Bodenschätze. Das Wort ist liebenswert und verräterisch, denn es läßt unmittelbar auf die allgegenwärtige Methode der Akquisition schließen: Schatzsuche – und Schatzraub, Tresorknackerei. Am besten läßt sich das an den fossilen Energievorräten, insbesondere am Erdöl demonstrieren.

Sie werden in aller Welt nach dem Tresorknackerprinzip eingeholt. Kosten verursacht erstens der jeweilige politische Hausmeister, dem man Schmiergeld zahlen muß – wenn er zu frech wird, schafft man ihn mehr oder weniger gewalttätig ab, siehe Mossadegh seinerzeit im Iran, Allende in Chile, Lumumba im Kongo. Zweitens gilt es das Einbruchswerkzeug zu beschaffen: Bohrmaschinen, Raffinerie-Technik etcetera.

Dazu kommt die Beschaffung der nötigen Transport-Kapazität: Tankwagen, Güterwaggons, Schiffszüge, Pipelines.

Insgesamt ist die Parallelität mit der Vorbereitung eines professionellen Bankraubs unübersehbar. Noch wichtiger ist allerdings, daß hier wie dort für die Ware selbst nicht bezahlt wird. So ist der erdgeschichtliche Wert der Kohlenflöze und Erdölkavernen gar nicht hoch genug anzusetzen: sie sind das Resultat einer evolutionären Arbeit der Lebenssphäre, die sich, durch Bindung ungeheurer Mengen von Kohlenstoff und Freisetzung des problematischen Sauerstoffs, jene Atmosphäre schuf, in der wir allein zu leben vermögen. (Der Fortschritt, dessen wir uns so rühmen, besteht im wesentlichen darin, diese Arbeit rückgängig zu machen.)

Ähnliche Schatzraub-Methoden bemächtigten sich der Landwirtschaft (Agrar-Chemie, Aushagerung der Böden, Verwandlung der natürlichen Nahrungsketten in industrielle Fließbandfabrikation von der Aussaat bis zur Klarsichtfolien-Verpackung); bemächtigten sich der Fischerei, der gesamten Sekundärproduktion, die nur mithilfe immer steigender Mengen von maschineller Energie zu bewältigen ist – wodurch zwangsläufig Arbeitskraft »freigesetzt«, d.h. auf den Müll gekippt wird.

Die beiden Währungen – hier unsere Geldwirtschaft, dort die Energiewährung – gerieten infolgedessen immer weiter auseinander. Hiezu nur zwei Beispiele: erstens das des Dorftrottels, der sich eine Harley-Davidson kauft, und des erstklassigen Unfall-Arztteams, das ihn acht Tage später so gut es geht wieder zusammenflickt. Beide Leistungen, die des Trottels wie die der Ärzte, erhöhen das Bruttosozialprodukt. Zweites Beispiel: der Einsatz von Kalorien zum Zweck der Gewinnung von Kalorien, nämlich Nahrungskalorien. Ich erinnere mich an eine Tabelle, in der als energetisch billigste, da im Endresultat profitabelste Methode die steinzeitliche Aussaat mithilfe des Pflanzstocks aufgeführt war; es ging dann über konventionelle und hochtechnisierte Landwirtschaft bis zur modernen Hochseefischerei, bei der auf zwanzig eingesetzte Kilowatt oder Joule oder was sonst eine entsprechende NAHRUNGS-Einheit kommt.

Alles hat seinen Preis, sagten wir, aber die Währungen stimmen nicht. Das führt dazu, daß die Falschen zahlen. So hinterläßt jeder Einbruch ein Durcheinander, eine kraß erhöhte Entropie, deren Schaden oft größer ist als der Wert der Beute. Verstärkt wird dieser Entropie-Effekt noch durch die Endbestimmung, die den Ergebnissen unserer Produktion zugedacht ist. So dürfen etwa sogenannte dauerhafte Konsumgüter keinesfalls zu dauerhaft sein, was fürs Bruttosozialprodukt schlecht wäre. Und damit ist als *causa finalis*, als End-Zweck all unserer Produktionsbemühungen eindeutig der Schrotthaufen erkennbar. Und wer zahlt für diesen Schrotthaufen, für diese immer raschere Transportbewegung zum entropischen Ziel des Wärmetods? Eindeutig nicht der Produzent oder der Konsument, sondern die Kinder, die Enkel, die gesamte Lebenssphäre.

Fassen wir unsere kleine Entmythologisierung in zwei Sätzen zusammen: Erstens – Geld arbeitet nie für sich selbst, Geld läßt andere Leute arbeiten. Und zweitens: Alles hat seinen Preis, aber es zahlen die Falschen und nicht in unserer Währung.

Bleibt nun, über diese nüchternen Sätze hinaus, noch Platz für Visionen vom Nutzen des Geldes? Noch dazu für eine nachhaltige Zukunft?

Es gibt Leute, und zwar gescheite Leute, die das entschieden bestreiten. Sie sehen in der gegenwärtigen Apokalyptik des globalen Finanzmarktes, in den Tausendmilliarden-Wolken, die tagtäglich über die Bildschirme der fünf Kontinente jagen, die endgültige Evidenz für die endgültige Entropie des Geldes, seine endgültige Entfremdung von jedem humanen Nutzen.

Nun liegt es mir erstens vom Temperament her nicht, zu resignieren, und zweitens habe ich in Jahrzehnten des säkularisierten Prophetenhandwerks ein gesundes Mißtrauen gegen Prognostik erworben. Ist es nicht dennoch möglich, das Geld von alten und neueren Flüchen zu befreien und es, trotz oder gerade wegen dieser Fluchwürdigkeit, zu einem vielleicht nicht entscheidenden, so doch nutzenbringenden Werkzeug nachhaltiger Entwickung zu machen?

In der alten römischen Präfation vom Heiligen Kreuz heißt es: »Du hast das Heil des Menschengeschlechts auf das Holz des Kreuzes gegründet, damit das Leben neu erstehe von dort, wo der Tod geboren wurde, und damit der, welcher am Holze siegte, auch am Holz besiegt werden würde ...« Das Holz des Todes, das gemeint ist, ist natürlich der Baum der Erkenntnis im PARADIES; DIE Operations-Basis der Schlange; und es ist eine tiefsinnige Legende, die annimmt, das Kreuz Christi stamme, wohl über eine lange Kette von Generationen, von ebendiesem Baume ab. Das Element und die Ausgangsbasis des Unheils ist eng und sehr materiell mit dem Element und Wirkstoff der Erlösung verbunden – ein aus jeder Mystik wohlvertrauter Gedanke. der sicher vorgetragen werden darf, wenn man erst einmal die historische Sakramenten-Rolle der D-Mark begriffen hat.

Nun ist jeder Weg ins Unheil ein Weg in Gefangenschaft, und jede Erlösung ist zugleich eine, ja *die* Befreiung. Und solche Befreiung liegt sehr, sehr oft in der Hand derer, die selber glauben Gefangene zu sein. Der große englische Dichter Milton hat das in einer markanten Zeile ausgedrückt: *The Gates of Hell are locked from within* – die Tore der Hölle sind von innen verriegelt.

Um dies konkreter zu machen, darf ich wieder auf ein persönliches Geld-Erlebnis zurückgreifen, diesmal aus der jüngsten Vergangenheit. Da starb eine weitläufige Verwandte, eine hochbetagte Dame, die in einfachsten Verhältnissen lebte und einfach kein Bedürfnis nach Geldausgeben empfand. Sie hinterließ uns ein knapp sechsstelliges Erbe, das mir etwas bescherte, was ich mein ganzes Leben nicht geschafft hatte: ein Bankdepot.

Ihre Anlagen waren natürlich zutiefst konservativ. Da war eine Schuldverschreibung ihrer Bank (einer weithin bekannten bayerischen Geschäftsbank), da waren jene merkwürdigen Sparbriefe, die plötzlich auf einmal ausbezahlt werden und dann einen Haufen Steuer kosten, da war ein Bundesschatzbrief, ein Sparbuch mit den üblichen lächerlichen Erträgen – und einige Aktien der Bank selber.

Meine Tante hatte also, wie wohl die Meisten von uns Klein- und Mittelverdienern, beachtliche Spardisziplin geübt – aber sie hatte wiederum, wie die meisten von uns, das bißchen Vermögen vollständig der Erfahrung der Geschäftsbank anvertraut. Sie war zeichnungsberechtigt, sicher. Aber was mit ihrem Geld geschah, wußte sie nicht. Sie wußte nicht, wo ihre (damals recht stattlichen) Prozente herkamen; ob dafür ein Exxon-Tanker durch Alaskas Schären fuhr, ob die Münchener Urangesellschaft damit den Uranabbau bei den Eskimos finanzierte, oder ob damit vielleicht irgendein Jürgen Schneider betreut wurde. Für die paar Aktien besaß sie Stimmrecht, gewiß; aber sie hat garantiert jedes Jahr auf der gepunkteten Linie, unter freundlicher Mithilfe des netten Herrn in der Filiale, ihr Stimmrecht an die Bank abgetreten, die sich auf diese Weise selber kontrolliert. Und ihr Bundesschatzbrief brachte ihr zwar aktive Teilnahme an der Umverteilung von unten nach oben (das ist die gewollte oder ungewollte Endbestimmung der Bundesverschuldung), aber zu einem so geringen Betrag, daß sie sich deswegen keine moralischen Vorwürfe zu machen brauchte.

Sie war sehr mächtig, wie wir Zeichnungsberechtigten alle – und sie war praktisch ohnmächtig. Sie selbst hatte, wie wir alle, die Riegel der Hölle von innen vorgeschoben, in dem Augenblick, wo sie die entsprechenden Kauforders und Vollmachten unterzeichnete. Von diesem Zeitpunkt an entschieden andere über ihr Scherflein von Macht, bestimmten andere, was und wo gearbeitet, gehandelt, tresorgeknackt wurde. Ich behaupte keinen Augenblick, daß die Herren der Banken pflichtvergessen oder schurkisch oder zynisch sind (manche sinds vielleicht doch, aber die stehen hier nicht zur Debatte). Entscheidend ist, daß diese Herren (meist sinds ja Herren, Damen findet man ganz wenige in ihrem Fach und in ihrer Position) ihre Pflicht tun, und ihre Pflicht ist eben immer wieder das Tresorknacken oder entsprechende Dienstleistungen dafür. Kürzer und brutaler gesagt: ihre Pflicht ist es, die Entropie zu erhöhen und damit die Lebenswelt zum Teufel zu schicken.

Und wir Zeichnungsberechtigten können die Verantwortung dafür keineswegs leugnen – so wenig wie der kleine Hitler- oder Stalin-Mitläufer seine Verantwortung leugnen konnte.

Ich wiederhole: wir sind zeichnungsberechtigt, ob uns das paßt oder nicht. Und das kleine Bankdepot meiner weitläufigen Tante war ja nur die erste, winzige Schaumlippe einer ungeheuren Woge, die in diesen Tagen und Jahren über uns hereinbricht – der größten Vermögensbewegung aller Zeiten.

Wir sind ja bitterarm, sicher. Der Bund hat kein Geld, die Länder haben kein Geld und die Kommunen erst recht nicht. Die Zahl der Sozialhilfeempfänger steigt, die Zahl der Obdachlosen steigt, es reicht hinten und vorne nicht. Und auf den Bankdepots, den ganz großen und den kleinen wie dem meiner Tante, lagen und liegen plus-minus siebentausend Milliarden D-Mark. Das ist eine Sieben mit zwölf Nullen. Das sind sieben mal zehn hoch zwölf der geweihten Hostien des Zentralsakraments. Und von diesen wird in den nächsten Jahren etwa ein Drittel, etwa zwei oder zweieinhalbtausend Milliarden Deutschmark, in Bewegung geraten, wird den Besitzer wechseln – sei es durch Erbschaft, sei es durch überlegte Schenkung.

»Die größte und reichste Erbengemeinschaft (der Geschichte) schlendert gelassen und oft perspektivlos ihrem Erbe entgegen«, so las ichs kürzlich in einem Programm-Prospekt der Katholischen Akademie Freiburg – eine Formulierung, für die ich ausdrücklich danke. Gelassen, perspektivlos – das ist eine Wahl des Verhaltens, obs uns bewußt ist oder nicht. Das ist der Entschluß, die Riegel am Tor der Hölle geschlossen zu halten. Gelänge es, dieses Verhalten zu ändern; gelänge es, auch nur einen Bruchteil dieses Reichtums einer nachhaltigen Zukunft zur Verfügung zu stellen, es würde die Welt verändern.

Mehr und mehr Menschen in unserem Land, die diese Situation begreifen (innerlich begreifen), machen sich darüber ihre Gedanken. Die Heinrich-Böll-Stiftung ist im Begriff, eine Aufklärungs- und Aktions-Kampagne unter dem Titel »Gemeinwohlorientierte Vermögensübergänge« zu starten, unter dem Motto: »Zehn Prozent fürs Gemeinwohl!« Zehn Prozent, das wären, nach obiger Schätzung, hundertfünfzig bis zweihundert Millarden – ein hübsches Sümmchen, und es ist reichlich optimistisch, damit zu rechnen. Aber selbst wenn es nur fünf, nur zwei Prozent werden sollten: es reicht immer noch zu einem stattlichen Parallel-, oder vielmehr zu einem Contra- Budget.

Jawohl, einem Budget, das über die wahren Prioritäten auch die Wahrheit sagt. Ein Budget, das zum Beispiel die ungeheuren pädagogischen Bedürfnisse der Jugend ernster nimmt als den Eurofighter. Einem Budget, das die wachsende soziale Misere nicht einfach an die Suppenküchen der Wohltätigkeit delegiert – denn so weit sind wir bald.

Vor allem aber wäre es lebensnotwendig, etwas für das Lebensnotwendigste zu tun – unsere Lebensgrundlagen in dieser Region und auf diesem Globus. Hier stoßen wir auf das letzte Adjektiv im Titel meines Vortrags: das Adjektiv »nachhaltig«. Und wenn ich hier und heute über Nachhaltigkeit sprechen soll [vielleicht sogar Nachhaltigkeit im Gaytal], dann gilt es in erster Linie, über Energie und Energiefreisetzung zu sprechen. Ja, die lebensnotwendige radikale Energie-Konversion: sie ist der vordringlichste Posten in einem solchen Contra-Etat. Sie muß so massiv gefördert werden, wie wir das nur fertig bringen. Sie wäre der zentrale Angriff auf die Weltgefahr, die heute von unserem Energie-Gebaren, von unserer blindwütigen Freisetzung von gefesseltem Kohlenstoff und Uranstrahlung ausgeht.

Diese Konversion ist der absolut notwendige Schritt, um die Klima-Katastrophe zu verhindern. Aber die Regierenden weigern sich, die nötigen Marktvorgaben zu leisten. Wind, Wasser, Photovoltaik, Sonnenwärme für Niedrigtemperaturbedarf, Biogas und Biomasse: wie rasch sie sich durchsetzen würden, wenn erst einmal die nötigen Vorgaben sichergestellt sind, zeigt die stürmische Entwicklung der Windkraft. Innerhalb weniger Jahre hat sie in Deutschland eine Leistung von 1600 bis 1800 Megawatt erreicht, einfach weil eine rentable Einspeisungsvergütung ins Netz garantiert wurde.

Das Gleiche geschähe noch rascher und stürmischer, wenn man sich zu einer entsprechenden Vorgabe für die Wärmekraftkopplung, die sogenannten Heizkraftwerke durchringen könnte. Sie kann ein Einfamilienhaus, sie kann eine ganze Reihensiedlung, sie kann ganze Mietblöcke mit Wärme und Elektrizität versorgen – aber bisher gibt es keine rentable Vergütungsgarantie für die Einspeisung ins Netz.

Warum ist das so? Und warum vernachlässigt man die Photovoltaik? Warum gibt man sich mit winzigen punktuellen Förderungsgesten zufrieden?

Sehr einfach: alle diese alternativen Energieformen sind umso effizienter, je dezentraler sie eingesetzt werden. Nicht mächtige Hochspannungs- und Rohrleitungen erfordern sie, sondern flexible Netze, nach Bedarf gesteuert. Und das widerspricht natürlich völlig der Logik des ökonomischen Fundamentalismus. Der denkt GROSS. Der will möglichst lang in seinen Energie-Trutzburgen RWE, VIAG, Preußag und wie sie alle heißen, der Herr über die großen Netze bleiben. Dieser Fundamentalismus vereidigt seine Stromherren auf Macht, Profitmacht und Verfügungsmacht. Der will möglichst lange die Überschüsse aus längst abgeschriebenen nuklearen und fossilen Großkraftwerken sicherstellen.

Wir haben eine Fülle von Beispielen dafür, wie weit die Strom- und Erdölfürsten zu gehen bereit sind, auch in unseren Landen. Aber Abhilfe ist möglich. Tapferkeit ist möglich, Hartnäckigkeit ist möglich. Vor zwei Tagen, meine Damen und Herren, hat die Gemeinde Schönau im Schwarzwald das Ziel eines elfjährigen Ringens erreicht: sie hat ihr Stromnetz vom allmächtigen Versorger zurückgekauft, dem Versorger, dem sie keinen Atomstrom mehr abnehmen will. Schritt für Schritt hat sie das durchgekämpft, ich bin stolz, daß ich mitgeholfen habe, die letzten zwei Millionen für diesen Kauf, dem ein völlig überhöhter Preis zugrunde liegt, in der ganzen Republik zusammenzubetteln. Wir haben zu diesem Zweck eine Stiftung Neue Energie gegründet, und wenn jetzt das Elektrizitätswerk Schönau gerichtlich den unmoralischen Überschuß zurückfordert, wenn endlich Schönau für alle die Gemeinden, die nicht die Nerven und die Mittel für eine längst fällige Grundsatzentscheidung vor höchsten Gerichten haben und hatten, eine solche grundsätzliche Klärung erzwingt – dann werden diese zwei Millionen wieder an die Stiftung Sanfte Energie zurückgehen – Grundstock für neue alternative Projekte.

Ich bin in der glücklichen Lage, Ihnen Informationsmaterial zum Komplex Schönau und Stiftung Neue Energie anbieten zu können. Ich habe auch Überweisungsträger mitgebracht, wenn Sie den ersten kleinen Riegel zurückschieben wollen, der den Reichtum der Nation von ihren allerwichtigsten Aufgaben trennt.

Letzten Endes (und wir kehren mit diesem Ende an den Anfang zurück) geht es darum, das Geld zu entsühnen; es aus seiner verfluchten Sakralität zu befreien. Es geht darum, es wieder mit den eigentlichen Energien des Lebens, der sozialen und biosphärischen Energie, konvertierbar zu machen. In Schönau ist das schon geschehen; Schönau ist keine Vision, es war vielleicht einmal eine, aber jetzt, seit dem 1. Juli 1997, ist es eine Realität. Und wenn es uns gelingen sollte, zehn, fünf, zwei Prozent der laufenden Vermögensübergänge für das Gemeinwohl fruchtbar zu machen, wird es noch viele solcher Realitäten geben. Denn worum geht es denn zum Beispiel einem Erblasser? Es geht ihm doch darum, die Zukunft der Seinen besser, sicherer, lebbarer zu machen. Es geht darum, sie vor Unheil zu bewahren, soweit das mit irdischen Gütern möglich ist. In früheren Zeiten, in denen neunzig Prozent des Lebens-Mittels noch vom örtlichen Kirchturm aus übersehbar war, hatte die Familie, hatte die Übertragung des Reichtums auf Kinder und Enkel und Neffen und Nichten die Logik für sich. Heute, wo die Maschine des ungezügelten Reichtums Länder und Wälder und Völker verschlingt, Meere ausmordet und alte Salzgruben verstrahlt, Treibhausgase in die Stratosphäre schickt und lebendige Erde mit Beton versiegelt, ist es nicht nur unmoralisch, sondern völlig unlogisch, den Erben nichts anderes zu hinterlassen als die ohnmächtige Finanzierung der geborgten, nicht rechtmäßigen Zerstörungsmacht. Es ist nicht nur unmoralisch, sondern unlogisch, jede Zeichnungsberechtigung ins völlig Unbekannte zu delegieren. Stiften und zustiften; Verständigung über Stiften und Zustiften, wie das etwa in den amerikanischen *Community Foundations* geschieht; Aufbau der Gegen-Etats, Aufbau der gesellschaftlichen Gegenmacht gegen den Mammonismus (gebrauchen wir, ganz zum Schluß, diesen christlichen, diesen wahrhaftigen Namen, den wir bisher mit Abstraktionen umschlichen haben!), Aufbau aus extrem dezentralen Positionen: aus Gemeinden, aus Stadtvierteln, aus Solidarität und Subsidiarität: ich bin überzeugt davon, daß dies die gute alte D-Mark und demnächst den hoffentlich guten neuen Euro entsühnen, entmammonisieren, mit den Wirklichkeiten der Schöpfung oder der Evolution, wenn Sie so wollen, wieder konvertierbar machen kann.

Auch mit den Wirklichkeiten der wahren menschlichen Bedürfnisse, wie ich meine. Dezentralität ist nicht nur demokratisch, sie ist beheimatet in der frischen Morgendämmerung der Menschheit. Und der Angriff auf feudale Zwingburgen ist nicht erst seit 1789, sondern schon seit den Bauernkriegen der Widerschein wahrhaftiger menschlicher Bestimmung.

So, und jetzt die Floßgassen auf für die schäumenden Energien, für die gemeinwohlorientierten Vermögensübergänge, für die Freiheit von den selbstauferlegten Zwangsvorstellungen! Oder, um mit allem Respekt den Vers von John Milton zu variieren und logisch zu ergänzen:

– *the Gates of Hell are Opened from within*

– die Tore der Hölle werden von innen geöffnet.

Ich danke Ihnen.

Kreuzzug

Der unvermeidliche Weg der Kirchen
Synopse 2000 von Global Exit

Dieser Vortrag wird versuchen zu zeigen, daß die Welt zunehmend von einer mächtigen Reichsreligion, der des Totalen Marktes, beherrscht wird; daß die Welt als menschlich bewohnbare Biosphäre unter dieser Reichsreligion keine oder nur eine minimale Chance hat zu überleben, und daß den Kirchen der Christenheit keine Wahl bleibt als die, den Kreuzzug aufzunehmen für eine Welt, in der sie noch existieren können, und die für sie als die Welt Gottes erhaltenswert ist. Wenn sie dies nicht (oder noch nicht) als charismatische Pflicht empfinden sollten, so müssen sie es schlicht und einfach aus Gründen der Selbsterhaltung tun, wenn sie als Künder erkennbaren Heils noch erkennbar bleiben wollen ...

Wesen und Genese der Reichsreligion

Schon 1921 hat Walter Benjamin in einem kurzen Fragment den *Kapitalismus als Religion* zu charakterisieren versucht. Profunder war seither kein weiterer Ansatz, obwohl er zu seiner Zeit nur schwer nachzuvollziehen war. Inzwischen ist dies leichter geworden; die Evidenz wird klarer, die Indizien häufen sich, und eine wachsende Zahl von Denkern und Publikationen haben vor allem den theologischen Ansatz verdeutlicht und präzisiert (ohne sich stets an den benjaminschen Grundriß zu halten).

Dabei bleibt auch die Terminologie, die Benennung des Gegenstandes, nicht gleichförmig. Von »Kapitalismus« *tout pur* sprechen noch am ehesten die lateinamerikanischen Befreiungstheologen; aber theologisch bietet sich auch das biblische Etikett »Mammonismus« an, und im letzten Jahrzehnt des verflossenen Jahrhunderts hat sich in Begriff und Realität die Figur des »Totalen Marktes« entwickelt.

Zu fragen ist, ob »all dies« (oder ein Teil davon) als Religion bezeichnet werden darf. Fehlt da nicht auch der kleinste transzendentale Bezug? Dreht sich der Kapitalismus, dreht sich der Totale Markt nicht als Megamaschine um sich selbst und seine Materien? Ohne das anzustreben, was jede Religion und Religiosität letzten Endes anstrebt – den Weg ins erlösende Heil?

Benjamin hat darauf eine erste (und sehr bedenkenswerte) Antwort gegeben: Man habe sich *zu vergegenwärtigen, daß das ursprüngliche Heidentum sicherlich zu allernächst die Religion nicht als ›höheres‹ ›moralisches‹ Interesse, sondern als das unmittelbarste praktische gefaßt hat.* Das bedeutet Transzendenzlosigkeit; und solche Transzendenzlosigkeit ist gerade die Aura, die Pseudo-Transzendenz, in der wir, um Paulus zu zitieren, »leben, atmen, uns bewegen«. Es ist der scheinbare *common sense* und, kultisch gesehen, der ökonomistische »Sachzwang«, der die »Stadt auf dem Berge« (Ronald Reagans Titel für die sog. Freie Welt) in den Glanz des Unausweichlichen hüllt: *TINA – there is no alternative.*

Um unnötige Definitionsschwierigkeiten zu vermeiden, wähle ich für den Gegen-Stand, den Stand des Gegners, den Terminus »Totaler Markt«, was sein Wesen, und den Terminus »Reichsreligion«, was seine Funktion in der Gegenwart betrifft – letzteres unter bewußtem Bezug auf das *Imperium Romanum* vor Konstantin.

Dieses Imperium war tolerant und multikulturell, mithin multireligiös. Zusammenhalt wurde durch die Anerkennung des *Numen Caesaris,* also den Kaiserkult hergestellt, der den Schutz der religiösen Subkulturen garantierte. Die paar verlangten Weihrauchkörner waren der Loyalitätseid auf diese Verfassung, den Christen wie Juden nicht leisteten. Sie leisteten ihn nicht, weil das Numen, die Göttlichkeit des Kaisers »Allmacht« impliziert – das heißt, einen totalen Mangel an Alternative.

Nun, seit 1989 ist der Mangel an Alternative wieder zur öffentlichen Meinung geworden – siehe das Gerede über das »Ende der Geschichte«. Eine lästige und gefährliche Häresie der Produktions- und Expansionsreligion war an den eigenen Widersprüchen gescheitert, eine letzte Bedrohung der Globalisierung unter dem Dogma des Marktes abgewendet. Der Weg war frei für den Totalen Markt.

Seit 1974 in Deutschland (Regierungsübernahme durch Helmut Schmidt) und 1980 in den USA (Machtübernahme durch die Republikaner hinter Ronald Reagan) war der ideologische Vorstoß zu dieser Totalität gut vorbereitet. Er ist, geistesgeschichtlich gesehen, eine Konterrevolution aus dem 18. und 19. Jahrhundert, mit neu aufpolierten Argumenten des Adam-Smith-Liberalismus, des Utilitarismus und des »wissenschaftlichen« Materialismus, die zunächst als die lichte Antwort auf das sowjetische »Reich des Bösen« (R. Reagan) ausgegeben wurde, in Wahrheit aber gegen das »sozialdemokratische Jahrhundert« und gegen einen potentiell noch viel unangenehmeren Feind, nämlich die öffentliche Diskussion der Gattungsfrage, gerichtet war. Diese Haupt-Stoßrichtung wurde mit dem Kollaps der sowjetischen Häresie sofort deutlich und wirksam.

Das Timing war perfekt, die semantischen Höhen wurden besetzt. Die Banalität der mammonistischen Seelsorge ist unglaublich, ihre Effektivität unbestreitbar. Die zentrale pastorale Waffe ist dabei der Konsumismus, der nicht nur die ständige subjektive Knappheit suggeriert, sondern mit den Mitteln der Werbung alle herkömmlichen Tugendsysteme und alten Werte-Schilde beschmutzt und bastardisiert. Aber Wertefragen sind ohnehin sekundär – das wissen vor allem die sogenannten Konservativen, die solche Bastardisierung bejammern, aber rabiat die mammonistischen Strukturen der Reichsreligion verteidigen, aus denen sie logisch erwächst.

Primäres Ziel der Reichsreligion ist die restlose Beseitigung der »Allmende«, der freien Güter und Dienstleistungen jeglicher Art, also der Welt von Genesis Eins. Wie schon zu Beginn der Entwicklung (in den britischen *enclosures* und den schottischen *clearances)* wird die Allmende privatisiert, wobei die Verwandtschaft zum *privateer,* also der offiziell gebilligten Piraterie, nicht nur philologisch auf der Hand liegt.

Diese Privatisierung der Allmende, die unter dem Stichwort »Deregulierung« läuft, ist also das genaue Gegenteil einer Befreiung. Sie ist vielmehr die Errichtung eines möglichst dichten und möglichst kompletten Netzes von Inkassopunkten – für Güter und Dienstleistungen, die man entweder neu als Bedürfnisse erfindet und aufdrängt, oder die man mit definitorischen Tricks aus der Allmende, aus der kostenlosen Gemeinfreiheit in die Tresore der natürlichen oder juristischen Reichen überführt. (Ivan Illich war der Erste, vermutlich um Einiges zu früh, der diesen Zusammenhang zwischen Schaffung oder Inbesitznahme von Inkassopunkten und der Zerstörung der alten Gemeinfreiheiten analysierte.)

Die konsequente Perfidie der Reichsreligion offenbart sich jetzt, in der Zuhilfenahme des »Produktionsfaktors Wissenschaft« zur privaten Beschlagnahmung des kompletten biologischen Lebensbestandes von Mensch, Tier und Pflanze. Ein gigantischer »Markt« erschließt sich da: plötzlich können einem wissenschaftlichen Piraten Mäusegenome, Uraltmedizinpflanzen, Bakterienstämme »gehören«, die Aborigines oder die indischen Dörfler müssen Lizenzen für Heilkräuter zahlen, die sie seit Jahrtausenden als freie Güter der Natur gekannt und genutzt haben, und die Bauern der Welt sind Vertragssklaven in einem Nahrungsmittel-Produktionsprozeß der biotechnischen Großindustrie.

Es ergibt sich: der Totale Markt auf dem Zenith seiner Macht und Wirksamkeit betreibt einen Kultus *sans reve et sans merci* (W. Benjamin), der die Adorations-Ansprüche der römischen Kaiser weit übersteigt. Ebenso bewirkt er kognitive, moralische, soziale und politische Deformationen in einer Tiefe und einem Umfang, die dem antiken Heidentum unbekannt waren. Er stößt ganze Kontinente – und innerhalb der »entwickelten« Welt wachsende Prozentzahlen von Mitmenschen – in den Zustand der Überflüssigkeit. Er verzehrt die natürlichen Ressourcen, dezimiert die Artenbestände und macht die Erde chemisch-physikalisch immer unbewohnbarer. Mit den Worten des us-amerikanischen Völkerrechtlers William Bassett: er ist die größte Bestie, welche die Geschichte je hervorgebracht hat.

Für die Religionen im hergebrachten Sinne, insbesondere die historischen Kirchen der Christenheit, bringt dies gänzlich neue Probleme mit sich.

Zurück hinter 312

Wie schon bei W. Benjamin zu lesen, wuchs der Kapitalismus als »Parasit des Christentums« heran – ein Spezifikum der westeuropäischen Geschichte. Dabei war und ist es nicht nur, vielleicht nicht einmal in erster Linie, die seit Max Weber vielstrapazierte »protestantische Ethik«, die ihn hervorbrachte. Seine Dynamik ist schon im Papst-Kaiser-Streit angelegt – und (damit eng verbunden) im Aufstieg der italienischen Städte, vor allem Genuas und Venedigs. Die Zerschlagung von Byzanz 1204 und die Annexion der ägäischen Inselwelt durch die Serenissima ist letztlich die Geburtsstunde der neuzeitlichen Kolonialpolitik, und die

Päpste (in Rom, aber vor allem in Avignon) machten die »Gnadenwährung« (über Ablaß und Pfründe) wirtschaftlich voll konvertierbar. Aber erst die reformatorisch-gegenreformatorische Dauerspannung, das Hochschießen der Liquidität durch die spanischen Silber- und Goldflotten (sowie ihre laufende Plünderung durch Amsterdamer Bankiers und mehr oder weniger lizenzierte Seeräuber) hat den »Parasiten« allmählich und sicher zum Herrn seines Wirtes gemacht. Die Säkularisierung der Wissenschaft, die unsinnigen Rückzugsgefechte der Kirchen dagegen, die Interessen der aufsteigenden Bourgeoisie konnten den Liberal-Kapitalismus tatsächlich als Schöpfung der Freiheit erscheinen lassen; wenn es auch stets scharfsinnige Analytiker seiner Gefährlichkeit gab.

Mit vagen Wolkenwörtern (»Globalisierung«, Modernisierung«, »Dynamisierung«, »Digitalisierung«, »Flexibilität« usw.) wird das bißchen Dogmatik, das die Reichsreligion benötigt, durch möglichst viele Kanäle in möglichst viele Hirne gepumpt. Sie hat die Überwölbungsfunktion, die der Kaiserkult im Römerreich hatte: die Anerkennung ihres numinosen Charakters, der Alternativlosigkeit des Totalen Marktes. Was sich darunter an Sekten, Idolen und Ideologien, an Sonderkulturen in begrenzten Regionen oder in der Diaspora tummeln mag, ist unerheblich, solange das Weihrauchkorn gestreut, die Alternativlosigkeit der Reichsreligion anerkannt wird. Im geschichtlichen Vergleich entspricht dies in etwa der Lage vor 312, dem Jahr von Konstantins Sieg an der Milvischen Brücke. Der »heidnische« Kaiser hatte überhaupt nichts gegen eine Diversität der Kulte und Mysterien, solange die Weihrauchkörner gestreut wurden.

Damals streuten sie die Christen nicht (jedenfalls die standhaften nicht); heute streut sie der ahnungslose Christ ununterbrochen. Werden nicht fast alle unserer wichtigen Entscheidungen auf der Basis finanzieller Abwägungen getroffen, deren Rahmenbedingung der Mammonismus ist?

Und verstärken nicht viele dieser Entscheidungen wiederum die Herrschaft des Totalen Marktes?

Angesichts solchen Unheils-Zusammenhangs stellt sich die Frage nach der gegenwärtigen Rolle des Christentums bezw. der Christentümer. Unsere These ist, daß dies durchaus die Stunde der historischen Großkirchen sein muß.

Sekten, Freikirchen, Großkirchen

Das scheint zunächst paradox zu sein, erleben wir doch eine rapide Auszehrung der Großkirchen und ein tropisches Wuchern von religiösen und quasi-religiösen Angeboten jeder Art. Gerade im euro-atlantischen Raum herrscht jedenfalls die Tendenz: »Jedermann seiner Religion Bastler!« Daneben haben Sekten und Freikirchen auch strengerer Art durchaus Zulauf, während die alten Großkirchen stagnieren oder stetig Anhänger verlieren. Selbst die rituellen Angebote für die wichtigen Lebenspassagen (Taufe, Hochzeit, Begräbnis) finden immer weniger Zuspruch, und Ansehen wie Selbstbewußtsein der Kleriker ist fast erbärmlich zu nennen.

So kann es nicht verwundern, daß sich innerhalb dieser historischen Kirchen die Tendenz entwickelt, den wirklichen oder scheinbaren Enthusiasmus von »Sektenkapellen innerhalb der Kathedrale« als die logische und noch mögliche Rückzugsbastion der Gläubigkeit zu betrachten. Echte und weniger echte charismatische Bewegungen; die Evangelikalen bei den Protestanten; pseudo-elitäre Clubs wie *Opus Dei,* das so genannte Neo-Katechumenat und eine Menge marianisch zentrierter Gruppen im Katholizismus; rechtslastige und Schwärmerbewegungen auch in der Orthodoxie: sie bieten sich pessimistischen Ober-Hirten in einer Zeit des Hinterfragens, der Skepsis und des Synkretismus als treue und problemfreie Kernscharen an, mit denen man den zeitlosen Auftrag bis zur verheißenen Wiederkunft des Herrn konservieren könnte.

Dieser Weg wäre todesgefährlich – für die Welt wie für die Kirchen. Sie dürfen sich auf keinen Fall der »Binnenlogik« des Sektierertums ausliefern.

Spezifizieren wir: esoterische Gemeinden, Sekten, Freikirchen haben gemeinsame Kriterien und Eigenschaften:

- Geschichte ist kein Problem. Eine fixe Wahrheit und/oder Erwähltheit bewegt sich in einer profanen Welt, die entweder von vornherein verderbt oder bestenfalls theologisch-ethisch inert ist.
- »Strukturelle Sünde«, d.h. die Existenz von Sklavenhäusern, aus denen der gemeinschaftliche Exodus gewagt werden muß, ist kein Problem. Der Auszug findet bequem in Form individueller »Bekehrung« statt, also des Ausbüchsens aus dem Weltschicksal und durch die Aufnahme in die Schar der Erwählten.
- Aporien und Paradoxien der realen Menschenwelt sind unproblematisch. Eine mehr oder weniger paranoide Binnenlogik stellt die persönlichen Gewißheiten her, um die es der jeweiligen Gemeinde, der jeweiligen »Schar der Erwählten« vor allem geht.
- Der Umgang mit der Reichsreligion ist unproblematisch. Da sie, mangels historischen Gespürs, gar nicht als solche erkennbar ist (oft wird das »Tier aus der Tiefe« noch mit den feindseligen Großkirchen identifiziert!), darf man sich bedenkenlos der Techniken und Werkzeuge der Reichsreligion für eigene Zwecke bedienen.

Alle diese Kriterien und Eigenschaften sind auch in den oben erwähnten »Binnensekten« der historischen Kirchen durchaus erkennbar. Gäben sich diese der Versuchung solcher sogenannten Gewißheiten hin, wären sie verloren. Nie wird die Realität ihrer eigenen Geschichte es ihnen erlauben, die schreckliche Unbefangenheit der eigenen fundamentalistisch-naiven Zeiten zurückzugewinnen. Nie wird es ihnen erlaubt sein, sich aus der eigenen, durchaus schuldbeladenen Beteiligung an der Entstehung der modernen Welt, d.h. aus den Folgen ihres eigenen riesigen Perversionspotentials zurückzuziehen. Und nie wird es ihnen erlaubt sein, die Realität der »strukturellen Sünde« wegzuschieben, die im Laufe des 20. Jahrhundert wie in keinem andern Zeitalter zutage getreten ist.

Natürlich gibt es zwischen Großkirchen und Freikirchen, zwischen Freikirchen und Sekten, zwischen Sekten und esoterischen Gemeinden keine scharfen Trennlinien, die Übergänge sind fließend; aber es gibt durchaus Kriterien der Distinktion.

Ein zunächst überraschendes Kriterium ist die Tatsache, daß fast alle Großkirchen (einschließlich der anglikanisch/episkopalianischen) die frischfröhliche Missionierung unter den »Heidenkindern« so gut wie eingestellt haben, ja daß sie teilweise zu den letzten Verteidigern ihrer Traditionskulturen geworden sind. Ihnen ist klar (oder es dämmert ihnen wenigstens), daß hier ein Stück Schöpfungs-Allmende, ein Rest kultureller Artenvielfalt gegen die große Bestie verteidigt werden muß. (Man vergleiche dagegen die Ellenbogen-Mentalität, mit der US-Freikirchen in die »Bekehrung« solcher Kulturen einsteigen, die sie ohne weiteres in die reichsreligiösen Standards dessen hineinpressen, was sie unter »Christentum« verstehen. Solche Mission ist teilweise erfolgreich, da reich und hochmotiviert; es gibt Indianer-Regionen in Lateinamerika, wo die Einheimischen zwischen *católicos* und *cristianos* unterscheiden.)

Eine weitere, sehr wichtige Distinktion ist das Verhältnis zur Naturwissenschaft, insbesondere zur Evolutionslehre. Eine permanente Schöpfung, die sich seit dem Urknall ereignet; eine Schöpfung, die Tag für Tag weitergeht, ist das Schreckgespenst der meisten fundamentalistischen Gewißheits-Konstrukte. Daß die meisten Großkirchen in den letzten hundertfünfzig Jahren diesen Schrecken überstanden haben, obwohl sie zunächst in strikter Opposition zur Aufklärung, vor allem der evolutionären, verharrten, erlaubt die Diagnose, daß sie sich schlichtweg nicht von der allgemeinen Bewußtseinserweiterung der denkenden Menschheit trennen konnten – und auch weiterhin nicht trennen könnten, selbst wenn sie dies wollten.

Tun sie dies jedoch nicht, bleiben sie im lebendigen Kontakt mit der gesellschaftlichen Auseinandersetzung, laden sie *nolens volens* den Zweifel, die permanente Hinterfragung an den Abendmahltisch ein. Es ist paradoxerweise dieser permanente Zweifel, der den Abstand der Großkirchen zu den problemlosen Sekten am deutlichsten markiert. Es ist dieser Zweifel, der die alten Kirchen nötigt (oder nötigen müßte), nach der konkreten Gestalt einer Heilsverkündigung zu suchen (bzw. sie zu entdecken), die ihre Legitimation, ihre Daseinsmacht im 21. Jahrhundert beweist und enthüllt.

Diese konkrete Gestalt ergibt sich sofort, wenn man sich der Allmacht der Reichsreligion voll bewußt wird und das Einzige tut, was dann noch möglich ist: den Kreuzzug anzutreten gegen den Totalen Markt.

Die großen alten Kirchen würden dann sofort unverwechselbar, denn keines der buntgefiederten Sekten-Angebote innerhalb wie außerhalb der alten Kirchen hätte das Potential oder auch nur die Lust, diese Last zu übernehmen.

Die Zeitgeschichte bietet ein reich dokumentiertes Beispiel für solche Unverwechselbarkeit: die lateinamerikanische Befreiungskirche. Aber wenn wir bei diesem Beispiel bleiben, werden auch sofort die Minenfelder sichtbar, die bei einer konsequenten Neu-Orientierung zu durchqueren sein werden.

[Exkurs:] *Los hijos de la chingada*

Acht Tage nach dem Fall der Berliner Mauer 1989 wurden fast alle Jesuiten des Studienzentrums San Salvador und zwei Hausangestellte grausam verstümmelt und massakriert. Lediglich einer, Ion Sobrino, entkam – er befand sich auf Reisen. In der allgemeinen europäischen Öffentlichkeit fand diese Bluttat nur flüchtige Beachtung, während die Fatwah gegen Rushdie permanent Schlagzeilen lieferte.

Die salvadorianischen Mörder standen den herrschenden Militärs nahe, die ihrerseits von us-amerikanischen Geheimdiensten und Washingtoner Regierungsstellen gestützt werden.

Der Fall der Berliner Mauer verdankt sich nicht zuletzt der hartnäckigen Destabilisierungspolitik des Papstes gegen das Jaruzelski-Regime, sein Ende in Polen markiert den Anfang vom Ende des Sowjetblocks.

Diese Destabilisierung wurde in engster Zusammenarbeit mit dem US-Außenamt und dem CIA durchgeführt, es besteht Namensgleichheit mit führenden Exponenten der Terrorpolitik der USA speziell in Zentralamerika, aber auch in Chile und in den Andenstaaten.

Damit hängt wohl zusammen, daß die lateinamerikanische Märtyrerliste (von Chile bis San Salvador) vom Vatikan nicht als solche anerkannt wird. Ein tieferer Grund für diese Nichtanerkennung ist freilich ein theologischer: die so genannte Befreiungstheologie und somit auch ihre Praxis ist den römischen Glaubenshütern zutiefst verdächtig, und mindestens seit Ivan Illich ist jeder ihrer Vertreter/innen, einschließlich des lateinamerikanischen Ordens-Zusammenschlusses CLAR, ständigen kurialen Repressionen ausgesetzt.

Die Befreiungstheologie wurde und wird der Affinität mit dem Marxismus verdächtigt. Dies ist jedoch nicht der tiefste Grund für die Kontroverse.

Der tiefste Grund ist die Wiederentdeckung des israelitischen Exodus aus dem Sklavenhaus Mizraim für die Bibelarbeit mit den Gläubigen. Daß Erlösung nur von außen und oben kommen kann, ist der ideologische Grundsatz, in dem FAZ und Ratzinger übereinstimmen. Der Exodus aus dem Sklavenhaus setzt Erlösung in historische und gegenwärtige Konkretion um, und die ist unter allen Umständen zu vermeiden. Sie würde bedeuten, daß man der heilsgeschichtlichen Widerrufung von 312, d.h. der anti-konstantinischen Wende, nicht mehr ausweichen kann.

Solange Rom (und natürlich nicht nur Rom, sondern der euro-atlantische Zeitgeist) diese offene Konfrontation mit der Reichsreligion vermeidet, solange bleiben nicht nur die Armen der Welt, sondern alle Christenmenschen, wie distanziert von den Kirchen sie auch immer zu sein glauben, Söhne der Geschändeten.

Vivan los hijos de la chingada! lautet der trotzige Schrei der Mexikaner an ihrem Nationalfeiertag, dem 5. Mai. Historisch ist mit der »Geschändeten« die Indianerprinzessin Malinche gemeint, die Sekretärin, Unterhändlerin und Mätresse des Eroberers Cortés. Das ist eine gute lateinamerikanische Identifikation, die wir nachvollziehen können: wir alle als Kinder der geschändeten Mater Ecclesia ...

Was tun im Schengener Sklavenhaus?

Im Gegensatz zu diesem Kirchenmodell sitzt die alte Christenheit zwischen San Diego und Sibirien an den Fleischtöpfen des Sklavenhauses. Wir haben es noch nicht verlassen, und imgrunde denken wir auch nicht daran es zu tun. Aber die europäische Menschheit ist nicht vom biosphärischen Desaster befreit – und die alten europäisch-amerikanischen Kirchen sind nicht von ihrer Existenzfrage befreit.

Vorneweg das zweite Problem – rein statistisch. Den Kirchen laufen die Leute weg. Wir sprachen darüber: für eine relative Mehrheit haben sie überhaupt nichts mehr zu sagen, für eine zweite Gruppe sind sie Dienstleistungsbetriebe für Übergangsriten. Es verbleiben die Aktivisten, die gleichzeitig die ärgerliche innerkirchliche Kritikerschar stellen, und die schon erwähnten binnenkirchlichen Sekten mit ihrer Speziallogik. Konsequente Folge dieser Situation ist der steigende Priestermangel – und die wachsende spirituelle und gesellschaftliche Verelendung der verbleibenden Priester sowie die wachsende Prozentzahl derjenigen unter ihnen, die den innerkichlichen Sekten zuneigen.

Zweites Problem, vielmehr das erste: die Reichsreligion, die Religion des totalen Marktes, ist aus ihren eigenen Prämissen außerstande, auch nur eine begrenzte Zukunft für die Menschheit sicherzustellen. Sie hat es jedoch (in der Weltminute, in der wir leben) geschafft, sich als alternativlos zu präsentieren.

- These Eins: dieser Präsentation muß klar und deutlich widersprochen werden.
- These Zwei: die Kirchen können ihr eigenes Überlebensproblem lösen oder wenigstens zu lösen versuchen, wenn sie sich als unerschrockene Vorkämpfer und Träger dieses Widerspruchs erkennbar machen.

Sie müssen es. Ihrem proklamierten Auftrag und ihrem historischen Selbstverständnis nach. Sie können der Reichsreligion des Totalen Marktes nicht die alternativlose Allmacht über das kollektive Bewußtsein überlassen.

Diese Überzeugung macht sich im übrigen bereits in vielen Anzeichen bemerkbar – Anzeichen, die bezeichnenderweise auf wachsende ökumenische Zusammenarbeit hindeuten und sie hervorrufen. *Friede, Gerechtigkeit und Bewahrung der Schöpfung,* – so lautet das Stichwort des so genannten konziliaren Prozesses, zu dem über Konfessionsgrenzen hinweg aufgerufen wurde. Zuarbeit zu einer bewohnbaren

Zukunftsgesellschaft findet bereits in zahlreichen Gruppen von Engagierten statt.

Entscheidend ist jedoch, daß dies alles unter pluralistischem Vorzeichen stattfindet; daß gleichzeitig der illusorische konstantinische Pakt wenigstens formell weitergeführt wird. So lange die Öffentlichkeit, inklusive der Mehrheit der irgendwie Gläubigen, die Arbeit an einer bewohnbaren Zukunft für die Privatangelegenheit von Aktivisten und Aktivistengruppen hält; und so lange die Mehrheit der Aktivisten selbst solche Arbeit nicht als den Kampf gegen eine übermächtige Reichsreligion, also einen religiösen Kampf gegen das Tier aus der Tiefe begreift, wird nicht nur kostbare Energie und kostbare Zeit verschwendet – sondern auch die kostbarste Chance wird vertan: die Erkennbarkeit eines zentralen zivilisatorischen Auftrags des Christentums im 21. Jahrhundert.

Solche Einsicht der Kirchen würde und müßte sofort in der Homiletik (Verkündigungspraxis) und der Pädagogik (Religionsunterricht!) sichtbar werden. Es ist logisch, daß dies zunächst zu statistischen Verlusten an Gläubigen und gigantischen feindseligen Medien-Kampagnen, wenn nichts Schlimmerem führen kann; so war das vor 312 auch. Doch das muß gewagt werden, so oder so. Die Kirchen der Christenheit werden weniger an ihren Doktrinen erkennbar sein (die haben, historisch gesehen, ohnehin wenig Loyalität erzeugt), sondern an ihrer gesellschaftlichen Praxis, der Praxis des Elans und des Mutes.

Orthopraxis

Wo, so fragt man sich, hätte die Orthopraxis der Kirchen in dieser Gesellschaft ein- und anzusetzen?

Es gibt zwei Größen, zwei Füße, auf denen der Leviathan, das Tier aus der Tiefe, steht: Geld – und Energie.

Genau gegen sie wäre der Gegenstoß zu führen.

GELD. Es ist zweifelsohne das Zentralsakrament der Reichsreligion und ihre gefährlichste Waffe. Die Waffe, mit der die Privatisierung der Allmende bislang siegreich betrieben wird. Und entscheidend für ihre stetig wachsende Macht ist das System des Zinseszinses. Gegen dieses System wurden und werden durchaus Gegenmodelle entwickelt – ich erinnere an Silvio Gesell und, in unseren Tagen, Dieter Suhr und Bernard Lietaer.

Nun gibt es in Deutschland eine Bank, welche diesem Zinseszinsprinzip fröhlich zuwiderhandelt: die Bochumer »Gemeinschaftsbank für Leihen und Schenken«. Sie wird von Anthroposophen betrieben, andersgläubige Genossenschafter sind willkommen. Es ist nicht einzusehen, warum es nicht Diözesanbanken, Ordensbanken, Diakoniebanken geben sollte, die nach den gleichen Prinzipien arbeiten. Freigeld im Sinne von Silvio Gesell dürfen sie nicht ausgeben, da behält sich der Staat das Monopol vor; aber es läßt sich ein Kreditsystem entwickeln, das die gleiche Wirkung und die gleichen Ergebnisse hat. Die Bochumer GLS ist sicher bereit, informative Starthilfe zu geben, ebenso die überall schon vorzufindenden Gruppen, die Gesell und Suhr folgen.

Ergänzend dazu gibt es weltweit bereits die so genannten LETS – Lokale Tausch- und Handelssysteme. Sie verrechnen sich gegenseitige Gaben und Dienstleistungen jeder Art auf der Basis meist humorvoll benannter Rechnungseinheiten; das Computernetz ist dafür genau die richtige Erfindung. (Man kann die Rechnungseinheit natürlich auch als MARK bezeichnen – ab 2002 ist der Name ohnehin frei ...).

ENERGIE. Das Problem ist inzwischen allen geläufig. Es geht um den restlosen Ersatz der fossil-nuklearen Primärbasis, die auf dem Safeknacker-Prinzip beruht, durch die Verwertung der regenerativen Solarenergie in allen ihren Formen: Direkte Stromerzeugung durch Photovoltaik, thermische Energie in Kollektoren, Wind, Wasser und Biomasse in verschiedenen Formen. Technisch ist dies durchaus möglich – lesen Sie bitte das Buch SOLARE WELTWIRTSCHAFT meines Freundes Hermann Scheer. Was der großen Konversion im Wege steht, sind gewaltige Interessen – und die Begriffsstutzigkeit des Publikums, die kulturell bedingt ist. Für diese notwendige Konversion bieten die Kirchen geradezu ideale Voraussetzungen. Sie verfügen über die nach wie vor beachtliche Loyalität ihrer Angehörigen, über Landflächen, über gewaltige Kirchendächer in Südlage – und, vor allem, über eine Langatmigkeit, an der Wirtschaftsmanager durch die ständige Bilanzierung und Parteien durch immer wiederkehrende Wahltermine gehindert werden. Ich konnte jüngst auf einer Tagung in Bad Honnef feststellen, daß Informiertheit und Motivation der maßgebenden Personen und Gruppen schnell wächst. So hat etwa die Diözese Aachen einen eigenen Energiesparfonds aufgelegt, und in den Rahmenverträgen mit Energieversorgern werden gleitend steigende Anteile von regenerativer Energie gefordert. Wesentlich ist natürlich auch das »Negawatt«-Prinzip: die gewaltigen Einsparungen, die durch richtiges Energie-Management und Effizienzverbesserungen zu erreichen sind.

Ein konkreter Hinweis: bei den meisten regenerativen Energien ist das Teure, nämlich die Anlagen, per Kollekte und/oder Stiftungen im Schneeball-Prinzip zu errichten und den Betrieb einer adhoc-Instanz oder Firma anzuvertrauen, die ihrerseits die alternative Expansion weiterfinanziert.

Der entscheidenste, weil von keiner anderen Instanz einzulösende Beitrag wäre die Suffizienz-Revolution.

Betonen wir: die sogenannte Wissenschaft des Totalen Marktes bis hinauf zu den Nobelpreisträgern kennt kein Modell der Schrumpfung, der bekömmlichen Emanzipation von den Stoff- und Energieströmen; dergleichen ist ihr schlicht unvorstellbar. Die emanzipatorische Frage der Suffizienz-Revolution wäre, letzten Endes, die Frage des Franz von Assisi: »Wozu brauche ich dies oder das, dieses Objekt, diese Dienstleistung, dieses Energiepotential?« Und wer kann, außerhalb der kirchlichen Wirkungsgeschichte, eine solche Frage stellen, ohne mieseste Assoziationen der Weltabgewandtheit, ja Weltfeindschaft heraufzurufen?

Es geht eben nicht um miesen Verzicht – es geht um emanzipatorischen Umbau der Bedürfnisse, um den Ausmarsch aus dem Sklavenhaus des todtraurigen Konsumismus.

Der müßte ohne Prüderie, ohne Krämpfe, ohne leibfeindlichen Rigorismus stattfinden. Er müßte, sowohl für die Marschierer wie für das Publikum, jederzeit als Marsch in die Freiheit erkennbar sein. Dazu bedarf es engagierter Projekte, bedarf es vieler Phantasie – dann wird aus ganz konkretem Humus das wiedererwachsen, was die Gestalt der Kirchen ausmacht: die Unverwechselkeit, die Verständlichkeit, ja Selbstverständlichkeit ihres Auftrags in der Welt.

Ganz konsequent wären die Kirchen dann der Hort und die Speerspitze der *Entschleunigung* – einer evolutionsgeschichtlich dringend gebrauchten Wirkmacht gegen die finstere Idiotie von »Tempo« und »Globalisierung«. Man wird erleben, wie viele längst nach einem solchen Hort, einer solchen Vorkämpferin ausgeschaut haben.

Und fast von selbst wäre das Bündnis mit der Schöpfung, die Solidarität mit der Welt-Mehrheit der Armen gegeben.

All das ist übrigens in allen möglichen Gruppen und Formen schon da. Worauf es ankommt: es wird, zunehmend an Wahrheits-Schein (doxa) und Unausweichlichkeit, in dem Maße zur Hilfe für die Schöpfung, wie es zur Aktivlegitimation für die Existenz und die Renaissance der Kirchen selbst wird.

Und die Politik?

Aber wie wird sich die Politik zu alledem stellen?

Nun, nach jeder Definition wäre eine wahrhaft demokratische Politik selbstverständlich eine Verbündete dieses Kreuzzugs. Die Gesundheit der Lebenswelt, die Allmende der Völker und der Menschheit gegen die Vereinnahmung durch den Totalen Markt zu verteidigen, müßte ihr vordringlichstes Anliegen sein.

Leider zeigt die Erfahrung, daß die Praxis dies kaum (mehr) zuläßt. Der letzte ›wirkliche‹ politische Aufstand gegen die Reichsreligion hierzulande war im Gefolge der 68er-Beben die Ökopax-Bewegung; der Versuch, aus ihr eine politische Partei (die Bündnis/Grünen) zu entwickeln, war zunächst erfolgreich, wurde jedoch mehr und mehr vom Getriebe der Alltagspolitik verschlungen.

Die Gründe dafür sind klar: politische Parteien sind auf Stimmen angewiesen, und die Stimmenmehrheiten ergeben sich aus den »Stimmungen« der Mehrheit. Diese Mehrheit ist durch die generationenlange Seelsorge der Reichsreligion (mit den Antrieben »Gier und Knappheit«) in einen Zustand geraten, der einerseits keine wesentliche Senkung der so genannten Ansprüche, andererseits keine ruhige, distanzierte Beurteilung der notwendigen Schritte in die Zukunft erlaubt. Da Parteien die Wähler da »abholen« müssen, wo sie momentan stehen, und da eine geduldige Aufklärung angesichts des kurzfristigen politischen Managements kaum mehr möglich ist, haben wir uns damit abzufinden, daß aus der Politik keine Rettung der Biosphäre geplant werden kann, solange die Macht der Reichsreligion und ihre Herrschaft über die Herzen und Bäuche unbeeinträchtigt bleibt.

Jede Politik, die den Namen verdient, muß das beklagen, ja verabscheuen. Die Übernahme des unvermeidlichen Kreuzzugs durch die Kirchen kann ihnen also nur willkommen sein.

(Hier, werte Zuhörer, sollten wir vielleicht eine Pause von fünf Minuten für herzhaftes Gelächter einlegen ...)

Zusammenfassung

1. Der Zustand der Biosphäre, d. h. die Lebensperspektive für unsere Kinder und Enkel, ist katastrophal.
2. Die Logik der »Reichsreligion«, d. h. des alternativlosen Totalen Marktes, verschlimmert diese Perspektive laufend.
3. Die historischen Kirchen der Christenheit unterliegen einem steten Erosionsprozeß, da *de facto* die Herrschaft der Reichsreligion sie zusammen mit allen andern »Meinungsgruppen« unter der Kuppel des alternativlosen Pantheons versammelt – ein Zustand, der dem vor 312 gleicht.
4. Es ist nicht nur ein Gebot des historischen Auftrags, sondern ein Gebot der Selbsterhaltung der Kirchen, den unmißverständlichen Kampf gegen die Reichsreligion, d. h. den Kreuzzug für eine bewohnbare Welt Gottes, auszurufen.

Der Papst ist weit. Bernhard von Clairvaux ist weit. Der Platz vor der Kathedrale ist leer und still.

Die Fahnen sind fahl und zerschlissen, die Schwerter verrostet, die Seelen verrottet und verschleimt.

Genau das ist die Stunde des Kreuzzugs. Vielleicht die letzte mögliche Stunde.

Die Reichsreligion

Eine Rede vor Freimaurern
Loge zur »Kette«, 22. April 2002

Vor kurzem erschien auf deutsch ein Buch des eminenten us-amerikanischen Zoologen Edward O. Wilson mit dem Titel »Die Zukunft des Lebens.« Es ist ein umfassender Report über den Stand der natürlichen, das heißt der biosphärischen Dinge – und der Report ist höchst alarmierend. Zusammenfassend läßt sich sagen, daß er das eben angebrochene Jahrhundert, das 21., als den schlechthin unvermeidlichen ökologischen Engpaß in der Verzahnung von Natur- und Menschengeschichte sieht. Wenn es der Weltzivilisation erlaubt wird, so weiterzulaufen wie bisher (und es spricht vorläufig wenig dafür, daß sie ihren Kurs ändern wird), wird es zwar am Ende des Jahrhunderts noch erhabene Schneegipfel geben (wenn auch nur halb so viele wie bisher), es wird brandungsgepeitschte Klippenküsten, weiße Wasserfälle geben – aber das, was einst spontanes Leben darauf und darin war, ist so gut wie geschwunden. Kultursteppe, Baumplantagen, Siedlungen, Fabrikkomplexe, Straßen, Flughäfen – technisch-industrielle Infrastruktur. Nur noch eine bis aufs Blut geschundene Natur wird übrig sein. Die Urwälder werden verschwunden sein, und mit ihnen die so genannten Hot Spots der biologischen Vielfalt, wo sich die Mannigfaltigkeit der Arten drängt. Der Zustand von Flüssen, von Korallenriffen, von Flußsystemen wird schwerkrank, wenn nicht todkrank sein. Nur winzige Überbleibsel werden noch an die majestätische Vielfalt erinnern, wie sie etwa Alexander von Humboldt oder der leidenschaftliche amerikanische Naturfreund und -schilderer Edward Muir erlebten.

Geben wir es zu, meine Damen und Herren: wenn wir solche Kunde vernehmen, werden wir sicherlich traurig, fühlen wir, mit den gemütvollen Resten ästhetischer Weltsicht, über die wir noch verfügen, etwas wie kosmischen Verlust, etwas wie Erschrecken vor einem kollektiven Frevel. Was wir jedoch nicht oder nur höchst selten fühlen, ist der hundsgemeine Schrecken, die körperliche Panik, die solcher Nachricht mindestens so angemessen wäre wie etwa die Panik beim Angriff auf die Twin Towers. Wilsons Mitteilung bedeutet nicht nur, daß tausende, zehntausende von Gottesgedanken neben, über, unter uns aus der Welt verschwinden, so wie wir sie kennen (oder vielleicht überhaupt noch nicht kennen, denn mindestens die Hälfte der Lebensformen der Urwälder ist noch unerforscht und unbekannt); es bedeutet ganz schlicht, daß das Überleben unserer Menschenart selbst, zumindest das Überleben in einigermaßen lebbaren Umständen, aufs höchste gefährdet ist: es geht nicht nur um das Sumatra-Wollnashorn oder den oder jenen Schmetterling, es geht schon um unsere Kinder, bestimmt aber um unsere Enkel, um Max und Kevin und Tamara und Judith; um ein Leben für sie, das sich noch als würdevolles Leben in einer bewohnbaren Welt beschreiben läßt, und das wir ihnen weder durch fette Erbschaft noch durch weise Sozialgesetze mehr sichern können.

Zwei Fragen stellen sich damit ganz unmittelbar – die erste: wie konnte es zu diesem gefährlichen Weltzustand kommen? Und die zweite: warum werden wir seiner so schwer, wenn überhaupt gewahr? Warum steht er nicht im Mittelpunkt aller nationalen, kontinentalen, globalen Überlegungen, wo er, jedem gesunden Menschenverstand nach, ständig präsent sein und ständig bedacht werden müßte? Warum beherrscht er nicht die Parlamentsdebatten, warum haben sich vor seiner schrecklichen Erhabenheit nicht schon eine Menge individueller und kollektiver Egoismen verflüchtigt?

Nun, man kann gelegentlich hören oder lesen, daß eine spezielle Grüne Partei heutzutage nicht mehr nötig sei, weil der Umweltgedanke längst alle anderen Parteien und die ganze Öffentlichkeit ergriffen habe; ja, es gibt schon Leute, die lautstark von Öko-Terror, Öko-Lüge, Machthunger der Umweltmafia reden. Nichts ist unrichtiger als das. Was wir (hierzulande, im satten Westen) mit Müh und Not erreicht haben, ist eine kleine Dependance, ein kleiner Anbau von Maßnahmen und Behörden, die das so genannte »Politikfeld Umwelt«, ein winziges Schrebergärtlein, betreuen. Manches an dieser Betreuung ist sinnvoll, manches unsinnig, das Meiste hat den Charakter des Ablaßhandels; von einer zentralen oder auch nur halbwegs angemessenen Bedeutung dieser Alibi-Veranstaltungen kann keine Rede sein. Und im internationalen Bereich ist es kaum anders; die Architekten der paar Abkommen, die wenigstens in die richtige Richtung weisen, geben selbst zu, daß von einer wirklichen Effektivität keine Rede sein kann; das Bossihemd der Wohlstands-Interessen ist allemal noch näher als der grüne Rock.

Im Zentrum aller öffentlichen Aufmerksamkeit und (mehr und mehr) aller Politik steht offensichtlich und entschieden die Wirtschaft, und diese Zentralstellung hat sie in den letzten Jahrzehnten systematisch ausgebaut. Unsere Art zu wirtschaften wird bestimmt von den Theorien und Praktiken des Totalen Marktes, zu dem es keine Alternative gibt – TINA, *there is no alternative.* 1989 wurde sozusagen das Siegel auf diese Alternativlosigkeit gesetzt, die, gerade im Zusammenhang mit dem Kollaps der realsozialistischen Häresie, im berühmtesten Titel jener Umbruchsjahre von dem Amerikaner Francis Fukuyama als das »Ende der Geschichte« proklamiert wurde.

In der Zwischenzeit haben wir das besser gelernt, ein

paar ordentliche Sturzwellen von Geschichte sind über uns hinweggegangen, haben, unter anderem, das World Trade Center mitgenommen. Was jedoch blieb und bleibt, ist die feste Überzeugung von der Alternativlosigkeit des Totalen Marktes, der seine Erfüllung in der so genannten Globalisierung findet.

Alternativlosigkeit. Das Wort soll uns nachdenklich machen. Im allgemeinen wird uns ja unsere Welt, die Welt des Wohlstands und der Spaßgeneration, als buntes Neben- und Ineinander von Optionen und Lebensentwürfen, als totale Multi-Kulturalität geschildert, als endgültiges Entrinnen aus allen muffigen ideologischen und überweltlichen Zwängen. Aber übersehen wir nicht, daß die Vokabel »Sachzwang«, die in der Ära Helmut Schmidt kometenhaft emporstieg und seitdem nicht aus dem Zenit unserer Wahrnehmung geschwunden ist, eine solche Gegenwartsdeutung von vornherein verdächtig macht. Ich bin mit zahlreichen kritischen Zeitgenossen der Meinung, daß sich hinter dieser Vokabel meistens, ja vielleicht immer ein meisterhaft verborgenes Interesse, ja ein zur Ideologie verwobenes Interessennetz verbirgt. Und so tauchen in der Tat mehr und mehr kritische Hinterfrager auf, die nach einer anderen Welt- und Gegenwartsdeutung suchen. In die Gesellschaft dieser Hinterfrager bin ich hineingeraten.

Totaler Markt. Das klingt von vornherein nicht besonders optionsreich, aber selbst seine Befürworter widersprechen dem Wort nicht, wenigstens in der Sache nicht, wenn sie das wirtschafts-journalistische Mantra herunterbeten: *there is no alternative* – *TINA*. Und was nun, bei der Suche nach historischen Vergleichsmaßstäben für unsere Befindlichkeit, fast unwiderstehlich auftaucht, ist das Wort *Imperium* – es wurde und wird zunehmend zur Illustration, ja zur Definition unseres gegenwärtigen Weltzustands verwendet.

So hat etwa der bekannte deutsche Schriftsteller Mathias

Greffrath auf dem ersten Anti-WTO-Gipfel in Porto Allegre Anno 2001 ausdrücklich auf das spätrömische Kaiserreich Bezug genommen – und kürzlich ist ein gewichtiges Buch des Italieners Antonio Negri und des Amerikaners Michael Hardt erschienen, das den lakonischen Titel EMPIRE trägt.

Ich selbst bin dem Terminus auf eine umwegige, aber höchst interessante Art begegnet, über die Fußnote in einem Werk des Theologen Thomas Ruster mit dem schönen Titel DER VERWECHSELBARE GOTT. In dieser Fußnote wurde auf ein Fragment Walter Benjamins aus dem Jahre 1921 verwiesen: *Kapitalismus als Religion.* Dieses Fragment (es sind nicht mehr als zweieinhalb Seiten, die am Ende in reine Stichworte übergehen), ist vermutlich das Profundeste, was je über das Thema geschrieben wurde; aber es ist zunächst ergiebiger, auf das Beispiel des spätrömischen Imperiums sebst zurückzukommen.

Dieses Imperium war höchst tolerant im religiösen Sinne (wie übrigens auch große Imperien Asiens). Man braucht sich nur einmal die Ausstellungsgegenstände des römisch-germanischen Museums in Köln anzusehen, die Weihe- und Grabinschriften, oder das Kartenmaterial im Vorraum des dortigen Prätoriums, um einen Begriff von dieser Toleranz zu bekommen. Uralte römische Kreuzweggeister; griechische, ägyptische, orientalische Kulte und Mysterien der Isis, der Demeter, des Mithras; die geheimnisvollen Drei Matronen der Gallier und natürlich die jüdische wie die christliche Botschaft – da war wirklich etwas für jeden Geschmack, jede Sehnsucht, jeden Trostbedarf zu finden. Was jedoch die eigentliche Alternativlosigkeit, die eigentliche Allmacht des Imperiums ausdrückte, das war der Kaiserkult. Der Kaiser wurde vergöttlicht – das heißt, nicht eigentlich er selbst, sondern sein Numen, seine Aura gewissermaßen, oder auch sein Geschick, seine Schutz- und Schicksals-Göttin: *Numen Caesaris, Fortuna Caesaris.* Die mußten verehrt werden mit dem bekannten Einwurf des Weihrauchs; das war sozusagen der Verfassungseid des Imperiums. Jupiter, Juno, Apollo – das waren längst wieder Lokalkulte, Markierungen für Staatsfeiertage oder ins künstlerische Repertoire abgerutschte Gestalten.

Nun haben Juden und Christen (wenn sie standhaft waren) diesen Verfassungseid verweigert. Den Juden hat man das noch nachgesehen, weil man ihre eigenständige Volkhaftigkeit respektierte. Aber die Christen erhoben ja ihrerseits universale Ansprüche, und die konnten mit dem Verfassungseid, mit der Allmacht des Imperiums nicht zusammengehen. Die Folgen kennt man aus dem Heiligenkalender. Und ab 312, seit dem Edikt von Mailand des siegreichen Konstantin, änderte sich ohnehin alles, eine neue Alternativlosigkeit wurde proklamiert.

An die Stelle des *Numen Caesaris* ist in unserem Imperium etwas anderes getreten: das Wertgesetz des Marktes. Das ist zunächst genau so religions-, so transzendenzlos wie ein Kaiser Hadrian oder Commodus; aber es hat schon seine eigene Dogmatik. Sie läßt sich so formulieren: Alles hat seinen Preis, und wenn es noch keinen hat, werden wir einen anhängen. Man nennt das die »Erschließung neuer Märkte« oder auch, in einem weiteren Sinne, Globalisierung. Und es lohnt sich, hier auf ein paar Beispiele einzugehen.

Da ist zunächst die ganze bunte Welt der sogenannten Dienstleistungen. In traditionellen Gesellschaften hatten die kein Preisschild angehängt – das Haareschneiden war noch keine Kunst, die Sandalen machte der Sandalenmacher, die Tücher für die Kleidung woben die Frauen, genauso wie sie das Essen zubereiteten – undsoweiter. Ein meßbares »Bruttosozialprodukt« entstand auf solche Weise überhaupt nicht. Es geht hier nicht darum, diese Phase der Produktion und Reproduktion zu romantisieren oder zu idealisieren, sondern nur darum festzumachen, was sich seitdem ereignete. Im Augenblick will die WTO, die Welthandelsorganisation, die zu einer Art unkontrollierten und unkontrollierbaren Weltregierung geworden ist, eine Runde der Globalisierung einleiten, die sich »Vereinbarung über Transporte und Dienstleistungen nennt (abgekürzt GATS). Es geht um nichts weniger als die unbeschränkte internationale Handels- (und damit Preis-)konkurrenz aller vorstellbaren Dienstleistungen in Transport (bis hinab zu örtlichen Nahverkehrssystemen), Gesundheitsdienst (mit allen Krankenhäusern usw.), Grundversorgung (etwa Wasser) und Erziehung. All dies soll tunlichst privatisiert und damit natürlich auch profitorientiert betrieben werden.

Was daraus im Einzelnen werden kann oder könnte, zeigte sich bereits in Bolivien, wo die Regierung zunächst die Wasserversorgung einer auswärtigen Firma anvertraute. Das bedeutete de facto ihren Zusammenbruch für die Mehrheit, nämlich für die Armen, die sich die Preise nicht leisten konnten – was zu Revolten führte. Das Abkommen wurde gekündigt.

Es braucht nicht eigens erörtert zu werden, was eine solche Privatisierung etwa im Erziehungswesen bewirken würde. Die Unabhängigkeit von Wissenschaft und Forschung, heute schon in weiten Bereichen von Sponsoren aus der Wirtschaft relativiert, würde sich selbst für die Grundlagenforschung erledigen.

Ähnlich liefe die Gesundheitsfürsorge immer mehr auf eine Zurichtung für den Arbeitsmarkt hinaus.

Hans-Olaf Henkel, hierzulande bekannt als einer der artikuliertesten Sprecher der Industrie, hat schon vor Jahren in einem Zeitschriften-Artikel sein Unverständnis darüber ausgedrückt, daß Forschungsergebnisse, welche mit Geldern der Privatwirtschaft erarbeitet worden seien, auf einmal der Allgemeinheit gehören sollten. Die logische Rendite müßte da doch zunächst vom Geldgeber einbehalten werden dürfen.

Und damit stoßen wir auf das zweite, präzisere Beispiel:

die Handhabung von Patentrechten auf Lebewesen und Lebensprozesse. Die Totalisierung des Marktes wird heute nirgends energischer und schamloser betrieben.

Heil- und Nutzpflanzen etwa, die seit Jahrtausenden von traditionellen Gesellschaften den Schatztruhen der Natur ohne Rechnung entnommen werden, finden sich, nach oft minimaler Bearbeitung oder auch nur Auswertung ihrer Eigenschaften, als Patente im Besitz der Profitwirtschaft, die von den bisherigen Nutznießern bei Strafe empfindlicher Sanktionen Lizenzgebühren einfordert. (Das bekannteste Beispiel wurde der indische Neenbaum; ein Gutteil des Scheiterns von Seattle, Genua und Qatar geht auf die Verteidigung dieser uralten Medizinalpflanze durch indische Gelehrte und ihre dissidenten euro-atlantischen Verbündeten zurück, zu denen ein paar meiner Freunde gehören.)

Im Humanbereich, wo noch Gefechte auf manchmal ziemlich willkürlich gewählten Feldern geführt werden, ist das Prinzip der Preisfindung längst rüstig am Werke. Man denke nur an die Belieferung zahlungskräftiger Kunden mit qualitätvollen Angeboten privater Samenbanken. Auch die Klonierungsdebatte im menschlichen Bereich wird in erster Linie nicht um künftige Herzenszwillinge geführt, sondern um die Höchstkompatibilität von organischen Ersatzteillagern – Herzen, Nieren, Lungen, Lebern undsofort –, die sogar auf Vorrat angelegt werden könnten.

Wie gesagt, Zahlungsfähigkeit ist dabei natürlich absolute Voraussetzung. Und damit enthüllt sich der letzten Endes zukunftsfeindliche, der fundamentalistisch-enggeführte Charakter des Totalen Marktes – ein ganz wesentlicher Unterschied zur Antike, in der die Deformationen durch den Kaiserkult im Vergleich lächerlich gering waren.

Die neoliberalen Propheten des Marktes wollen das naturgemäß nicht wahr haben. Sie betonen ausdrücklich und immer wieder, daß die unsichtbare Hand des Adam Smith zu ihrer Ergänzung, ja zur Sicherstellung ihres wohltätigen

Wirkens sowohl eines Systems politischer Rahmenbedingungen wie auch eines kulturell-wertstützenden ethischen und sozialen Systems bedürfe – Michel Camdessus, der einstige Chef des Weltwährungsfonds und ein sehr kluger Kopf, spricht ausdrücklich von »drei Händen«.

Das Argument wäre zwingend, lägen nicht genug bedrükkende Beweise dafür vor, wie der eingebaute Expansionsdrang des Markts mit den beiden anderen Händen verfährt. Der »Markt« ist ja längst nicht mehr das, was man etwa im Mittelalter darunter verstand: ein Erdenfleck in der Mitte einer Stadt, wo man hinging, wenn man ein Wams, einen Schinken, einen Wagenreifen benötigte. Der heutige Markt, wie durch das Wort *marketing* schlüssig ausgewiesen, ist vielmehr eine beutehungrige Reiterarmee, die ihrer Kundschaft vielköpfig und vielhufig hinterherjagt. Man hat ausgerechnet, in den USA wie im EU-Europa, daß der Durchschnittsbürger täglich durchschnittlich 3000mal in irgendeiner Form kommerziell und/oder politisch »angemacht« wird – die Anmache ist ja selber zu völliger Selbständigkeit als hochqualifizierte Wirtschaftsbranche herangewachsen.

Der klassische Lehrsatz von der Bedürfnis-Befriedigung durch die Wirtschaft ist ja längst dadurch widerlegt, daß niemand genau sagen kann, was ein Bedürfnis ist. Vielmehr: Man ist sich längst darüber klar, daß höchstens das Bedürfnis nach ein paar Kalorien und Nährstoffen, das Bedürfnis nach Temperatursausgleich durch etwas Kleidung und/oder Heizungswärme als naturbedingt gesehen werden können, aber daß schon die Sexualität komplizierter kultureller Überformung bedarf, um im Sinne der Arterhaltung zu funktionieren. Sämtliche anderen Bedürfnisse sind sozial bestimmt – sozial und durch das, was die Väter einmal die »Unruhe des menschlichen Herzens« nannten.

Wer Märkte schaffen oder erschließen will, muß also zunächst das Bedürfnis nach den Produkten schaffen, die er dort verscheuern will. Und dieses Bedürfnis ist längst nur mehr dadurch zu schaffen, daß man dem politischen wie dem kulturell-sozialen Sektor laufend Kompetenzen entzieht.

Das klingt zunächst ziemlich abstrakt. Aber es führt uns zurück auf ein Grundproblem, mit dem unsere Art seit Urzeiten zu kämpfen hat: der Asymmetrie ihrer Ausstattung für den Lebenskampf.

In ihr steckt, wie in jeder anderen Art auch, zunächst ein unbegrenzter Appetit, die Sucht, jede nur erreichbare Ressource zu ergreifen, sich zu sättigen, sichs wohlsein zu lassen, sich zu vermehren, bis ihn die wachsende Unwirtlichkeit, die wachsende Unergiebigkeit, die wachsende Unzuträglichkeit der Umwelt zum Wandern, zur Umstellung seiner Verhältnisse – oder zum Sterben nötigt; das klassische Beispiel ist die Bierhefe, die nach rasendem Wachstum in den eigenen Exkrementen erstickt.

Darüberhinaus aber verfügt der Mensch über das, was wir ganz objektiv seinen Plus-Faktor nennen wollen: seine durch das Großhirn, den aufrechten Gang, die Sprache und die spezielle Entwicklung des Daumens um das Vielfache gesteigerte Ausrüstung. Der Mensch, jeder Mensch, ist sozusagen Sokrates und Berlusconi an einer Deichsel. Edward Wilson, der eingangs Erwähnte, kommt deshalb zu dem melancholischen Schluß: »Der edle Wilde hat nie existiert ... der Garten Eden, von Menschen besiedelt, verwandelt sich in ein Schlachtfeld. Das Paradies zu finden, heißt es zu verlieren.« Die Weisen aller Zeiten haben diese Asymmetrie von jeher erkannt. Sie haben von jeher versucht, durch kulturelle, durch soziale, durch religiöse Systeme ihren mörderisch-selbstmörderischen Auswirkungen zu steuern. Einigen traditionellen Gesellschaften ist dies verhältnismäßig gut gelungen; die Seßhaftigkeit, ein wichtiger Schritt weg von der reinen Beutemacherei, brachte wieder neue, eigene Gefahren mit sich, an denen wir noch heute laborieren. Aber im Kontext einer Hochkultur ist diese Theorie, sagen wir ruhig die Reichsreligion des Totalen Marktes, ein wirkliches Novum.

Das aristotelische εχθρον, das Wahre und Gute, um das Philosophen und Theologen jahrtausendelang und meist vergebens rangen, ergibt sich nach dem Dogma dieser Religion einfach daraus am sichersten und einfachsten, daß man den Bierhefe-Instinkt sein Werk möglichst unbehelligt tun läßt. Das politische, das kulturell-moralische System in Ehren – aber sie sollen sich gefälligst nicht in das Wirken und die Expansion des Marktes einmischen. Darauf und auf nichts anderes laufen die Bemühungen der GATT- und später der WTO-Runden hinaus. Aber wie schon die bisherige Praxis, die bisherigen Entscheidungen der WTO-Organe zeigen, läuft dieses Zurückdrängen jeglicher politischer oder sozialer Einmischung auf nichts anderes als auf die Zerstörung der sozialen und ökologischen Mindeststandards hinaus, die sich wenigstens einige maßstäblich tätige Teile der Menschheit mühsam genug erarbeitet haben. Wer solche Standards als nichts anderes zu deuten versteht denn als Wettbewerbsverzerrung, ja »Enteignung« (die Definition wurde hemmungslos schon bei den MAI-Verhandlungen vor 1998 verwendet), der kann natürlich nicht begreifen, daß damit die totale Herrschaft des Totalen Marktes zwangsläufig eingeleitet wird auf Kosten all dessen, was im Interesse der Menschheit, vor allem der zukünftigen Menschheit liegt.

Jedem unabhängigen Geist muß es klar sein, daß eine solche Alternativlosigkeit nichts anderes als den Entschluß zum kollektiven Selbstmord bedeuten kann. In den meisten Fällen wird dieser Entschluß nicht ausdrücklich gefaßt, wohl aber resignativ hingenommen werden. In meinem Buch, *Global Exit*, stelle ich den Kirchen vor, daß sie dieser Herausforderung eines fundamentalistischen Totalen Markts ihrem ganzen Selbstverständnis nach, aber auch im Interesse unserer Kinder und Enkel unmöglich mit Neutralität begegnen können, sondern daß sie ihn als die Herausforderung durch eine feindselige Reichsreligion begreifen müssen.

Was die Ethik Ihres Bundes betrifft, meine Damen und Herren, so fühle ich mich nicht berechtigt, unmittelbare Schlüsse zu ziehen. Als wohlwollender Außenseiter, wenn ich so sagen darf, neige ich allerdings dazu, als eines der gelungensten Manifeste Ihres Geistes die Sarastro-Arie aus der *Zauberflöte* zu begreifen. Sollten Sie mir darin zustimmen, könnte ich mir ein Bündnis zugunsten der bewohnbaren Zukunft durchaus vorstellen.

Die arglose Bestie

Vermutungen über das Seelenleben von Globalisierern
Schwarzbuch Globalisierung, Frühjahr 2002

1

Vor kurzem las ich im Magazin *Newsweek* ein Interview mit dem gegenwärtigen Vorsitzenden der WTO, einem stämmigen neuseeländischen Politiker, aus Anlaß des Beginns der nächsten Globalisierungsrunde.

Natürlich sprach man auch über die harschen Meinungsverschiedenheiten, welche die Debatte der Weltöffentlichkeit um WTO, GATT und neuestens GATS bestimmen. Der Politiker gab zu, daß es Leute gebe, die Hereinnahme von sozialen und ökologischen Komponenten in die Verhandlungen forderten. Er fand dies übertrieben und meinte:

»Wenn wir das alles an uns ziehen würden, wären wir in der Tat eine hübsch große Bestie – *quite a beast.*«

2

Das Statement nahm mir, ich gebe es zu, die Luft weg. Das ginge wohl fast jedem Globalisierungsgegner so. Er vermutet Machtstreben hinter den globalen Markt-Projekten, er vermutet Profitstreben, er vermutet sogar Niedertracht (und die Aufsätze dieses Bandes belegen das ja genügend) – was er sicher nicht vermutet, ist Bescheidenheit.

Aber wenn nun der (wenigstens nominell) Hauptverantwortliche für die nächsten Runden subjektiv ehrlich ist? Wenn er genau von dem überzeugt ist, was er da sagt?

Vor kurzem habe ich aus Arbeitsgründen die Texte von

hochgestellten Kapitalismus-Theoretikern durchgeackert (es handelt sich um den ehemaligen Vorsitzendcn des WWF, Michel Camdessus, und den Professor Michael Novak vom *American Enterprise Institute*, beide gute Katholiken). Dabei bemächtigte sich meiner mehr und mehr das Gefühl, daß es für die Globalisierungsdebatte wesentlich sein muß, dem Seelenleben der globalen Marionettenspieler etwas näher zu kommen. Das Interview-Statement regte mich vollends an, ja nötigte mich dazu, einer These näherzutreten, die ich gern für unsinnig hielte; der These nämlich, daß die wahren und ehrlichen Champions der Globalisierung überhaupt nicht wissen, was sie anrichten – und zwar aus den gleichen Gründen wie der zitierte Politiker: aus Gründen einer Fakten entstellenden oder wenigstens ausklammernden Borniertheit, die sich verbal als Bescheidenheit ausdrückt – und die sie in ihrer eigenen Seele wohl auch als solche wahrnehmen.

3

Diese Bescheidenheit ist traditionell, ist historisch bedingt. Adam Smith, der erste große liberale Wirtschaftstheoretiker, dem man die Entdeckung der »Unsichtbaren Hand« zuschreibt (sie kommt in seiner *Inquiry* nebenbei als Metapher vor), sah sich im späten 18. Jahrhundert noch von robusten und kaum hinterfragten religiösen und politischen Institutionen, einer erzmoralischen öffentlichen Meinung umgeben; er wohnte, um das Bild zu wechseln, in einem grundsoliden mehrstöckigen Haus, wo der Wirtschaftsbetrieb im Keller und im Parterre untergebracht ist. Worum es ihm und allen liberalen Nachfolgern ging, waren keine großen Tugendgebäude, keine Philosophie des Seins und Sollens, sondern schlicht das Plädoyer an die Politik und die moralisch-gesellschaftliche Kultur, sich möglichst wenig in die Angelegenheiten der Produktion, der Dienstleistungen und des Marktes, so zu sagen des Parterre- und Kellerbetriebs einzumischen. Diese könne man ruhig dem Selbstinteresse der Beteiligten überlassen, was letzten Endes zu besseren, ja moralischeren Resultaten führen würde als politisch und moralisch institutionalisierte Besserwisserei.

4

Diese Tradition hat zwei Jahrhunderte überlebt – auf dem Papier der »demokratischen Kapitalisten«. Camdessus spricht ausdrücklich von »drei Händen«, welche die menschliche Gesellschaft brauche: eine politisch-gesetzgeberische, welche die Rahmenbedingungen des Zusammenlebens festlegt; eine sozial-kulturelle, welche den Wertebestand der Gesellschaft bestimmt und sichert – und dann eben die gar nicht so unsichtbare der Wirtschaft, welche für den Wohlstand der Völker sorgt. Novak spricht im ganz ähnlichen Sinne von drei »Systemen«.

Zum Kernbestand neoliberaler Überzeugungen gehört, daß die beiden anderen Systeme dauernd ihre Grenzen überschreiten und sich in die arglose Reichtumsbeschaffung der Wirtschafts-Hand einmischen. Ganz abgesehen vom Erbübel Steuer werden auch noch Sozial- und Tarifgesetze erlassen, die das freie Vertragsverhältnis zwischen den Wirtschaftenden verzerren. Von Kommunen werden Bebauungsrichtlinien vorgeschrieben, welche die Errichtung neuer Immobilien problematisch machen. Verschmutzungslimits werden gesetzt, welche die Stahlwerke, sagen wir, von Bethlehem am Susquehanna River sehr bald konkurrenzunfähig machen könnten (ein ausdrückliches Beispiel des besorgten M. Novak) und so fort.

Diese Ungleichheiten der weltweiten Wirtschaftsbedingungen, so das neoliberale Credo, kommen einer permanenten Enteignung gleich. Sie sollten durch möglichst weit gefaßte multilaterale Abkommen allmählich zum Verschwinden gebracht werden. Mit Politik hat das, darauf besteht das Credo, eigentlich gar nichts zu tun; es soll im Gegenteil die Politik an der ständigen Einmischung in wirtschaftliche Angelegenheiten hindern.

Folgerichtig braucht dergleichen auch nicht in Tuchfühlung mit den staatlichen Institutionen (Parlamenten, Gerichten, Kreis- und Stadtbehörden) verhandelt zu werden. Die bisher spektakulärsten Gespräche zu dem Problemkreis, die Verhandlungen zum geplanten MAI-Abkommen, die in einem hübschen Château bei Paris stattfanden, liefen denn auch zwei Jahre lang unter Ausschluß der Öffentlichkeit, wie sich das für Geschäftssachen gehört. Erst eine schnöde Indiskretion brachte die Geschichte zuerst den kanadischen Gewerkschaften, dann einer weiteren Öffentlichkeit zur Kenntnis. In Frankreich führte dies immerhin zu einer heftigen Debatte in der Nationalversammlung; der deutsche Bundestag, damals noch in Bonn, mußte sich mit der vagen Antwort des liberalen Wirtschaftsministers auf die Anfrage von einem Dutzend Abgeordneten begnügen. (Das unterentwickelte Interesse der deutschen Öffentlichkeit für solche Probleme, ja für das gesamte Feld wirklich globaler Zustände, ist notorisch – und notorisch beklagenswert.)

5

Läßt man die Hand der Wirtschaft frei walten (so das Credo weiter), ist sie die sicherste Garantin dafür, daß Armut und Elend schwinden, daß der längst bewiesene Wachstumseffekt des freien Güterverkehrs in immer weiteren Wohlstand münden wird. (Camdessus wird hier wahrlich prophetisch; er zitiert Jesus in der Synagoge von Nazareth:

> *Der Geist des Herrn ruht auf mir, denn der Herr hat mich gesalbt. Er hat mich gesandt, damit ich den Armen gute Nachricht bringe ... damit ich ein Gnadenjahr des Herrn ausrufe ... Heute hat sich das Schriftwort erfüllt ...*

Doch wie erfüllt sich bei Camdessus das Schriftwort? Durch den Markt, und ausschließlich durch den Markt!)

Damit aber alles dem Markt zugeführt werden kann, muß alles einen Preis erhalten, sonst ist fairer Handel überhaupt nicht möglich. Die vielen Dinge auf der Welt, die noch keinen haben, müssen also einen bekommen – schon weil man mit neuer Ware wieder neue Märkte erschließen kann. Es ist deshalb notwendig, die bisher so genannten Freien Güter, deren vornehmstes das Leben selbst ist, mit Handelspreisen zu versehen. Auch dies hat mit Übergriffen ins politische oder ins gesellschaftlich-kulturelle System nichts zu tun. Es handelt sich nur um eine Bereinigung, die schon vor ein paar Jahrhunderten mit den so genannten *enclosures* begonnen hat – mit der Einzäunung bisherigen englischen Gemeindelandes, also der Überführung der Allmende in Privatbesitz.

6

Was gehörte alles zur Allmende? Sie läßt sich gut anhand der alten Elemente, ihrer Vierzahl, demonstrieren: Erde, Wasser, Luft und Feuer.

- Die *Erde*, so sahen wir, war das erste Opfer der Privatisierung. Privatbesitz an Grund und Boden ist noch heute den so genannten traditionellen Gesellschaften schwer beizubringen. Aber darüber ist genug gehandelt worden.
- Das *Wasser* scheint sich nun wirklich schlecht privatisieren zu lassen – aber da stecken wir mitten in einer atemberaubenden Globalisierung und damit Privatisierung der Ressource. Das internationale Kapital sieht ungeheure Märkte aufsteigen.
- Die *Luft* ist vorläufig zur allgemeinen Plünderung freigegeben; immerhin gibt es in japanischen smoggebeutelten Großstädten schon Zahlautomaten für gelegentliche Sauerstoffhappen, und die atmosphärische Qualität erlese-

ner Wohngebiete wird zusammen mit dem Grundstück erworben und kalkuliert.
- Zum *Feuer* zählen selbstverständlich alle Energieformen. Nach wie vor verdanken wir den größten Teil davon dem Sonnenfeuer, das sich leider vor Ort noch nicht kommerzialisieren läßt. Dafür schafft man eine extrem energophile Industrie- und Wohnkultur, für die man dann fossil-nukleare (und damit kommerzialisierbare) Ressourcen erschließt.

Dazu kommt nun in jüngster Zeit ein Feld der Allmende, das geradezu rauschhafte Profite verspricht: das Leben selbst, seine Reproduktionsvorgänge und ihre Bedingungen. Eine Schleppe von Ethikkommissionen hinter sich herschleifend, bemächtigt sich der globale Markt (mit dem Werkzeug des *Produktionsfaktors Wissenschaft*) aller Bausteine und Vorgänge pflanzlichen, tierischen und menschlichen Lebens. Ihre möglichst restlose Monetarisierung wird angestrebt, mittels eines lebhaften Diskussionstheaters werden bislang elitäre Verheißungen wie pränatale Diagnostik, Gentransplantation usw. zu gesellschaftlichen Angeboten, damit Bedürfnissen und sozialen Zwängen weiterentwickelt.

Zur Allmende gehörte seit jeher auch jene Quantität von bargeldloser Dienstleistung, die selbstverständlich aus der Nachbarschaft und der Volkszugehörigkeit erwuchs: ausgerechnet auf diesen Feldern (Heilung und Pflege, Feste und Haartracht und Musik, die Erziehung von Jugend usw.) soll, so der Hintergedanke von GATS, im nächsten Jahrzehnt ein ungeheurer Markt entstehen – Preisschild an Preisschild in den Milliarden-Dollar-Bereich hinein. Und auch hier wird es der WTO darauf ankommen, Wettbewerbsverzerrungen abzuschaffen – spezielle Bildungstraditionen vermutlich, liebgewordene alte Straßenbahnwägen und -strecken, Reste alter Kräuterweisheit und was sonst noch an Unrentablem sein Geisterwesen treiben mag.

Heimische Trachten und Getreidesorten sind dann passé. Entweder sie werden zu marktfähigen, das heißt im Weltvergleich preiswerten Gütern, oder sie werden vom unerbittlichen Gesetz der Rentabilität verschlungen. Mit anderen Worten: die Wirtschafts-Hand, das Wirtschaftssystem frißt sich immer tiefer in die Alltagskultur, in die Bio-Diversität der menschlichen Ökumene hinein – an die Stelle des hiesigen Brots oder Fladens tritt der wohlsortierte Global-Universal-Bäckerladen mit seinen industriellen Zulieferern, auf der Primärbasis der besten oder bestmechanisierten Böden des Globus, den neolithischen Subsistenz-Bauernstand endgültig erledigend. An die Stelle der geographisch-charakteristischen Textilien tritt die sukzessive Diversität der Moden, zehnmal so viel Ressourcen fressend, aber lokale *memoria* für immer verschlingend. Das nennt sich, selbstverständlich, Wohlstand.

Und so kommt es, daß Völker und Regionen, die nach den üblichen Kriterien des Bruttosozialprodukts durchaus steigenden Wohlstand aufweisen, in Wahrheit sowohl »natürliches« wie »kulturelles« Kapital verlieren und dadurch de facto weiter verarmen. Und zu den verlorenen Gütern gehört, unter anderem, der alttestamentarische Dekalog: nur noch Scherben von ihm liegen auf dem Blachfeld des Totalen Marktes herum. (Das wird, ironischerweise, gerade von den Neokonservativen beklagt, die zu den lautesten Herolden der Arglosen Bestie gehören.)

Ganz ähnlich zerstörerisch läuft die Konfrontation mit dem dritten, dem politischen System ab. Die Borniertheit der Arglosen Bestie hindert sie zu begreifen, daß das, was sie als Aufhebung einer Enteignung, einer Wettbewerbsverzerrung, als Herstellung von Chancengleichheit definiert, in Wahrheit politische Kompetenz und Autorität mindert und sogar aufhebt. Beispiele für diesen Autoritätsverlust gibt es in Hülle und Fülle, sie brauchen hier nicht wiederholt zu werden.

7

Schutt und Wüste, die Endprodukte der seit Jahrhunderten schon laufenden Globalisierung, zeugen von der zentralen Verblendung der Arglosen Bestie, damals wie heute: ihr grundsätzliches Unverständnis für die Gesetze der Energie-Erhaltung und der Entropie. Indem die Propheten von GATT und WTO verkünden, daß sie ökologische Kriterien nicht als ihr Ressort betrachten, daß es ihnen ausschließlich um freien Warenfluß gehe, offenbaren sie dieses zentrale Unverständnis und machen es für alle sichtbar.

Es ist hilfreich, in solchem Zusammenhang auf den Naturbegriff der »demokratischen Kapitalisten« einzugehen. Bei Camdessus ist nicht viel zu finden, ein schwarzgraues Wölkchen namens »Umweltverschmutzung« treibt da mittelgründig am Markthimmel vorüber. Lohnender ist die Suche bei Michael Novak. Er glaubt zunächst die Naturschützer damit zu kontern, daß er ihnen vorwirft, die »wahre Natur« der Natur zu verkennen. Die Natur sei gleichgültig, grausam, aggressiv, arbeite mit Sturmfluten, Erosionen, Vulkanausbrüchen, zuviel Hitze und Kälte, habe der Menschheit seit ihrem Auftauchen jede Menge Schaden zugefügt; man habe die Natur von vornherein zurichten, »bändigen« müssen, damit sie dem Menschen hilfreich und dienstbar wurde. Diese Bändigung, anders ist Novak nicht zu interpretieren, wird aufs erfolgreichste und glücklichste durch die kapitalistische Produktion und den kapitalistischen Handel fortgesetzt und überhöht (worin er als gläubiger Christ gleichzeitig die Fortsetzung der Schöpfung sieht). Nur so habe ein Reichtum entstehen können, der nicht aus dem »Nullsummenspiel« des Feudalismus und der Klassenkämpfe, sondern aus einem stetigen *win-win*-Prozeß mit wachsendem Sozialprodukt stamme.

Nun, als erstes stellt man verblüfft fest, daß die »Bändigung« im Sinne von Michael Novak genau jene Zerstörungskräfte überhaupt nicht abschwächte und abschwächt, die er eigens als solche aufzählt. Vulkanausbrüche sind nach wie vor äußerst schwierig vorauszusehen und nicht zu verhindern (auch die große Yellowstone-Caldera nicht, die jederzeit hochgehen und zumindest die nördliche Hemisphäre als Sitz der Zivilisation auf längere Zeit ausschalten kann). Die anderen Aggressionen der Natur: Hurrikane und Tornados, Sturmfluten, Überschwemmungen, gehen nicht nur weiter, sondern gewinnen in jüngster Zeit rapide an Schwung, nicht zuletzt durch die intensive »Bändigung« der natürlichen Ressourcen durch den globalen Intensivierungsprozeß des Industriesystems. Da scheint M. Novak Einiges entgangen zu sein; nämlich ein ganz anderes Nullsummenspiel, in dem der ziemlich dämliche Bridgespieler *homo oeconomicus* seine scheinbar so guten Karten jubelnd auf die Platte drischt, während die zähe alte Gaia ihre entscheidenden Trümpfe und vor allem ihre lange Hand, den Verlust der Lebensgrundlagen, bald genug herausrücken wird ...

Den Kampf gegen diesen Verlust nun, mit anderen Worten: einen effektiven Umweltschutz mit möglicher Zurückgewinnung an Lebensterrain, verschiebt Novak auf das gloriose Ende der »Bändigung« auf die Zeit endgültigen globalen Reichtums. Dann, so ist zu folgern, hat die Menschheit genug Geld und Muße, um sich der Pflege von Parks, Golfplätzen und sauberen Seen widmen zu können.

Das gleicht natürlich verzweifelt der Bastelei am Perpetuum Mobile, das seine eigene Antriebsenergie erzeugt; vielmehr am Perpetuum Mobile Zweiten Grades, das neben dem eigenen Antrieb zusätzliche Arbeitsenergie abwirft. Solche Mißverständnisse wären bei einem wahrhaft modernen Naturverständnis ausgeschlossen. Die Ökonomie ist eben, das kann nicht oft genug wiederholt werden, ein Unterfall der Ökologie; und ein Handicap der sogenannten Globalisierung sind einfach die ökologischen Transport- und Abfallkosten. Ihre Höhe läßt den guten alten

Ricardo-Satz vom komparativen Preisvorteil zusammenbrechen. Es gibt Berechnungen, welche fast die Hälfte der Weltverseuchung dem Verbrennungsmotor, also dem wichtigsten Transportwerkzeug der Globalisierung zuschreiben. Mit anderen Worten: aus dem Perpetuum Mobile Zweiten Grades, den umweltheilenden Rendite-Überschüssen, kann nichts werden.

8

Und so schiebt sich die arglose Bestie, keusch auf ihren eigenen arglosen Pfad konzentriert, über den Globus. Ihre Schleim- und Kotspur verätzt den Mutterboden der Gaia, aber gründlich und immer gründlicher mampft sie die erreichbaren Ressourcen, bändigt die ungebärdige Natur zwischen ihren Mahlzähnen, meidet jeden Blick auf die von ihr geschaffene Wüste. »Wenn ich das zur Kenntnis nähme,« meint sie mit fromm zitternden Wimpern, »wäre ich ja ein Ungeheuer – *quite a beast.*«

Rede(n)

Die Gruppe 47 – ein (fast) persönlicher Rückblick

Füssen, 2. Oktober 1997

Sie haben mich aus kalendarischem Anlaß ersucht, über die GRUPPE 47 zu sprechen. Da schulde ich Ihnen wohl zunächst Auskunft darüber, in welcher Beziehung ich zu ihr stand und stehe.

Nun, ich bin kein perfekter Zeitzeuge – das wäre ich, wenn ich von der ersten Stunde an dabei gewesen wäre. Doch ich kenne die fabulösen Jahre des Anfangs nur vom Hörensagen – aus den Gesprächen der Veteranen, aus den Medien wie damals alle, die am Thema interessiert waren. Ich stieß erst 1955 dazu – übrigens auf Empfehlung von Wolfgang Hildesheimer; ich kann also nur über gut die Hälfte der Lebensdauer Zeugnis ablegen. Und wenn ich den Gesprächen der Veteranen geglaubt hätte, dann hätte ich tatsächlich nur die dekadente, die schon entfremdete Hälfte ihrer Existenz erlebt. (Schon 1957, also im dritten Jahr meiner Zugehörigkeit, sah Hans Werner Richter eine unheilverkündende Spaltung am Werk, eine Spaltung zwischen den alten Realisten und den jungen Formalisten, und stellte sich selbst die Frage, ob damit die Lebensgrundlage der Gruppe nicht gefährdet sei.)

Nun, ich habe den Veteranen nicht geglaubt, jedenfalls nicht wirklich. Vielleicht aus Gründen der Selbstachtung, vielleicht auch, weil mir das, was ich an und in der Gruppe erlebte, immer interessant, immer vital, immer ergiebig genug erschien, um ihr Lebensrecht zu bestätigen. Und heute bin ich davon überzeugt, daß ich mich damals nicht täuschte. (Richter selbst hörte ja auch nicht auf, die Gruppe einzuberufen, und behielt recht damit.)

Aber wer oder was war nun dieses Fabeltier, dieser Verein, der keiner war, diese Mafia, die keine war, diese literarische Schule, die nur sehr vorsichtig als solche zu bezeichnen ist?

Heuer, im Jubiläumsjahr, wimmelt es von alten, aus dem Fundus der Jahrzehnte hervorgeholten Beinamen und Qualifikationen. Joachim Kaiser zitiert die »Rasselbande«, die, glaube ich, Thomas Mann zum Taufpaten hatte; Reich-Ranicki im SPIEGEL nennt sie eine literarische Modenschau; Willy Winkler im Feuilleton der SÜDDEUTSCHEN spricht von einem Streberverein; Werner Fuld in der WOCHE hingegen inthronisiert sie als einzige wichtige außerparlamentarische Opposition der Adenauerjahre. Vielleicht ist an all diesen Beschreibungen was dran; doch den Nachfahren nützen sie alle nicht viel.

Beginnen wir also lieber von vorn, von den einfachen Daten her.

1947 verboten die Besatzungsmächte, und zwar einträchtig die Russen und Amerikaner, eine Zeitschrift, die sich »Zeitschrift der jungen Generation« nannte und DER RUF hieß. Sie war in den USA als Kriegsgefangenenzeitschrift entstanden und wurde dann unter dem gleichen Namen und mit der fast gleichen Redaktion, zu der schon Hans Werner Richter und Alfred Andersch gehörten, nach München verpflanzt. Sie war freiheitlich-links und von vornherein europäisch orientiert, reichlich selbstbewußt im Ton, was den Besatzungsmächten dann doch unschicklich erschien. (Die offizielle Begründung des Verbots lautete, wenn ich mich nicht irre, auf *Nihilismus ...)*

Richter und Andersch beschlossen den Versuch einer neuen Zeitschrift zu unternehmen: einer Revue des Zeitgeistes, mit mehr Nachdruck auf Belletristik, als sie DER RUF gehabt hatte. Als neuer Name war DER SKORPION vorgesehen – man merkt, da sollte wieder etwas Giftiges und Stachliges entstehen.

Die Planer erhielten die Möglichkeit, im Haus einer literarischen Freundin, Frau Schneider-Lengyel, an einem hübschen See in den Bergen (der ja den Füssenern wohlbekannt ist) eine Art vorbereitender Redaktionskonferenz einzuberufen. Man kannte sich oder brachte Freunde mit, von denen man eine gute Meinung hatte, und das waren nicht nur Literaten. (Der Blick auf die Fotos der Gründertage, auf Hemdsärmel und Windjacken und Bundhosen, läßt an alte bündische Zeiten denken.) Man las sich gegenseitig Texte vor, die noch nicht veröffentlicht waren; Texte eben, die man der neuen Zeitschrift anzubieten gedachte. Nach den Vorlesungen erhob sich laute, oft recht rauhe Kritik – da genügte der nach unten gedrehte Daumen, um den hoffnungsvollen Autor verstummen zu machen. Aber der Geist der Zusammenkunft gefiel, und man beschloß, das Treffen zu wiederholen.

Wenn ich hier, als (noch) Nicht-Zeitzeuge, diese Tage von 1947 rekapituliere, so deshalb, weil der Moment und die Absichten von 1947 vieles an Atmosphäre und Brauchtum erklären, was später von den Medien zu einer Art von Kommers-Liturgie hochstilisiert wurde. Nehmen wir uns Einiges davon der Reihe nach vor:

1. Die Gruppe war kein Verein und wurde auch keiner. Sie war und blieb ein Kreis von Freunden und literarischen Genossen. Es gab keine Zugehörigkeit, da es kein Vereinsregister oder dergleichen gab. Wen Hans Werner Richter per Postkarte oder Telefon zum nächsten Treffen einlud, der gehörte für dieses Treffen dazu. Natürlich gab es dennoch so etwas wie einen ständigen Kreis, aber Richter erklärte: »Wer zur GRUPPE 47 gehört, weiß nur ich.«

2. Die Arbeitsmethode bestand im Vorlesen von literarischen Texten, und zwar von Arbeiten, die noch nicht abgeschlossen und jedenfalls unveröffentlicht waren. Der Autor saß auf einem Stuhl, den man bald den »elektrischen« nannte, auf einem zweiten saß als Moderator Hans Werner Richter. Nach der Vorlesung wurde der Autor einer Sofortkritik unterworfen; der umgedrehte Daumen verschwand als Meinungsäußerung rasch, aber eine rauhe Sache bliebs trotzdem. Möglichkeiten zu eigener Äußerung hatte er nicht.

Dies ist oft als unnötige Grausamkeit gerügt worden, erklärt sich aber sofort, wenn man sich klarmacht, was 1947 die Ausgangslage war: der Autor befand sich sozusagen einem kollektiven Verlagsgremium, später einem kollektiven Lektorat gegenüber, dem man, im Falle der postalischen Einreichung und Ablehnung, ja auch nicht mit rechtfertigenden Erklärungsversuchen kommen kann.

Nach der Kritik begab sich der (angenommene oder durchgefallene) Autor bezw. die Autorin stumm auf den Platz im Auditorium zurück.

Eines ist zweifellos richtig: solche Bräuche waren nicht jedermanns Sache; und es ist nicht nachzuweisen, wie viele hochbegabte, aber zu sensible Naturen dergleichen vom ersten oder jedenfalls vom zweiten oder dritten Besuch bei der Gruppe abhielt. Aber es muß betont werden: wessen Text einmal oder auch öfters abgelehnt worden war, der war damit keineswegs aus der Gruppe ausgestoßen. Das Geheimnis des anmutigen Verlierens war eine wichtige Bedingung der Zugehörigkeit. (Ich darf mich rühmen, seit 1955 immer eingeladen worden zu sein, obwohl ich von fünf Malen, wo ich vorlas, viermal mehr oder weniger deutlich durchgefallen bin.)

Diese höchst einfachen Regeln bestanden, wie erwähnt, zwanzig Jahre lang. In diesen zwanzig Jahren entwickelte sich die Gruppe zu einer zentralen Institution der Bundesrepublik – das soll gar nicht geleugnet werden. Und natürlich veränderte sie sich selbst dabei. Wie schon erwähnt, war dies einigen alten Kameraden gar nicht recht – und Richters Befürchtungen selbst wurden glücklicherweise auch widerlegt – wenigstens zehn Jahre lang.

Nun ist eine Lebensdauer von zwanzig Jahren für eine Schriftsteller-Gruppe tatsächlich eine erstaunlich lange Zeit, und es gibt viele Theorien, welchem Geheimnis sich diese Lebensdauer wohl verdankte. Ganz wird sich das Rätsel nie lösen lassen; aber einige Faktoren lassen sich immerhin herausdröseln, und ich versuche (ohne Anspruch auf Vollständigkeit) einige zu benennen:

1. Sehr oft wird darauf hingewiesen, daß die Gruppe niemals ein umrissenes literarisches Programm besaß. Sie wurde von »linken Realisten« gegründet (ich verwende den Ausdruck mangels besserer), war aber geschmeidig genug, viele neue Strömungen und Versuche zu integrieren. Die Grenzen nach außen hin waren durch allgemeine literarische Qualitätsmerkmale, aber auch durch einen allgemein antifaschistischen Konsens gezogen. Der war von vornherein gegeben und wurde tatsächlich von Freund und Feind als konstitutiv angesehen.
2. Die Bundesrepublik verfügte nicht über das, was für die großen literarischen Kulturen der Neuzeit charakteristisch war und ist: eine wirkliche Metropole. Die Rolle des neuzeitlichen Paris, des kaiserlichen Wien oder des republikanischen Berlin der Weimarer Zeit war weder durch Hamburg noch durch München, weder durch Frankfurt oder gar durch Bonn zu ersetzen – auch das insulare Westberlin war dazu nicht fähig. Das haben viele Beobachter erkannt, und sie meinten, daß die Gruppe für drei Tage im Jahr diesen Verlust wettgemacht habe; sie war für diese drei Tage Deutschlands Romanisches

Café, jener berühmte Treffpunkt des Berlin der Weimarer Zeit, wo man sozusagen automatisch alle wichtigen Leute traf – oder doch zu treffen hoffte.

3. Drei Tage im Jahr: gerade diese Begrenzung war ein zusätzlicher Vorteil. Die meisten Literaten haben empfindliche Nerven, für die längere Zeiträume des Zusammenhockens unerträglich werden können.
4. Der wichtigste Faktor aber war wohl ein einzelner Mensch: Hans Werner Richter. Da ich nach meiner Ankunft in der Gruppe sehr rasch sein persönlicher Freund geworden bin, fällt es mir etwas schwer, ihn objektiv zu beurteilen. Er wurde 1908 geboren; war also im Gründungsjahr schon nicht mehr das, was man einen jungen Dichter nennen kann. Er stammte aus einem Fischerdorf in Pommern, seine Jugend war hart und entbehrungsreich, und er war begabt dafür, sich damit elastisch zurechtzufinden. Kurze Zeit arbeitete er in einem Buchladen, schloß sich den Kommunisten an, wurde flugs wieder aus der Partei ausgestoßen, ging nach Hitlers Machtübernahme für kurze Zeit nach Paris, konnte sich als Emigrant aus finanziellen Gründen (genauer gesagt: wegen steten Hungers) nicht halten und kehrte nach Deutschland in jahrelange vollständige Obskurität zurück. Zu Kriegsbeginn wurde er Soldat, 1944 in Italien gefangengenommen und nach den USA ins Gefangenenlager gebracht, wo er, wie schon erwähnt, zusammen mit Alfred Andersch und Walter Kolbenhoff den ersten RUF gründete. Nach der Rückkehr veröffentlichte er zwei Romane, die sich fast dokumentarisch hart an die Zeit hielten: *Die Geschlagenen,* eine Chronik des Krieges in Italien und der Kriegsgefangenschaft, und *Sie fielen aus Gottes Hand* – meines Wissens der einzige Roman, der es unternahm, das Schicksal der Heimatlosen zu beschreiben, die der Zusammenbruch des Dritten Reichs in Deutschland hinterlassen hatte.

Sehr charakteristisch ist es für ihn, daß er als Autor immer mehr zurücktrat, als sich (nicht zuletzt durch seine Arbeit mit der GRUPPE 47) ein neues hochliterarisches Stilgefühl herausbildete. Doch hat er nicht aufgehört, aus der Erinnerung und aus seinem persönlichen Lebensbereich zu erzählen, in einem knappen, ziemlich unterkühlten Stil, der mehr Beachtung verdiente, als er heute erhält. Sein einmaliges Genie aber war sein Talent als Moderator, Katalysator oder wie man das nennen will, der Gruppe. Dabei zeichneten ihn vor allem zwei Eigenschaften aus: eine sehr bestimmte und selbstsichere Art, mit Menschen, vor allem mit schwierigen Menschen umzugehen, die aber nie in Überheblichkeit umschlug – und (scheinbar paradox) seine fast pedantische Zurückhaltung im eigenen Urteil. Dieses sein Urteil kam oft im persönlichen Gespräch, kam oft in seinen Briefen zum Ausdruck – der Gruppe hat er es nie zugemutet oder aufgedrängt. Dafür brachte er es fertig, Sätze auszusprechen wie etwa: »Es war eine gute Tagung, es wurde viel gelacht.« Rücksichtslos ging er gegen alle Versuche vor, Tagungen der Gruppe zu stören, etwa durch das Eindringen von Nicht-Geladenen oder auch von politischen Spaltungstendenzen. Literarisch, etwa auch in der Frage der Einladungen, ließ er sich durchaus und gerne beraten. Trotz eigener Bedenken wußte er, daß sich die Gruppe (1.) verändern mußte, wollte sie flexibel und, vor allem, kompetent bleiben – und daß (2.) zu dieser Veränderung auch die Professionalisierung der Kritik gehörte.

Zum ersten Punkt – Flexibilität. Es lohnt sich, die Liste der Autoren und Autorinnen anzusehen, die den Preis der Gruppe erhielten. Der Preis wurde durch geheime Abstimmung vergeben, Preisgeld ergab sich in wechselnder Höhe und ohne vorherige Absprache (berühmt geworden ist einer der frühen Preise, der mit einer Kiste elektrischer Glühbirnen verbunden war – damals ein höchst willkommenes Wirtschaftsgut). Die erste Verleihung fand 1950 statt, und zwar an Günter Eich. Er war in erster Linie Lyriker und fing als Kriegsgefangener an, äußerst karge Verse zu schreiben – in einer Kargheit, die zu dem so oft mißverstandenen Schlagwort vom »Kahlschlag« führte; aber gerade Eich wurde später zum führenden Vertreter eines phantastischen Realismus und schrieb Hörspiele von hoher Imagination und sprachlicher Poesie. Ihm folgte 1951 Heinrich Böll, damals noch völlig unbekannt, der mit einer humorvollen kleinen Erzählung vom *Schwarzen Schaf* debütierte. 1952 und 53 folgten zwei österreichische Damen, Ilse Aichinger und Ingeborg Bachmann, beide höchst kunstvoll, ja esoterisch; dann Adrian Morrien, ein Holländer, dann Martin Walser, 1958 Günter Grass, der das Anfangskapitel der *Blechtrommel* vorlas, 1962 Johannes Bobrowski aus der DDR, dessen kostbare, verschwiegene Naturlyrik beeindruckte, 1965 der Schweizer Peter Bichsel mit listig-vertrackten Texten, und als Letzter 1967 der Kölner Jürgen Becker, der sich auf halb abstrakte Ränder (so sein eigener Titel) des dichterischen Schachbretts begab.

Schweizer, DDR-Autor, zwei Österreicherinnen, ein Holländer: man sieht, daß in der Gruppe nur in Kategorien des deutschen Spachraums, nicht in momentanen politischen Grenzen gedacht wurde. Das brachte Kritik von den Betonköpfen der jeweils herrschenden Farbe auf beiden Seiten der trennenden Elbe ein, die ja – erinnern wir uns – die massivste ideologische Grenze Europas war.

Wichtiger ist etwas anderes an dieser Liste: sie weist Autorinnen und Autoren der verschiedensten Stilmittel und Richtungen auf, und zwar zu dem Zeitpunkt, wo diese Richtungen jeweils führend wurden. Natürlich ging das nicht ohne Kopfschütteln innerhalb der Gruppe ab, wir sprachen davon, und fast nie war das Votum so eindeutig wie bei der *Blechtrommel.* Trotzdem verblüfft, wenn man zurückblickt, die relative Instinktsicherheit des Urteils, gefällt aufgrund eines reinen Vorlese-Eindrucks von Texten, die oft genug äußerste Aufmerksamkeit beanspruchten. (Oft war die Aufmerksamkeit schon rein akustisch nötig – Ingeborg Bachmann und Ilse Aichinger zum Beispiel pflegten ihre Verse und Sätze zu flüstern ...) Aufs Ganze gesehen war die Gruppe doch eine recht intelligente literarische Redaktion.

Natürlich gab es auch massive Fehlurteile, etwa bei Paul Celan, der einmal kam und nie wieder – seine *Todesfuge* kam für die Meisten doch zu verfrüht. Doch einige Fehlurteile stehen wohl jeder Redaktion zu ...

Nun zum zweiten Punkt, zur Professionalisierung der Kritik. Sie ging Hand in Hand mit der wachsenden Anerkennung der Gruppe durch die Öffentlichkeit. Die fünf oder sechs Namen, die da wichtig wurden, sind noch heute in ihrem Handwerk prominent (und nicht nur im *Literarischen Quartett).* Für den Geschmack vieler Autoren, vor allem der Veteranen, benahmen sie sich zu autoritär – das Grollen darüber war innerhalb der Gruppe chronisch, und manchmal, ich gestehe es, war der Kritiker-Zauber auch kaum auszuhalten. Dennoch: diese Profis kamen gerade rechtzeitig zum Beginn der zweiten Dekade, um weit über die Gruppe hinausgreifende Maßstäbe der literarischen Geschmacksbildung zu setzen.

Es ist reizvoll, diese Entwicklung anhand der gegnerischen Äußerungen zu studieren, die es in Massen gab.

Hier muß Eines festgehalten werden: eine STUNDE NULL für die deutsche Literatur nach 1945 hat es nicht gegeben. Es gab die sogenannte Innere Emigration, es gab eine Art von gepflegter Innigkeit, es gab akademisch-literarische Geschmackspäpste, denen es trotz bedenklichster politischer Vergangenheiten nicht einfiel, den Mund zu halten, und die sich auf allgemeine innere Erschütterungen von hohem Niveau und geringer Genauigkeit spezialisierten. Die Gruppe wurde also anfangs von rechts angegriffen (die politische Ortsbestimmung ist durchaus wichtig), vom Establishment her – als eine Bande von Lausbuben, eine Rasselbande eben, die keine Ahnung von den großen Regeln der Literaturgeschichte seit Homer, keine Ehrfurcht vor den wirklichen Gipfeln der Dichtung hatte. Später dann, als die Gruppe mächtiger wurde, also etwa ab 1955, warf man ihr Unfehlbarkeitswahn und Monopolgelüste vor, was umso gefährlicher schien, als nach wie vor der Verdacht auf Linksterrorismus und Kulturzerstörung bestand. Ein rechter Politiker von Rang wagte sogar den dämlichen Vergleich mit der NS-Reichsschrifttumskammer ...

Dieser Verdacht wurde schwächer um 1960 und schwand endgültig, als die Gruppe 1964 in Schweden tagte. Da wurde sie sozusagen offiziös, wurde von der Stadt Stockholm und vom Ministerpräsidenten empfangen, und das führte, wenn auch erst nach weitläufigem Rück- und Hinterfragen, zwangsläufig zum Empfang in der bundesrepublikanischen Vertretung.

Nun wurde natürlich der Weg frei für die, welche die Gruppe von »links« angriffen – als undemokratischen autoritären Club, als unsensible Karriere-Maschine für die Unsensiblen, und, zuletzt in der Kulturrevolution seit 1967, als sie zur Zielscheibe des Studentenprotests wurde, als Elfenbeinturm der reinen Kulturschreibe.

Die Geschichte verdient erzählt zu werden. Die letzte offizielle Tagung der Gruppe fand 1967 in der Pulvermühle, einem Gasthaus am fränkischen Flüßchen Wiesent statt. Da drang eine Gruppe von Studenten gegen uns vor, um uns als blutarme Ästheten zu entlarven und unsere Solidarität im Kampf gegen das Zeitungshaus Springer einzufordern. Der Anführer war der Schar voraus, kam in einem stattlichen lilafarbenen Kabriolett, überflattert vom roten Fahnentuch, über die Brücke des Flusses. Ich stand neben Richter an der

Tür des Saalbaus, in dem wir tagten, und sah sie kommen. Hans wandte sich an mich mit der Frage: »Sag mal, welchen Wagen fährt der?« – »Einen Jaguar«, antwortete ich. – »Ich«, sagte Richter, »fahre einen Volkswagen.« Sprachs, drehte sich um und ging in den Saal. Die Sache dieser Studenten war für ihn erledigt.

Waren alle oder einige dieser Kritiken berechtigt? Waren sie verständlich? Ich glaube schon. Ich glaube, daß sie hilfreich bei dem Versuch sein können, die Konturen der GRUPPE 47 etwas genauer zu bestimmen – allerdings nicht in dem negativen Sinne, den die Kritiker meinten. Erlauben Sie mir deshalb, diese Konturen auch aus meiner Sicht zu beleuchten.

1947 entstand dieser Kreis aus Freunden, deren Lebens- und Bildungsweg (mit wenigen Ausnahmen) durch Hitler und den Krieg wenn nicht zerstört, so doch aufs schlimmste verstümmelt war. Noch in der Weimarer Zeit war die literarische Welt bestimmt (und zwar links wie rechts) durch die große deutsche Bildungstradition des 19. Jahrhunderts. Sie umfaßte so weit auseinanderliegende Genies und Talente wie Rainer Maria Rilke, Hugo von Hofmannsthal, die Gebrüder Thomas und Heinrich Mann, Walter Benjamin, Robert Musil, Hermann Broch und so fort – mindestens achtzig Prozent von ihnen wurden durch das Dritte Reich zu Emigranten oder verstummten fast ganz in der inneren Emigration, soweit sie ehrlich war. Die gemeinsame Bildungstradition hatte auch zwischen erbitterten Feinden den Stil und das geistige Klima der Auseinandersetzung bestimmt. (Man denke nur an die berühmte Polemik zwischen Heinrich und Thomas Mann mitten im Ersten Weltkrieg!) Die große europäische Bildungsliga, in der man sich die Bälle zuspielte, funktionierte noch.

1933 riß diese Kontinuität ab. Und diejenigen unter den Bildungsverwaltern, die nach 1947 gerade dieses Erbe gegen die Gruppe ausspielten, waren außerstande, sie wiederherzustellen. Die jungen Kriegsheimkehrer ohne akademischen Abschluß, die Unteroffiziere und Gefreiten, die gewesenen Jung-Kommunisten und -Sozialisten, aber auch die Dissidenten, die (wie Hans Werner Richter, Walter Kolbenhoff, aber auch Willy Brandt) als noch nicht Zwanzigjährige aus Hitlerdeutschland geflohen waren. Sie wurden und waren zwangsläufig Autodidakten, zumindest in ihrer Mehrheit. Anfangs gab es durchaus Versuche, mit den Emigranten, vor allem den zurückgekehrten, Kontakt aufzunehmen (ich erinnere mich etwa an Hermann Kesten); die Versuche blieben aber fast alle stecken. Ein unbefangenerer Umgang gelang erst in der zweiten Dekade, als verehrungswürdige Linke wie Ernst Bloch und Hans Mayer als gerngesehene Gäste bei den Tagungen erschienen.

Und er konnte nur gelingen, weil es der Gruppe selbst gelungen war, ihre eigene Kontur und ihren eigenen Bildungshorizont zu finden. Es war eine Kultur, die in deutschen Landen von Literaten wohl noch nie entwickelt worden war. Aus den bereits erwähnten rauhbauzigen Anfängen erwuchs das, was ich als die Atmosphäre eines Clubs bezeichnen würde.

Nun ist der Club eine westeuropäische Erfindung – und vieles an der Gruppe erinnert tatsächlich an britische oder holländische Club-Gewohnheiten: er kann Menschen vieler, ja gegensätzlicher Anschauungen und Stile vereinen, wenn ein oft schwer beschreibbarer Grundkonsens vorhanden ist. Aus ihm entwickelt sich dann die eigene Bezugswelt, was bis zum Snobismus gehen kann. Der Club lebt von der Sympathie der Mitglieder untereinander – eine Sympathie, die Instrument in der Verwestlichung des deutschen politischen und gesellschaftlichen Lebens [ist]. Und eben hier ist vom politischen Einfluß der Gruppe zu sprechen.

Zunächst und vor allem: Es gab im Lauf der Jahrzehnte zahlreiche Proteste und Resolutionen, viele Appelle an die Öffentlichkeit, sogar Adressen an übernationale Instanzen wie die UN. Sie waren aber alle von Einzelnen mit ihrer einzelnen Unterschrift versehen – Mehrheitsabstimmungen über Manifestationen »der GRUPPE 47« gab es nicht. Sicher, fast alle diese Äußerungen entstanden aus einer nonkonformistischen Gesinnung, die man damals den »heimatlosen Linken« zuschrieb. Das führte natürlich zu Vorwürfen der Linkslastigkeit, von direkter und indirekter Unterstützung staatszersetzender Kräfte, später aber auch zu indirekter und direkter Unterstützung der linken parlamentarischen Oppositon. Wie wirksam war das alles? Hat es Entscheidendes zur Veränderung der Verhältnisse beigetragen? Taten dies die zahlreichen politischen Vereinigungen wie der Grünwalder Kreis zur Bekämpfung faschistischen Gedankenguts, der Republikanische Club, das Komitee gegen Atomrüstung und andere Formationen, die immer eine beträchtliche Schnittmenge mit dem Personal des Clubs, des Netzwerks 47 aufwiesen?

Auf den ersten Blick scheinen die Erfolge gering; kaum ein Anliegen der Gruppe wurde im öffentlichen Raum konkret wirksam, selbst bekämpfte Nazi-Verlage hielten sich zäh mithilfe bewährter rechtslastiger Juristerei. Ob die beiden Sammelbroschüren für die SPD 1961 und 1965, ob die großen Reden von Günter Grass und das Berliner Wahlkontor für Willy Brandt auch nur ein Prozent zusätzlicher Stimmen einbrachten – niemand vermag es zu sagen. Und die meisten Anlässe von Aktionen und Resolutionen sind so gut wie vergessen.

Wäre es also gerecht, von historischer Wirkungslosigkeit der Gruppe zu sprechen?

Es wäre nicht nur ungerecht, sondern höchst albern.

Zunächst ist festzustellen: sie war auf ganz konkrete Weise an der formellen Weiterentwicklung der deutschen Literatur, vor allem der Prosa beteiligt. Wenn heute jede zweite jugendliche Autorin oder Autor so gut schreibt wie die bekannteren Namen der Gruppe (freilich nur im rein formellen Sinn), hängt dies zweifellos mit der jahrzehntelangen unerbittlichen Kritikarbeit der Gruppe zusammen. Schon wenn dies nur Literaturverhinderung, die Verhütung von zuviel bedrucktem Papier, gewesen wäre (man kennt die Mär von dem ehrgeizigen Zahnarztsohn, den sein Vater zum Vorlesen in die Gruppe schickte und weitere finanzielle Unterstützung vom kritischen Resultat abhängig machte, und der nach erfolgtem Durchfall ernüchert ins Studium der väterlichen Branche zurückkehrte, wo er vermutlich heute fünfmal mehr reinholt), so wäre allein dies schon ein großer Verdienst. Aber natürlich ging die Wirkung weit darüber hinaus.

Und im politischen Bereich? Die einzelnen Erfolge und Mißerfolge des Netzwerks, des Clubs oder wie man das nennen mag, sind nicht das Entscheidende. Entscheidend ist, daß die formlose Linke, die sogenannte »heimatlose«, sich eine Wirkform verschaffte, die gemeinhin der Rechten, und zwar der mächtigen Rechten, vorbehalten ist – eben die Wirkform des informellen Clubs. Das gab ihr einen unbeschreiblichen Vorteil, den die Linke in Deutschland gemeinhin nie hatte oder wahrnahm: die Abwesenheit von Angstschweiß, die unerschrockene offensive Präsenz. Dies erklärt zum Einen die fürchterliche Aufregung der Rechten, die sich eine solche freche Usurpation ihrer eigenen, für die Macht so nützlichen Umgangsformen einfach nicht vorstellen konnte – und zum Anderen die Mißverständnisse mit der erwachenden jungen Linken, die sich richtige Gesinnung in solcher Organisationstracht ebenfalls nicht vorstellen konnte. Ich schlage vor, daß man sich die entsprechenden Dokumente, Original-Äußerungen wie die entsprechenden Reaktionen danach, noch einmal unter diesem Gesichtspunkt vornimmt – und man wird merken, daß man damit einen Schlüssel gefunden hat, der wirklich aufschließt.

Kommen wir zum guten Ende. 1967 fand wirklich die letzte offizielle Tagung statt, 1968 wurde eine neue in Prag vorbereitet, die bekannte realsozialistische Bruderhilfe kam dazwischen, und so hatte Richter ein wundervolles Argument dafür, nicht mehr einzuladen – außer zu Geburtstagen und anderen speziellen Anlässen, die jeweils nur einige der alten Freunde betrafen.

Aber als in Prag die samtene Revolution stattgefunden hatte, riefen Etliche, darunter auch ich, Hans Werner Richter an und erinnerten ihn, daß er sozusagen im Wort war. Und so gelang 1990 eine wunderhübsche letzte Tagung im böhmischen Schloß Dobřiš, das jahrzehntelang das repräsentative Nest des Tschechoslowakischen Schriftstellerverbands, einer Laien- und Lakaienspielgruppe des Regimes gewesen war. Die Tagung gelang nicht zuletzt durch die Mithilfe unseres Kollegen im Hradschin, Vacláv Havel, der die ganzen Jahrzehnte über aus Grundsatz keinen Fuß in dieses Schloß gesetzt hatte. Wir, unsere Tagung, hatten das Schloß sozusagen moralisch wieder betretbar gemacht, und der Kollege Präsident erschien denn auch am Samstag prompt zum Abschiedsbuffet. Ich weiß aber auch, was dieses böhmische Tagungs-Märchen für meinen Freund Hans Werner bedeutete, dessen Gesundheit schon nicht mehr die beste war, der aber buchstäblich von Stunde zu Stunde auflebte und zur alten, natürlich-autoritativen Form zurückfand. Mit solchem Gedenken darf ich diesen fast persönlichen Rückblick schließen.

Lobreden

Der Literat als Freiheitskämpfer

Zum 90. Geburtstag von Hermann Kesten
Nürnberg, 28.1.1990

Unter all den Laudatoren, die zu diesem Geburtstag eines Jahrhundert-Zeugen in Nürnberg versammelt sind, fällt dem Präsidenten des bundesdeutschen P.E.N.-Zentrums eine besonders angenehme Aufgabe zu – jedenfalls will es mir so scheinen. Denn wenn – im aufreißerischen Stil des internationalen Marketing – so etwas wie der Titel »Mister PEN« zu vergeben wäre, dann fiele er zweifellos unserem Jubilar zu.

Er hat, in einer Epoche von Barbarei, die man vor 1933 für unmöglich hielt und (leider) heute schon wieder für unmöglich zu halten beginnt, den Beweis dafür erbracht, daß sich der Literat dieser Barbarei stellen, daß er ihr jene Freiheit des Wortes entgegenstellen kann, die sozusagen die Grundwährung des internationalen PEN-Clubs ist – und daß der Praktische Einsatz für diese Freiheit politisch wirksam zu werden vermag.

Er hat dadurch der Nachkriegs-Existenz des internationalen wie des bundesdeutschen PEN ein Erbe übermittelt, das ebenso politisch-praktisch wie moralisch ist. Der Einsatz für politisch verfolgte, verdächtigte, ja der Einkerkerung und der Folterung unterworfene Schriftsteller ist zum wichtigsten Arbeitsgebiet des PEN geworden – ist es, leider, so muß man sagen, bis in unsere Gegenwart geblieben. Hermann Kestens Wirken in der Emigration, vor allem auch während der Kriegszeit, bleibt uns dabei als höchst konkretes und anfeuerndes Beispiel vor Augen. Und es ist nur konsequent, daß die Medaille, die der PEN alle zwei Jahre für besondere Verdienste um dieses Anliegen vergibt (am letzten 15. November, dem Writers-in-Prison-Tag, hat ihn die energische und opferbereite Angelika Mechtel erhalten, als dritte Trägerin der Auszeichnung), den Namen unseres Jubilars trägt.

Dabei ist Hermann Kesten immer Literat geblieben; ja, er war und ist Caféhausliterat, Asphalt-Literat – eine Tatsache, auf die er zeitlebens großen Wert gelegt hat. Literaten als Freiheitskämpfer – diese neuzeitliche Tradition ist ja keineswegs eindeutig. Gerade in deutschen Landen war man dem Typus Hermann Kesten keineswegs immer gewogen, und zwar schon längst vor den Zeiten der Nazi-Barbarei nicht. In gefühlsstarken und rational verarmten Kulturen wie der unseren im 19. Jahrhundert wurde der Kranz des Freiheitskämpfers nach viel wörtlicheren Regeln verliehen – an Lord Byron etwa, der im Befreiungskampf der Griechen gegen die Türken starb (nicht durch Feindeshand, sondern am hitzigen Fieber, was nicht hinderte, daß sein Name auf griechisch in den Münchener Propyläen, dem Ehrenmal für diesen Freiheitskampf verewigt wurde). Oder an den feurigen jungen Lyriker Bulgariens, Hristo Botev, der an der Spitze einer verzweifelt kleinen Schar gegen die Türken losschlug und dabei umkam. Oder (typisch deutsches Beispiel des 19. Jahrhunderts) Theodor Körner, der Barde des Freiheitskrieges gegen Napoleon, der als Mitglied einer Freiwilligentruppe, der Lützower Jäger, schlecht ausgebildet im Scharmützel gegen Napoleons Profi-Soldaten fiel. Sein Fall (im doppelten Wortsinn) beweist, daß man einen solchen Tod weitgehend auch als literarisches Gütesiegel auffaßte – sonst wären nicht Generationen deutscher Jugend mit Körners Hervorbringungen belästigt worden.

Nun, Hermann Kesten gehört, wie schon erwähnt, einer ganz, ganz anderen Tradition an; einer Tradition, die wohl zu Beginn des 18. Jahrhunderts in Londoner Kaffeehäusern begann, ihre eigentliche Blüte aber im Frankreich der Aufklärung entfaltete und daher mit Fug und Recht als Erbe Voltaires und der Enzyklopädisten bezeichnet werden kann. Hier geht es nicht in erster Linie um den Kampf gegen irgendwelche äußeren Tyrannen, es geht um die Freiheit der Köpfe und die Freiheit der Gesellschaft, welche den Inhalt der Köpfe bestimmt. Es geht von Fall zu Fall und von Jahr zu Jahr um so konkrete Dinge wie Justizirrtümer und Übermut der Zensur, gleichzeitig aber und sozusagen in Idealkonkurrenz um Abstrakta wie Meinungsfreiheit, Recht auf Skepsis und Zweifel, um die Veränderung von Politik und Gesittung.

Trotz Wieland und Lessing, trotz Kant und Heine und Börne, ja trotz Goethe (der ja ein eminenter Aufklärer gewesen ist, unter vielem anderem) ist der Typus hierzulande nur mit größter Verspätung heimisch geworden; und anno 1900, als Hermann Kesten geboren wurde, war er noch keineswegs wirklich eingebürgert. Der Nationalbetrieb des 19. Jahrhunderts stand ihm feindselig gegenüber, und wo seine Erwähnung nicht zu vermeiden war (etwa im Falle Lessings, Kants oder Goethes), hat man ihn je nachdem in die sogenannte nationale Tradition hineingedeutet, vielmehr hineingebogen – Menschen meines Alters haben das in Deutschlands Schulen noch sattsam mitbekommen und entweder bewußtlos integriert oder auch bewußt durchlitten. Die erstere Partei blieb in der Überzahl, schickte eine herzzerbrechende Zahl von Talenten auf die Schlachtfelder des Ersten Weltkriegs – das Stichwort Langemarck steht für diesen zivilisatorischen Greuel. Und erst in der sogenannten Weimarer Zeit konnte sich der voltairianische Typus des aufklärenden Literaten etablieren, konnte vor allem in Berlin etwas heimisch werden.

Daß die Schlacht damit keineswegs gewonnen war, ist den

Literaten durchaus klar gewesen – sonst wäre der PEN nie gegründet worden. Er konstituierte sich sozusagen als die ständisch-literarische Garantie für jene Freiheit des Wortes, die wohl nie ganz ohne Gefährdung ausgeübt werden kann. 1933 zeigte es sich denn auch, wie vorläufig dieses Heimatrecht gewesen ist. Und Hermann Kesten stand als Typus mitten im Ressentiment, im Kreuzfeuer der Ressentiments: Haß gegen den Asphalt oder was man so nannte, Haß gegen die Caféhäuser und ihre windigen Insassen, Haß gegen die Skepsis, den Zweifel, ja die Aufklärung selbst. Haß von Sinnhubern jeder Couleur – und wohl auch Haß gegen die literarische Kompetenz selbst (Joseph Goebbels etwa, der rein soziologisch dem Typus gar nicht so fernstand, hat sicher auch aus dem puren Neid des literarisch Erfolglosen gehandelt).

Aber nun zeigte sich etwas Überraschendes! Dieser verhaßte Typus, dem man Windbeutelei, Zersetzung, Kraftlosigkeit vorwarf, bewies eine Entschlossenheit, mitten in der Barbarei auf der Verteidigung der Literatur, der Literaten, auf der Verteidigung ihrer Standardwährung, nämlich der Freiheit zum wahren Wort, zu bestehen. Dieser Typus – kommen wir zum Anlaß, sprechen wir über Hermann Kesten! – entfaltete Tatkraft, erwies sich als über die Maßen tapfer auf dem schwierigsten Schlachtfeld, das es gibt, auf dem nämlich, wo es nur um die Courage des Einzelnen geht, des »gerechten und zielstrebigen Mannes«, von dem schon der alte Horaz sang; des Mannes, der nicht nur der Drohgebärde des Tyrannen, sondern auch der Wut der verderbten Mehrheit widersteht, ja den selbst der krachende Einsturz des Weltgebäudes nicht zu schrecken vermag – »impavidum ferient ruinae«.

Seit Hermann Kestens Geburtstag ist mehr als ein Weltgebäude zusammengekracht: 1917/18, 1933, 1945, 1989. Nicht nur er, sein Erbe, seine Tradition im PEN hat es überlebt, und, wie wir hoffen, unerschrocken überlebt. Heute ist ein Kollege, den wir im Zug der von unserem Jubilar initiierten oder doch gestützten und vitalisierten PEN-Politik zum Ehrenmitglied gemacht haben, Präsident einer benachbarten Republik geworden. Es ist dies das schönste Geschenk, das der PEN dem Jubilar überhaupt machen konnte.

Einführung zu Günter Grass

»Rede über Deutschland«
18.11.1992

Mein Auftrag, Günter Grass einem gebildeten hiesigen Publikum vorzustellen, kommt mir ein wenig deplaziert vor – als wollte man den Stadtpfarrer von Sankt Peter beauftragen, einer Versammlung von Theologen Kardinal Ratzinger vorzustellen. Nun, mein Freund Grass hat es so gewünscht, und ich werde davon absehen, seine Bedeutung in literarischer Zeit und deutschem sowie internationalem Raum zu erörtern. Viel eher sollte es wohl darum gehen, ihm, Günter Grass, den *genius loci* etwas näher zu bringen. Dies soll (nach zwei persönlichen Reminiszenzen) durch vier illustrative Federzeichnungen geschehen.

Die erste Reminiszenz: wie wir uns kennenlernten. Es war 1956, glaube ich, in dem alten und damals noch ziemlich vergammelten Jagdschloß Bebenhausen. Er und ich waren Erstlinge in der Gruppe 47, er und ich lasen Texte vor, mit denen sich das schöpferische Publikum nicht so recht befreunden konnte – mit anderen Worten: wir fielen beide durch. So etwas verbindet, und beim Rotwein am Katzentisch kam es zum brüderlichen Du. Vielleicht war ich also in diesem gehobenen Kreise Grassens erster Duzfreund – man erlaube mir jedenfalls, mir das einzubilden.

Die zweite persönliche Reminiszenz: Berlin, in der Mitte der Sechzigerjahre. In der bekannten Niedstraße 13 saßen an der Wand entlang auf Polstermöbeln Politiker und Literaten, ich kann mich an Fritz Erler erinnern, an Karl

Schiller, und natürlich an Willy Brandt und Egon Bahr. Das Licht in dem karg möblierten Raum war spärlich, aber kantenreich vom Dunkel abgesetzt – ein Chiaroscuro, das an besonders tiefe alte Meister erinnerte. Was wir alles besprachen, weiß ich natürlich nicht mehr – und für die Erinnerung ist das wohl kaum erheblich. Es war, so oder so, die Mitte jener Zeit, in der (um Schiller zu zitieren) der Sänger mit dem König ging und beide auf der Menschheit Höhen wandelten. Ich nehme an, daß wir uns damals wohl zu viele Hoffnungen machten ...

Aber genug von der Ersten Person, Singular und Plural und hinübergesprungen zum *genius loci*, zu der Frage: wie steht Bayern, wie steht München zu Günter Grass?

Erste Federzeichnung: das stattliche Gasthaus zum »Schwarzen Adler« in Großholzleute, an der Grenze von altbayrischem Bergland und Allgäu. Hier erhielt, wie erinnerlich, Günter Grass den Preis der »Gruppe 47« für das unveröffentlichte Eröffnungskapitel der BLECHTROMMEL. Daß ich dabei war, freut mich natürlich, und so machte ich Jahre später, als ich mit Freunden den Gasthof im Auto passierte, die Bemerkung, daß hier wohl eine Gedenktafel fällig sei – ein Memorial für den Tag und den Ort, an dem die deutsche Literatur (und nicht nur diese) einen entscheidenden Schritt vorwärts tat. Trocken entgegnete mir ein Begleiter, der Wirt werde sich das verbitten. Denn zum (wenn auch ahnungslosen) Förderer von Grassens Ruhm geworden zu sein, habe ihm geschäftlich außerordentlich geschadet – ein guter Teil des heimischen Stammpublikums wollte nichts mehr wissen von einem Wirt, der Gastgeber dieses roten Schweinskram-Schreibers gewesen sei.

Illustration Zwei (ein Cartoon im Stil von Daumier oder noch besser Hogarth): Anläßlich eines Wahlkampfes schrieb Günter Grass ein trocken-witziges, aber natürlich auch modernes Gedicht, das in der Empfehlung endete: »Ich rat euch, Es-Pe-De zu wählen!« Unser unvergessener verblichener Landesvater nahm dies zum Anlaß, viele hundert Wahlkampf-Minuten in Bierzelten und Wirtshaussälen darauf zu verwenden, sich zusammen mit seinem animierten Publikum über das Gedicht lustig zu machen. Der Knackpunkt der gemeinsamen Heiterkeit war dabei gar nicht die politische Empfehlung am Ende, sondern die Eigenart moderner Dichtung an sich, die schwierigen und sprunghaften Verknüpfungen, die Verschwiegenheiten zwischen den Bildern – kurz, all das, was man spätestens seit Ezra Pound unter zeitgemäßer Dichtkunst versteht, und was auch vierzig Jahre nach 1945 noch immer die Wut und den Hohn des Philisters provoziert.

Ich behaupte, daß, beispielsweise, Herr Le Pen in Frankreich so eine Wahlkampfwaffe nicht verwenden würde. Nicht, weil sein Charakter besser wäre als der des unvergessenen Landesvaters (das ist er ganz bestimmt nicht), sondern weil er einfach als *political animal* wüßte, daß das in Frankreich ein Rohrkrepierer wäre. Der Stoffwechsel zwischen Literatur, Politik und Gesellschaft verläuft dort entschieden anders als in hiesigen Wirtshäusern und in hiesigen limbischen Gehirnen.

Ein Schicksal, das wir als deutsche Schriftsteller, insbesondere in Bayern, tragen müssen …

Nun zur vorletzten Information und Illustration, sie betrifft diesmal München im engeren Sinne. Am 21. Februar 1919 fanden hier drei politische Morde statt. Ein Graf Tony Arco tötete den Revolutionsführer Kurt Eisner, und kurz darauf, unter dem Eindruck der Nachricht, ein hiesiger Soldatenrat Alois Lindner die Abgeordneten Osel und Jahreis im bayrischen Landtag.

Die Ermittlungen der bayrischen Justiz gingen von vornherein davon aus, daß die Tat Arcos die eines Einzeltäters war (was nicht stimmte) und die des Lindner Ausfluß einer roten Verschwörung zur Machtübernahme (was noch weniger stimmte). Unschwer wird man erkennen, daß damit für den Rest des Jahrhunderts der Tenor deutscher Rechtspflege *in politicis* bestimmt war – von den farcenhaften Prozessen gegen Arco und Hitler, den Modalitäten des Strafvollzugs im milden Landsberg und (im Gegensatz dazu) im Proto-KZ Niederschönenfeld, wie es Mühsam, Toller und andere erlebt haben, über Ossietzky etcetera hinweg in die Nachkriegszeit, in den höchst sonderbaren Umgang mit den Robenmördern der Nazi-Ära, in die pflegliche Behandlung der Wehrsportgruppe Hoffmann und die Pauschal-Denunziation der linken Sympathisantensümpfe, in die klägliche Beweislage so vieler RAF-Prozesse bis heute und die entspannte Atmosphäre von Ausländer-Totschlagsprozessen in den neuen Bundesländern. Ja, da können wir Bayern, da kann vor allem München ein historisches Copyright beanspruchen – was natürlich nicht bedeutet, daß andere deutsche Landschaften nicht freudig dieses Beispiel nachahmten und nachahmen.

Als letzte Pointe zum heutigen Thema und zum *genius loci* wollte ich noch erwähnen, daß unsere Stadt ja auch die Herren Gerhard Frey und Franz Schönhuber beherbergt. Aber während ich an diesen Exempeln schrieb, fand in Nürnberg ein Parteitag der CSU statt, auf dem unter der wohlwollenden Sonne der Parteileitung Gefühle zum Ausländerproblem ausgeatmet wurden, die sich überhaupt nicht vom Mundgeruch der genannten Herren unterscheiden. So gebe ich die Spezifizierung und Personalisierung zugunsten einer so allgemeinen Stimmung auf und rufe meinem Freund Günter Grass einfach zu: willkommen in der Hauptstadt der Bewegung!

Eugen Oker

oder
Exkurs über das oberpfälzische Gelächter
Juni 1999

Lieber Freund, liebe Maria, verehrte Festversammlung!

Voll Betroffenheit stelle ich fest, daß mir nur wenige Minuten vergönnt sind, um einer jahrzehntelangen Freundschaft mit Eugen Oker und seiner Frau gerecht zu werden. Wie soll ich den ersten Eindruck würdigen, den ich von ihm gewann, als ich die hinreißenden Lebens-Kurzprotokolle zu Gesicht bekam, die dann unter dem Titel SO WAS SCHÜINS MOU MA SOUCHA erschienen – in einem Dialekt, eben dem Schwandorfer Nordbairisch, das wie ein ferner Glokkenklang aus der Kindheit an mein Ohr drang? (Man muß wissen, daß sowohl mein Großvater wie mein Vater ihre Kindheit dortselbst verbrachten, und daß infolgedessen dieser spezielle Ton in meinem Elternhaus noch durchaus vernehmbar war.) Wie soll ich auf die verantwortungslos-spielerischen Lebens-Exkurse eingehen können, die wir zusammen unternahmen – etwa auf unser klassisches Ringen um den Lorbeer des besten (oder auch schwachsinnigsten) Doppelschüttelreims auf der letzten Seite der Hamburger ZEIT, der Hamburger Tante, die damals noch einen Sinn für Humor hatte? Wie eingehen auf unsere Verdienste um die deutsche Spiele-Landschaft, die natürlich in erster Linie seine Verdienste waren? Wie auf die zahlreichen Abende im Freundeskreis, von zwangloser Heiterkeit bekränzt?

Denn das alles würde ja unbedingt in eine auch nur halbwegs tiefschürfende Analyse unseres Preisträgers gehören, der, wenn man ihm überhaupt ein Gesamt-Etikett aufpappen dürfte, als HOMO LUDENS, als Spielender beschreibbar ist. Spätestens seit Huizingas Buch mit diesem Titel ist klar, daß damit die vornehmste Definition des Menschen überhaupt gegeben ist. Spiel ist Zweckfreiheit, ist Freiheit von der Knechtschaft des Ertrags und der Ressourcen; wenn es irgendein praktikables Rezept für den Weg der Menschheit in ein höchst problematisches 21. Jahrhundert geben sollte, dann ist es, meiner und seiner Überzeugung nach, der Weg des HOMO LUDENS. Natürlich haben wir nie, wie es deutschen Literaten zustünde, über ein derartig ernsthaftes Programm *geredet,* aber das ist ja unter Spielern überflüssig, das weiß man von selber.

Nun, ich drohe mich in allzu persönlichen Erinnerungen zu verlieren, und das ist angesichts des heutigen Zeitplans unzulässig. Ich greife, um dem feierlichen Anlaß gerecht zu werden, einfach ein paar Grundgedanken aus meinem demnächst erscheinenden kulturanthropologischen Standardwerk NATUR- und KULTURGESCHICHTE DES GELÄCHTERS auf, das demnächst als *book on demand* erscheinen wird. (Leider wagt sich kein Verleger an das epochemachende Werk.)

Kapitel XXIV geht darin speziell auf das oberpfälzische Gelächter ein. Wer die prachtvollen Lebensprotokolle Eugen Okers gelesen hat, könnte sich vermutlich meine profunden Ausführungen darüber ersparen; dennoch möchte ich in aller Bescheidenheit darauf hinweisen, daß es zumindest drei Vertreter der deutschen Literatur gibt, denen dieses Gelächter gegeben ist bezw. nachgesagt wird: dem aus der Oberpfalz stammenden Professor Walter Höllerer, dem Laudator – und natürlich dem Laudandus selber.

Was ist bezeichnend an solchem Gelächter? Was an der offensichtlichen Verwandtschaft zumindest teilweise oberpfälzischer Literaten? (Mein eigener genetischer Anteil beläuft sich auf drei Achtel.)

Zunächst eine physische Beschreibung: das oberpfälzische Gelächter ist laut und ungehemmt; es kommt aus voller Lungenkraft und fordert das Universum sozusagen heraus. Ein Freund von mir, der viel in der Welt herumkommt, nämlich Rupert Neudeck, der Initiator von *Cap Anamur,* hat es einmal mit dem Gelächter von Afrikanern verglichen. Als ich das hörte, wurde ich stutzig, und ich begann nachzudenken: muß man die Frage erweitern? Gibt es etwas, einen Bewußtseinsstand, eine kulturelle Parallele, die solch urzeitliche Verwandtschaft zwischen Oberpfälzern und Schwarzafrikanern einsichtig machen könnte?

Antworten wir damit, daß wir zunächst alles Mythologische weglassen. Stellen wir einfach fest: Schwarzafrikaner wie Oberpfälzer sind Leute, denen es verdammt drekkig geht – oder zumindest ging. Sie trauen, was immer sie ihren Seelsorgern und Politikern erzählen, dem Himmel alles Mögliche zu. Worauf das hinausläuft, zeigt klar der Lebenslauf bezw. die Lebensläufe von Oberpfälzern und Schwarzafrikanern. Aber es hat wenig Sinn, diesen Himmel (was immer er an Mächten enthalten mag) unnötig zu verärgern. Wir lachen ihm herzhaft zu, um zu signalisieren, daß wir ihm wegen seiner undurchschaubaren Kaprizen keineswegs böse sind. Das muß ehrlich klingen, sonst glauben sie's da oben nicht und sind womöglich uns böse. Und das hat sich schon so lange eingespielt, daß beide Seiten ihre Rollen längst beherrschen. Denn die Welt ist Theater (man vergleiche dazu Shakespeare und das so betitelte Kapitel in Okers LEBENSFÄDEN).

Aber (und damit kommen wir auf Eugen Oker persönlich, sein auch literarisch dokumentiertes Lebens-Spiel und Lebens-Kunstwerk) jenseits des Gelächters verzichtet der Sklave gemeinhin auf jede weitere Artikulation. Oker (und gottseidank viele Schwarzafrikaner heute) tun es jedoch nicht. Sie bestehen darauf, ihre Erfahrungen wahrheitsgemäß, und das heißt immer durch die eigene Lebensbrille gesehen und durch eigenes und fremdes Gelächter unterbrochen, nach einem jahrhundertlangen Weg aus der erzwungenen Verschwiegenheit, nach grausigen Erfahrungen mit der Knechtseligkeit der eigenen Leute, in ein Zeugnis zu verwandeln, das gleichzeitig ein Zeugnis der persönlichen Befreiung ist.

Und in diesem Augenblick, dem Augenblick der Befreiung, nimmt auch das Gelächter einen neuen, zusätzlichen Charakter an. Es ist nicht mehr nur das Schutzschild, das verlogene (geben wirs hier zu) gegen die immer möglichen grausamen Kaprizen der Götter – es ist schon Teil der Befreiung selbst. Lachendes Zeugnis wider das heimatliche Elend der Fremd- und Selbst-Verstümmelung: in der glükkenden und beglückenden Wahrnehmung dieser Möglichkeit wird Eugen Oker Mitglied in jener Bande von heiteren Wahrheitsaposteln, die zuerst in Spanien (man denke an den pikaresken Lazarillo de Tormes!) ihr Wesen trieb, aber auch höchst beachtliche deutsche Vertreter wie Simplicius Simplicissimus und Oskar Mazerath fand.

Der Blick des Picaro, des komischen Schelms, ist nichts anderes als eine bewahrte Gnade der Kindheit; der gleichzeitig staunende und unerbittliche Blick des Ich-Betrachters, dem die *déformation humaine* des Erwachsenwerdens erspart blieb. Es ist deshalb alles andere als ein Zufall, daß Eugen Oker als erste bedeutende Ehrung den Astrid-Lindgren-Preis für ein höchst innovatives Kinderbuch erhielt. Es ist aber auch dieser Kinderblick, der den literarischen Weg der Selbstbefreiung vor jedem peinlichen Selbstmitleid bewahrt. Was dieser Sohn Schwandorfs, dieser Hafner, Geometer, Spiele-Kritiker, Zinnsoldaten-Kenner, Juxdichter, Literat und prachtvolle Freund im Leben alles mitgemacht hat, ist trotzdem unschwer zu extrapolieren. Ich möchte jedenfalls davor warnen, ihn einen »Tausendsassa« zu nennen, auch wenn es noch so gut gemeint sein mag. Die Beschreibung suggeriert eine Abwesenheit von Reflexion, die für den pikaresken Blick gerade nicht typisch ist. Man braucht nur einmal Eugen Oker aus seinen »Lebensfäden« vorlesen hören, um sofort zu merken, wie durchdacht und gewichtig (ich scheue das Wort nicht) diese Texte gemacht sind; einschließlich der seitenlangen Listen von Trivialitäten, welche die fast fieberhafte Weltergreifung des klugen Kindes dokumentieren.

Aber damit kommen wir ins Partielle, und dafür reicht die zugemessene Zeit nicht. Lassen wirs jetzt bei guten Wünschen bewenden; beim Wunsch eines noch langen und haltbaren Lebensfadens für den Preisträger und seine nicht wegzudenkende Gefährtin; beim Wunsch des Gedeihens seines weithin berühmten Verlagshauses STRAPS & KUKKUCK, das interessanterweise noch von keiner Fusion aufgefressen wurde und wohl auch nicht in eine derartige Gefahr geraten dürfte – und, natürlich, beim Wunsch, daß er den nordbairischen Preis, den er jetzt erhält, nach Lust und Verdienst genießen möge.

Zum Abschluß sei es mir erlaubt, jenen Doppelschüttelreim, den ich einmal in seiner Gegenwart auf eine Speisekarte in Kallmünz schrieb, sozusagen als Charakterisierung unseres Stammes bekanntzugeben:

Der Oberpfälzer Edelknecht
mag seine Reiberknödel echt.
Drum bringt auch so ein Edelknabe
nie einen Pfanniknödel abe.

Quod erat demonstrandum.

Geist und Buchstabe

Eine Lobrede
München, 12. Oktober 2003

Wir sind hier zusammengekommen, um drei tüchtige Frauen zu ehren: Jackie Hudson, Carol Gilbert und Ardeth Platte. Wir sind zusammengekommen, um ihren Mut zu preisen, ihre selbstlose Hingabe, ihre Selbstverpflichtung für die Sache einer bewohnbaren Erde – und, sicherlich, ihre Vision einer atomfreien Zukunft.

Für sie war und ist es selbstverständlich, daß ihre Pflicht zu handeln drei Bindungen entspringt:

- der Solidarität mit allen Schwestern und Brüdern auf der Welt – insbesondere mit den Millionen, die in den Ketten von Furcht und Elend liegen;
- der Mitverantwortung als Bürgerinnen der USA für alle Maßnahmen ihrer gewählten Regierung – ob menschlich oder unmenschlich; und
- ihrem Gelübde als Dominikanerinnen, das ihnen auferlegt, um die Inkarnation Christi im 21. Jahrhundert zu ringen.

Dieser Selbstverpflichtung sind sie gefolgt, sie haben gehandelt.

Und sie haben sich dafür jeweils dreißig, dreiunddreißig und einundvierzig Monate Gefängnis eingehandelt.

Was, so müssen wir fragen, haben sie verbrochen? Welche schreckliche Untat verlangt so strenge Sühne?

Nun, die Nonnen hofften die öffentliche Aufmerksamkeit

für die riesigen Bestände an Massenvernichtungswaffen in Colorado zu erregen. 49 Atomraketen in Colorado vom Typ MINUTEMAN III wurden kürzlich neu ausgestattet, mit W-87-Sprengköpfen von jeweils 300 Kilotonnen Sprengkraft (d. h. 25mal stärker als die Hiroshima-Bombe).

Am 6. Oktober 2002 durchschnitten sie eine Sicherheitskette und erreichten das Silo N-8, eines der 49. Sie hämmerten auf die Gleise, die den Deckel des Silos in Feuerposition gleiten lassen. Sie verschütteten eigenes Blut auf diese Geleise. (Später beschrieben sie ihre Aktion als ein Ritual bezw. eine Liturgie.) Dann warteten sie auf ihre Verhaftung.

Materieller Schaden entstand nicht; die apokalyptische Bereitschaft von MINUTEMAN III war keinen Augenblick lang gefährdet. Was sie getan hatten, war nicht einmal ein Flohstich auf der Panzerhaut des Leviathan. Aber Leviathans Wut und seine brutale Vergeltung waren logisch genug. Was er zu fürchten hat, mehr als alles andere, ist ein allmähliches (oder plötzliches) Erwachen der Völker, ihres Bewußtseins vom Wahnsinn seiner Herrschaft: seines arroganten und ständigen Bruchs internationaler Vereinbarungen und Verträge, seiner völligen Nichtachtung der Lektionen der Nürnberger Prozesse – kurz: seines Allmachtsanspruchs, der in der berühmten Formel zusammengefaßt ist: *TINA – there is no alternative.* Imgrunde ist dies ein religiöses Dogma, aber das Dogma einer absolut nihilistischen Religion, welche sogar die Möglichkeit einer bewohnbaren Zukunft leugnet. Aber da Leviathan nun einmal das Gesetz in allen Landen ist, helfen ihm die Gesetzesgnome nur zu gern dabei, seine Herrschaft zu festigen.

Natürlich gingen die drei angejahrten Damen nicht unvorbereitet in den Prozeß. Sie wußten in etwa, was sie erwartete. Sie sind erfahrene Friedensarbeiter und Demonstrantinnen, und sie wurden von Bewährungshelfern beobachtet. Sie stehen in der Tradition des gewaltlosen Widerstandes, der sich unter dem Titel PLOUGHSHARES ACTION organisiert hat.

Solche Prozesse werden überall dort geführt, wo jemand NATO-Auen entweiht – zum Beispiel auch in Deutschland. Und die Technik ist immer die gleiche: alle Fragen internationalen Rechts, ja alle Erwägungen des gesunden Menschenverstandes werden aus den Tatbeständen sorgfältig ausgeblendet, verhandelt wird nur der isolierte Punkt Hausfriedensbruch und Sabotage.

Das Pech der Schwestern war es, daß sowohl ihr Richter wie auch der Staatsanwalt treueste Schildknechte Leviathans waren. Aber auch deutsche Strafkammern bieten ganz ähnliche Szenarios. So wurde kürzlich Dr. Wolfgang Sternstein aus Stuttgart angeklagt, in ein NATO-Gelände eingedrungen zu sein, auf dem Massenvernichtungswaffen lagern. Und der Staatsanwalt tadelte ihn streng, daß er seinen Kindern und Enkeln ein so schlechtes Beispiel der Gesetzesmißachtung biete!

Hoffentlich konnte sich Dr. Sternstein das Lachen verkneifen. Für ihn wie für die Drei vor dem Denver-Richter und alle ihre Freunde versteht es sich, daß sie und wohl nur sie allein imstande sein werden, kommenden Generationen (sollte es solche geben) gerade ins Auge zu sehen. Schwester Carol Gilbert hat dies in ihren letzten Worten vor dem Richterspruch kraftvoll formuliert:

> »*Ich werde weiterhin mit jeder Faser meines Daseins Widerstand leisten – damit nicht* ein *Kind mich einmal fragen wird: ›Warum warst du Komplizin?‹*«

Wir dürfen sicher sein: dieses eine Kind ist eines von denen, die sich um Yehoschuah den Galiläer drängen – ihn, der ihnen vor allen das Himmelreich zusprach.

Hier, an diesem Punkt, entfaltet sich die volle Bedeutung dieser Konfrontation, denn Richter Blackburn, der in sturer, selbstgerechter Dickensmanier in der Höhe seiner Autorität thront, ist zweifellos auch das Produkt einer langen historischen Tradition. Nur allzu oft und allzu willig haben sich christliche Kirchen in Buhlschaft mit dem königlichen, dem kaiserlichen, dem kommerziellen Tier aus der Tiefe vereinigt. Allzuoft wurde der Wille des Vaters mit den dräuenden Idolen autoritärer Herrschaft identifiziert, und allzu willig wurden fragloser Gehorsam oder konformistische Gesetzestreue als christliche Tugenden angesehen, ja sogar als die unentbehrlichen Kennzeichen einer wahrhaft christlichen Existenz.

Mit anderen Worten: was im Gerichtssaal von Denver oder Stuttgart zu sehen ist, das ist die dramatische Enthüllung eines christlichen Schismas – wahrscheinlich des einzigen, das heute zählt. Der Richter auf dem Thron, der bedrängende Staatsanwalt sind die Produkte von siebzehn Jahrhunderten einer triumphalistischen Ehe zwischen Kirche und Krone, Kirche und Imperium, Kirche und weltlicher Autorität. Richter Blackburn zögerte nicht, den Schwestern ein Zitat von Paulus an den Kopf zu werfen, das die Gläubigen zur Befolgung der obrigkeitlichen Gebote ermahnt.

Auf der anderen Seite des schismatischen Zauns sehen wir die drei Nonnen, leuchtend-fest in Kenntnis ihrer Mission. Auch sie können zitieren: aus der Apostelgeschichte, aus dem Dokument *Gaudium et Spes* des Zweiten Vatikanums, aus den Grundsätzen der Nürnberger Prozesse und des Tokio-Protokolls nach dem Zweiten Weltkrieg. Vor allem aber sind sie gerüstet mit der Grundsatz-Entscheidung aus dem Römerbrief des Paulus:

Der Buchstabe des Gesetzes tötet – es ist der Geist, der lebendig macht.

Nun, vorläufig siegte der Buchstabe. Aber die Sache des lebendigen Geistes ist keineswegs tot, sondern wächst. So umfaßt das neue Schisma Menschen und ihre Parteinahme weit über die Kirchenmitgliedschaft hinaus. Es ist zum Beispiel völlig gleichgültig, ob Richter Blackburn einen Stuhl in der episkopalianischen oder methodistischen oder katholischen Kirche seines Orts reserviert hat. Und es ist ebenso unwichtig, ob die jungen Menschen auf dem Porto-Allegre-

Kongreß, die »Eine andere Welt ist möglich!« skandieren, Taufzeugnisse vorweisen können.

In diesem globalen Zusammenhang ist der Ausgang des schismatischen Ringens noch keineswegs klar. Im Jahr des Herrn 2003 wurden wir Zeugen von zwei erstmaligen historischen Ereignissen: da war der Tag im Februar, wo buchstäblich Millionen in allen europäischen Metropolen sich für den Frieden erhoben (die Regenbogenfahne, die sie einte, war meines Wissens eine Idee der römischen Gemeinde San Egidio); und da war zweitens der wahrhaft neuartige Konsens aller wichtigen traditionellen Kirchen der Christenheit im NEIN zum Irak-Krieg – ohne Rücksichtnahme auf regionale oder nationale Empfindlichkeiten oder auf das Gewissensdilemma von Militärpfarrern. Umsonst schickt Washington einen erfahrenen katholischen Feuerwehrmann, Michael Novak, nach Rom, um den sturen Polen auf dem Heiligen Stuhl zu einer ausgewogeneren Stellungnahme zu bewegen. Es ist fast grotesk, daß der Kreuzfahrergeist im Krieg gegen die Achse des Bösen sich mehr und mehr auf eine neokonservative, meist atheistische Clique beschränkt, sowie auf die revivalistischen Ränder der US-amerikanischen Christenheit, die sich willig wiedergeburtsbereiten Alkoholikern öffnen. (Einer von diesen, Rios Montt, der Massenmörder guatemaltekischer Indianer, arbeitet sich gerade wieder an die Macht; eines seiner Werkzeuge ist die Verbreitung von US-Freikirchen, um den Einfluß des indianerfreundlichen Katholizismus zu brechen. Die CIA hilft dabei.)

Berühren wir zum Schluß einen sehr merkwürdigen, möglicherweise komischen Punkt.

Wie schon erwähnt, sah der Plan der Schwestern das Verweilen auf verbotenem Grund bis zur Festnahme vor. Nach dem Bericht im SPIEGEL mußten sie fünfundvierzig Minuten warten.

Fünfundvierzig Minuten! Wären die Eindringlinge nicht

Dominikanerinnen, sondern, sagen wir, trainierte Gefolgsleute Osama bin Ladens gewesen, hätte das Resultat reichlich katastrophal sein können. Wir müssen die amerikanischen Streitkräfte auf gut amerikanisch fragen: WHAT'S GOING ON – Was ist da eigentlich los? Sind sie vielleicht gezwungen, aufgrund der Erfahrungen des Krieges gegen das Böse und seiner hohen Kosten, ihr Wachpersonal zu verschlanken? Oder sind sie schon auf Outsourcing angewiesen, auf das Mieten von Privatfirmen, um ihre apokalyptischen Arsenale zu bewachen? Privatfirmen, die ihrerseits Senioren heuern, die Minijobs annehmen müssen, weil die Veruntreuer von Enron und WorldCom ihre Pensionskassen leergeplündert haben?

Zentrale Fragen, in der Tat.

Aber kehren wir in ernsthafter Solidarität zum Geschick von Jackie Hudson, Carol Gilbert und Ardeth Platte zurück. Es ist nicht leicht zu tragen. Berichte über die ersten Tage ihrer Gefangenschaft, die uns erreichten, sprechen von fahriger Bürokratie, von demütigenden Maßnahmen beim Transport, von einer lachhaften Ernährung, welche die schlimmsten Charakteristika von Übelwollen und Industrialismus kombiniert. Aber diese Berichte zeigen auch die spirituelle Standhaftigkeit, den unbeugsamen Willen und den frohen Ausblick in eine bessere Zukunft unserer menschlichen Gemeinschaft.

Und wir hoffen mit ihnen.

Jackie, Carol, Ardeth: wir sind unterwegs mit euch.

Nachreden

Abschied von Toni Richter

10. Januar 2004

Wir, Verwandte und Freunde, haben uns hier in Stille versammelt, um unseren Abschied von Antonie Richter zu nehmen. Und vielleicht haben sich auch Trauernde aus einer weiteren Öffentlichkeit eingefunden, die durch die Todesanzeige in der SÜDDEUTSCHEN ZEITUNG informiert wurden. Die Anzeige wurde von der Hans Werner Richter Stiftung Bansin aufgegeben, und sie spricht zunächst vom unvergessenen Gründer der Gruppe 47, ehe sie auf Antonie, die Gefährtin seines Lebens, zu sprechen kommt.

Nun, dies ist wohl noch nicht anders möglich. Das ist wohl nach wie vor das Jahrtausendlos der Frauen, grundsätzlich nach Rang und Namen des Gemahls, des Eheherrn, definiert zu werden. Und Toni, so glaube ich, hätte es auch nicht anders erwartet. Stark und entschlossen, wie sie war, hat sie ihren Auftrag darin gesehen, an einer Unternehmung mitzuwirken, die zumindest im öffentlichen Bewußtsein mit dem Leben ihres Mannes nahezu identisch wurde. Und vielleicht ist es wirklich der kürzeste Weg, zu ihr selbst zu gelangen, wenn man kurz über die Literaturgeschichte eines halben Jahrhunderts redet. Diese Geschichte schuldet ihr viel. Es ist müßig zu spekulieren, was aus dieser Gruppe 47 ohne ihre manchmal kaum bemerkbare Präsenz, ihre angestrengte und anstrengende Wachsamkeit geworden wäre. So aber hat sie durchaus, wenn auch nicht allen sicht- und spürbar, das Profil, ja wahrscheinlich die Funktionsfähigkeit dieses stets schwindenden und stets wiederkehrenden Clubs, dieser einmaligen Clique ohne Statuten und Vereinseintrag ermöglicht – vom ersten gemeinsamen Bad im Bannwaldsee bei Füssen bis zum glorreichen Finale im böhmischen Schloß Dobris 1990. Und um das zu können, durfte sie auf keinen Fall eine Literatin sein – was sie ja auch nie war und nie geworden ist. Vielmehr waren die Tugenden und Talente einer Gastgeberin, einer Terminsekretärin, einer Spezialistin für Gruppendynamik gefordert; kurz, die Talente, die Liebenswürdigkeit und die Kraft der Frau, wie sie schon das Alte Testament als MULIER FORTIS preist, wie sie als Schlüsselwahrerin in antiken Haushalten und, vielleicht, als zupackende Äbtissin im deutschen Mittelalter figuriert. (Als Chefin eines Reiterhofs für Kinder am äußersten Deich der Nordsee, den sie jahrelang tüchtig managte, war sie davon nicht allzuweit entfernt ...)

Diese Kraft wirkte nicht an der Oberfläche, hatte nichts von männischer Verbissenheit. Toni lachte gern, sie liebte elegante Dinge, und sie war eine ausgezeichnete Tänzerin. Sie konnte haushalten in der feudalen Grunewaldvilla, wo Hans Werner eine Zeitlang ein eigenes Hörfunk- und Fernsehprogramm organisierte. Sie assistierte ihm in seiner Existenz als Schriftsteller, sah seine Manuskripte durch und achtete aufs Budget. In München gehörte sie mit ihm in eine eigene und geistreiche Société, die nur in geringer Schnittmenge mit der Gruppe 47 zu tun hatte – eine Gesellschaft, deren Wert zum Glück an keiner der medialen Münchner Klatschbörsen notiert wurde.

Hans Werner Richter war schon 1990, bei dem Treffen in Dobris, von schwerer Krankheit gezeichnet, und er hat wenig später Abschied genommen. Es kamen für Toni einsame Jahre; aber sie hat ihren Auftrag nicht vergessen, ist ihm weiterhin mit Energie und Geschick nachgegangen. Nachgegangen ist sie den Spuren im Sand, über die Hans Werner eines seiner hübschesten Bücher schrieb; nachgegangen bis unter den hellen Himmel der Ostsee bei Bansin, woher er kam und wo er immer noch, durch alle die Jahre der deutschen Trennung, seine Familie wußte und besuchte. Bansin, einst ein schicker wilhelminischer Badeort, aber auch eine alte Fischersiedlung, hatte unter der realsozialistischen Dunstglocke schweren Identitätsverlust erlebt; die Aussicht auf eine Ehrung des Andenkens von Hans Werner Richter, des Sohnes, der seinen Weg gemacht hatte, konnte nur willkommen sein. So entstand das Gedächtnishaus im Bansiner Sand, so entstand die Stiftung, die sich das kühne Ziel gesetzt hat: junge polnische und deutsche Autoren auf gegenseitige Augenhöhe zu bringen, um an der manchmal qualvollen, manchmal großartigen gemeinsamen Geschichte der beiden Nationen zu arbeiten. Wer vermag heute zu sagen, ob dies nicht die größte selbständige Leistung von Toni Richter war? Das ist eine Frage ihrer und unserer Zukunft. Es liegt jedenfalls ein Jahrbuch der Stiftung vor, das zu großen Hoffnungen berechtigt.

Nun haben wir wirklich eine Epoche der Literaturgeschichte durchschritten, und unversehens hat sie uns Toni Richter als Mitmenschen, als Person von Fleisch und Blut nähergebracht. Dieses ihr Leben war, unter allem Brokat des Erfolges, ein Leben von großer Einfachheit. Es war, letzten Endes, auch ein Leben des Verzichts. Aber dieser Verzicht war die Frucht einer Einsicht. Ob diese Einsicht bewußt oder unbewußt war – das spielt kaum eine Rolle. Toni Richter lebte und wirkte aus der altmodischen Überzeugung, daß Glück ein Nebenprodukt ist. Ihm als Lebenssinn nachzujagen, ergibt letzten Endes keinen. Was zählt, ist der erfüllte Auftrag, die ausgefüllte Rolle im himmlisch-irdischen Spiel.

Den Zeitgenossen der Spaßgesellschaft mag dergleichen merkwürdig erscheinen, und sie werden fragen, ob Toni Richter nicht selber wußte, was sie sich damit antat. Oh, sie wußte es.

In dem Dokumentationsband über die Gruppe 47, den sie herausgebracht hat, sind nicht allzuviele Bilder von ihr selbst zu finden. Das schönste ist wohl das auf Seite 110, in einem Bericht über das Treffen von 1963 in Saulgau. Es zeigt Toni mit einem Siegerkranz, der ihrem Mann geflochten worden war, und der auf seinem Haupt wohl nur halb so hübsch ausgesehen hätte. Toni steht er blendend; und sie lächelt fast ungläubig, »überstürzt vom Gewinn«, wie Rilke sagte. Unter ihrem Lächeln steht Melancholie – keine schleierhaft angewehte, sondern eine Melancholie, die sie als Gewürz in ihrem ganzen Lebensentwurf verspürt hat. Einem Entwurf, auf den sie auf keinen Fall verzichtet hätte – denn er erst erbrachte, was sie unter Glück verstand.

Es waren und sind nicht viele, die das verstanden. Leb wohl, Toni.

Der Wanderprediger, der von den Sternen kam

Nachruf auf Peter Kafka
Süddeutsche Zeitung, 28.12.2000

Am 20. Dezember wurde Peter Kafka mit der Medaille »München leuchtet« in Silber geehrt. Dies geschah am Krankenlager, auf dem der Siebenundsechzigjährige seit Wochen gefaßt den Tod erwartete. Vor wenigen Wochen, als feststand, daß ein Gewächs dieses illustre Gehirn zerstörte, rief er seinen weiteren Freundeskreis zu einem Abschiedsvortrag im Gasteig zusammen, um nochmals und so eindringlich wie möglich seine Botschaft zusammenzufassen: die Botschaft von der absoluten Notwendigkeit der Entschleunigung angesichts des möglichen Untergangs, die Botschaft von der *Krise* als Entscheidung. Viel Zeit genehmigte er der Menschheit für diese Entscheidung nicht: eine, vielleicht zwei Generationen. Aber er war kein Mann grimmigen Drohens; er war voller Humor und paradoxer Argumentationskraft, und er glaubte an die unwiderstehliche Macht der Einsicht. Er nannte sich einen Wanderprediger, seit Jahren trug er die Botschaft durchs Land, die er von den Sternen, von seiner Arbeit als Astrophysiker erhalten hatte. Von den bis in die ersten Sekunden nach dem Urknall zurückgetriebenen Einsichten und aus der modernsten Analyse kosmischer Komplexität entwickelte er die Forderung an alle, bis hinab in die Niederungen der Praxis von Wirtschaft, Energie, Boden- und Steuerrecht. (Peter Glotz, ein prominenter digitaler Sprinter-Coach, hat noch kürzlich vor ihm als mächtigem Ideologen der so wettbewerbsfeindlichen Entschleunigung gewarnt.) Eigentlich berühmt ist Peter Kafka (noch) nicht geworden; aber er gehört zu den Großen der einzig originellen Aufklärungsbewegung des 20. Jahrhunderts, die Rupert Riedl etwas irreführend »Abklärung« genannt hat: der aus den Errungenschaften der Wissenschaft heraus möglich gewordenen Selbstkritik der (bisher) unreflektierten Fortschrittsidee und ihrer dialektischen Weiterentwicklung.

Am 20. Dezember besuchten ihn Familienmitglieder und der engere Kreis seiner Freunde, als ihm Hep Monatzeder die plötzlich banal wirkende Auszeichnung überreichte – es war ein sokratischer Todesmoment, Kafka scherzte leise und mit klaren Augen. Jemand begann zu singen, und wir sangen alle den Gospel Song vom Gott, der die ganze Welt in der Hand hält – und das kleine Baby desgleichen. Ein großer Abschied von einem frommen Agnostiker, der uns zwei Tage später endgültig verließ.

Gedenken wir eines großen Menschen

Erinnerung an Rudolf Bahro
Politische Ökologie, März 1998

Rudolf Bahro, geboren am 18.11.1935 zu Bad Flinsberg in Schlesien, hat uns letztes Jahr nach langer und harter Krankheit verlassen. Die letzten Bilder, die ich von ihm sah, zeigten den silbrigen, abgezehrten und leuchtenden Kopf eines Heiligen. Und wenn ich je einen pfingstlichen, einen auf die letzte Erleuchtung zueilenden Menschen getroffen habe, dann war es er.

Dabei war er gläubiger Kommunist gewesen, einer von denen, die die Chance eines sozialistischen Staates ernst nahmen – als Journalist, als Refa-Mann in der Industrie, als politischer Leiter. Aber er nahm sie zu ernst, und das brachte ihm schon 1967 erste Rüffel ein. Das Jahr 1968 machte ihn endgültig zum kritischen Analysten der realsozialistischen Verhältnisse, und 1977 ließ er ganz bewußt seinen Sprengsatz hochgehen: das Buch DIE ALTERNATIVE. ZUR KRITIK DES REAL EXISTIERENDEN SOZIALISMUS.

Es enthielt eigentlich drei Bücher: eine handfeste Untersuchung diverser konkreter Ungereimtheiten, eine fulminante Rettung Marxens vor den Angriffen Bakunins auf den »preußichen Kasernensozialismus« (den Bahro dann im eigenen Land verwirklicht sah) und ein letztes Drittel, in dem das Problem der Nachhaltigkeit in Freiheit voll in den Vordergrund trat. Das Buch kostete ihn zwei Jahre Gefängnis, ehe er 1979 in die BRD abgeschoben wurde – ich habe in einem Bändchen SOLIDARITÄT FÜR BAHRO vielleicht daran mitgewirkt.

Er hat es mir gedankt, indem er im ersten West-Interview bestätigte, daß ich ihn wohl richtig als GRÜNEN taxiert habe. Wir verstanden uns eigentlich sofort ziemlich gut. Was uns unterschied, war seine Ungeduld: Schulter an Schulter redeten wir auf dem Gründungskongreß der GRÜNEN auf die sturen K-Gruppen ein, aber 1985 ging er uns durch – die Partei schien ihm zu mickrig für das unbedingt Notwendige: den Stopp, den totalen Stopp der Mega-Maschine. Er rannte fast schneller, als er mitdenken konnte, ging 1983 nach den USA zu Bhagwan, lernte dort alles über die Körperzentren des Yoga und baute das in sein nächstes großes Buch ein – die LOGIK DER RETTUNG, in der er auf den Großen PRINCIPE hoffte (und ihn in Michail Sergejewitsch zu finden glaubte ...). Er ging in eine Lernwerkstatt in der Eifel, er kehrte 1989 sofort in die Ex-DDR zurück, die er als »sein Land« begriff, bekam einen bescheidenen Lehrstuhl an der Humboldt-Universität und tüftelte mit Biedenkopf alternative Projekte in Sachsen aus.

Nie, auch in den schweren Jahren der Krankheit nicht, verließ ihn seine Unbedingtheit – aber er hielt auch unbeirrt an einem optimistischen Menschenbild fest: im Grunde glaubte er an den Heiligen Geist, und er versuchte so zu leben, wie es seinen Gesichten entsprach.

Schließen wir mit einem Text von Lau-Dse, den er in der ALTERNATIVE zitiert – einer großen Kritik der ersten großen Arbeitsteilung, mit der er sich schon damals identifizierte:

Verloren ging das Große Dau –
Güte und Rechtschaffenheit entstand.
Hervortrat die Klugheit,
die große Heuchelei entstand.
Zerrissen war die Sippe,

der Familiensinn entstand.
In Wirrnissen zerfiel der Staat,
der treue Minister entstand ...

Gnade und Ungnade, Angst machen sie beide.
Gnade gilt dem Tieferstehenden:
Ängstlich empfängt er sie,
Mit Angst verliert er sie -

Frisch wie vor einer Generation

Zum 25. Todesjahr von E. F. Schumacher
Energiebündel, April 2002

Das Jahr soll nicht vorübergehen, ohne daß die E. F.-Schumachergesellschaft für politische Ökologie ihres Namenspatrons gedenkt: er ist vor fünfundzwanzig Jahren, 1977, während einer Zugreise in der Schweiz gestorben, so wie er gelebt hat, erfüllt von seiner Mission und völlig überraschend.

Wenn man heute jüngere oder auch schon gereifte Menschen nach ihm fragt, erhält man selten Auskunft; mit dem Namen assoziieren sie vielleicht einen oder zwei Rennfahrer, vielleicht auch noch den ersten SPD-Führer der Nachkriegszeit. Ernst Friedrich Schumacher war unendlich viel wichtiger als sie alle, und er wurde in den Siebzigerjahren des letzten Jahrhunderts zur Weltberühmtheit. Als er starb, trauerte nicht nur ganz England, sondern eine große anglo-amerikanische Öffentlichkeit und die Glocken der katholischen Westminster-Kathedrale läuteten zu seinem Begräbnis. (Er war in seinen letzten Lebensjahren zum Katholizismus konvertiert.) Sein Ruhm ließ sich, streng genommen, auf drei einfache Wörter zurückführen: SMALL IS BEAUTIFUL, Klein ist schön, so lautete der Titel seines bahnbrechenden Buches von 1973, deutsch erschien es als »Die Rückkehr zum menschlichen Maß«. Das Buch wurde neben der wissenschaftlich-prognostischen Studie der Meadows »Grenzen des Wachstums« (1972) und den Kampfschriften von Ivan Illich zum Klassiker der neuen ökologischen Weltsicht, der einzig wirklich originellen Perspektive des letzten Jahrhunderts. (Alles andere, was es bewegte und wodurch es bewegt wurde, auch der Faschismus, hatte seine Wurzeln tief im 19. Säkulum.)

Der geborene Rheinländer, familiär verbunden mit Werner Heisenberg und Erich Kuby, begann mit dem Studium der Wirtschaftswissenschaft, in Deutschland wie in den USA und England. Im Zweiten Weltkrieg dort interniert und praktisch in der Landwirtschaft tätig, stieg er nach 1945 rasch zu national-britischer und internationaler Bedeutung auf, zunächst als Manager und Theoretiker der verstaatlichten Kohle-Industrie, aber auch als Partner in öffentlichen Diskussionen. Deutlich warnte er schon damals vor den Gefahren unbekümmerter Expansion und Plünderung der Ressourcen, aber seine eigentliche Bestimmung fand er erst nach einer Art von Konversion, die ihn aus selbstlosen Motiven (er stellte sich der christlich-fundierten OXFAM-Bewegung zur Verfügung) nach den Wurzeln weltweiter Armut und Krankheit zu suchen nötigte.

Was er entdeckte, und was ihn erstaunte, war die relative Belanglosigkeit der so genannten Wirtschaftswissenschaften, war die weite Wirklichkeit der wahren, der natürlichen Lebensgrundlagen und ihre Mißhandlung durch unsere Produktions- und Konsumtionsweisen. Kosten-Nutzen-Kalkül, Kauf und Verkauf: nie, so begriff er, war die körperliche und seelische Existenz der Menschheit durch solche Teilbegriffe wirklich definierbar. Aber nachdem sich der umtriebigste Teil der Menschheit heftig darum bemühte und bemüht, unser aller Existenz an dieses dürftige Schema anzupassen, ist Weltzerstörung als Programm und Vorhaben angesagt. »Es handelt sich hier um Tatsachen, die weder bestritten noch anerkannt werden, sondern man setzt eine undurchdringliche Mauer des Schweigens gegen sie. Ein Bestreiten wäre offensichtlich lächerlich, und ein Eingeständnis würde die Haupttriebfeder der modernen Gesellschaft als Verbrechen gegen die Menschlichkeit verdammen.«

Der Aufbruch der frühen Siebzigerjahre, in dem E.F. Schumacher eine zentrale Macht war, schlug schwere Breschen in diese Mauer, offen wurde die Rationalität und vor allem die Zukunftsfähigkeit unserer Wirtschafts- und Lebensweise in Frage gestellt, und ihre Verteidiger gerieten in zunehmende Beweisnot. Wenn man heute, nach dreißig Jahren, »Small is Beautiful« aufschlägt, ist man fasziniert von der Aktualität dieses Textes, der unwiderlegt geblieben ist.

Daß er so aktuell blieb, ist freilich auch auf die Tatsache zurückzuführen, daß das Empire des Totalen Marktes mit aller Macht zurückschlug. Jimmy Carter, der US-Präsident, der die Größe des Problems begriff, hatte zur Zeit von Schumachers Tod die umfassende Studie »GLOBAL 2000« in Auftrag gegeben, welche die prognostischen Ansätze der ökologischen Alternativen im Wesentlichen bestätigte. Mit dem Amtsantritt von Ronald Reagan 1980 verschwand sie blitzschnell in der hintersten Schublade, und die systematische, milliardenschwere und äußerst erfolgreiche Gegenoffensive begann. (Ihre wichtigste Waffe waren vermutlich hochdotierte *think tanks*, welche die Machtübernahme nach dem Zusammenbruch des Realsozialismus 1989 bis weit in die Dissertationsthemen der Wirtschafts- und Sozialwissenschafts-Fakultäten der Hochschulen vorantrieben.) Der zynischste Neo-Liberalismus besetzte alle semantischen Höhen, das alternative Anliegen einer politischen Ökologie, wie sie aus aus jeder Seite von E.F. Schumachers Texten zu uns spricht, wurde zu einem lächerlichen »Politikfeld Umwelt« reduziert. Das Niveau der Diskussion ist dementsprechend erbärmlich geworden, dafür die Ansprüche der Profitwirtschaft an die Menschen entsprechend arroganter. Ihnen widerspricht, frisch wie am ersten Tag 1973, der Untertitel von SMALL IS BEAUTIFUL: *»A Study of Economics as if People Mattered«* – als ob es auf die Menschen ankäme!

Dank- und Preisreden

Dankrede

zur Verleihung des Wilhelm-Högner-Preises
am 24. Juni 1997

Verehrte Ehrengäste,
meine Damen und Herren,
liebe Freunde –

Der *Genius loci,* der Name des Mannes, nach dem dieser Preis seinen Namen trägt, und meine Dankespflicht, die durchaus eine Dankesneigung genannt werden kann, drängen mich dazu, eines Buches zu gedenken, das mich wie nichts anderes zur persönlichen und bayerisch-patriotischen Sympathie mit Wilhelm Högner verführt hat: sein Erinnerungsbuch FLUCHT VOR HITLER. Ich bitte Sie, zusammen mit mir über einen Passus nachzudenken, der zur Reflexion über deutsche und bayerische Vergangenheit, aber auch zur Analyse unserer Gegenwart und unserer möglichen Zukunft nötigt.

Wilhelm Högner, hartnäckiger und mutiger als die meisten anderen führenden Sozialdemokraten in seiner Lage anno 1933, hat versucht, in der Heimat auszuharren. Nach aufreibenden Wochen der ständigen Flucht, des ständigen Adreßwechsels, der Gefährdung nicht nur seiner selbst, sondern auch seiner Freunde wird klar, daß auch er den Weg in die Emigration gehen muß – ein Weg, der nun allerdings viel riskanter geworden ist. Seine Freunde bereiten die Flucht zu Fuß, südwärts über die Berge nach Tirol vor. Den letzten Frühsommerabend in der Heimat verbringt er einsam auf einem Hochsitz, herausgehoben aus dem Alltag der tierischen Angst und der tierischen Hektik, in einer Landschaft, die er sehr intensiv als die seine kennt und liebt. Dabei fällt sein Blick auf das nahe Anwesen eines Bergbauern, und über dieses Leben, diese Daseinsform beginnt er nun zu sinnieren:

> *»Der bayerische Bauer liebt die dorfweise Siedlung nicht. Seine Vorfahren bauten ihren Einödhof zwischen gelichtete Wälder. Um ihn herum erstreckt sich nach allen Seiten das nötige Acker- und Wiesenland ... Hier ist der Bauer Alleinherrscher in seinem Reich und lebt die ganze Woche mit Weib, Kindern und Gesinde bei harter Arbeit auf seinem Hof. Nur der Sonntag bringt ihn mit der Welt draußen, mit Kirche und Pfarrer, mit Wirtshaus und Politik in Verbindung. Die Behörden ... sind ihm verhaßt. Er meidet den Umgang mit ihnen ... Diese Bauern sind sich vielleicht nicht bewußt, was Freiheit ist, aber sie leben sie ... Wenn die Deutschen sich jemals wieder auf den Wert der unabhängigen und eigenwüchsigen Persönlichkeit besinnen sollten, werden sie an die knorrige Gestalt des freien Einödbauern anknüpfen müssen ...«*

Nun, wir wissen, daß Wilhelm Högner zwölf Jahre später, nach grimmen Notjahren in der Emigration, nach Bayern zurückgekehrt ist. Und wir wissen, daß er der Vater der bayerischen Nachkriegsverfassung war. Hat er sich, in dieser Funktion und bei dieser Arbeit, an den Hochsitz von 1933, an seine Überlegungen von damals erinnert?

Ich glaube doch. Immerhin erinnere ich mich an informative Tischrunden der unmittelbaren Nachkriegszeit, wo von geschliffenen Juristen nachsichtig die Bestimmungen glossiert wurden, die den freien Zugang des Bürgers zu Bayerns Naturschätzen, zu seinen Seestränden und Wäldern, zu seinen Pilzen und Beeren verankerten. Gut, das waren Annehmlichkeiten, die damals auch dem durchschnittlichen

Münchner oder Nürnberger etwas bedeuteten – mehr sogar vielleicht als den Besitzern von Bauernhöfen. Daß ein Sozialdemokrat damit uralte Rechte, die Rechte der Allmende, erneut im Grundgesetzlichen verankerte, mochte und mag vielleicht Sozialdemokraten aus nördlichen Ballungsgebieten sonderbar erscheinen – auf bayerischer Flur gab es eine solche sozialdemokratische Tradition durchaus. Ich erinnere mich an Gespräche mit einem alten oberbayerischen Bauern, der noch Versammlungen mit Georg von Vollmar erlebt hatte; jede Menge bäuerlichen Volks, so erzählte er mir, sei zu diesen Vollmar-Reden erschienen, obwohl der Redner selbst derb-ironisch zugab, daß ihn die Versammelten wohl trotzdem nicht wählen würden.

Warum war sich Vollmar da so sicher? Rechnete er mit der Allmacht des katholischen Klerus, der damals und bis in die Achtzigerjahre hinein nicht bereit war, dem Humanismus der Sozialdemokraten die Ehre der Gleichberechtigung *in politicis* zuzugestehen? Rechnete er mit der bäuerlichen Versessenheit aufs Eigentum, mit der tiefen Verwurzelung des Imperativs »'s Sach' z'amm'halten!«, der ebenfalls noch bis heute das Mißtrauen gegen die möglichen Enteigner nährt?

Ich glaube, daß das alles dazu beitrug und beiträgt, die Sache, für die Högner stand, dem bayerischen Konservativismus verdächtig zu machen; ich glaube aber auch, daß darunter noch eine tiefere Polarität, ein tieferer Antagonismus aufzuspüren ist, der heute, an der Pforte eines neuen Jahrtausends, zu einer nicht nur für Bayerns Zukunft, sondern für die Europas und der Welt zur tödlichen Bedrohung werden kann.

Bäuerliche Kulturen – und Bayerns Kultur war immer intensiv bäuerlich – sind Überlebenskulturen. Sie sind an eine zyklische Welterfahrung gebunden. Auch wenn sie irgendwann vor tausend oder fünfzehnhundert Jahren christlich geworden sind, halten sie an diesem zyklischen Grundgefühl fest. Durch Jahrhunderte bewirkte dies eine Kontinuität der Erbfolge und Stolz auf diese Erbfolge, der mit bewußter Verantwortung für Kinder und Enkel verbunden war; eben mit einer Verantwortung, die Dinge so zu erhalten, wie man sie kannte. Fast immer, wenn sich Bauern in Europa erhoben (und sie taten es meist nur, wenn ihre Lage wirklich unerträglich war), machten sie alte Rechte, alte Gemeinfreiheit zum Kampfprogramm. Ihre Welt war, ohne daß sie dies groß reflektierten, jene Welt, die der britische Konservative Edmund Burke als das »Bündnis der Toten, der Lebenden und der Ungeborenen« definierte.

Wir sind durch unsere Geschichte daran gewöhnt worden, in solchem Kontinuitätsgefühl das Wesen jeglicher Frömmigkeit zu sehen. In Wahrheit aber ist christliche, genauer: spätjüdisch-christliche Frömmigkeit ganz anders programmiert. Sie ist messianisch-eschatologisch gestimmt; will heißen, sie richtet ihre Intensität auf kommendes Heil, auf kommende Erlösung aus. Sie hält sich nicht an Zyklen der Wiederkehr, sondern an den historischen Moment der Befreiung, den Exodus aus dem Sklavenhaus: sei es das Sklavenhaus des Pharao, sei es die Todesfalle des starren Gesetzes – oder sei es, ergänzen wir vorgreifend, das Sklavenhaus des Kapitalismus.

Diese Befreiung geht jeweils einher mit dem »Letzten Gefecht«; mit dem Untergang der Unterdrückerarmee im Roten Meer, mit dem Ringen des Lebens-Fürsten mit dem Tode, wie er in der Osterliturgie der Kirche beschrieben ist: *mors et vita duello/conflixere mirando,* Tod und Leben maßen sich in wundersamem Zweikampf – und es siegt, logischerweise, der Gott in der Feuersäule, der Fürst des Lebens, der unerbittliche Schritt des historischen Materialismus, der das Leben in Milch und Honig, der das Neue Jerusalem, der die klassenlose Gesellschaft heraufführt oder heraufführen wird: »Siehe, ich mache alles neu!« (*Apk 21,5*)

Nun, genau das will der archetypische bayerische Mensch

nicht: daß alles neu gemacht wird. Nicht ohne historische Gründe traut er den Weltverbesserern nicht über den Weg. Und er ist damit nicht allein auf der Welt. Seine Parteilichkeit für das gute Alte wird ihm dadurch erleichtert, daß sich das Eschatologische, der Sehnsuchtsruf nach dem Reich, das da kommen soll, von allen herkömmlichen religiösen Wurzeln gelöst hat und das Endreich hier auf Erden anstrebt, während es den Himmel, wie Heine sang, den Spatzen überläßt. Eine kuriose Überkreuz-Entwicklung fürwahr! Es bedurfte eines Geistes wie Ernst Bloch und einer neuen, umwälzenden Wende der Theologie, um die uralten Verkehrtheiten wenigstens auszuleuchten, wenn schon nicht ganz zu beseitigen.

Aber seien wir gerecht: bayerische Sozialdemokraten haben von utopischer Weltverbesserung ohnehin nie viel gehalten. Längst ehe der radikale Revisionismus in Godesberg zur offiziellen Lehre wurde, war er durch Vollmar in den berühmten Münchener Eldorado-Reden vorformuliert – unter Kennern brauche ich nicht auf die Kräche mit der Zentral-Partei einzugehen, die das zur Folge hatte. (Immerhin – Bebels Diktum über die Süd-Genossen ist zu kostbar, um hier nicht wiederholt zu werden: »Man wandelt nicht ungestraft unter Maßkrügen ...«)

Aber selbstverständlich konnte kein Linker, selbst der entschlossenste Revisionist nicht, von der grundsätzlichen Prämisse abgehen, welche jede Linke charakterisiert: von der Prämisse der Verbesserungsbedürftigkeit der Verhältnisse, von der Notwendigkeit zukunftsgerichteter Entwürfe. Jeder Linke, jedes linke Lebensgefühl (um es vage zu umschreiben) mußte so auf die unbewegliche Masse der spießigen Verhocktheit stoßen, zu der der Konservativismus leider in unseren (und nicht nur in unseren) Landen verkommen ist. Immer und immer wieder muß sich der Linke den Verdacht anhören, gegen den sich schon Tucholsky wütend wehrte: den Verdacht nämlich, daß er letzten Endes doch ein vaterlandsloser Geselle sei, daß er die Heimat, ihre Erde und ihre Menschen, nicht wirklich oder doch jedenfalls wesentlich weniger liebe als der gestandene Herr und die etablierte Dame rechts von der Mitte. (Vor einigen Jahrzehnten, als in den Parlamenten noch nicht so verdruckst dahergeredet wurde wie heute, hörte ich am Radio diesen Vorwurf in einer Bundestagsdebatte; Baron von Guttenberg schoß ihn, wieder nur als Verdacht, gegen Herbert Wehner ab.)

Nun, wenn es je wahre Heimatliebe, echte Verbundenheit mit ihrem Glanz und ihrer Schönheit gab, dann war sie Wilhelm Högner zu eigen. Unmittelbar nach seiner Bergbauern-Meditation, immer noch als Abschiedsgast auf dem Hochstand, bricht es tieftraurig und bitter aus ihm hervor:

> *»Es war einer der schönsten Abende seit meiner Jugendzeit. Ich war in Wald und Feld aufgewachsen. Zum letzten Mal umfaßte ich in überströmender Liebe meine bayerische Heimat, an der ich mit allen Fasern meines Herzens hing ... Keine Macht der Welt konnte mir die Erinnerung an die deutschen Märchenwälder entreißen ... Wie kam dieser finstere, haßerfüllte Massenbändiger dazu, mir das Recht auf meine Heimat zu nehmen ...?«*

Die Antwort hätte Högner allerdings leicht erraten können, nach den hochintelligenten und beißenden Analysen des Nazismus, die er im Berliner Reichstag geleistet hatte. Aber Hitler ist Asche, und dennoch blieb und bleibt das alte Vorurteil, der alte Verdacht minderer Verbundenheit mit der Heimat – insbesondere in Bayern, wo eine Art weißblauer Mobutismus es fertiggebracht hat, die *authenticité bavaroise* gänzlich partei-authentisch zu definieren.

In Wahrheit haben sich, je näher das Ende des Jahrhunderts heranrückt, die Verhältnisse gänzlich umgekehrt. Sie haben sich deshalb umgekehrt, weil zwischen den Sprachregelungen des realexistierenden Konservativismus und dem Burke'schen Ideal eines »Bündnisses der Toten, der Lebenden und der Ungeborenen« eine immer weitere Kluft aufreißt.

Kehren wir, um dies zu illustrieren, zu Högners Bergbauern zurück. Schließen wir eine durchaus realistische Möglichkeit aus – die Möglichkeit nämlich, daß er seinen Hof aufgegeben hat und in die Lohnarbeit abgewandert ist, weil ihm die Plackerei zuviel wurde, oder weil er keine Frau gefunden hat, die sie mitmacht. Gesinde jedenfalls oder Ehhalten – das sind Wörter aus einer fernen Sage. Da der Bauer nicht wie zu Högners Zeiten mit zwölf oder fünfzehn Kühen zurechtkommen kann, sondern mindestens sechzig dazu braucht, muß er Pachtland zumieten. Da er von freien Marktpreisen seiner Milch oder seiner Kälber auch nicht leben könnte, ist er auf ständige staatliche oder europäische Unterstützung angewiesen, deren Formen sich heimtückischerweise alle Nase lang ändern, hinauf oder hinunter in der Lebensqualität, aber meist hinunter. Um auf dem Laufenden zu bleiben, muß er sich im Rundfunk die Landwirtschafts-Nachrichten oder die Diskussionsrunden mit Bürokraten regionalen, nationalen und übernationalen Ranges anhören, deren Sprache von der wachsenden Natur, vom Rauschen der Bergwälder wüstenweit entfernt ist. Ja, die Wälder: von seinem Vater und Großvater hat er etliche Hektar Bauernwald übernommen, aber die Holzpreise sind im Keller, eine wirklich nachhaltige Bewirtschaftung ist ohne Pferd oder Muli ausgeschlossen, er wird seine Fichten, soweit sie nicht atmosphäregeschädigt sind, vielleicht an einen Unternehmer zum Ausschlachten verpachten – der bayerische Staat, so hört er, machts demnächst genauso. Und das Erbe? Der Erbhof? Der Auftrag der Ahnen? Volksmusik von vorgestern.

Nein, der fliehende Sozialdemokrat von 1933 würde den Hof wohl noch als Gebäulichkeit wiedererkennen – aber sonst hat sich alles gründlich verändert. Eine Kultur ist gestorben, die in unseren Landen etliche Jahrhunderte, vielleicht ein Jahrtausend voll Hunger und Seuchen, voll barbarischer Kriege, voll landesherrlicher und feudaler Arroganz und Knechtung überstanden hat – den vollreifen Kapitalismus übersteht sie nicht. Darin sind sich die Kapitalisten wie ihre Gegner einig. Auch die Konservativen, die sich längst mit dem Kapitalismus arrangiert haben. Und mit den Beeren und Pilzen ist das so eine Sache: sie sind ziemlich schwermetallverseucht und radioaktiv verstrahlt, man läßt besser die Pfoten davon, Verfassungsrecht hin oder her.

Mit anderen Worten: es waren nicht die Utopisten, welche die Welt gründlich verändert haben. Es waren nicht die Sozialisierer, welche die Idee des bäuerlichen Erbes zum Verschwinden brachten. Es waren nicht die linken Spinner, welche den Wald und das Bodenleben ruinierten. Es waren vielmehr die Politik und die Gesellschaft des »Weiter so«, die Strategie des pragmatischen Weiterwurstelns, die Ablehnung jedes durchdachten Wechsels nach der Devise »Keine Experimente«, welche die Lebenswelt von Jahrtausenden fast schon völlig beseitigt haben und im Begriff sind, das auch noch global zu erledigen. Wer heute Heimat sagt, der denkt ans Heimatmuseum, sieht Wagenräder an der Rauhputzmauer und Schubkarren voller Geranien, assoziiert vielleicht noch Heimatabende mit Ziehharmonika und säuischer Conférence. Die Heimat, die sinnliche Heimat von gestern und vorgestern ist unter Klarsichtfolie ausgestellt, und es waren auch nicht die Marxisten, die dafür gesorgt haben, daß die tadellos restaurierten Rokokokirchen und die dazugehörigen Pfarrhöfe meist leer sind. Und wo heute die Sozialschädlinge, die vaterlandslosen Gesellen zu suchen sind, weiß jeder Zeitungsleser, der gelegentlich in den Wirtschaftsteil guckt: sie sind unter jenen ein oder zwei Prozent zu finden, die im Polareis ihrer mehrstelligen Millionenvermögen sitzen. Der geringste Angriff auf ihren Besitzstand (eine etwas höhere Erbschaftssteuer oder die Aussicht auf eine Sonderabgabe, um den Staat vor dem Bankrott zu bewahren) wird ihre Milliarden blitzschnell in Liechtenstein oder auf den Kaiman-Inseln verschwinden lassen.

Mit anderen Worten: der alte bayerische Gesellschaftsvertrag funktioniert nicht mehr. Noch ist die Substanz des Volkes vital genug, uns einen gewissen Lebensvorsprung vor anderen Gauen des Vaterlands zu sichern; aber das moderne Industriesystem, dem alles Nichtökonomische nur mehr als Kulturbetrieb angegliedert ist (einschließlich der Kirchen und der hochgeschätzten ästhetischen Seite des Bauerntums), hat sich nicht nur unserer Bauern angenommen, hat nicht nur italienische und kroatische und anatolische Bauernethik durch seinen Wolf gedreht, sondern wird sich auch der afrikanischen Hackbauern, der mexikanischen Campesinos, der chinesischen Dörfler ebenso liebevoll annehmen. Verantwortung für künftige Generationen? Nachhaltigkeit? Nicht unser Bier. Nicht unser Sliwowitz. Nicht unser Coke.

Dies, genau dies ist die Stelle, wo Högners Meditation von 1933 in unsere Wirklichkeit übersetzt werden müßte. Die unabhängige und eigenwüchsige Persönlichkeit des Einödbauern: wer sie bewahren beziehungsweise wiederherstellen wollte, müßte das Profitdenken frontal angreifen, müßte dem Konsumismus in all seinen Formen beizukommen versuchen, bis in die kommerziellen Kanäle des Fernsehens hinein. Das geht natürlich nicht von heute auf morgen – und vor allem, vor allem erfordert es gänzlich neue politische und gesellschaftliche Allianzen.

Ich spreche hier nicht vordergründig von einer rotgrünen Partei-Allianz. Die kann und muß, wie leider das Beispiel Nordrhein-Westfalen zeigt, im Hickhack des laufenden Kompromisses enden, wenn die gesellschaftlichen Bündnisse nicht funktionieren, wenn man die todesgefährliche Lage der Welt mit den Hausmitteln von gestern und vorgestern kurieren will. Das erfordert Weitblick, das erfordert Kühnheit – und das erfordert vor allem die Fähigkeit, den Ernst und die Dringlichkeit des Anliegens den Menschen zu vermitteln. Wenn man sie allerdings zu schlappen Konsumenten reduziert und die eigene Strategie auf reine Taktik herunterbringt, die sich zwischen ebendiesem Konsumismus, den Sonntagsumfragen der Medien und den eisernen Todesgesetzen der internationalen Finanz austariert, kommt man nie an die Kraft der Völker heran – eine Kraft, die, wie wir tausendfach erlebt haben, zum massenhaften Lebensopfer bereit ist, solange ein solches Opfer nur geeignet erscheint, Sinn in die Sinnlosigkeit der Welt zu bringen.

Aber (und damit komme ich zu einem schlußendlichen *ceterum censeo*) dazu bedürfte es auch der tatkräftigen Unterstützung der artikulierenden Klassen – das heißt der Träger der Aufklärung. Diese aber haben, seit ihnen ein Lieblingsprojekt, der Marxismus, durch die faktische Entwicklung versaut wurde, außer Simulationen, Simulacra, esoterischen Codes kaum mehr Brauchbares für die Zukunft der Menschheit hervorgebracht. (Als gewesener Vorsitzender des Schriftstellerverbands und Präsident des westdeutschen P.E.N. spreche ich aus leidvoller Erfahrung.) Ihre prekäre Situation als Parasiten der Produktions- und Konsumgesellschaft legt ihnen, ehe sie sich mit so etwas Vulgärem wie Lebensgrundlagen befassen, die Flucht in die Virtualität nahe – mit anderen Worten, in so etwas wie den intellektuellen *Cyberspace*. Die letzte große Gelegenheit, Schillers schwungvollen Imperativ zu konkretisieren –

– es soll der Sänger mit dem König gehn,
sie wandern beide auf der Menschheit Höhn –

war die Ära Brandt. Es gelang für eine kurze Zeit, das zu besetzen, was der kluge Kurt Biedenkopf die »semantischen Höhen« nannte; aber das hielt nicht vor, weil die Glocken, auf deren fernen Klang man zerstreut lauschte, längst woanders hängen. Das Gestühl, in dem sie hängen, hat einen trockenen, aber präzisen Namen: die GATTUNGSFRAGE. Konkret lautet sie:

Ist die Menschheit fähig, ihre Errungenschaften zu überleben?

Und im Gegensatz zum üblichen Partygewäsch, im Gegensatz zu den veralteten Optimismen und Pessimismen der artikulierenden Klasse behaupte ich, daß in dieser Frage eine ungeheure Chance steckt: die Chance, herauszufinden,

wie das alles wirklich gemeint war.

Am Scheideweg des Fortschritts

Rede zur Verleihung des Umweltpreises der BayernSPD am 24. Juli 2001

Rechtzeitig zum Ende des letzten Jahrtausends erschien ein Buch des eminenten Historikers Dan Diner mit dem Titel *Das Jahrhundert verstehen,* mit dem ehrgeizigen Untertitel *Eine universalhistorische Deutung.* Man liest es mit Vergnügen und Gewinn; Diner hat ein feines Gespür für die geographischen wie die ideengeschichtlichen Bruchlinien, und man begreift wohl, warum das 20. Jahrhundert mit Balkankriegen begann und endete: dort zeigten sich und zeigen sich am Klarsten und Unbarmherzigsten die eitrigen Reibungsflächen zwischen demokratischer und ethnischer Selbstbestimmung.

Im übrigen liebt Diner, eigener Auskunft nach, Bilder von bewegter Typik, und so ist sein Buch zunächst und vor allem eine Deutung der ersten Jahrhunderthälfte. Aber das ist auch seine Schwäche: die zweite Hälfte erschien ihm offensichtlich nach den großen und raschen Umwälzungen der ersten nicht mehr besonders interessant zu sein – und damit verliert Diner leider den Anspruch auf universalhistorische Deutung und Bedeutung.

Vor allem aus einem, alles Andere bagatelliserenden Grund: das ideengeschichtliche Hauptereignis des 20. Jahrhunderts, das im 21. so oder so zu praktischer Politik werden wird, hat er nicht erkannt.

Dieses Ereignis ist das Auftauchen der Gattungsfrage im öffentlichen Bewußtsein; also der Frage:

Kann die Menschheit ihre Errungenschaften überleben?

*

Das erste große Fragezeichen hinter dem Satz schrieb natürlich die Atombombe. Dem Zeitzeugen fällt es heute schon schwer, sich die kollektive Alptraumspannung zu vergegenwärtigen, die damals, nach Hiroshima und insbesondere dem Bikini-Test der Wasserstoffbombe, in den Köpfen und Gemütern herrschte – es gibt genügend Literatur darüber. Mit dem Ende des Kalten Kriegs hat das subjektive Bedrohungsgefühl durch Kernwaffen fast aufgehört, was leider ganz unberechtigt ist. Zudem haben sich andere Risiken der Menschheit laufend vergrößert und vermehrt, während zunächst, in den Fünfziger- und Sechzigerjahren, ein oberflächliches technisches Triumphgefühl den gegnerischen Parteien des Kalten Krieges durchaus noch gemeinsam war. Die Machbarkeit der zivilisatorischen Zukunft, darum ging es zunächst; und die sah man durchaus gesichert, sobald der Feind vernünftig genug sein würde, seine irrigen Wege dahin aufzugeben, und die Menschheit mit aufgekrempelten Hemdärmeln darangehen könnte, die Widerspenstigkeiten und den Geiz der Natur endgültig zu überwinden.

*

Nun, wir wissen, was aus dieser Stimmung wird und geworden ist. Den bunten Heilmittelwerbern auf dem Bildschirm ist auferlegt, nach der triumphalen Anpreisung ihres Angebots den Spruch herunterleiern zu müssen: »Über Risiken und Nebenwirkungen befragen Sie Ihren Arzt oder Apotheker!« Sie tuns hörbar ungern; aber in den lebenswichtigsten Fragen der Menschheit scheint der Satz noch weniger, nämlich überhaupt nicht zu gelten. Wer die großen Innovationen der letzten Jahrhunderthälfte verfolgt, wird feststellen, daß am Anfang einer jeden der stumpfsinnigste Optimismus und das gewollte Unwissen über die weiteren Folgen ihrer Einführung standen. Dazu einige Beispiele.

Nummer Eins: als DDT, das erste und tödlichste Insektizid erfunden war, fielen Scharen von Sprühern nicht nur über das Innere von Soldatenunterkünften, sondern flächendeckend über Inseln, Flußdeltas und Seengebiete her. In einer illustrierten Zeitung pries man es als unerhörten Fortschritt, daß die Menge des Giftes, die im Gefieder einer einzigen Ente aus einem See in den nächsten transportiert wurde, genüge, um auch dort alles niedere Leben zu töten. Der Endeffekt des Programms sollte die globale Freiheit von Malaria und Tse-Tse-Fliegenfieber sein.

Beispiel Zwei: die erste große Antarktis-Expedition der USA unter Admiral Byrd nach dem Zweiten Weltkrieg hatte den Auftrag, auf dem Südpol-Kontinent nach Uranvorkommen zu prospektieren. Man erwartete unerhörten Bedarf für das *Atoms-for-Peace*-Programm; elektrischer Strom sollte dann so billig werden, daß sich der Einbau von Stromzählern gar nicht mehr rechnen würde.

Beispiel Drei: zumindest in den Köpfen von Planern war der Welthunger spielend besiegbar, wenn man nur die riesigen Wälder Brasiliens erschließen, d.h. abholzen und den sicher sehr fruchtbaren Urwaldboden mit einer dichten Infrastruktur überziehen würde.

Und schließlich: mindestens zwei globale Schübe zum gleichen Zweck der Welternährung wurden in dieser Jahrhunderthälfte wirklich initiiert und wenigstens teilweise durchgeführt: als erster die sogenannte Grüne Revolution, die auf der Entwicklung weniger Hochleistungspflanzen und einem hohen Mechanisierungs- und Chemisierungsgrad basieren sollte.

Im zweiten Schub stecken wir noch mittendrin: die Übernahme der Weltproduktion an Lebensmitteln durch die Kombination von Gentechnik und Biochemie ist im vollen Gange. Dank der profitablen Anstrengungen von Monsanto und anderer Firmen ist ein immer größerer Prozentsatz von Farmern und Bauern in ein Netz von Paketverträgen eingespannt, das Rundumvernichtung von Unkraut und Schädlingen mit der Monopolisierung von resistentem Saatgut verbindet. Und zweifellos wird demnächst die Massenklonung von Tieren eine ganz neue Sicherheit der Qualitätsversorgung mit Proteinen heraufführen.

*

Nun, die Risiken und Nebenwirkungen der meisten dieser Projekte haben wir in der Zwischenzeit kennengelernt.

Ad Eins: DDT, das wohltätige Gift, hat sich in den Nahrungsketten der Biosphäre verankert, hat unendlichen Schaden unter einer noch unbekannten Zahl von Pflanzen- und Tierarten angerichtet, wurde folgerichtig verboten, wird dennoch unter der Hand noch in den Weltgegenden abgesetzt, in denen die Vorgaben und Informationen der Zentralen nicht greifen.

Ad Zwei: Über die Risiken und Nebenwirkungen der Atomindustrie braucht wohl kein Wort verloren zu werden – nach Harrisburg, nach Tschernobyl, nach unzähligen Beispielen von schlampiger Routine; vor jeder Klärung des Entsorgungsproblems, vor jeder halbwegs menschenfreundlichen Regulierung des Uranabbaus, dem alljährlich meist in entlegenen Weltgegenden und unter wehrlosen Traditionsgesellschaften zwanzig- bis vierzigtausend Menschen qualvoll zum Opfer fallen. Der Zynismus der Betreiber und ihrer politischen Stiefelputzer ist nachgerade offensichtlich.

Ad Drei: Das Abholzen der brasilianischen Urwälder ist im Gange und trotz aller offensichtlichen Folgeschäden kaum verlangsamt. Der Urwaldboden ist allerdings gar nicht fruchtbar, sondern in der Regel roter Laterit: der fiebrige tropische Stoffwechsel fand und findet dicht an der Oberfläche statt. Zudem ist der Regenrhythmus Brasiliens jetzt schon durcheinandergeraten; das Absinken der Wasserreservoire für die gewaltigen Kraftwerke ist die Folge, und etwas stößt den Cariocas von Rio de Janeiro zu, was sie nur vom Hörensagen kannten: Stromknappheit. Und weiter: Fremde werden vor der Einreise in den Staat Manao gewarnt, eine Fülle unbekannter Insekten, ihres Habitats in den himmelhohen Baumkronen beraubt, fällt über Mensch und Tier und Pflanze her, mit bislang völlig unbekannten Konsequenzen.

Ja, und das zentrale Ergebnis der so genannten Grünen Revolution war vor allem in den alten Bauernkulturen verheerend. Sie erforderte hohe Investitionskosten: Wegebauten, Maschinenparks und dergleichen, die jahrhundert- und jahrtausendalten Subsistenzmethoden den Garaus machten. Der Strom der ländlichen Millionen in die neuen Elendsmetropolen setzte ein, und dort entstehen in fast chemischer Folgerichtigkeit die Sprengsätze des 21. Jahrhunderts. Stichwort Chemie: das Hinaufpeitschen der Zuchterträge bei Tier und Pflanze durch Hormon- und Antibiotikagaben hat die Lebenswelt bereits total und irreversibel verseucht. Biologischer Landbau, biologische Viehzucht werden unter solchen Bedingungen zum Hasardspiel.

*

Aber damit betreten wir das verminte Gelände der Gegenwart. Die Biotechnologien, die uns mit immer größerem Pathos nahegelegt, aufgedrängt, als der (nach dem offensichtlichen Debakel der atomaren Verheißung) wahrhaft zukunftshaltige Schritt in die Zukunft bekanntgegeben werden, können sich zunächst darauf verlassen, daß niemand so ganz genau weiß, worauf sie eigentlich hinauswollen. Neben durchaus edlem Forscherdrang steht saftigster Geschäftssinn auf der Tagesordnung. Doch was immer solche Forschung antreibt: Leute, die Bescheid wissen müssen, nämlich Systemtheoretiker, warnen aufs Entschiedenste. Sie weisen darauf hin, daß man noch nicht einmal alle Haken und Ösen der Computerprogrammierung beherrschen gelernt hat – der meist monokausale, das heißt auf eine einzige Veränderung abzielende Eingriff in das hundertfach kompliziertere Uhrwerk des Lebendigen kann unmöglich ohne schlimmste Risiken und Nebenwirkungen vorgenommen werden. Und wir haben keine Ahnung, woraus diese bestehen.

All diese mißglückten, schiefgelaufenen, makabren Spiele der Großtechnologie sind auf eine schlichte alte Volksweisheit zurückzuführen: Dummheit und Stolz wachsen auf einem Holz. Man kanns moderner ausdrücken: Überspezialisierung und die daraus resultierende professionelle Borniertheit, dazu Hochmut des Machbarkeitswahns. Und das schaukelt sich zwangsläufig gegenseitig hoch: der Machbarkeitswahn will vorsichtshalber Einiges gar nicht wissen und stellt daher entscheidende Fragen von vornherein nicht – Fragen an die Komplexität der Wirklichkeit. Und in dieser selbstgewählten Ignoranz fühlt er sich dann seiner Sache umso sicherer.

Und doch (es ist eigentlich erstaunlich genug) erhob sich gegen diese Spiele das neue Bewußtsein, das Bewußtsein der Gattungsfrage – zunächst nur von einigen besorgten Wissenschaftlern (den *concerned scientists*) aufgeworfen, aber dann, ab Mitte der Sechzigerjahre, immer stärker in den Bereich der öffentlichen Diskussion vordringend. Es ereignete sich 1970 die Stockholmer Umweltkonferenz, und es folgte 1972 der Bericht von Donella und Dennis Meadows an den *Club of Rome,* die berühmten »Grenzen des Wachstums«.

Wer sich einigen Sinn für historische Proportionen bewahrt hat, konnte damals schon wissen und wußte es auch (ich jedenfalls wußte es), daß damit der sogenannte Kalte Krieg zur Nebensache, wenn nicht zur Farce geworden war. Er hatte die Menschheit eine Menge Nerven und, was wohl unheilvoller ist, ein halbes Jahrhundert Befassung mit Zweitrangigem gekostet; er verschwand wie ein Spuk, und die siegreiche Konfession des Ökonomismus schwur die Menschheit auf das Banner des Totalen Marktes ein: *TINA – there is no alternative.*

*

Seitdem ist die Erde nicht mehr, was sie vorher war, was sie trotz all der von Dan Diner wahrgenommenen und analysierten Katastrophen bis 1945 noch war: der unbestreitbare und unbestrittene, der auf jeden Fall heimatbietende Kosmos. Keine Tat Gottes, keine kosmische Katastrophe hat diese Wendung bewirkt, sondern zunächst und in allererster Linie unser eigener, kurzsichtiger Opportunismus.

Opportunismus; Beutemacherei; Jagd nach billigen Schnäppchen – wie immer man ihn nennen mag: sein erstes und wichtigstes Kennzeichen ist der auf einen bestimmten Effekt, ein bestimmtes Objekt gerichtete Appetit, ohne Rück- und Seitensicht auf Risiken und Nebenwirkungen. Allein das Wort »Nebenwirkung« ist da schon bezeichnend, da äußerst ichbezogen: in objektiver Wahrheit gibt es nur Wirkungen, von denen uns dann eine einzige intereressiert; alle anderen werden tunlichst weggeblendet; ein passender Ausdruck, denn der logische Effekt ist »Verblendung«.

Im gesellschaftlichen Zusammenhang soll die Verblendung glücklicherweise in der Regel durch den Diskurs, die Debatte, den Konflikt aufgehoben oder doch wenigstens gemildert werden. Deshalb trat und tritt die Verblendung in autoritären und totalitären Systemen regelmäßig viel folgenschwerer auf als in freiheitlichen. (Dies scheint mir das gewichtigste Argument für die Demokratie zu sein.) Es ist wiederum verblendet, die hartnäckigen Diskurse, die in freien Gesellschaften immer wieder aufbrechen, für unergiebiger zu halten als die »Effizienz« abgeschotteter Macherzirkel. Es gibt hiezu ein sehr amüsantes Wort von Immanuel Kant, ich zitiere sinngemäß: »Die Taube, die durch die Luft fliegt, ärgert sich vermutlich über den Luftwiderstand.« Will heißen: das Element, das den Fortschritt scheinbar behindert, ist das Element, das ihn in Wahrheit trägt.

*

Voraussetzung für den aufklärerischen Erfolg dieses Luftwiderstandes ist zunächst die Möglichkeit der Einsicht in das aufzuklärende Problem. Jahrzehntelang haben wir alle, ob Linke oder Rechte, ob Kritiker oder Freunde der Restauration, keinerlei Widerspruch gegen grundlegende Fehler, ja Verbrechen des sogenannten Fortschritts eingelegt; erstens, weil wir heillosen Respekt vor den sogenannten Experten empfanden, die uns wenn nicht den Himmel auf Erden, so doch das Ende von Not und Angst versprachen; und zweitens, weil wir selbst nicht auf die Risiken und Nebenwirkungen achteten, die wir ohne weiteres und sogar unbefangener als die Spezialisten beurteilen können.

Sprechen wir zunächst über das zentrale Risiko überhaupt: die Natur des Menschen.

Es gibt bekanntlich ein Erfahrungsgesetz, das man *Murphy's Law* nennt: alles, was schiefgehen kann, geht irgendwann einmal schief. Und dieses Gesetz gilt vor allem für die Psyche des Menschen. Absolute Sicherheit gibt es nicht, weil die Psyche des Menschen eine stete Quelle schöpferischer Unsicherheit ist. Kein Mensch kann voraussehen, daß ein junger Lokomotivführer den ICE einfach in einem Tunnel stehen läßt, aussteigt und nebenan ein Frühstück zu sich nimmt. Kein Mensch kann voraussehen, daß ein Arbeiter und sein Liebchen unter beträchtlicher persönlicher Gefahr radioaktive Stoffe aus einem Hochsicherheitswerk mitgehen lassen, nur um zu beweisen, daß diese Hochsicherheit nichts taugt. Das sind Stories aus dem wirklichen Leben, die beweisen, daß jedes Sicherheitsproblem letzten Endes ein psychologisches ist. Und es gibt imgrunde nichts Lächerlicheres und Grausameres als die famose Formel vom »menschlichen Versagen«, die Großkatastrophen erklären soll. Der Mensch ist von Haus aus ein Versager, niemand wußte und weiß das besser als das Christentum. Deshalb gibt es Buße, Verzeihung und Besserung. Aber im technischen Bereich gibt es das eben nicht, da gelten unerbittlich die thermodynamischen, die Schwerkraft- und Trägheitsgesetze. Und für die gesamte Biosphäre gelten die thermodynamischen ebenso – und vor allem die Entropiegesetze. Weder die einen noch die anderen sind durch salvierende Formeln, durch Ablaßkrämerei zu lindern oder zu verbiegen. Wer also Menschen, die allesamt zum Versagen neigen, in eine Technologie einspannt, in der sich jedes Schiefgehen zur Kontinentalkatastrophe auswachsen kann, legt es von vornherein auf kollektiven Selbstmord an. Das ist, bei aller gebotenen Reserve vor reiner Maschinenstürmerei, der Maßstab, nach dem wir uns zu richten hätten, wenn es uns mit unserem Nachhaltigkeitsgerede ernst wäre.

*

Der Fortschritt steht also am Scheideweg: keine Maschinenstürmerei ist angesagt, vielmehr das Erfinden neuer Maschinen, mehr: einer neuen technisch-sozialen Philosophie und Ethik.

Sie muß auf der Einsicht beruhen, daß die Ökonomie, wie Hermann Scheer sagt, ein Unterfall der Ökologie ist. Unser Tun und Lassen ist in das Netz ihrer Synergien hineingewoben. Es geht nicht ohne Seiten-, ohne Rückwärts- und Vorwärtsblicke, mit anderen Worten: die Scheuklappen müssen fallen, die Verblendung muß aufhören. Und solange man sich die Risiken und Nebenwirkungen nicht genügend bewußtmachen kann, hat man einen vorsichtigen Schritt vor den anderen zu tun.

Vor allem aber: der Fortschritt hat fehlerfreundlich stattzufinden. Techniken, die überhaupt kein Risiko bergen, gibt es nicht – wir sprachen davon. Es gehörte zu den Ursünden der Atomtechniker, daß sie uns genau das vorzumachen versuchten: die zehn-, die zwanzig-, die hundertfache Absicherung. Und für jedermann, der etwas von Logik versteht, war evident, daß sie sich nach Harrisburg um 180 Grad drehten und wieder die gute alte Formel von Versuch und Irrtum, von *trial and error* verkauften.

Nun sind Versuch und Irrtum bewährte Schritte im Fortschritt – aber sie mögen bitte in Dimensionen stattfinden, in denen der Irrtum nicht einen halben Weltuntergang bedeutet. Halten wir uns an das schöne Diktum eines Vaters des neuen kritschen Bewußtseins, des Deutschbriten Ernst Friedrich Schumacher: *small is beautiful*. Amory Lovins, ein amerikanischer Pionier der sanften Energiepfade, hat uns klargemacht oder klarzumachen versucht: wenn ein Elefant als Arbeitstier ausfällt, bedarf es eines anderen Elefanten, um ihn zu ersetzen. Wenn seine Arbeit von zwanzig Eseln geleistet wird und einer davon umkippt, kann er durch einen einzigen ersetzt werden – wenn dies überhaupt notwendig sein sollte. Mit anderen Worten: die *Fallhöhe*, die Resistenz gegen unvorhergesehene Widrigkeiten vermindert sich drastisch, wenn man mit kleinen Einheiten operiert.

Und solch vielfältige Kleinheit impliziert augenblicklich einen anderen Vorteil: den der Dezentralität.

Denn so viel steht fest: der Drang in immer größere politische, wirtschaftliche, gesellschaftliche Einheiten ist, vom Standpunkt der Evolution gesehen, absolut gefährlich und kontraproduktiv. Moralisch führt er zu einer Fragmentierung, die todbringende Zustände am Ende der Verantwortungskette gar nicht mehr wahrnimmt; und über die möglichen Domino-Effekte wirtschaftlicher Zusammenbrüche informieren uns die Medien in schöner Regelmäßigkeit. Jede große Reform, jede Konversion zu einer nachhaltigen Zukunft hat wesentlich mehr Chancen, wenn sie lokal zu überschauen und zu festigen ist.

*

Überprüfen wir diese These anhand der wichtigsten notwendigen Konversion, der der Energie! Sie ruht, soll sie Erfolg haben, auf drei Säulen:

Substitution,
Effizienzrevolution,
Suffizienzrevolution.

– *Erstens: Substitution.* Die fossil-nukleare Primärenergie hat so rasch wie möglich einer Basis regenerativer Energieträger zu weichen. Diese sind entweder direkt von der Sonne geliefert (Wärmekollektoren, Photovoltaik) oder von ihrer Einwirkung auf die Biosphäre erbracht: Wind, Wasserkraft, Biomasse. Bis zu einem gewissen Grade ist auch Geothermik dazuzurechnen.
  Ich bin kein Fachmann auf diesem Gebiet, ich empfehle deshalb das grundlegende Buch *Solare Weltwirtschaft* meines Freundes Hermann Scheer. Was sofort einsichtig ist: Solarenergie wird im Wesentlichen lokal eingesammelt, und je schneller sie den Löwenanteil unserer Energiebedürfnisse übernimmt, desto rascher wird die Notwendigkeit schwinden, ferne Areale zu zentralen Interessengebieten der euroatlantischen Mächte zu erklären und sie zum Ziel eventueller Out-of-Area-Einsätze, damit zum Brutherd immer größerer Konflikte zu machen.
  Und ihr Prinzip, das regenerative Prinzip, wird möglichst rasch auch auf Stoffströme angewandt werden müssen.

– *Zweitens: Effizienzrevolution.* Es ist klar, was damit gemeint ist: die Leistung, die man aus der Primärenergiemenge herausholt, kann durch technische Verfeinerung verdoppelt, ja vervielfacht werden – siehe Sparbirnen, siehe die ständige Senkung der für den Betrieb von Waschmaschinen, Eisschränken, PCs notwendigen Watt oder Kilowatt. Darüberhinaus kann die Effizienz auch durch neu entdeckte oder ertüftelte Synergien gesteigert werden – wenn man etwa die Abwärme der Computer in einem Büro für Heizzwecke nutzt, oder den Warmwasserboiler im Keller durch ein Kleinkraftwerk, einen Generator ersetzt, der nicht nur die notwendige Wärme, sondern auch noch Strom liefert.

Gewiß, Steigerung der Effizienz ist ein historischer Prozeß, der bei uns spätestens seit dem Mittelalter läuft. Der Kachelofen etwa bedeutete eine Vervielfachung der Wärme-Energie, die im zu beheizenden Raum ankommt, verglichen mit dem offenen Kamin. Was die Geschichte jedoch auch lehrt, ist die Tatsache, daß fast jede bedeutende Effizienzsteigerung sofort durch das Hinaufschrauben der Bedürfnisse neutralisiert worden ist. Der alte Jüte im germanischen Norden verbrauchte etwas mehr Primärenergie, um sich halbwegs an seinem Mittenherd unterm offenen Rauchabzug warmzuhalten, als wir – aber um unserem Anspruch an Komfort zu genügen, würden wir bei gleicher primitiver Technik mindestens sechsmal so viel verheizen.

Nun haben solar ausgestattete Privathaushalte, die seit zehn Jahren ihren Gesamtverbrauch an Energie statistisch erfassen oder erfassen ließen, etwas sehr Interessantes festgestellt. Ihr Verbrauch an Solarenergie stieg langsam in dem Maße an, wie sie PV-Module oder Kollektorfläche zubauten – aber der Hauptgrund für die drastische Abnahme des Öl- oder Gas- oder Kohlebedarfs war der Rückgang ihres gesamten Energieverbrauchs! Mit anderen Worten: bewußte Befassung mit der Energieproblematik steigert Wissen, Kompetenz und Verantwortungsgefühl im Umgang mit dem Energieproblem überhaupt. Und das gehört wenigstens teilweise schon zur dritten Säule der Konversion, zur

– *Drittens: Suffizienzrevolution.* Diese wird, das ist mir klar, auf die stärksten persönlichen Widerstände treffen. Sie besteht in nichts anderem als der schlichten Frage: Brauche ich diese oder jene Energiedienstleistung überhaupt? Befreit sie mich wirklich, oder ist sie nicht vielmehr ein Hindernis der wahren Emanzipation von der persönlichen Unmündigkeit?

Man identifiziert das gemeinhin mit Verzicht. Das Wort ist tabubeladen in unserer Kultur, ich ziehe deshalb das Wort »Training« vor, und Sportstraining hieß auf Altgriechisch ασκησισ, also Askese. So gewendet, verliert der Begriff des Verzichts jede Note der Verkümmerung und Peinlichkeit. Er erinnert uns daran, daß wir, im Gegensatz zu jeder anderen bekannten Hochkultur, Verzichtstraining als Übung der Emanzipation weggedrängt und sie zwecks Sensationsverbrauch in den Hochleistungssport abgedrängt haben. Es sei daran erinnert, daß Bildung im Hochsinn nach wie vor nur durch Hochleistung erwerbbar ist – und da fällt notgedrungen ein gutes Stück Konsumentenglück in den Keller.

Unser Abscheu vor dieser Askese, diesem Verzichttraining hin zur Freiheit enthüllt, genau betrachtet, eines der merkwürdigsten Paradoxe unserer Gegenwart. Während uns im politischen Raum ein Maximum an Mitbestimmung, die Unantastbarkeit unserer Menschenwürde und das Prinzip der Volkssouveränität heilig ist, lassen wir uns vom totalen Markt in geradezu obszöner Weise gängeln. Wir lassen uns, wie ein Dissident ausgerechnet hat, etwa dreitausendmal am Tag in irgendeiner Form anmachen, irgendetwas zu kaufen. Wir erlauben es, daß wir mitten im spannendsten Spielfilm von einer doofen Schauspielerfamilie zum Erwerb einer Markenpizza überredet werden sollen. Wir lassen uns eine e.on-Reklame mit Frau Ferres und Arnold Schwarzenegger gefallen, die von bewußter Fehlinformation nur so strotzt. Kurz, wir erdulden weitgehend unbewußt eine laufende Infantilisierung unseres Konsumbewußtseins, die im krassen Gegensatz zu den hehren Idealen der Demokratie steht. Dagegen sollten wir uns trainieren, so ist die Suffizienzrevolution gemeint.

*

Stellen wir zum Schluß noch einmal die logische Abfolge der Notwendigkeiten her!

– Der Zustand der Biosphäre, so viel ist klar, duldet keine Fortsetzung des bisherigen zivilisatorischen Kurses.

– Sämtliche Mechanismen der Finanz- und Industriegesellschaft sind darauf versessen, ihn fortzusetzen.

Der Zug rast dem Abgrund entgegen, und jede Revolte dagegen ist nur der Griff nach der Notbremse. (Die Notbremse versuchen auch die Demonstranten in Seattle, in Göteborg und Genua zu erreichen – sie sind sich nur nicht ganz einig, wo sie zu finden ist.)

Eines der finstersten Probleme, die damit verbunden sind, ist unsere Energiewirtschaft – ihre Primärbasis, ihre Verkaufstechniken, die damit verbundenen Macht- und Inkassomöglichkeiten.

Neben vielem Anderem, was geschehen muß, ist die Große Energie-Konversion die Zentral- und Schlüsselaufgabe nicht so sehr der Wirtschafts-, sondern der Gesellschaftspolitik.

Richtig angepackt, ist sie nicht nur das Hauptinstrument

zur Entschärfung der biosphärischen Bedrohung, nicht nur ein segensreiches Mittel zur Minderung der Fallhöhe unserer Zivilisation, sondern eine unerhörte Chance zu ihrer konkreten Demokratisierung und zur Demontage ihres zur Zeit gefährlichsten Feindes: des Totalen Markts.

*

Nun, was ich bisher weiß über die Preisträger, die heute geehrt werden sollen, läßt mich aufs Entschiedenste hoffen, daß ihr Beitrag zur Zukunft den Erfordernissen der Großen Konversion entspricht. In dieser fast sicheren Sicherheit darf ich sie beglückwünschen und hoffen, daß ihr Einfallsreichtum und ihre lustvolle Anstrengung möglichst bald Früchte für eine Zukunft unserer Kinder und Enkel in Nachhaltigkeit erbringen wird.

Nachhaltigkeit als zivilisatorische Herausforderung

Thurn und Taxispreis für die Forstwirtschaft
Freising, Januar 2002

Meine Damen und Herren,

am Beginn eines Milleniums, am Beginn seines zweiten Jahres feiern wir den Träger eines Forstpreises und seine Leistung. Diese Leistung macht es (so viel versteht der Laie auch) den Buchen unserer Wälder leichter, Gesundheit und langes Leben zu erreichen – mit anderen Worten, sie trägt zur Nachhaltigkeit des Waldes nördlicher Breiten bei, dieses lebenswichtigen Biotops. Fast zwangsläufig führt dies zu Gedanken und Überlegungen, die Begriff und Gestalt der Nachhaltigkeit betreffen – also der gewaltigsten Herausforderung, der die menschliche Zivilisation heute gegenübersteht – ja, der sie je gegenübergestanden hat.

Nun ist dieser Begriff der Nachhaltigkeit in den letzten Jahrzehnten zu einer ziemlich billigen Scheidemünze geworden, die hin und zurück über die Wechseltische unserer Gesellschaft geschoben wird. So reden Unternehmer und Finanziers schon von der Nachhaltigkeit eines Vorhabens, wenn es in den nächsten zwei Quartalsabrechnungen noch keine Gewinne abwirft; oder Politiker, wenn sie es tatsächlich einmal fertigbringen, nicht aufgrund neuester Umfrage-Ergebnisse ihren Kurs um 180 Grad zu ändern. In Forstkreisen, auch in bescheidenen, weiß man das ein bißchen besser. Da hat man es nämlich immer mit der unmittelbarsten Nachhaltigkeitsprobe und -aufgabe zu tun, die es in unserer atemlosen Zeit noch gibt: dem Wald. Und man weiß, daß dieser Wald als Ganzes das effizienteste Ressourcen-Management ist, das wir kennen; daß er die Kunst alles Lebendigen, sich durch intelligente Ausnutzung des Entropieflusses gegenläufig, stromaufwärts nach Art des hydraulischen Widders zu bewegen und zu entfalten, am besten und zum besten von allen Biotopen ausgebaut hat.

Solche Nachhaltigkeit ist nie statisch, weist sich vielmehr durch ein majestätisches Äonenrad der Sukzession aus. Wem es einmal vergönnt war, dies in einem der interessantesten Wälder Europas, dem griechischen Abhang des Rhodopengebirges, unter kundiger Führung selbst wahrzunehmen, wird sich der Einsicht in solche Harmonie und solche Majestät nie mehr entledigen können

Nun ist jedoch (das muß klar gesehen werden) die Geschichte der Wälder und ihrer Nachhaltigkeit, soweit sie uns durch historisches Zeugnis überliefert ist, eine Geschichte des Waldsterbens. Die Evolution setzte nämlich uns in Marsch, den *homo sapiens sapiens,* die unruhigste Art, die sie je hervorgebracht hat. Vor einer geologischen Sekunde erst brach dieser nervöse Wildling aus dem Tanganjika-Graben auf, nahm unverzüglich den gesamten Globus unter die Sohlen (man setzt seine Expansionsgeschwindigkeit auf etwa drei bis fünf km pro Jahr an) und hat sich kaum ein paar Jahrzehntausende als Wildbeuter betätigt, als er schon, vor acht- bis sechstausend Jahren, den Drang zur Seßhaftigkeit verspürte.

Was dann geschah, was vor allem im fruchtbaren Halbmond von Euphrat und Tigris geschah, ist schon dokumentierbare Geschichte. *Homo sapiens sapiens* machte sie (zunächst ohne es zu wissen) aus seiner eigenen, höchst problematischen Ausstattung heraus. Da ist die uralte Raffgier des limbischen Gehirns, das ihm alle verfügbaren Ressourcen zu ergreifen befiehlt – und da sind die brandneuen Fakultäten des Großhirns, seiner grauen Zellen, die erschreckende Dimensionen des Opportunismus erschliessen können. Sokrates und Berlusconi an derselben Deichsel – es ist schwer zu sehen, wie das gut gehen soll. Denn es ergibt eine neue Qualität des Opportunismus, der Schnäppchenjagd in der Lebenswelt, die man als die eigentliche Ur-Versuchung und Erblast der Menschheit bezeichnen muß. (Hierzu eine theologische Bemerkung: seit der Renaissance geraten die Kirchen zunehmend in Erklärungsnotstand, was die sogenannte Erbsünde betrifft, und flüchten in immer schwierigere Abstraktionen; ich glaube, es wäre hilfreich, die evolutionsbedingte Erblast der ständigen Versuchung zum mörderischen Opportunismus, verstärkt durch das Todesbewußtsein und die daraus erwachsende Dauersorge, als die eigentliche Erb-Krankheit zu beschreiben. Der Zustand des Tatorts Erde läßt jedenfalls auf die Größe des potentiellen und des realen Verbrechens schließen. Aber das Nähere müssen wir den Fachleuten auf den Lehrstühlen überlassen.)

Fest steht jedenfalls, daß der Übergang zu Seßhaftigkeit und Ackerbau vom urzeitlichen Menschen durchaus als Kreuz empfunden wurde – siehe die äußerst realistische Beschreibung seiner Folgen im Fluch der Paradiesvertreibung: Schweiß des Angesichts bei steter Plackerei, neugesetzte, aber notwendige Feindschaft gegenüber dem Großteil der Pflanzenwelt, schmerzhaftere Geburten wegen der ständigen Verkrümmung des Rückgrats bei Hacken, Säen und Ernten (und, so können wir heute hinzufügen, bedrohliche Nähe zu Krankheitskeimen, die durch das Aufeinanderhokken von Mensch und Tier prächtig gediehen und gedeihen).

Zum Großangriff auf die alten Hüter der Nachhaltigkeit, die Wälder, wurde die Seßhaftigkeit durch ihr Selektionsprogramm, ihre Software gewissermaßen. Ganz wenige Arten von Pflanzen und Tieren, jeweils kaum mehr als ein halbes Dutzend, wurden der Kultivierung für würdig befunden, und das Land wurde zum Kapital, das die Ernährung von Mensch und Vieh sicherzustellen hatte; zumindest ihren größeren Teil. Neue Bedürfnisse, wachsende Bevölkerungen, komplexere gesellschaftliche Organisationsformen: das erforderte neues Land, und dieses Land wurde gewonnen, indem man dreidimensionale Wälder in zweidimensionale Steppen verwandelte – bei uns entstanden so die neuen Gemeinwesen auf *-wang* und *-schwang*, auf *-roda*, *-reith* und *-reut*, die vom Triumph des Steppenprogramms künden. So wurde, wie schon erwähnt, die Geschichte der Wälder zur Geschichte ihres Sterbens bis in unsere Tage, und grimmig-konsequente Biologen stehen nicht an, diese Geschichte als den allergewaltigsten, den Ur-GAU, das Ur-Verbrechen der menschlichen Gattung schlechthin zu bezeichnen; ein Verbrechen, dessen letzte Konsequenz auch der Untergang der Spezies sein werde, in den ein breiter Schweif von höherem Leben mitgenommen würde.

Stellen wir, als christlich konditionierte Abendländer, diese apokalyptische Voraussage einmal zurück. Stellen wir lediglich fest, daß die Geschichte der Menschheit zunächst und auf Jahrtausende ohne Rücksichtnahme, jedenfalls ohne effektive Rücksichtnahme auf die biosphärische Nachhaltigkeit verlief. Gewiß, spätestens seit der Romantik blühte und blüht der anklägerische Rückbezug auf die Naturweisheit alter Völker – ein Rückbezug, der Ende der Sechziger- und Anfang der Siebziger-Jahre durch die Ökopax-Bewegung wieder sehr mächtig wurde. (In Deutschland erhielten dabei nach alter Karl-May-Tradition die nordamerikanischen Indianer einen Ehrenplatz.) Daß die sattsam bekannte, öko-korrekte Sittenpredigt des Häuptling Seattle nachweislich das Produkt späterer Redakteure ist, nahm ihr nichts von ihrer Bedeutung als Heiliger Schrift der Ökologiebewegung.

Nun kommt es, wie wir wissen, bei Heiligen Schriften selten auf absolute Authentizität an. Wesentlicher ist, daß keine bisher bekannte Kultur, die einen gewissen Komplexitätsgrad erreichte, von den Krankheitssymptomen mangelnder Nachhaltigkeit verschont blieb. Schon die Ursprungslandschaft der großen neolithischen Revolution, das Zweistromland, erzeugte die Salzwüste des Schatt-el-Arab und verlegte seine Zentren weiter und weiter flußaufwärts, baute mehr und mehr unempfindliche Gerste an, weil der Weizen kein Bodensalz verträgt. Das stete Schrumpfen der Anbauflächen in China ist bekannt; welche ökologischen Bedingungen die Kleinreiche der Mayas begruben, noch kaum. Und die (übrigens sehr jungen) Großreiche der Azteken und der Inkas steckten, als die Spanier eintrafen, in der klassischen Problematik der Wachstumsspirale – einer Problematik, die theologische Kontroversen auslöste.

Entscheidend für das Geschick der Welt aber wurde der Beginn der Globalisierung, die an der Wende vom 15. zum 16. Jahrhundert von Europa ausging. Ihr erstes und wichtigstes Symptom war die Globalisierung der Mikroben, ohne die der Völkermord an den Indianern kaum so gründlich gelungen wäre. Zwanzig Jahre nach der Eroberung Mexikos war die Volkszahl auf zehn Prozent geschrumpft – keine noch so rüstige Mörder-Armee hätte das fertigbringen können. Die mangelnde Immunität gegenüber den Laborprodukten des eurasischen Kulturmassivs hatte schon die große Pest des 14. Jahrhunderts in Europa ermöglicht – im Vergleich zu den Totenheeren der Neuen Welt war sie unbedeutend.

Was die Nachhaltigkeit im engeren Sinne, vor allem die Nachhaltigkeit der Wälder betrifft, wurde zu Beginn der Neuzeit ein weiterer Zerstörungsfaktor multipliziert und globalisiert: der Flottenbau.

Natürlich hatte er schon seit dem klassischen Altertum sein Unwesen getrieben. Attika war zur Zeit des Perikles längst abgeholzt, der große athenische Seebund holte sich das Material für seine Trieren aus den Regionen des Schwarzen Meers. Im Mittelalter waren es vor allem Venedig und Genua, die das Clearfelling weit talauf vorantrieben – auf dem Peloponnes, in Dalmatien, an den tyrrhenischen Küsten. Aber selbst dieser ungeheure Bedarf war kindisch klein im Vergleich mit den Erfordernissen der neuen Hochseeflotten – der Portugiesen, der Spanier, der Holländer und Engländer.

Und so war es durchaus gerecht, daß der Verfall der ersten neuzeitlichen Supermacht, nämlich Spaniens, nicht so sehr durch den Untergang der großen Armada als vielmehr durch ihren Bau eingeleitet wurde: für diese Riesenflotte wurden die letzten zuammenhängenden Bergwälder der Sierras abgeholzt, so entstanden die trostlosen Mondlandschaften Zentralkastiliens.

Nun, Sie wissen besser als ich, wie die Wälder Europas herunterkamen – gegen Ende des 18. Jahrhunderts erreichten sie wohl ihren elendesten Zustand. Und da begab sich Merkwürdiges. Während der Liberalismus durch Smith und Ricardo eine feste Doktrin erhielt; während er die blendende Wahrheit entdeckte, daß es eben die Selbstsucht und das Eigeninteresse sind, die sich, von unsichtbarer Hand gelenkt, zur Wohlfahrt der Nationen entfalten, war es schiere Waldnot, die Weitsicht und Planung im ältesten Wirtschaftsbereich wieder zu Ehren brachte.

Sicher, da war zunächst Wirtschaftlichkeit am Werk; kühle Einsicht, daß es tollpatschig wäre, das Naturkapital zu dezimieren, aus dem ständiger Ertrag erwächst. Und mit der Erschließung der Steinkohle als Primärenergieträger wurde wesentlicher Druck von den Wäldern genommen: der Heizbedarf wachsender Städte und Produktionsanlagen. Dennoch: der Wald, und gerade der deutsche, gewann nicht nur wirtschaftlichen Respekt zurück. Im »Mann ohne Eigenschaften« des Robert Musil wird die Kutschfahrt eines Paares geschildert, am Fuß eines bewaldeten Hügels entlang. Das Wetter ist schön, die Okkasion romantisch, und die Dame gibt sich angemessenen Gefühlen hin, zitiert natürlich auch fromme Dichterworte: »Wer hat dich, du schöner Wald,/aufgebaut so hoch da droben?« Das könne er ihr sagen, meint der Gefährte trocken – es sei die Linzer Bodenbank gewesen.

Musil pariert damit schon Epigonales, entwaffnet ein Klischee. Aber das Klischee bedurfte, um entstehen zu können, einer echten kulturellen Bewegung, und das war die Waldbegeisterung der deutschen Romantik noch allemal. Daß ihre Texte und ihre Gefühle zum Halbfertigprodukt der Männerchöre wurden, war nicht die Schuld der großen Sänger, deren erster und größter wohl Johann Wolfgang von Goethe mit einem einzigen kurzen Vers wurde: *Über allen Wipfeln ist Ruh.* Daß diese Texte und Gefühle wiederum zur Montage einer Alibi-Entrüstung gegen das Industriezeitalter verwendet wurden (von dem man schließlich mächtig profitierte), hatte höchst zwieschlächtige Folgen, unter anderen wiederum Halbfertigprodukte für Jugend- und Wandervogelbewegung sowie für das Dritte Reich, das ja so ziemlich alles brauchen konnte, solange es nichts mit Rationalität zu tun hatte.

Aber lassen wir diesen Fest-Anlaß nicht zur Zeitgeschichtsstunde entarten, stellen wir lediglich fest: im Laufe einiger weniger Generationen wurde der vom *homo oeconomicus* erzeugte und gespeiste Entropiestrom immer voluminöser und reißender, und ab der zweiten Hälfte des 20. Jahrhunderts, aufs beste getarnt durch den sogenannten Kalten Krieg zwischen zwei Konfessionen der gleichen ökonomistischen Religion, übernahm der Totale Markt mehr und mehr die Steuerung der Weltgeschicke.

Die Logik dieses Marktes, seiner Produktions- und Allokationssysteme, steht nun allerdings im absoluten Gegensatz zu den Prämissen nachhaltigen Lebensmanagements. Es genügt, ein paar Stichworte zu erwähnen:

– Das Leben operiert dezentral, das heißt in Netzen von vielfältigen Beziehungen ohne hierarchischen Mittelpunkt;

unser Zivilisationsentwurf drängt dagegen immer mehr zur Zentralisierung und Vereinheitlichung hin.

- Das Leben bezieht seine Anstöße zur Weiterentwicklung aus Fehlschlägen, ja Katastrophen, nach dem Versuch- und Irrtum-Verfahren – während wir (besonders bei Anwendung hochkomplizierter Technologien) auf Risiko-Ausschaltung durch redundante Sicherungen bestehen müssen; Sicherungen, die dann in irgendeinem Ernstfall durch die Unberechenbarkeit der menschlichen Psyche außer Funktion gesetzt werden. (Das Protokoll des Tschernobyl-Desasters, soweit zugänglich, ist hier Illustration genug: da waren Fachleute am Werk, die glaubten, alle Tricks und Abkürzungen zu kennen.)
- Nachhaltiges Leben verläuft in Regelkreisen, welche die überraschendsten Zweit-, Dritt- und weiteren Folgen ebenso hervorrufen wie verarbeiten – während wir, um den Fortschritt (oder das, was wir darunter verstehen) weiterzutreiben, Probleme isolieren und monokausal behandeln.

Das leider beste und zwingendste Beispiel liefert die Biotechnologie. Seit sie zum wichtigsten Sektor des *Produktionsfaktors Wissenschaft,* also zu einem plutokratisch höchst aufregenden Geschäft geworden ist, wird es immer schwerer, objektiv zu bleiben – aber gestehen wir den Beteiligten ruhig die hehrsten Motive zu: phantastische Ertragssteigerungen pro Hektar, bisher unmögliche Angriffe auf seltene und sehr bösartige Krankheiten, bisher ungeahnte, ja unahnbare Lebensverlängerung und dergleichen mehr. Jedes einzelne dieser Ziele wird strikt monokausal angegangen, wie es der Praxis, ja dem Ethos von mehreren Jahrhunderten Wissenschaft entspricht: ein Faktor wird verändert, während alles Andere unverändert bleibt – schon der Kontrolle wegen. Mögliche Zweit-, Dritt-, Mehrfacheffekte werden oft nicht einmal der Ritualformel gewürdigt, die Pharma-Werbespots herunterleiern müssen, was Risiken und Nebenwirkungen betrifft. Dabei sind diese Risiken immens, was jeder weiß, der sich auch nur nebensächlich über die Wirklichkeiten der Gleichungen höheren Grades unterrichtet hat.

Das Unheimliche ist nur, daß solche Wirklichkeiten im öffentlichen Bewußtsein, im öffentlichen Klima, in der öffentlichen Diskussion nach wie vor so gut wie keine Rolle spielen. Während außerhalb der Forste in einigen Wohlstandsländern, die mit Prinzipien der Nachhaltigkeit betreut werden, der massive Waldmord, vor allem der Urwaldmord ungebremst weitergeht; während der Zeitablauf der Produktnutzung zwischen Rohstoff und Müllhalde immer hektischer wird; während der tatsächliche Wohlstand der Völker, wenn man das Naturkapital einrechnet, innerhalb einer Generation um 30 Prozent gesunken ist; während aller normalen Voraussicht nach das 21. Jahrhundert zum gefährdetsten der Erdgeschichte werden dürfte, zum »Jahrhundert des ökologischen Engpasses« (so der Naturforscher Edward O. Wilson); während also laufend ein Dauerverbrechen gegen das Leben begangen wird, gegen das der Anschlag vom 11. September 2001 nur ein Taschendiebstahl ist: registrieren alle diese Tatsachen allerhöchstens auf der Seite »Vermischtes« in der Tagespresse, auf einigen Spezialkästchen im öffentlich-rechtlichen Fernsehen, an einigen Wochenenden in kirchlichen und anderen Akademien, wo man sich besorgt, wenn schon wissenschaftlich inkorrekt über die »Bewahrung der Schöpfung« unterhält. Nicht ein Wirtschaftsjournalist hält es für der Mühe wert zu erwähnen, daß Ökonomie immer und logischerweise ein Unterfall der Ökologie ist; so genannte Wirtschafts-Weise reden ohne Hinterfragen vom so genannten Wachstum, das fast nie etwas anderes ist als das Wachstum einen malignen Tumors, an dem jedoch die Schicksale von Nationen und Politikern gemessen werden. Der amerikanische Präsident kann also auch die Ratifizierung des Kyoto-Protokolls verweigern, mit der Begründung, daß es der amerikanischen Wirtschaft schaden würde – was ungefähr so rational ist wie die Weigerung, den Drogenhandel zu bekämpfen, weil dies wertvolle Arbeitsplätze in der zur Zeit kraftvollsten Wachstumsbranche kosten würde.

Aber George W. hat kein Monopol auf intellektuelle Schlichtheit. Der Ministerpräsident eines Freistaats, dem anzugehören wir die Ehre haben, hat vor Jahren anläßlich eines so genannten Autogipfels sinngemäß erklärt, die Ökologen könnten doch nicht dauernd mit massiven Forderungen daherkommen, ohne an die Folgen für die Wirtschaft zu denken.

Hier liegen die Prioritäten offen zutage. Die stetig expandierende »Wirtschaft«, das System des Totalen Marktes, stellt seine Rohstoff- und Energie-Forderungen, die wirtschaftsgesetzlich ständig steigen müssen, an die Ressourcen des Planeten, der sie gefälligst zu erfüllen hat. Seine Biosphäre kommt in den Zettelkästen und PC-Speichern allenfalls unter dem Stichwort »Politikfeld Umwelt« vor. Dieses Politikfeld, dieses Umwelt-Gärtlein wird zur Pflege Spezialisten überlassen; dieselben haben sich damit abzufinden, daß etwa über die WTO laufend nationale und regionale Schutzbestimmungen abgebaut werden sollen, um »gleiche Chancen des Wettbewerbs« herzustellen. Das Ganze wird mit atemberaubender Chuzpe als reine Defensivstrategie gegen die machtgierigen Eingriffe der Politik geschildert: man wolle ja nichts anderes, als sauer verdientes Eigentum gegen schleichende »Enteignung« schützen.

In Wahrheit ist sowohl die Zerstörung der Politik wie die der geistig-kulturellen Grundlagen durch den Totalen Markt in vollem Gange. Mit der sattsam bekannten und diskutierten Formel vom »Ende der Geschichte«, mit der Vierbuchstaben-Abkürzung TINA *(there is no alternative)* ist der imperiale Allmachts-Anspruch dieses Marktes erfreulich deutlich dargestellt. Die Welt wird demzufolge nach ausschließlich betriebswirtschaftlichen Effizienzkriterien eingerichtet – was natürlich der sichere Weg in den kollektiven Selbstmord ist. Seine heroische Akzeptanz ist die geheime Kardinaltugend unseres Imperiums.

Man sieht: die Größe der Weltkrise, der biosphärischen Bedrohung kann kaum überschätzt werden. Vom Hochstand der nachhaltigen Forstwissenschaft ist sie am besten zu beobachten. Jahre der gesellschaftlichen und berufspolitischen Arbeit mit Intellektuellen, insbesondere mit Kulturwort-Produzenten, zwingen mir die Einsicht auf, daß aus dem freien Vorfeld des Kulturbetriebs keine sinnvolle Unterstützung zu erwarten ist – der typische Intellektuelle, ob linker oder rechter, ist absolutes Produkt einer Metropolitankultur, die, zoologisch gesprochen, aus Prädatoren dritten bis fünften Grades besteht. Und wie fähig oder unfähig die politische Klasse ist, ist sowohl am Schicksal der rotgrünen Bundesregierung – wie an den Taktiken der Opposition abzulesen, die sich ausgerechnet das bißchen Ökosteuer als Schlachtfeld ausgesucht hat.

Vielleicht, so wage ich zu hoffen, sind die Kirchen noch imstande, die spirituelle Bedeutung der Nachhaltigkeit für eine künftige Welt zu erfassen und in Verkündung und Orthopraxis darzustellen. Sie träten damit allerdings in Opposition zur herrschenden Allmachtsreligion des Totalen Markts; aber dergleichen ist ihnen, wenn man in die Geschichte zurückblickt, eigentlich immer recht gut bekommen. Und es sollte sie eigentlich reizen, zusammen mit den Nonkonformisten aller Lager, ja vielleicht geistig an ihrer Spitze, den gewaltigsten zivilisatorischen Auftrag anzunehmen, der heute in der Welt sichtbar ist. Ich hoffe dies jedenfalls von Herzen.

Danke für Ihre Aufmerksamkeit.

Ungehaltene Reden

Ein Brief

Carl Amery

Drächslstr. 7
D-81541 München
26. April 1996

Sehr geehrter Herr Dr. Holzer!

Dem Bayerischen Rundfunk sowie dem Bayernteil der SÜDDEUTSCHEN ZEITUNG verdanke ich die Information, daß die Bayernwerke mitten in der allgemeinen ökonomischen Betrübnis ihren 75. Geburtstag durch ein »Fest der Superlative« markierten. 1200 Persönlichkeiten aus Wirtschaft und Politik, so las man, waren geladen; 750 Helfer dekorierten die Olympiahalle nach den Plänen des Oscar-Preisträgers Rolf Zehetbauer; neunzig BMWs der 7er-Klasse waren eingesetzt, um die illustren Gäste zu ihren Nobelherbergen zu kutschieren – kurz, nichts wurde versäumt, um die Bedeutung des Datums auf echt bayerische Art jubelnd zu feiern. (Man kann nur hoffen, daß auf der Gästeliste der H. H. Kardinal und der evangelische Landesbischof nicht übersehen waren).

Ich stand nicht darauf, habe aber 74 von den gefeierten 75 Jahren (mit einer lästigen, durch einen Weltkrieg bedingten Unterbrechung) als Stromkunde zum Wohl Ihrer Firma und damit wohl auch zur Finanzierung des Festes der Superlative beigetragen, was mich, wie Sie sich denken können, mit stiller Genugtuung erfüllt und mir das Recht gibt, Ihnen als dem einzigen mir bekannten Vertreter der Bayernwerke den fälligen Glückwunsch nachzureichen. Und Ihre Festrede hat mich (wenn denn auf die Presse Verlaß ist) auch als einen Untertanen der bayerischen Staatsregierung angesprochen. Sie haben darin ja bayerische Politiker für den Mut gepriesen, mit dem sie die energiepolitischen Ziele der Firma unterstützt haben, »auch wenn ihnen der Wind gehörig ins Gesicht blies«. Das Bild scheint mir zunächst etwas kühn gewählt – denn es waren ja nicht die Politiker, sondern ihre Untertanen, denen etwa in Wackersdorf der CS-Reizgaswind Ihrer atomaren Energiepolitik ins Gesicht blies, und zwar monatelang. Aber vielleicht war Wackersdorf in ganz anderem Sinne mit Politikermut verknüpft. Vielleicht haben Sie auf die schmerzhaft lächelnde Tapferkeit angespielt, mit der die bayerischen Politiker den Tritt in den Hintern in Empfang nahmen, den ihr Deutschlands Stromherren verpaßten, als sie die Wackersdorfpläne wie eine verstrahlte Kartoffel fallen ließen, einen windigen Vertrag mit La Hague schlossen und sich so aus der Klemme wanden, in der sie die bayerische Staatsregierung samt ihren Hubschrauber- und Knüppelgarden sozusagen mit heruntergelassener Hose zurückließen. (Verzeihen Sie diese echt bayerische Metaphern-Schlachtschüssel zum echt bayerischen Fest-Anlaß!)

Oder dachten Sie eher an den Mut, das AKW Niederaichbach nach wenigen Betriebstagen abreißen und diese Pleite auch noch als wertvollen Beitrag zum Entsorgungs-Knowhow zelebrieren zu lassen? Wie dem auch sei – nicht nur die beim Fest anwesenden, sondern auch alle anderen bayerischen Politiker, Untertanen und Stromkunden werden Ihnen für dieses Lob dankbar sein.

Es gibt darüberhinaus einen ganz persönlichen Grund, der mich veranlaßt, dieses Glückwunschschreiben an Sie persönlich zu richten. Es existiert nämlich ein Briefwechsel zwischen uns, an den ich mich spontan wieder erinnerte. Im Herbst 1992 fand in Salzburg ein *World Uranium Hearing* statt. Auf diesem Hearing berichteten Zeit- und Ortszeugen aus der ganzen Welt, vornehmlich solche von traditionellen Gesellschaften (Navajos, Inuit, australische Aborigines usw.), aber auch Zeugen aus Kasachstan, aus Nordböhmen und Sachsen, aus den USA und anderen »entwickelten« Regionen über die genozidalen, und zwar permanent genozidalen Umstände, unter denen in ihren Heimaten die Urangewinnung stattfindet.

Claus Biegert, der Organisator des Hearings, und ich schrieben Ihnen unter dem frischen Eindruck dieser niederschmetternden Zeugnisse; richteten die Anfrage an Sie, wie man als Atom-Wirtschaftler, Atom-Politiker, Atom-Profiteur mit diesem Wissen zu leben vermag.

Sie haben uns tatsächlich geantwortet. Und der erste entscheidende Satz Ihres Antwortschreibens verdient wörtlich zitiert zu werden:

> *Der von Ihnen aufgestellten These, daß ein Uranabbau generell nicht ohne verheerende Effekte von Genozid bzw. Ethnozid möglich sei, muß ich allerdings klar widersprechen. Heute sind nach meiner Kenntnis in den für uns wichtigen Uranförderländern strenge gesetzliche Regelungen und Standards für den Gesundheitsschutz und den Umweltschutz beim Abbau von Uran festgeschrieben.*

Sie werden verstehen, daß uns die Dreistigkeit dieser Antwort zunächst einfach die Sprache verschlug. Wie? Hatten wir nicht vor wenigen Wochen mit eigenen Ohren die Zeugen gehört – Zeugen aus den wichtigsten Uranabbau-Gebieten der Erde? Hatten wir nicht aus ihrem eigenen Mund vernommen, mit welchen trüben Tricks man ihre Heimat geschändet, ihren mehr oder weniger widerwilligen Konsens erschwindelt hatte? Hatten wir nicht von den tausenden von Kubikmetern *Yellow Cake,* strahlenden Abraums erfahren, die um die Mündungen der abgebaggerten Krater herumliegen, völlig unabgedeckt, Wind und Wetter preisgegeben, unweigerlich die Erde, das Wasser, die umgebende

Atmosphäre kontaminierend? War es überhaupt vorstellbar, daß diesen Zeugen ein bayerischer Atomlobbyist, der vermutlich nie am Rand einer Uranabbaugrube gestanden hatte, ins Angesicht widersprach und von strengen Regelungen und Standards faselte?

Es war offensichtlich möglich. Aber offensichtlich haben Sie, sehr geehrter Herr Dr. Holzer, Ihrem eigenen Argument doch nicht ganz getraut und auf Seite 2 Ihres Antwortschreibens ein gänzlich anderes, dem ersten diametral widersprechendes angeführt. Auch dieses soll, der Gerechtigkeit halber, zitiert werden:

> *Notwendig für die vergleichende Beurteilung der heute zur Verfügung stehenden Energieträger muß eine Gesamtbetrachtung sein, welche die Umweltauswirkungen der Gewinnung und des Einsatzes auch aller anderen Energieträger in die Abwägung einbezieht. Eine Einstellung des Uranabbaus würde die weitere Nutzung der Kernenergie unmöglich machen und* zwangsläufig *(Hervorhebung von mir, CA) zu einem verstärkten Einsatz fossiler Energieträger führen, damit aber unter anderem zu einer weltweiten Erhöhung der CO_2-Emissionen mit ihren Folgen für das globale Klima beitragen ...*

Halten wir zunächst fest: Es gibt also irgendwelche, nicht näher spezifizierte, aber doch in Rechnung zu stellende Umweltauswirkungen des Uranabbaus; sonst hätte das Argument überhaupt kein Gewicht. Aber – und das verschlägt einem wiederum den Atem, wenn auch auf ganz anderer Grundlage – zum Wohle der zivilisierten Menschheit, die unbedingt ihre Mega- und Terawatt braucht, müssen eben ein paar Kanaken dran glauben. Sie sollen froh sein, daß sie nicht an CO_2-Emissionen eingehen, sondern an Yellow-Cake-Strahlung – und prozentual, aufs globale Ganze gesehen, sind die paar Stammesmenschen irgendwie abzuschreiben, weil wir sonst *zwangsläufig* den Globus mit den Schadstoffen aus fossilen Energieträgern vergiften müßten. Ergo: ein paar tote Eskimos und Navajos sind das kleinere Übel, das stellvertretende Menschenopfer.

Das Argument ist natürlich so alt wie die Menschheit. Es wurde angewandt beim Einmauern von Kindern in Brückenbögen, beim Abtransport von riesigen Sklavenmassen nach Amerika, bei der Ankettung von Kindern an die Spinning Jennies der industriellen Revolution und bei vielen anderen Gelegenheiten – das alte Argument von den zu verheizenden Minderheiten, um die Wohlfahrt des großen Ganzen zu sichern. Der objektive Zynismus des Arguments ist den Zeitgenossen fast nie aufgefallen. Er hat sie nie daran gehindert, die Bibel aufs Nachtkästchen zu legen und ihre Frauen in Wohltätigkeitsvereine zu delegieren. Aber der Wurm, verehrter Dr. Holzer, der Wurm steckt im Adverb ZWANGSLÄUFIG.

ZWANGSLÄUFIG – das erinnert mich aufs Fatalste an das Schlagwort von den SACHZWÄNGEN – ein Schlagwort, das für die Ära Helmut Schmidt bezeichnend war. In Wahrheit gibt es keine Sachzwänge außer denen, die uns von den thermodynamischen und den Entropie-Gesetzen auferlegt werden – und die laufen genau in die Gegenrichtung von dem, was Sie und tausend andere Technokraten und die große Mehrheit aller Politiker uns verkaufen wollen (und, geben wirs zu, meist erfolgreich verkaufen). Es gibt, zum Beispiel, keinen Sachzwang, der die Bundespolitik daran hindern würde, zwei Prozent der ungeheuren Vermögenswerte, die in deutschen Banken liegen (viertausend Milliarden, ohne Immobilienwerte) für Zwecke des Gemeinwohls zu sequestrieren und mit diesen achtzig Milliarden den Energiebedarf der Nation ein für allemal aus einem Mix regenerierbarer, d.h. letzten Endes solarer, Energie zu stabilisieren. Die Auswirkungen auf den Arbeitsmarkt wären phänomenal, die Außenhandelsbilanz sähe prächtig aus – und der Rest der Welt wäre endlich gezwungen, den Tatsachen ins Auge zu sehen.

Natürlich, ich gebe Ihnen recht, verehrter Dr. Holzer: das wird nicht geschehen. Es wird aber nicht deshalb unterbleiben, weil ein SACHZWANG dagegen vorliegt. Was dagegen vorliegt, ist eine kollektive psychische Blockade, ist, wie Milton sagt, die Tatsache, daß die Tore der Hölle von innen versperrt sind. Mindestens dreitausendfündhundert der genannten Milliarden werden von Herren, die Sie gut kennen dürften, nämlich den Bankern und Börsianern, so verwaltet, daß den wirklich Zeichnungsberechtigten niemals in den Sinn kommt, zu fragen, ob die Art dieser Mittelverwaltung nicht auf den totalen Ruin der Biosphäre hinausläuft (das tut sie nämlich wirklich).

Aber natürlich hätte eine solche Entwicklung bedenklichste Folgen für die Welt, in der Sie bisher gelebt haben. Mir ist dies erst so richtig klar geworden, als ich ein Interview las, das Sie vor nicht allzulanger Zeit einer deutschen Wochenzeitung gewährt haben. In diesem Interview haben Sie auf die Frage, ob Sie persönlich etwas gegen alternative Energie hätten, sinngemäß geantwortet, Sie hätten nichts dagegen – es dürften nur keine Überkapazitäten entstehen.

Überkapazitäten. Das ist das Stichwort. Alternative Energien dürfen einfach nicht die Chance bekommen, auf nennenswerte Weise in den großen Strommarkt einzudringen – der muß Ihnen und Ihresgleichen vorbehalten bleiben. Und deshalb kämpft Ihre Branche mit Zähnen und Nägeln gegen einen Vormarsch der Alternativen über die Sechs-Prozent-Grenze. Deshalb wird von den Badenwerken das Einspeisungsgesetz gebrochen. Deshalb stellt Ihre Öffentlichkeitsarbeit die Vergütung der einzuspeisenden Windenergie systematisch (und falsch) als Subvention und Preistreiberei dar. Deshalb werden Anträgen auf Einspeisung in fast jedem einzelnen Fall unendlich öde Formalien entgegengesetzt.

Für uns, die Alternativen, stellt sich das Problem grundsätzlich gegenteilig. Für uns sind etwa Atomkraftwerke Überkapazitäten, die nach Tschernobyl nicht nur so überflüssig, sondern so gefährlich wie ein Gehirntumor sind. Für uns führt der Weg in die Zukunft nur über regenerierbare Energie, gleichzeitig aber über Effizienz- und Suffizienz-Revolution, welche den Energiebedarf mittelfristig schon dann halbieren kann, wenn wir unseren Kulturentwurf nicht wesentlich verändern. (Langfristig müssen wir das tun, aber hier braucht davon noch gar nicht die Rede sein.)

Dieser Weg führt zwangsläufig zu einer Demokratisierung der Energie, und die ist natürlich geschäftlich inakzeptabel, das ist einzusehen. Aber bemühen wir uns um die Einsicht in das Notwendige solchen Fortschritts – ohne ihn gäbe es heute noch die Lobby der Armbrusthersteller, die siegreich die Einführung von Musketen blockieren. (Schade, daß sie nicht siegreich waren ...)

Doch zum Schluß darf ich zum bayerischen Jubelfest zurückkehren, genauer, zu Ihrer Ankündigung, daß Sie sich aus dem Aufsichtsrat der Bayernwerke zurückziehen. Dies erfüllt uns mit Hoffnung. Denn reich und stattlich ist der Zug der Ruhestandsrenegaten, dem die alternative Bewegung so viel verdankt. Es sei an den Präsidenten Dwight D. Eisenhower erinnert, der beim Abschied von seinem Amt vor der Macht des militärisch-industriellen Komplexes warnte; an Admiral Hyman G. Rickover, den Schöpfer der amerikanischen Atom-U-Boot-Flotte, der im Ruhestand zum aktiven Gegner der Atomkraft wurde; an Erwin Chargaff, der die Grundlagen für die DNS-Forschung schuf und heute zu den schwärzesten Propheten der technisch-wissenschaftlichen Zukunft gehört; an Joseph Weizenbaum, seinem Pendant in der Computerbranche; und, um Deutschland nicht zu vergessen, Klaus Traube sowie meinen unvergessenen Freund Manfred Siebker. Sie alle haben, nachdem sie ein bestimmtes beruflich-dienstliches Brot nicht mehr aßen, neue

Zukunftsmelodien entdeckt und nicht gezögert, sie uns mitzuteilen. Und nichts würde uns mehr freuen, als wenn, zum zehnten Jahrestag des Tschernobyl-Desasters, der Aufsichtsratsvorsitzende a. D. Jochen Holzer diesem Orchester beitreten würde.

Um Ihnen diesen möglichen Schritt zu erleichtern, lege ich diesem Brief das Flugblatt der Schönauer Bürger bei, die sich entschlossen haben, die Stromkonzession und das Stromnetz selbst in die Hand zu nehmen. Denn, so heißt es im Flugblatt: die Strom-Multis wissen – wer das Netz hat, hat die Macht! Und über eine neue Energiestiftung werden wir die viereinhalb Millionen sammeln, welche der bisherige Versorger als völlig überzogenen Wucherpreis auf den Netzwert von vier Millionen drauflegt. Wir werden diese Summe aufbringen – und dann gehts vor die Gerichte. Eine Grundsatzentscheidung ist überfällig, mehrere Gemeinden warten, der Kampf gegen die atomaren Überkapazitäten hat begonnen, oder, wie die Überschrift des Flugblatts lautet:

ATOM COUNT DOWN – DER AUSSTIEG AUS DER ATOMENERGIE LÄUFT

Auf dieser Note der Hoffnung darf ich mein Schreiben beschließen und wünsche Ihnen einen sonnigen Ruhestand, in den sich keine wüsten Träume von Yellow-Cake-Landschaften eindrängen mögen.

Mit freundlichen Grüßen

Carl Amery

Die Chance des Kirchentags

Ungehaltene Rede

Diese Rede war für den Ökumenischen Kirchentag 2003 in Berlin vorbereitet. Aus Gesundheitsgründen war der Autor nicht in der Lage, die Reise anzutreten.

Schon einmal, in den Achtzigerjahren, hatte ich die Gelegenheit, vor einem Kirchentag (damals einem evangelischen) zu sprechen; und als Motto wählte ich Johannes 6, Vers 60: »Diese Botschaft ist hart – wer will sie hören?«

Auch diesmal wird sie hart sein, die Botschaft; nicht, weil es dem Redner Spaß macht, sondern weil sich die Verhältnisse seitdem nicht geändert – oder, wenn überhaupt, ins Schlimmere gewendet haben. Hier und heute gilt es offen zu reden, offener als leider üblich; es geht nicht um Public Relations für einen mehr oder weniger netten Haufen von Aufmüpfigen, die sich hier versammelt haben, sondern um die substantiellen Tatsachen des anhebenden Jahrtausends – und unsere Möglichkeiten, sie zum Besseren zu wenden.

Beginnen wir mit einer Tatsachen-Geschichte des letzten Jahres, die eine wahrhaft antike Größe des Verderbens entfaltete.

Im August, also mitten in der Elbflut, und in Sachsen, dem am schwersten betroffenen Lande, wurde mit bedeutendem Tamtam, mit Kulturgirlanden und Prominentenreden, feierlich eine neue Produktionsanlage angeworfen – eine Fabrik zur Herstellung von rohstoff- und energiefressenden, klimaverändernde Schadstoffmassen absondernden Protzautomobilen. Der Name des neuen Modells ist Phaëton.

Da Kenntnis der klassischen Mythologie so gut wie verschwunden ist, kommentierten weder Wirtschaftsjournalisten noch Feuilletonisten die im wahrsten Sinn des Wortes blutige Ironie des Namens im Zusammenhang mit der Sintflut ringsum. Der ursprüngliche Phaëton, eine leichte Prunkkutsche der Rokokozeit, bezog seinen Namen von einem Mythos der Griechen, der Geschichte vom Jüngling, welcher der Sohn des Sonnengottes von einer sterblichen Mutter war. Seinem gewinnenden Wesen gelang es, dem Vater einen Tag eigener Fahrt auf dem gewaltigen Helioswagen mit den Feuerrossen abzuschmeicheln. Der Tag wurde zum kosmischen Desaster, Phaëton verlor die Kontrolle, und der Sonnenwagen riß eine breite Schneise des Verderbens durch die Lebenswelt. Zeus, der Donnergott, mußte eingreifen, er zerschmetterte den Frevler mit einem Keilblitz, um Menschen und Erde zu retten.

Wie gesagt: kein Kommentator stellte damals die so offensichtliche Verbindung zum Hybris-Mythos der Griechen her. Die Verachtung der biosphärischen Wirklichkeit, ihre Gefährdung durch eben das Werte- und Produktionssystem, dessen goldenes Sakrament der glorifizierte Verbrennungsmotor ist, läßt sich hier in einem letzten Endes religiösen Zusammenhang erschauen, der in der Regel auch von Christen nicht wahrgenommen wird.

Für dieses Nicht-Wahrnehmen, das eine Krankheit zum Tode ist, gibt es ein beziehungsreiches deutsches Wort: VERBLENDUNG.

Verblendung ist nicht völlige Blindheit, sondern Blockade der Sehkraft – entweder durch die übermäßige Einwirkung einer besonders starken Lichtquelle, oder durch seitliche Sichtbegrenzungen, Blenden, nach dem Scheuklappenprinzip. Die Lichtquelle, die heute unser aller Sehkraft absorbiert, ist der Ökonomismus, ist das Weltdeutungsmonopol durch den Totalen Markt. Er ist drauf und dran, nicht nur alle politischen Kriterien zu ersetzen oder zu verschlingen, sondern auch fast alle unsere persönlichen Entscheidungen zu motivieren – nach dem bekannten Kosten-Nutzen-Prinzip, das als Anstoß aller Lebensbewegungen nur die egoistische Vorteilnahme nach Preisvergleich gelten läßt. In dem Maß, in dem dieses Deutungsmuster seine Allmacht proklamiert und dadurch die kulturellen wie die politisch-gesellschaftlichen Systeme zersetzt, zerstört es auch unser Wahrnehmungsvermögen für die Lebenszusammenhänge von Gottes gut ausbalancierter Welt.

Und damit erklärt sich auch die zweite Bedeutung von »Verblendung«: die Montage von Scheuklappen, die unseren Blickwinkel auf primitivste betriebswirtschaftliche Argumente beschränken sollen.

Diese Montage war und ist weltpolitisch äußerst erfolgreich. In den Sechziger- und Siebzigerjahren des vergangenen Jahrhunderts brach, unterstützt von unwiderleglichen wissenschaftlichen Argumenten, im Bewußtsein der Nachdenklichen die ökologische Perspektive auf – die einzige wirklich originelle seit den Tagen der großen Theoretiker des 19. Jahrhunderts. Sie begann sich politisch zu formieren und wurde gestärkt durch den Vietnam-Protest sowie die erste massive Ölkrise. Ein US-amerikanischer Präsident, Jimmy Carter, erwog allen Ernstes, diese Perspektive in die politische Praxis einzuführen; er gab die große Prognose GLOBAL 2000 in Auftrag, und (was wichtiger war) einen strategisch begründeten Plan zur Dezentralisierung und zum raschen Ausbau regenerativer Energieerzeugung.

Heute ist klar: die Plutokratie, vor allem die großen US-Wirtschaftsmächte, die politisch vorwiegend in der republikanischen Partei zusammengefaßt sind, erkannten die ungeheure Gefahr, die da für sie drohte. Durch ein beispiellos machiavellistisches Manöver mit den schiitischen Machthabern des Iran stellten sie 1980 die Abwahl Carters sicher, lancierten ihren Darsteller Ronald Reagan und ließen die beiden skandalösen Pläne schleunigst in der hintersten Washingtoner Archivschublade verschwinden. Eine Linie der Macht- und Wirtschaftspolitik war damit gefestigt, deren tödliche Folgen wir rings um uns erleben. Darüberhinaus aber gelang es den glänzend dotierten *think tanks*, den neoliberalen und neokonservativen Denkküchen Europas und US-Amerikas, die gesamte ökologisch-biosphärische Dimension so gut wie ganz aus der öffentlichen Debatte, vor allem aus den Tagesmedien, zu tilgen. Es war und ist dies ein ideenpolitischer Coup, wie er keinem noch so effizienten und machthungrigen Leitungsbüro irgendeiner Kirche oder irgendeines Imperiums je gelungen ist, und selbst die brutalen Meinungsdiktate des Sowjetsystems waren bei weitem nicht in der Lage, ihre Gegner in den Köpfen so erfolgreich zu paralysieren.

Ohne bedenkliche Verdummungserscheinungen war dies allerdings nicht zu machen, das ist ja tagtäglich in den Geschwätzspektakeln, neudeutsch Talkshows, zu erleben. Und Politik reduziert sich mehr und mehr auf die wirkliche oder vermeintliche Sicherung des jeweiligen Industrie- und Finanzstandorts. Die wird mit unbewiesenen Argumenten und unpassendem Werkzeug versucht, meist auf Kosten der unteren Hälfte der Bevölkerungen – vor allem der unteren Hälfte der Weltbevölkerung. Die Folge ist, daß zweihundertfünfzig Menschen dieser Welt mehr besitzen als ihre gesamte untere Armutshälfte. Und darüber (oder darunter, je nach Perspektive) läuft die stete, skrupellose, ungeminderte Zerstörung der Lebensgrundlagen sowohl wie der sozialen Bindekräfte weltweit, auch in unseren wohlgenährten Ländern.

Damit kommen wir zur Sache eines Kirchen-, eines Christentages. Ist es wahrscheinlich, ist es überhaupt vorstellbar, daß diese einmalige artgeschichtliche Herausforderung, diese unbewußte oder halbbewußte Zubereitung der Lebenswelt für ihren Tod von Hand des Geldes, diese immer weiter gähnende Kluft zwischen Arm und Reich, die immer mehr Menschen in die absolute Überflüssigkeit stößt; dieser kontinuierliche Verlust an Lebens- und Menschengerechtigkeit, nichts mit christlichem Weltauftrag, mit Heils-Geschichte zu tun hat? Ist es nicht offenbar, daß der Totale Markt mit seinen Allmachtsansprüchen, seiner egoistischen Ellbogenideologie, seinen ungeheuren Kollateralschäden in der Lebenswelt und den Gemeinschaften, ja den Gemütern der Menschen, in unserer Zeit die Verkörperung dessen ist, was die Offenbarung des Johannes als das Große Tier aus der Tiefe beschreibt – machtvoller, wirkungsvoller, tödlicher als je zuvor? Und darf die Ecclesia, die Gemeinde der Christen, sich aus der Pflicht der absoluten Konfrontation, die daraus erwächst, davonstehlen? Darf sie so tun, als ginge es bei der Ausbeutung der Armen und der lebendigen Erde um rein weltliches Zeug, das mit der Verkündung des Gottes- und Christusbundes nichts zu tun hat? Hat sie nicht vielmehr den unausweichlichen Auftrag, die Sache des guten und gerechten Lebens ganz ›konkret‹ als Zivilisations-Auftrag, selbst auf Gefahr der Verfolgung hin zu vertreten?

Sind wir aber erst bei dieser Erkenntnis angelangt, dann sind wir auch am Ende eines Bekenntnisprozesses angelangt. Dann erkennen wir nämlich, daß hier das offene Bekenntnis zu einer anderen möglichen Welt gefordert ist; einer Welt des Friedens, der Gerechtigkeit und des konstruktiven Umgangs mit der Schöpfung. (Man sollte nicht von »Bewahrung« einer Schöpfung reden, die mit uns, für oder gegen uns, jedenfalls ständig rings um uns weitergeht.) Solche Erkenntnis ist aber nicht vollständig, ehe sie nicht bei der Tat anlangt – bei der unerschrockenen, wirksamen, alternativen Tat, wie sie ja auch von den Propheten und vom Evangelium gefordert wird. Wer davor wegläuft; wer sich von dieser Pflicht zur Tat für das Leben der Welt und für Mitmenschen, vor allem arme Mitmenschen abschottet, der spricht das Urteil über sich selbst. Im großen Epos vom Verlorenen Paradies des englischen Dichters John Milton findet sich die wundervolle Zeile: *The gates of Hell are locked from within* – »Die Pforten der Hölle sind von innen verriegelt«. Es gibt keine genauere, keine logischere Definition der Hölle als diese Selbst-Einkerkerung. Sie ist, soviel wird klar, der Idealzustand des *homo oeconomicus,* des Menschen des absoluten Vorteildenkens. Der Macht und der Verlockung dieses Denkens verdankt der Totale Markt, das Imperium der *global players* seine scheinbare Unüberwindlichkeit.

Gegen sie gilt es anzutreten, wenn unsere Existenz als Ecclesia, als Versammlung der Christenmenschen überhaupt noch einen Sinn über die individuelle Tröstung hinaus haben soll. Nachdem die letzte Gewalt-Herausforderung an den Totalen Markt, der sogenannte Realsozialismus, zusammengebrochen ist, nachdem die Herren über unser Geschick seinetwegen nicht mehr um ihre Gewinne zittern müssen, sehen wir uns als Kirche unversehens in der Mitte des unerbittlich notwendigen Widerstands, bei dem es mit mahnenden Worten längst nicht mehr getan ist. Gewiß, das Wort der Verkündung wird gebraucht, und in Lateinamerika war es ja auch laut und entschieden zu hören – so laut und entschieden, daß es selbst zur Tat wurde, und daß der Kampf der Mächte und Gewalten dagegen im Nu den Märtyrerkalender füllte – vom Bischof Oscar Romero bis hinab zum Indianerkatecheten, den die Henker gefesselt aus dem Hubschrauber ins Meer warfen.

Aber gefürchtet wurde das Wort nur, weil es die neue Tat für eine andere Welt heraufzuführen drohte, und weil diese andere Welt mit den Profit- und Machtträumen der Chefbüros nicht vereinbar ist (auch nicht mit kirchlichen Machtträumen von gestern, die ja für den Tod der lateinamerikanischen Märtyrer einen guten Packen Mitverantwortung tragen). Diese andere mögliche Welt, soviel ist selbst ihren Feinden instinktiv klar, ist auf jeden Fall viel realistischer, wenn es um die Zukunft der Menschheit geht. Die Globalisierung des Totalen Markts ist schlicht nicht möglich, weil sie gegen die thermodynamischen und Entropiegesetze handeln muß und damit zwangsläufig zum Verbündeten der Wüste wird. Globalisierbar, das heißt universalisierbar, ist einzig und allein eine Welt der Geschwisterlichkeit, in der man das neidlose Teilen des laufenden natürlichen Einkommens als persönlichen Souveränitätsgewinn erfährt. Der Jesuit Ignacio Ellacuría hat dies 1989 hier in Berlin zwingend formuliert, wenige Wochen später war er tot, in San Salvador zusammen mit fünf Mitbrüdern und zwei Haushaltshilfen viehisch massakriert von den lokalen Agenten der CIA.

Aber was können wir hier und heute, in den Ländern des immer noch herrschenden Überflusses, für die Nachhaltigkeit der Lebenswelt, für und mit den Unterprivilegierten praktisch tun?

Eine ganze Menge; das hat die hier vertretenen Basisgruppen bei aller Buntheit zusammengeführt. Sie haben schon viele wesentliche Aktionsfelder markiert, auf denen man tätig werden kann. Sie bemühen sich um fairen Handel mit der armen Welt, um die Substitution fossil-nuklearer Energie, um die Stärkung der Bio-Landwirtschaft. Sie haben die vorbildliche Genossenschaft Oicocredit gegründet, die heute Zehntausende von Mitgliedern hat, und die mit extrem zinsniedrigen Krediten der Selbsthilfe in der armen Welt nachhilft. Und sie arbeiten politisch aufs engste mit zivilgesellschaftlichen Oppositionskräften, etwa mit ATTAC, zusammen – wobei es natürlich auch um Aufklärung und die Proklamation wesentlicher Reformen wie etwa der Tobin-Steuer geht.

Zugegeben: von der öffentlichen Meinung und damit von der politisch-sozialen Landschaft wird all das noch kaum wahrgenommen. Auch deshalb nicht, weil die Kirchenleitungen und die offiziösen Gruppierungen wie etwa das Zentralkomitee deutscher Katholiken den fundamentalen, den theologischen, ja christologischen Ernst der Welt- und Lebenslage noch nicht öffentlich aussprechen; wohl, um den Anschein undemokratischer Intoleranz zu vermeiden, wohl auch, weil die jahrtausendalten Bündnisse der Kirchen mit den Obrigkeiten dieser Welt noch immer ihren Verblendungstribut fordern.

Dies wird, so ist zu vermuten, dank dem ungestümen Drängen der armen Südkirchen, die das klare Bekenntnis fordern, wohl nicht mehr lange möglich sein. Niemand kann, um es schlicht mit dem Evangelium zu sagen, zwei Herren dienen; Gott und dem Mammon. Niemand kann darauf hoffen, daß man sich durch Aufsplitterung der Verantwortung den Unheils-Zusammenhängen des Systems entziehen kann.

Aber dann folgt die praktische Frage. Wie kann ich, wie können wir als alternative Ecclesia in dieser unserer Region, in dieser unserer Fleischtopfkultur für die Zukunft der Welt, für die mögliche andere Welt tätig werden?

Nun, wie schon gesagt, sprießen schon eine Menge bunter Initiativen, an Phantasie fehlt es gar nicht. Was vielleicht fehlt, ist, so meine ich, das kollektive Gemeindebewußtsein; das Bewußtsein unserer Kraft und Wichtigkeit, wenn wir erst einmal der Zusammenhänge und gegenseitigen Bedingtheit unserer alternativen Anliegen bewußt geworden sind.

Deshalb ist ein ökumenischer Kirchentag die große Chance.

Lassen wir sie nicht ungenutzt vorübergehen! Lassen wir diesen Kirchentag nicht vorübergehen wie eine Kirmes, auf der am Montagmorgen die Ringelspiele ausgesetzt, die Zelte aufgerollt, die Buden des großen spirituellen Basars abgebrochen werden – vielleicht nachdem der eine oder andere ganz gute Geschäfte gemacht, die eine oder andere Rechthaberei sich wieder befriedigend bestätigt hat. Nein, bemühen wir uns hier und heute, an diesem Berliner Freitag, um erste und möglichst große Schritte in eine möglichst intensive Gemeinsamkeit, in die Verwirklichung einer ökumenischen Tatgemeinschaft!

Dazu brauchen wir kein OK, kein Imprimatur, keine großmütige Freigabe von irgendwelchen Kirchenleitungen. Im Gegenteil: wir laden die Kirchenleitungen ein, sich an unserer ökumenischen Tatgemeinschaft zu beteiligen. Wir laden sie ein, die ungeheuren Möglichkeiten zu erkennen, die für eine wahrhaftige Pädagogik, eine wahrhaftige Predigt-Praxis entstehen; die Möglichkeiten, Kirche inmitten des Gewusels der Sinn-Angebote wieder als ganz klare, als unverwechselbare Trägerin eines ganz konkreten Zukunftauftrags erkennbar werden zu lassen.

Dann spielen Statistiken von Sonntagskirchgängern, von größeren oder geringeren Ausschlägen des Loyalitätspendels bei den Gläubigen keine große Rolle mehr. Dann wird es nicht mehr darum gehen, wer sagt »Herr Herr!«, sondern wer den Willen des Vaters tut – des Vaters der geschaffenen Welt, der sichtbaren und unsichtbaren Dinge; des Bundesgottes, der sich täglich und stündlich einer verblendeten Menschheit erbarmt; des Jesus von Nazareth auch, der uns ein für allemal an die Güte dieses Vaters ausgeliefert hat.

Aber zurück zur Praxis. Lassen wir diese Berliner Freitag-Möglichkeit nicht ohne ein paar handfeste Entschlüsse vorübergehen. Ich schlage vor, folgende Möglichkeiten zu diskutieren und auf den Weg zu bringen:

1. ein vorbereitendes Komitee für eine *»ökumenische Tatgemeinschaft«* zu errichten – wenn nicht anders möglich, durch Akklamation;
2. dieses Komitee zu beauftragen, Einzelbereiche (Energie, Finanzen, Beziehungen zur armen Welt usw.) jeweils mit vorhandenen Kristallisationspunkten (alternativen Strominitiativen, Bio-Landwirtschaftsringen, alternativen Banken und Genossenschaften usw.) abzustimmen und allen Genossen der Tatgemeinschaft (alternativen

Gruppen, aber auch ganzen Gemeinden usw.) die so gebotenen Möglichkeiten bekannt zu machen;
3. schließlich Organisationsformen vorzubereiten, in denen gegenseitige Hilfe und Transparenz die Verdichtung der alternativen Strukturen laufend fördern.

Dieser letzte Punkt ist eigentlich der wesentliche. Ein gesonderter, ein unverkennbarer Auftrag und Beitrag der Christen zu einer nachhaltigen Zukunft wird erst dann zu erkennen sein, wenn sie diesen Verdichtungsgrad erreicht haben. Im zünftigen anthropologischen Wortschatz der Amerikanerin Ruth Benedikt heißen Gesellschaften, die durch einen hohen Grad der gegenseitigen Wahrnehmung und Unterstützung gekennzeichnet sind, »hoch-synergetisch«. Nun, bevor sich die Moderne durch möglichst viele Fachausdrükke zu legitimieren versuchte, sagte man das einfacher. In der Antike, so ist uns überliefert, beschrieb die öffentliche Meinung diese sonderbaren Christen mit dem Satz: »Seht, wie sie einander lieben!« Wenn wir den Satz jeglicher moderner (oder auch antiker) Sentimentalität entkleiden, ist sein Sinn klar. Aber ebenso klar ist, daß es massiven Widerstands gegen die Zentralströmung unserer Mammon-Welt bedarf, um auch durchschnittlichen, zögerlichen, ja schwachen Zeitgenossen ein Leben in Wahrheit zugänglich zu machen.

Genau dafür, so wurde ich gelehrt, ist die Kirche da. Seien wir großmütig genug, ihr dabei zu helfen, ihren Auftrag einzulösen.

Die Grünen und die Goldene Horde

Fakten und Folgerungen zum Jubiläum
Frankfurter Rundschau, Januar 2005

1. Dieser Tage trat G. W. Bush seine zweite Amtszeit an, und die GRÜNEN feiern ihren offiziellen 25. Gründungstag. Die beiden Ereignisse stehen in einem inneren Zusammenhang: im Zusammenhang der wahren Geschichte, die seit dem Beginn der Moderne in ihre größte Krise geraten ist – eine Krise auf Leben und Tod.

2. Wie bekannt, waren die Amerikaner in der Ausfaltung einer Grünen Sozialbewegung den Europäern voraus. Sie entwuchs dem Anti-Vietnam-Protest und richtete sich militant gegen die so genannte »Megamaschine« der Industriezivilisation.

Höhepunkt der Bewegung wurde der Earth Day 1970, an dem etwa 20 Millionen Amerikaner für die Zukunft des bewohnbaren Planeten auf die Straße gingen.

Es entstand ein Corpus von 28 größeren Umweltgesetzen, umgeben von Detaillierungen und Ausführungsbestimmungen.

3. In Deutschland dauerte es länger; die Bewegung hatte mit den Blut-und-Boden-Erinnerungen des III. Reichs, aber auch mit verschiedenen marxistischen Dogmatiken zu kämpfen. Mit dem Jahr 1972 (Meadows-Bericht, Stockholmer Umweltkonferenz) kam die biosphärische Krisen-Perspektive unumgehbar in die öffentliche Diskussion. Es

folgten in der zweiten Hälfte der 70er-Jahre die Gründung lokaler und landesweiter Grüner Listen, Teilnahme an der Europawahl und schließlich die Gründung der Bundespartei. 1980/1.

Beschleunigt wurde dies durch den Übergang der Kanzlerschaft von Willy Brandt auf Helmut Schmidt, der einen Kurswechsel der SPD in die Technokratie und damit die Desavouierung ihrer ökologistischen Denker (Eppler, Duve, Steffens) mit sich brachte. Die Themen, insbesondere die biosphärischen, kamen aus der Wissenschaft und der alten Kulturkritik – aber es war sozialdemokratische Dissidenz, welche die Bewegung nährte.

4. Niklas Luhmann schrieb: »Die Grünen haben völlig recht. Es hört sie nur keiner.« Es gab jedoch jemand, der sehr genau hinhörte und die neue Bewegung genau als das begriff, was sie ihrem Wesen nach war: die zentrale Kriegserklärung an die Transnationale der großen Konzerne und insbesondere ihren US-amerikanischen harten Kern, der sich politisch in den Republikanern formiert. (Nennen wir ihn die Goldene Horde.)

Eine jahrzehntelange Materialschlacht setzte ein, die über das unablässige Lobby- und Medien-Trommelfeuer hinaus drei millionenschwere Angriffswellen organisierte: die Erfindung, Montage und Finanzierung des Präsidentschaftskandidaten Reagan 1980, eine parlamentarische Offensive der Mehrheits-Republikaner unter Newt Gingrich während der Amtszeit Bill Clintons – und schließlich die Kandidatur von G. W. Bush im Jahr 2000.

5. Die Kader der neuen Grünen Partei in Deutschland rekrutierten sich aus vielfältigen Schichten, von besorgten Altkonservativen über Minderheiten der sexuellen Orientierung bis hin zu häretischen Marxistengruppen. Gemeinsam war ihnen die Ablehnung der Konsumgesellschaft, des Pro-

gramms der Kernenergienutzung und der Weiterrüstung – es entstand die ÖKOPAX-Bewegung, die bis dahin unerreichte Massen gegen die Mittelstreckenraketen und neue KKWs auf die Beine brachte. Perspektivisch war sie nach wie vor der Dramaturgie des Kalten Krieges unterstellt.

6. Die war in der us-amerikanischen Szene schon obsolet. Gewiß, der Kampf gegen das »Reich des Bösen« wurde noch als Werbespot verwendet, um die Identität von Freiheit und Kapitalismus zu verkaufen, doch die Goldene Horde rüstete längst gegen jede verantwortungsbewusste Zukunftspolitik auf. 1976 gründete der Brauereimilliardär Joseph Coors die *Heritage Foundation* – es folgte ein Schwarm von *think tanks*, Ideen-Labors wie das *American Enterprise Institute*, sowie von hochdotierten Netzwerken, die der Sabotage der Umweltgesetze im Hinterland dienten.

Bezeichnend für das Vorgehen des Großen Geldes (hinter dem fast alle wichtigen Konzerne stecken) war die ungeheure Verlogenheit der Etiketten. So nannte sich das zentrale Netzwerk der Öko-Sabotage *Wise Use* – »Weiser Gebrauch«. Die Lobby der Wald-Kahlschläger hieß *Evergreen Foundation* – und so fort.

Was jedoch nicht zu verbergen war und auch gar nicht verborgen werden sollte, war der glühende Haß auf die Umweltbewegung. Ron Arnold, der Sprecher von Wise Use, erklärte: »Unser Ziel ist die Vernichtung, die Ausradierung der Umweltbewegung, ist die freie Ausbeutung der Ressourcen auf Profit.«

Noch erfolgreicher als die Dreckarbeit an der Front erwies sich die ideologische Macht der Think Tanks, denen es gelang, ein neoliberales Meinungsmonopol in Wirtschaftswissenschaft und Medien fast weltweit durchzusetzen – nach 1989 vor allem auch in Ländern des ehemaligen Sowjetblocks. Deregulierung wurde Trumpf.

7. In Deutschland gewann die Grüne Partei zusehends an Wählerstimmen, driftete jedoch mit der Vereinigung 1989 an den Rand der politischen Diskussion. Ihre Umwelt-Thematik wurde angesichts der anstehenden nationalen Probleme kaum mehr wahrgenommen, obwohl viel oppositionelle Meinungsbildung in den letzten Jahren der DDR mit dem Zustand der dortigen Umwelt zu tun hatte.

Eine bezeichnende Episode im Gang der Vereinigung: die Grünen schlugen vor, den ökoschweinischen Trabant-Kisten die Einfahrt in die alte BRD zu verweigern und den Fahrern Freibillets für die Bahn auszustellen. Der Vorschlag wurde niedergelacht – und der Trabbi zum alldeutschen Kultobjekt.

Aber dann, 1998 im untauglichsten Moment, mit einer SPD, die zum ersten Mal die Wonnen des totalen Opportunismus auskostete, und unter einem sehr unpassenden Kanzler, erstand die rotgrüne Koalition, ergab sich die ersehnte Gestaltungsmacht.

8. Zwei Jahre später kam George W. Bush ins Weiße Haus, die NEUE ORDNUNG stand. Sie wurde zum bisher größten Sieg über die biosphärische Vernunft.

Ihre Schlachtordnung war nicht besonders kompliziert. Das Zentrum war die Goldene Horde, die viele Millionen in den Wahlkampf gesteckt hatte, entsprechende Gegenleistungen erwartete – und erhielt. Sie wurde einerseits flankiert von den so genannten Neocons, Denkzellen, die expansiven Imperialismus ansagten, und andererseits von einer sogenannten christlichen Rechten, die den Kulturkampf ansagte.

Was sich dann ereignete, war und ist ein Horrortrip. Die umweltpolitischen Errungenschaften der letzten Jahrzehnte, soweit nicht durch den Materialkrieg ohnehin verwässert, wurden systematisch zerschlagen, entscheidende Kontroll- und Entscheidungspunkte nach dem Bock-als-

Gärtner-Prinzip besetzt, gewissenhafte Beamte hinausgeekelt, rund 300 juristische *rollbacks* veranstaltet, die Justiz mit absurden Präzedenzfällen ausgerüstet. Die Medien, die sich immmer mehr vertrusten und so selbst in den Dunstkreis der Goldenen Horde geraten, wichen und weichen vor der Macht des geballten Kapitals zurück, Gegner und Kritiker der Neuen Ordnung verschanzen sich im *Public Radio,* in stachligen kleinen Journalen und im Buchmarkt. (Das alles ist sehr genau *im* jüngst erschienenen Buch *Crimes Against Nature,* »Verbrechen gegen die Natur«, von Robert F. Kennedy Jr., dem Sohn des ermordeten Präsidentenbruders, nachzulesen. Der Mann scheint gegen Familienerfahrungen immun zu sein.)

Und so wird das amerikanische Natur- und Kulturerbe weiträumig zerstört und geschändet. In den Wäldern tobt der Kahlschlag, Arsen und Quecksilber sind in die Gewässer, toxische Emissionen in die Lüfte zurückgekehrt. In den Landschaften, in denen die großen Schweinebarone herrschen, breiten sich riesige, mit Toxinen und Hormonen angereicherte Kotlagunen aus. Die Gipfel der Appalachen, einer wunderbaren Bergkette voll früher amerikanischer Erinnerungen, werden im sogenannten Mountain-Top-Verfahren weggesprengt, der Trümmerschutt von gigantischen Baggern in die Täler und Bäche geschaufelt. Das erspart Kumpellöhne, die Dörfer leeren sich, ein neuer Typ Wüste bleibt zurück. Aber die Profite steigen steil.

9. Diese NEUE ORDNUNG, zu der logisch der kriegsbereite Imperialismus und die Absage an alle internationalen Bindungen wie Kyoto-Protokoll, Abrüstungsvereinbarungen, Abkommen gegen Kriegsverbrechen gehören, ist übersichtlich genug, wenn man als ihre erste, ihre urigste Ursache die Anliegen der Goldenen Horde erkennt. Deren tiefste Ideologie ist rechts-anarchistisch, ihr Hass und ihre Wut richtet sich gegen jede Einschränkung der Ellbogenfreiheit –

eigentlich gegen alles, was REGIERUNG heißt. Zukunft interessiert sie nicht; sie ist in der barbarischen Naivität der Großen Landnahme seit 1492 stecken geblieben.

Der Atheismus der Neocons ist anderer Natur; im Grunde antikphilosophisch. Letzten Endes geht es ihnen wohl um eine weltweite Pax Americana, überherrscht von weiträumig stationierten Legionen.

Was hat die sogenannte christliche Rechte bei diesen Leuten zu suchen? Was bringt sie ins Bündnis ein?

Nun, es ist wohl klar, dass die Interessen der Goldenen Horde dem Lebensgefühl einer zutiefst zukunftsgläubigen Nation krass widersprechen. Was die Goldene Horde betreibt, ist flächendeckende Zukunftsvernichtung als *Causa finalis,* als End-Ursache. Das einzig noch Mögliche in einer so paradoxen Situation ist eine Zukunftsvision, die mit den strukturellen Verbrechen an der Schöpfung nichts, aber auch gar nichts zu tun hat; die von außen und oben nach dem Drehbuch apokalyptischer Bibelteile verordnet wird, und die der glaubenssicheren Minderheit den unverdienten – oder vielleicht doch verdienten? – Aufstieg ins ewige Leben gewährt. Dieses Drehbuch, meistenteils noch durch einen Schuß Pop auf schlechtes Grusel-Niveau heruntergeschraubt, erfreut sich hoher Popularität, produziert Serienromane und Serien-TV-Sendungen mit höchsten Quoten und Auflagen und wird von elektronischen Demagogen laufend weitervermittelt.

George W. Bush, der einerseits sein Alkoholproblem durch christliche Wiedergeburt bewältigte, andererseits als Gouverneur von Texas den Umweltstandard weit nach unten trieb, war also für die Goldene Horde der ideale Kandidat.

Die Rechnung ging auf. Und Osama Bin Laden tat der NEUEN ORDNUNG den endgültigen Gefallen und lieferte das Feindbild, das seit 1989 nicht mehr ordentlich besetzt war.

10. Man tut Europa kein Unrecht, wenn man feststellt, dass es für die notwendige fundamentale Auseinandersetzung nicht gerüstet war und ist. Es gibt dafür ein betrübliches Beispiel: die »Initiative Europa« der Intellektuellen, die sich in führenden Zeitungen nach den Millionendemonstrationen gegen den Irakkrieg 2003 kritisch äußerten.

Was sie vorzubringen hatten, bewegte sich im Bereich der feinstäubigen Differenzierungen, ließ bei aller vornehmen Zurückhaltung doch immer wieder den Unterton der Überlegenheit des europäischen Intellekts gegenüber den herzigen, aber etwas rauen Vettern jenseits des Atlantik anklingen. Von einer tatsächlichen Alternative war nichts zu spüren. Allzu links wollte nach 1989 niemand sein – Derrida und Habermas nicht und Umberto Eco nicht; die schnöde Welt von Kraft und Stoff ist nicht ihr Ressort. Der Probe dieses Aufstands folgte keine weitere.

In Wahrheit hat Europa der Goldenen Horde in seinem jetzigen Zustand wirklich nichts Wesentliches entgegenzusetzen. Ihre Clans sind auch hier rüstig am Werk, um mit den Mitteln ihrer Art von Globalisierung die restlose Verkäuflichkeit des Planeten zu verwirklichen. Die Wirtschaftswissenschaftler, um eine gottverlassene Theologie geschart, tun desgleichen, ebenso ihre Herolde in den Medien. Wann, werter Zeitgenosse, vernimmt man etwas Wesentliches über das Dilemma der Menschheit, die Unvereinbarkeit unserer Lebensweise mit irgendeiner nachhaltigen Zukunft in der medialen Diskussion? Stattdessen wird einer schwerreichen Nation die nahe Götterdämmerung verheißen, wenn sie zu viel verdient, aber zu wenig ausgibt.

11. In diese Bredouille ist die Grüne Partei hineingeraten, als sie an die Gestaltungsmacht geriet.

Nun ist Politik bekanntlich die Kunst des Möglichen, und diese Kunst reklamiert sie für sich. Einiges wurde tatsächlich möglich, etwa im Energiebereich, und die Grünen halten sich als flotte und ziemlich moderne Fortschrittspartei – aber von einem grundsätzlichen Perspektivwechsel seit 1998 kann keine Rede sein. Die alten Machtallianzen, 1989 siegreich, schoben sich allenthalben vor, der Auftrag der Bundeswehr wurde im Sinn einer Feuerwehrtruppe des Status Quo verändert und sofort im Kosovo erprobt. Im übrigen wurden die Reichen reicher, die Armen ärmer, die Strukturpolitik folgt üblichen Mustern und den üblichen Appetenzen der Lobbys, die Ressorteinteilungen blieben die gleichen – und die geplante Europa-Verfassung vereidigt den Kontinent auf die Wirtschaftsreligion der Goldenen Horde. Mit anderen Worten: es gelang und gelingt den Grünen nicht, mit den platten Dialogen der politisch-medialen Vorderbühne so umzugehen, dass dahinter die Wetterwände der wahren, der erdgeschichtlichen Gefahr sichtbar werden und bleiben.

Was besonders stört, ist Selbstgefälligkeit, die in Verblendung umschlägt. Wenn sich etwa ein führender Grüner dazu beglückwünscht, dass man keine »Ein-Punkt-Partei« mehr sei, sondern über »flächendeckende Kompetenzen« verfüge, so beweist dies, dass er die Tragweite einer universalen biosphärischen Perspektive nie begriffen hat.

Eine realistische, auf Zukunft bedachte Politik müsste anders aussehen. Hätten wir zum Beispiel eine grüne Finanzpolitik, müsste sie das gesamte fiskalische System von Lohn- und Einkommensteuern weg auf Rohstoff-, Geld- und Energiebewegungen umleiten, wodurch sich auch der gerechte ökologische Preis ergäbe. Hätten wir eine ökologische Wirtschaftspolitik, wäre es ausgeschlossen, nicht über die Zukunftswirkungen des Konsumismus oder über die heilige Kuh Automobil nachzudenken. Hätten wir eine grüne Wehrpolitik, müsste das Budget für Konfliktprävention mindestens die Höhe des Wehrmachtbudgets haben. Hätten wir einen grünen Außenminister, wäre seine dringlichste Aufgabe die diskrete Vorbereitung der Befreiung

Amerikas vom Feudalismus der Goldenen Horde. Das würde eine neue Art von Weltinnenpolitik voraussetzen – Absprachen etwa mit den sieben Ostküstenstaaten, die sich zu einer Anti-Treibhaus-Initiative zusammengeschlossen und ihre Absicht verkündet haben, von sich aus das Kyoto-Protokoll zu unterzeichnen. Absprachen mit rebellischen Organisationen, Kirchen und Universitäten. Absprachen vielleicht sogar mit dem steirischen Herrscher von Kalifornien, dem die Goldene Horde eine schon geplante nachhaltige Forstpolitik in der Sierra Nevada versaut hat. Und natürlich Absprachen mit der Armen Welt – ihren Regierungen nicht so sehr wie ihren gesellschaftlichen Kräften. (Die altmodischen Cotillons mit Madeleine und Condi kann man ja auf der Vorderbühne weiterüben …)

12. All das ist noch nicht viel. All das steht immer noch unter dem Fluch der Gegenwart: schon minimale strukturelle Anpassung an eine bewohnbare Zukunft übersteigt weit das Maximum dessen, was unter den geschilderten Umständen erreichbar ist

Aber vielleicht nimmt die Grüne Partei dieses Bukett von kleinen Anregungen zum runden Geburtstag huldvoll an.

Eine andere Welt ist nötig

Notwendige, aber ungehaltene Rede zum 8. Mai 2005

VORBEMERKUNG

Der Autor schrieb im letzten Sommer einen offenen Brief an den Bundespräsidenten, in dem u.a. die Errichtung einer weisungsfreien Zukunftswerkstatt angeregt wurde. Der Brief wurde als Editorial in der GAZETTE Nr. 3 (September 2004) veröffentlicht.

Aufgrund des Briefes kam es zur Korrespondenz zwischen dem Bundespräsidenten und dem Autor, die schließlich am 12. November 2004 zu einem Hausbesuch in München führte. Eine Stunde lang wurden die Themen des offenen Briefes in Form einer tour d'horizon *besprochen.*

Gleich zu Eingang der Unterhaltung erwähnte Horst Köhler, dass ihn die Rede zum 8. Mai 2005 bereits intensiv beschäftige. Der Schlagschatten von Vorgängern, die zu diesem Gedenk-Termin geschichtlich Bedeutsames formuliert hatten, stand sozusagen im Raum.

Da der Autor es für nützlich hält, das Gespräch weiterzuführen, überreicht er im Folgenden dem Bundespräsidenten den, wie er glaubt, heute notwendigen Textvorschlag.

Mitbürgerinnen und Bürger!

Etwas Sonderbares ist es um das heutige Datum – etwas beunruhigend Sonderbares. 60 Jahre sind im Allgemeinen kein jubiläumswürdiger Abstand. Aber dennoch will uns allen scheinen, dass uns der 8. Mai 1945 heute so intensiv, ja vielleicht intensiver beschäftigt als vor zehn Jahren. Und die Merksteine, die wir bereits passiert haben (das Gedenken an die Landung in der Normandie, an die Befreiung von Auschwitz) wurden mit größter Aufmerksamkeit wahrgenommen.

Das ist neu, ebenso neu wie die Länge der Friedenszeit, die uns Nachkriegseuropäern seit dem 8. Mai 1945 beschieden war und ist. Sogar die schläfrige Frist zwischen 1815 und 1864, dem Anfangsjahr der Einigungskriege, hat unsere Jubiläumszahl nicht erreicht. Auch der Revolution von 1848/49 entspricht in unserer jüngsten Chronik kein bedeutsames Datum – sicher nicht die doch recht oberflächlichen Wirren nach 1968.

Was ist es also, was Deutschland bewegt, sich gerade im Jahre 60 dieses Friedens so beunruhigt über die befreiende Katastrophe von gestern zu beugen, in ihren Linien und der Fortführung dieser Linien nach einer Diagnose auch für unsere eigene Gegenwart zu suchen? Ist es vielleicht nur die runde Tatsache von zwei vollendeten Generationen – zwei mal dreißig? Das genügt bestimmt nicht. Ist es nicht eher das Wissen, dass die Millionen Untoten noch so lebendig sind wie vor sechzig Jahren, dass ihr hartnäckiger Anspruch auf unsere Zuwendung um keinen Deut abgenommen, ja dass er sich aufs Schwierigste differenziert hat? Oder in schwarzem Gegensatz: dass sich die Zahl derer vermehrt hat, die, einem absolut anderen Untod unterliegend, in die dumpfbraunen Nebel der Erkenntnis- und Umkehrverweigerung flüchten?

Sicher, auch dies mag zur Steigerung der Aufmerksamkeit beitragen; aber für eine umfassende Erklärung reicht dies alles nicht hin.

Vielleicht hilft uns eine schlichte Kalendertatsache weiter: das fünfzigjährige Gedenken fand 1995, also noch im zwanzigsten Jahrhundert statt. Es war, den Thesen der Historiker nach, ein mörderisches, ein totalitäres, aber ein kurzes Jahrhundert – historisch dauernd von 1914 bis 1989, dem Jahr der Implosion des Sowjetblocks. Dieses Ereignis wurde als »Ende der Geschichte« deklariert: eine heile Staatenwelt, den Abgründen des möglichen Nuklearkriegs entronnen, eine Welt der Menschenrechte und der freien Ausdehnung des Wohlstands, würde sich nun in die unabsehbare Zukunft erstrecken können.

Nun, wir wissen, welches Datum diese heitere Utopie zerstört hat: der 11. September 2001. Er öffnete ein Fenster zumindest in die nahe Zukunft, das ein unheimliches Panorama freigab: das Panorama eines nie erklärten und erklärbaren, eines nie formal beendbaren asymmetrischen Weltkrieges, in dem sich uralte und ganz neue Hassfronten gegenseitig auftürmen, einer Zeit und eines Geländes voller Todesgefahren, deren perverseste von einem Heer von Selbstmordattentätern ausgeht.

Aber ist dieser vordergründig sichtbare Terror die zentrale Problematik des 21. Jahrhunderts? Keineswegs. Im Vergleich zur eigentlichen Weltgefahr ist al-Qaeda eine mickrige kleine Räuberbande. Die eigentliche Weltgefahr gewahren wir erst, wenn wir uns die trockenen Daten des Weltzustandes – sagen wirs genauer: des Erd-Zustandes, des Zustandes der Lebenswelt – vor Augen führen.

Der eminente Biologe Edward O. Wilson hat kürzlich ein Buch mit dem provokanten Titel »Die Zukunft des Lebens« vorgelegt. Im Rahmen dieser Zukunft geht es ihm vor allem um unser neues, unser 21. Jahrhundert. Es genügt, daraus eine einzige Passage zu zitieren: »Das Jahrhundert der Umwelt hat begonnen – ein Jahrhundert, in dem die unmittelbare Zukunft als Engpass aufgefasst werden muss.« Und er fährt fort: »Wissenschaft und Technik, gepaart mit steinzeitlicher Sturheit und Mangel an Einsicht, haben uns in die heutige Situation hineinmanövriert. Wissenschaft und

Technik, verbunden mit einer gehörigen Portion Weitblick und moralischem Mut, sind nun erforderlich, um uns zu helfen, den Engpass zu überwinden und einen Weg aus der Krise zu finden.«

Das ist wissenschaftlich, – und das ist ethisch gesprochen. Aber es ist auch in höchstem Maße realistisch. Und es betrifft eben nicht nur das kleine javanische Wollnashorn oder ein paar hübsche Schmetterlingsarten; es betrifft uns alle, Menschen und alle übrigen Arten im dichten, pulsierenden Gewebe der Biosphäre. Es betrifft uns bereits in der täglich erfahrbaren Qualität unseres Lebens. Es betrifft uns durchaus, dass im Lauf des zwanzigsten Jahrhunderts die Wälder der Welt um 40 Prozent dezimiert wurden. Es betrifft uns durchaus, dass die Bodenerosion weltweit pro Kopf und Jahr 4000 Tonnen beträgt. Es betrifft uns – wir alle wissen es – die Veränderung des Klimas, die Verknappung der Wasservorräte, der Schwund der Tier- und Pflanzenarten, die wachsenden Berge lebensfeindlichen Mülls.

Aber natürlich ebenso betrifft uns der gesellschaftliche Zustand der Menschheit, der in steter ursächlicher Verbindung mit dem ökologischen Raubbau entstanden ist. Zwanzig Prozent dieser Menschheit besitzen fünfundachtzig Prozent der Ressourcen des Planeten, die zwanzig ärmsten Prozent genau zwei. Zwei Milliarden leben in äußerster Armut, und 35 000 verhungern täglich. (Zu ergänzen wäre, dass etwa eine Milliarde an Übergewicht leidet.) Sowohl die Krankheitssymptome der städtischen wie der ländlichen Armut verschärfen sich ständig – ebenso wie die des enormen minoritären Reichtums.

All dies ist hinlänglich bekannt, war und ist Gegenstand von Gipfeltreffen und Symposien mannigfacher Art und Autorität, Treibkraft von Nicht-Regierungsorganisationen und neuen sozialen Bewegungen. Und doch: angesichts der Immensität der Aufgabe erscheint die Öffentlichkeit wie gelähmt, tummelt sich der vordergründige Betrieb der Politik in altbekannten Klischees, ob sie nun von rechts oder von links in die Debatten und Talkshows geworfen werden. Der überwältigenden Mehrheit der Intelligentsia, welche die Stichworte für das öffentliche Gespräch liefert, ist die alles andere überbietende Dringlichkeit des Anliegens emotional fremd geblieben, die Intellektuellen behausen im Wesentlichen nur die urbanen Sektoren des Kulturbetriebs, die sich alle, über mehrere Stufen hinweg, unbewusst und selbstverständlich vom Mark der allgerechten Erde nähren.

Die augenfälligste Absurdität ist jedoch der Zustand der so genannten Wirtschaftswissenschaft. Sie predigt, gefördert durch großzügigste Gelder, als Heilung aller Übel die nationale Notwendigkeit stetigen exponentiellen Wirtschaftswachstums, die weltweite Notwendigkeit des schrankenlosen Freihandels, die absolute Notwendigkeit einer angebotsorientierten, stetig neue Bedürfnisse aufspürenden oder auch schaffenden Produktionsweise, also das genaue Gegenteil dessen, was der Weltzustand dringend nahe legt.

Nicht nur die Wirtschaftsteile, sondern auch die politische Ausrichtung der Medien; fast der gesamte Konsens der veröffentlichten Meinung folgt diesen dogmatischen Vorgaben. Werden Reformen erwogen oder durchgeführt, haben sie sich im Rahmen dieser Doktrin zu bewegen – und verschärfen so noch die Übelstände, denen sie steuern sollen. Die so genannte Umweltproblematik, das »Politikfeld Umwelt«, wie ein prominenter Sprecher der Wirtschaft es ahnungslos nannte, wird als Vor-, genauer, als Hinter-Gärtlein gelegentlich zur Besichtigung freigegeben, darf aber die Bedürfnisse der ökonomischen Betriebsamkeit in keiner Weise beeinflussen.

Wie kam und kommt es zu diesem wahrhaft närrischen Zustand? Nun, es gibt viele Gründe dafür. Da ist die Trägheit, die Phantasielosigkeit, die Korruption politischer Systeme und Regierungen; da ist die Schwierigkeit, das herrschende Paradigma hinter sich zu lassen; da ist natürlich die geballte Kraft der Interessen, die vor allem hinter den Manövern der großen Global Players stehen. Ihnen wäre nur dann erfolgreich Widerstand zu leisten, wenn genügend fähige Mitglieder der weltweiten politischen Täter begreifen würden, dass es in dieser zentralen Frage keine Trennung von Innen- und Außenpolitik mehr gibt; dass der massive Horror der Umweltverschmutzung in der ersten Amtsperiode von G.W. Bush ein Terror ist, gegen den, wie schon erwähnt, al-Qaeda eine kleine Räuberbande ist. Dass das Abholzen von Urwäldern einen zentralen Angriff auf das gesamte Wohlergehen der Welt darstellt. Dass die Verödung und Verseuchung der Meere ein ebenso weltweites entsetzliches Verbrechen an der Zukunft unserer Kinder und Enkel ist.

Aber davon hört man wenig oder nichts im politischen Diskurs. Immer noch kreisen die Argumente um nationale oder regionale Konkurrenzängste; werden der längst jeder staatsbürgerlichen Verantwortung entronnenen Goldenen Horde der transnationalen Konzerne und Banken immer größere und gewichtigere Vollmachten und Privilegien abgetreten.

Und so wundert es nicht, dass die großherzigen Symposien weit hinter den Notwendigkeiten zurückbleiben; dass die edlen Versprechen der Schlussresolutionen nebelhaft wirken, dass die dann folgende Implementierung des wenigen Versprochenen sich meist als Fata Morgana enthüllt. Und der Verkauf des planetarischen Familiensilbers geht weiter. In einem Satz: das Maximum des momentan Durchsetzbaren erreicht noch lange nicht das Minimum des unbedingt Notwendigen.

Vergessen wir aber in diesem Zusammenhang uns selber nicht, unsere Begrenzungen und Bedingtheiten. Der Biologe Wilson spricht von »steinzeitlicher Sturheit«, und das ist ganz wörtlich zu nehmen. Auf seinem bisherigen Wege hat der Homo sapiens noch nicht genügend Gründe gefunden, dem kurzfristigen Opportunismus des paläolithischen Jägers zu widerstehen. Die Überlegenheit seiner grauen Zellen über die seiner Mitgeschöpfe hat er immer wieder in bequemen Massenmord übersetzt, die mit der Sesshaftigkeit auftauchenden Vorteile der sozialen Organisation in rücksichtslose Landnahme. Kommerziell-modern kann man sagen: er hat noch jedes Schnäppchen mitgenommen – oder Anderen entrissen.

Nun, heute wissen wir einfach zu viel, und wir sind einfach zu mächtig geworden, um diese Schnäppchenjagd unbekümmert fortzusetzen. Schließlich wissen wir ziemlich genau, was statt dessen zu tun wäre. Es gilt:

- ökologische Wirtschaftsweisen zu schaffen, die mit den Ökosystemen der Erde harmonieren;
- örtliche Demokratien und Ökonomien wiederzubeleben und so Ferngüter-Transport zu beschränken;
- nachhaltige Landwirtschaft zur Norm zu machen;
- so rasch wie möglich die fossil-nuklearen Primärenergieträger durch erneuerbare zu ersetzen;
- die riesigen Flotten des Individualverkehrs durch hinreichende Angebote von öffentlichen Verkehrsmitteln zu reduzieren;
- Besteuerung von der Arbeit auf die Verwendung von Rohstoffen und Energie, auf Verschmutzung und Verschwendung zu verlagern;
- die Finanzwirtschaft gründlich zu reformieren;
- die Rüstungsausgaben so rasch wie möglich auf den Sanierungsbedarf des Planeten umzuleiten.

Unterbleiben solche Reformen oder bleiben sie unter dem unbedingt Notwendigen, wird aus unserem Jubiläumsdatum 1945 jäh eine finstere Botschaft.

Hitler war der erste mächtige Politiker, der, vom Vulgärmaterialismus bezaubert, eine konsequente Formel für eine konsequente, an der Natur orientierte Herrschaftsmethode gefunden zu haben glaubte. Diese seine Natur verehrte er als »grausame Königin aller Weisheit«, deren Prinzip (Stärkung der Starken, Ausmerzung der Schwachen) aufs Strengste einzuhalten sei. Seine Täterformel lässt sich in drei Sätzen zusammenfassen:

- Menschliche Geschichte ist Naturgeschichte, also die Geschichte der Nutzung begrenzter Ressourcen.
- Der Punkt ist erreicht, wo es nicht mehr für alle reicht.
- Eine Elite wird und muss entscheiden, für wen es reichen muss, damit der Standard der menschlichen Kultur gewahrt bleibt.

Nun, man weiß, wen er für diese Elite hielt: die arische, genauer gesagt die nordische Rasse. Sein Drittes Reich sollte ihrem Herrschaftsanspruch dienen. Als realistischen Weg sah er nur die Landnahme vor allem im Osten, verbunden mit der Unterwerfung und dem rechtlosen Knecht-Status der dort ansässigen Bevölkerung. (Die Juden waren für ihn ein eigenes Problem – sie waren die frechen Verbreiter einer lügnerischen und tödlichen Weltanschauung, die es besser wissen wollte als die Grausame Königin.)

Die Wahl der nordischen Rasse als Trägerin der Selektionsmacht (denn darum handelte es sich letzten, logischen Endes) war aus verschiedenen Gründen unsinnig. Hitler verstand zu wenig von Biologie, um dies zu begreifen, und damit war er eigentlich schon gerichtet. Aber seine Idee entwickelte in einer ratlosen Nation genug Motorik, um die zivilisierte Welt in Atem zu halten und ihr furchtbare Opfer abzuringen.

Die Zeit nach 1945, die Freiheitszeit, deren Jubiläum wir heute feiern, hat zunächst und vor allem die These verworfen, dass es nicht mehr für alle reicht auf Erden. In einer ungeheuren Explosion wissenschaftlich-technischen Wissens und seiner Anwendung sah man die stichhaltige Widerlegung des naturalistisch-biologistischen Hitler-Ansatzes; Menschenrecht für alle, ja Wohlstand für alle schien zum Greifen nah, es war die Botschaft, die Roosevelt und

Churchill bei einem Treffen im Atlantic während des Krieges ausgesandt hatten: *Freedom from Fear and Want – Freiheit von Furcht und Not.*

Die unbezweifelbare Gültigkeit des ersten Satzes der Hitlerformel, nämlich die unlösliche Verbindung von Menschen- und Naturgeschichte, schwand aus dem öffentlichen Bewusstsein – grenzenloser Optimismus war angesagt, bei gleichzeitiger Verengung des Gesichtsfeldes. Liest man Dokumente aus jener unmittelbaren Nachkriegszeit, ist diese Verengung mit Händen zu greifen. So wurden etwa Expeditionen in die Antarktis gesandt, um dort nach Uranvorkommen zu bohren; die gewaltige Wirkungskraft des Insektenvertilgers DDT wurde gepriesen und verschwenderisch eingesetzt; und man ging davon aus, dass man weite und höchst fruchtbare Anbauflächen den Urwäldern des Amazonasbeckens entreißen werde. Die auf die Dauer wohl teuerste Altlast, die wir dieser optimistischen Verblendung zu verdanken haben, ist neben der Zerstörung der Bodenfruchtbarkeit ein Gebirgsstock von radio-aktivem Müll, den loszuwerden vorläufig alle unsere Fähigkeiten übersteigt.

Hätte, so ist zu fragen, eine besser organisierte Zivilisation das Versprechen weltweiter Freiheit von Furcht und Not verantwortungsvoller eingelöst? Wäre dies möglich gewesen, wenn sich das Schnäppchenverhalten des Homo sapiens gebändigt, wenn die Weisheit seiner Politiker schon damals die Beherrschung der weltwirtschaftlichen Megamaschine als unerlässliche Kondition einer bewohnbaren Zukunft begriffen hätte? Müßige Gedanken, gewiss, und leider ohne jeden Realitätsgehalt. Die sechzig Jahre, die wir seitdem durchmaßen, haben im Gegenteil genau die Drohung heraufgeführt, die seinerzeit Adolf Hitler umgetrieben hat. Wenn wir nicht die Einsichten und Möglichkeiten einer ganzen Welt zusammenraffen; wenn wir sie nicht in eine wahrhafte Welt-Innenpolitik übersetzen, ist durchaus damit zu rechnen, dass auch die beiden weiteren Sätze der

Hitlerformel wieder auftauchen: die Einsicht oder Behauptung, dass es nicht für alle reicht – und die mehr oder weniger spontane Übernahme der Selektions-Bürde durch eine wie immer geartete Elite.

Wie diese aussehen wird, ist sicher noch nicht zu sagen. Was sich bereits abzeichnet, ist die Bedeutungslosigkeit, die Überflüssigkeit der Masse Mensch für Viele in den heutigen sogenannten Eliten und für die wirtschaftswissenschaftliche Theorie. Und es gibt immerhin schon ein Indiz dafür, wie die Selektion gehandhabt werden könnte. Es ergibt sich aus der heftig angestrebten Privatisierung der öffentlichen Güter.

Wenn zum Beispiel in einer bitterarmen Gegend die Wasserwirtschaft privatisiert wird, findet eine Selektion der Kundschaft statt; eine Scheidung von solchen, die sich noch das teure Wasser leisten können, und solchen, die es nicht können. Die Kriterien für diese Scheidung lauten in den Köpfen der privaten Lieferanten nicht etwa »reich« und »arm«. Die Scheidung ergibt sich einfach dadurch, dass die einen Kunden werden und die Anderen, die Zahlungsunwilligen, nicht. Woher diese Zahlungsunwilligen ihr Wasser beziehen, ist nicht Sache des Lieferanten. Ebenso wenig sieht er sich dafür verantwortlich, ob sie überhaupt welches finden. Wirtschaftswissenschaftliche Lehrbücher gehen von der Wahlfreiheit des Kunden aus, nicht von seiner Not.

Fast so hat sich das in Bolivien ereignet. Aber wir kennen solche Selektionsprozesse auch hierzulande; noch reichen sie nicht an die Destitution der Altiplano-Indianer heran, noch sind wir eine begünstigte, ja reiche Nation. Dennoch: das Gesetz des Handelns, so wie es noch für unvermeidlich gehalten wird, kann uns auf die Dauer nicht verschonen. Wir haben zu wählen – zwischen einer kurzatmigen Ausschließungspolitik und stückweisem Machtverlust an die Rendite – und einer möglichen anderen Ordnung, über die sich längst viele Menschen in der ganzen Welt Gedanken machen.

Und mehr als Gedanken. Schon oft, liebe Mitbürgerinnen und Mitbürger, sind Sie aus dem Munde von hohen Amtsträgern (auch Trägern meines Amtes) aufgefordert worden, sie sollten sich einen Ruck geben; einen Ruck heraus aus trübseligem Pessimismus und selbstgefälliger Trägheit. Die Mahnung hat nicht viel gebracht; und eifrige Zeitgenossen haben herausgefunden, dass man stets nur den anderen, aber nicht der eigenen sozialen oder politischen Gruppe die sträfliche Unbeweglichkeit vorwirft.

Nun, vielleicht gibt es eine stimmigere Erklärung. Vielleicht spürt das Gros der Menschen längst, dass es mit den alten Hauruck-Rezepten der Neuzeit und dem sturen Opportunismus der Steinzeit nicht mehr geht; dass es vielleicht an der Zeit wäre, Neues zu versuchen – nämlich nach den Werten der Moral und der Solidarität, die allgemein anerkannt werden, auch einmal praktisch zu handeln. Nach allem, was wir wissen, ist dies bisher nur selten und nur unter ganz ungewöhnlichen Bedingungen gelungen. Aber wir Menschen sind ja auch eine höchst seltene und ungewöhnliche Spezies – ein Gedanke, an den wir uns gewöhnen müssen.

Dann, und nur dann, ergeben sich realistische Aussichten auf eine bewohnbare Zukunft. Sie kann einerseits nur eine Zukunft der Freiheit und der Menschenrechte, aber auch der gemeinsam übernommenen Verantwortung für die Zukunft des biosphärischen Lebens sein. Was darunterbleibt, trägt schon die Keime künftiger Selektionen oder künftiger Kämpfe aller gegen alle in sich – auf jeden Fall die Keime unendlicher Gewalt, die der heutigen Gestalt des Terrors furchtbare Dimensionen hinzufügen kann.

Eine solche Welt können wir nicht wollen.

Aber eine andere Welt ist möglich. Es wird mehr als einen Ruck brauchen, sie zu finden – aber das 21. Jahrhundert hat ja erst begonnen.

Rückblicke in die Zukunft

Die Kolumbusfalle

Ein Funk-Essay
Westdeutscher Rundfunk, Februar 1992

TITELSPRECHER Erstes Kapitel: der Triumph des Christoph Columbus – einst und jetzt.

Dröhnender Orgelsatz (nicht darunterziehen!), einige Takte

KOMMENTATOR Fresko in einer barocken Klosterkirche Süddeutschlands: ein allegorisches Schiff, den Rundformen spanischer Galleonen nachempfunden, strebt mit prallgefüllten Segeln dem neuen Strande zu. Das Hauptsegel trägt ein riesiges Kreuzzeichen; unter ihm sind Schulter an Schulter fromme Mönche und stählerne Eroberer versammelt, die erwartungs- und verheißungsvoll dem verheißenen Land entgegensehen. Sie bringen das Heil, zweifellos: von Engeln geblasene Winde – unwiderstehliche – treiben sie an, und links am Bildrand, im Westen also, warten großäugige nackte Naturkinder mit Federkronen; warten sehnsüchtig auf die frohe Botschaft der Erlösung.

Ein paar Finsterlinge mit Fledermausflügeln, groteske Teufel, versuchen vergebens, die Landung zu verhindern, stemmen sich gegen den siegreichen Bug, entschwinden schnaubend in Dunst und stinkendem Gewölk. Das Neue Land, so sichtbarlich der Christenheit angeboten, wird zum neuen, planetarischen Triumph des wahren Glaubens …

ZITATOR EINS Menschen mögen sich täuschen; doch das,

was zählt, ist die Wirklichkeit der neuen Völker, die nun einen Teil der Familie der Gotteskinder bilden. Das ist das Wichtigste. Christus wurde verkündet, und aus diesem Kontinent der Hoffnung hebt sich die Opfergabe des Glaubens empor – des Glaubens jener, die einst »Nicht-Völker« gewesen sind und jetzt Gottesvolk sind.

Orgelsatz wie oben, etwa 15 sec. stehen und ausklingen lassen, kein Fade-out!

KOMMENTATOR 1893 wurde in Chicago die sogenannte Kolumbus-Weltausstellung eröffnet. An sich war sie für 1892 vorgesehen, aber das unerwartete Ausmaß des Angebots sprengte den Zeitplan.

In einem Park am Michigansee waren auf einer Fläche von 2,7 Millionen Quadratmetern weit über hundert Gebäude errichtet worden, einige von imposanter Größe. Gehwege, Kanäle und Lagunen verbanden sie, Gondeln und kleine Dampfer standen zur Verfügung. Die Gesamtkosten beliefen sich auf (damals atemberaubende) dreißig Millionen Dollar.

Kolumbus selbst kam dabei keineswegs zu kurz: er erhielt einige Statuen, Spanien baute das historische Kloster La Rábida etwas originalgetreu nach, und im See ankerten die maßstäblichen Kopien der drei Schiffe. (Besonders authentisch waren sie nicht.) Der wahre Zweck der Ausstellung aber war die Präsentation dessen, was aus den Fahrten des Kolumbus erwachsen war: die Exponate aus den Bereichen industrielle Fertigung, Kunst, Maschinenbau, Landwirtschaft, Transportwesen, Bergbau, Elektrizität, Gartenbau, Forstwirtschaft und Fischfang. Der Besucher sollte davon überzeugt werden, daß ...

ZITATOR EINS ... alle Wunder der Welt und die Werke aller Meister der Kunst und der Erfindung hier versammelt sind, damit wir uns daran erfreuen und daraus lernen – ein wahres Panorama der Möglichkeiten menschlicher Erfindungskraft und unablässigen Bemühens.

KOMMENTATOR Am 1. Mai 1893 war es dann so weit: Präsident Cleveland hielt die Eröffnungsrede vor einer Menge von etwa 300 000 Menschen, und um punkt zwölf Uhr mittags drückte er eine goldene Telegraphentaste mit Elfenbeineinlage. Damit setzte er Tausende von Zahnrädern, Riemen und Rädern in Gang, die den Strom zum Antrieb der zahllosen Maschinen lieferten.

ZITATOR EINS Im selben Augenblick brach das Publikum in tosenden Beifall aus; das Orchester schmetterte das Halleluja; die Räder der großen Ellis-Maschine in der Maschinenhalle begannen sich zu drehen; die elektrischen Springbrunnen in der Lagune ließen ihre Wasser in die Lüfte schießen; die Schiffe auf dem See schossen Salven; die Glokken in der Halle der Fabrikanten und im Deutschen Haus läuteten fröhlich. Über unseren Köpfen entfalteten sich die Fahnen an den Masten vor der Plattform …

Händels Halleluja, evtl. mit Salvenschüssen

KOMMENTATOR An einem Sonntagvormittag im Oktober 1991 stachen drei Schiffe, Nachbildungen der ersten Kolumbusflotte, von Huelva, Südspanien, aus in See. Statisten in mittelalterlichen Kostümen mimten Abschied, und der dreiundzwanzigjährige Thronfolger Felipe hielt eine Ansprache, in der es unter anderem hieß:

ZITATOR EINS *(anderer Raum)* Heute können wir uns unser tägliches Leben gar nicht vorstellen ohne die Tomate, den Mais oder den Tabak.

KOMMENTATOR Die Nachbauten sind vollgestopft mit Funk, Radar und Hilfsmotoren, mit Eisschränken, Duschkabinen und Spülklosetts – schwimmende Disneyland-Objekte. Sie sind auf Tournee durch die besseren Häfen der Neuen Welt, gedacht als (so Prinz Felipe) …

ZITATOR EINS *(anderer Raum)* … Symbole unseres Bemühens, die iberoamerikanische Gemeinschaft zu stärken.

Musik-Akzent, evtl. aus der ›Neuen Welt‹ von Dvorak – oder ein parfümiert ›spanisches‹ Ding, Bolero od. dgl.

KOMMENTATOR Am 12. Oktober 1992 wird Seine Heiligkeit Papst Johannes Paul II. in Santo Domingo ein Kreuz in die Erde stoßen – ungefähr dort, wo dies vor fünfhundert Jahren ein genuesischer Abenteurer tat. Die Behörden werden dafür sorgen, daß dies ungestört durch lästige Gegen-Demonstrationen vonstatten geht. Ob eine Gegenkundgebung im benachbarten Haiti möglich sein wird, hängt wohl davon ab, ob die Rückkehr des linkskatholischen Präsidenten Aristide bis dahin geglückt ist.

ZITATOR EINS Christus wurde verkündet, und aus diesem Kontinent der Hoffnung hebt sich die Opfergabe des Glaubens empor – des Glaubens jener, die einst ›Nicht-Völker‹ gewesen sind und jetzt Gottesvolk sind.

Einige Takte der triumphalen Orgelmusik des Anfangs

AUTOR Aber sehen wir von solchen Posen und Festakten, von solch gestelltem oder aufrichtigem Enthusiasmus ab, verehrte Hörer. Stellen wir vielmehr fest, daß der größte, der wahrhaft planetarische Triumph des Christóbal Colón genau richtig zum Halbtausendjahres-Jubiläum eingetreten ist – sein endgültiger Sieg sind die Ereignisse der letzten drei Jahre in Europa.

Vergegenwärtigen wir uns, wie Europa zu seiner Zeit aussah – wie es in Raum und Zeit saß. Es war ein zerrissenes, von unendlichen Düsternissen überschattetes Gebilde. Eine Heimat der Not war es immer gewesen, seit über tausend Jahren. Hunger, Krieg, Seuchen – die sogenannten apokalyptischen Reiter hatten es nie verlassen. Seine Staaten waren noch kaum organisiert; dort, wo sie es waren, handelte es sich um winzige Gebilde, um Städte, die guten Handel trieben und Manufakturen hatten, um ein paar Landstriche am Rand der See. Die Getreidepreise (und Brot war das entscheidende Nahrungsmittel) schwankten in aller Regel um den Punkt, wo die Mehrheit der Bevölkerung gerade noch über dem Verhungern existieren konnte; die regelmäßigen Mißernten sorgten dafür, daß immer wieder verhungert wurde. (Nach der großen Pest im 14. Jahrhundert ging es den Armen wesentlich besser – das heißt, den Armen, die übriggeblieben waren. Es war wohl zuviel verlangt in dunkler Zeit, den systematischen Zusammenhang zu erkennen ...)

Das fünfzehnte Jahrhundert in Europa – Huizinga hat es beschrieben in seinem unsterblichen Buch HERBST DES MITTELALTERS. Nicht nur die materiellen Bedingungen waren fürchterlich – die Spiritualität des Hochmittelalters, die das Abendland geformt und zusammengehalten hatte, war dahin. Die römische Kirche, durch die Avignon-Epoche und das darauffolgende Schisma moralisch und politisch diskreditiert, war zu einem trockenen juristischen Apparat der Heilsverwaltung zusammengeschnurrt, an dem alle Reformversuche scheiterten. Die Frömmigkeit, ortlos geworden in solcher Welt, formierte sich zu hellen und dunklen Strömungen, zu halbrevolutionären Orden, zu Geißlerzügen, zu versteckten Oasen der Innerlichkeit. Die Kriegführung hatte jeden ritterlichen Komment verloren (wenn sie ihn je gehabt hatte); blutgierige, beutesüchtige Feiglinge waren es zumeist, die sich unter irgendeinem Condottiere zusammentaten, um Herren zu dienen, die ihnen im Grunde völlig gleichgültig waren. Stießen sie auf einen Gegner, den ein geistliches Band zusammenhielt (wie etwa die Hussiten), waren sie hilflos und rannten. Dafür verstanden sie es vorzüglich, die Bevölkerung zu kujonieren.

Ihre Grausamkeit entsprach aufs genaueste der der Bevölkerung selbst. Festliche Ereignisse waren allemal die Hinrichtungen – Wenn irgendmöglich, stundenlange Hinrichtungen, mit exquisiter Folter verbunden. Auch die Hexenjagden begannen erst jetzt wirklich allgemein zu werden – Jagden, die keineswegs nur von der geistlichen und weltlichen Obrigkeit veranstaltet wurden, sondern auf einem tiefen Fundament abergläubischer Nächstenfurcht gegründet waren.

Doch worum es hier in erster Linie geht, ist die politische Situation. Sie war äußerst bedrohlich. Nichts, gar nichts hatte Europa den Großreichen Asiens entgegenzusetzen, die, wenn sie nicht mit Wesentlicherem beschäftigt waren, in Abständen über die großen Ebenen einfielen. Die Mongolen im 13. Jahrhundert, die Seldschuken im 14., die ottomanischen Türken im 15.: sie wischten das Aufgebot des Abendlandes sozusagen mit der linken Hand vom Schlachtfeld. Den letzten ärmlichen Puffer, das tausendjährige Byzanz, hatte abendländische Habgier und Kurzsichtigkeit selbst beseitigt – seit der Eroberung Konstantinopels durch katholische Kreuzfahrer 1204 konnte es sich nicht mehr erholen und wurde 1453 von den Osmanen erstürmt.

Und dahinter stand, wenn man nur einmal den eurozentrischen Standpunkt aufgibt, eine fernöstliche Welt, deren Dimensionen und deren Organisationgrad in Europa kaum erahnt wurden. Cathay, Cipango – China also und Japan, das waren die mythischen Stichworte, die seit Marco Polo abendländisches Fernweh – und abendländischen Erwerbssinn heraufriefen. Es waren die Stichworte, die auch dem hartnäckigen und wirren Genuesen Cristoforo Colombo vorschwebten.

Wie berechtigt abendländisches Minderwertigkeitsgefühl damals war, das beweist die erste gelungene Reise des Portugiesen Vasco da Gama nach Indien 1485. Die Portugiesen erschienen in Audienz vor dem Herrscher von Kalkutta, sie hatten mitgebracht an Gastgeschenken, was am Tejo als gut und teuer galt. Der Raja verhöhnte sie, weigerte sich in gespieltem oder echtem Zorn, derartiges Zeug anzunehmen, das ihm keine dienstbare Provinz und kein Freundschaft suchender Nachbar je anzubieten gewagt hätten.

Portugal war eben kaum mehr als ein Bezirksamt am Atlantik. Spanien war von der Reconquista erschöpft, von Anarchie zerrissen, durch die Judenvertreibung seiner besten Mittelklasse beraubt. England war erst im Kommen, Frankreich in langes Ringen mit dem Deutschen Reich und Spanien verstrickt.

Drei Dinge gab es, auf welche dieses ärmliche, zerrissene Europa setzen konnte. Erstens seinen Vorsprung in der Hochseeschiffahrt, zweitens seinen Vorsprung in der Waffentechnik – und drittens einen unerhört hohen Grad individueller Bravour, der aus den feudalen Jahrhunderten stammte.

Mit diesen drei Werkzeugen wurde die neue atlantische Welt geschaffen. Das Monopol der Hochseeschiffahrt, von den Westeuropäern jahrhundertelang gehalten, und das Monopol der Kanonen, die hinter den Brüstungen der Schiffe standen, veränderten die Welt – und zwar fast über Nacht.

Aus den paar ärmlichen Bezirksämtern, die Europas westliche Küsten säumen – England-Schottland, die Niederlande, Spanien, Frankreich, Portugal – wurden die Herrscher der Welt. Die Kraft zur Veränderung, von der sie profitierten, war nicht so sehr das Gold der Azteken und der Inkas, sondern der Silberberg von Potosí in Bolivien. Aus seinen Adern (und den Knochen der dort zerstampften Indios) rann das Lebensblut des aufsteigenden industriellen Kapitalismus. Von da an gibt es, wie der Amerikaner Hans Koning schreibt, siegreiche und geschlagene Nationen. Mit dem Ende des sogenannten kolonialen Zeitalters geht das nicht zuende, im Gegenteil: mit dem atlantisch-pazifischen System der High-Tech-Produktion und Finanzherrschaft (Stichworte sind Währungsfonds und Weltbank) hat diese Herrschaftswelt erst ihre volle Reife erreicht. G-7, das ist das bescheidene neue Stichwort.

Jahrhundertelang versuchten verschiedene Gegner, dieses System aufzubrechen. Zuletzt waren es die mitteleuropäischen Kaiserreiche 1914, dann die faschistisch-totalitäre Koalition von 1939.

Vor allem aber war es der Ostblock, der unter der Führung einer rivalisierenden Supermacht, der Sowjetunion, dem euratlantischen Herrschaftsnetz entgegentrat. Noch vor zehn Jahren hat es ein Non-Konformist wie Rudolf Bahro, fern von aller marxistischen Dogmatik, als die historische Aufgabe der Sowjetunion bezeichnet, mit ihrer Macht den Widerstand der Unterentwickelten (lies: der Geschlagenen) gegen die Metropolen (lies: die Sieger) zu decken. Und folgerichtig betrachtete er den Einmarsch der UdSSR in Afghanistan als den letzten paradoxen Schritt in den historischen Widersinn.

Heute ist das vorbei. Mit der Hineinnahme der UdSSR in den Internationalen Währungsfonds war imgrunde ihre historische Rolle zuende. Es bleibt abzuwarten, ob es gelingen wird, Mittel- und Osteuropa auf die Seite der Sieger herüberzuziehen, oder ob sie in den Morast der Dreiviertelwelt abgleiten werden. Wo wird die neue Grenze gezogen? An der Oder? Am Bug? Am Ural? Auf jeden Fall: es wird nicht mehr die Grenze zwischen zwei rivalisierenden Machtgebilden sein, sondern einfach eine sanitäre, eine hygienische Grenze – zwischen denen, deren Los es ist, unterzugehen, und zwar laufend unterzugehen, und denen, die droben im Lichte leben.

So oder so: Kolumbus und die Seinen haben gesiegt, das See-Ungeheuer Leviathan hat das Kontinental-Ungeheuer Behemoth geschlagen, und das ist, wenn man es im großen

Überblick sieht, das Resultat der letzten fünfhundert Jahre Geschichte. Es bestätigt das Urteil, das schon 1776 der nüchterne Schotte Adam Smith gefällt hat:

ZITATOR EINS Die Entdeckung Amerikas und die Entdekkung einer Durchfahrt nach Indien um das Kap der Guten Hoffnung herum sind die beiden größten und wichtigsten Ereignisse, die in der Geschichte der Menschheit verzeichnet sind.

Eine einsame indianische Flöte (peruanische Pansflöte od. dgl.), mit atmendem Schweigen

* * *

TITELSPRECHER Zweites Kapitel: Widerspruch, einst und jetzt.

ZITATOR ZWEI Aus einer Stellungnahme des Nationalen Rats der Kirchen Christi in den USA:
Diese sogenannte Entdeckung war eine Invasion und Kolonisation … Für die Nachfahren dieses Genozids, der Sklaverei, des Ökozids und der rücksichtslosen Ausbeutung der Naturschätze ist ein Jubelfest nicht die passende Begehung dieses Jahrestages. Begehen wir ein Jahr der Reue und der Reflexion, statt eines Jahres der Feier.

ZITATORIN EINS Aus der Erklärung von Quito, Juli 1990:

Wir, die Indianer Amerikas, haben nie unseren dauernden Kampf gegen die Bedingungen der Unterdrückung, der Diskriminierung und der Ausbeutung aufgegeben, die uns durch die europäische Invasion ins Land unserer Ahnen auferlegt wurden …

Wir verweigern deshalb kategorisch die Feier der fünf Jahrhunderte. Vielmehr ist es unsere feste Verpflichtung, dieses Datum zum Anlaß zu nehmen, unsere Einigkeit und unseren kontinentalen Kampf für unsere Befreiung zu verstärken.

ZITATOR ZWEI Aus dem Aufsatz des Abbé Guillaume Reynal von 1787 zum Thema »War die Entdeckung Amerikas Segen oder Fluch für die Menschheit?«

... Die kühnen Abenteuer eines Vasco da Gama und eines Kolumbus weckten eine fanatische Begeisterung für die Entdeckung von Kontinenten, die man erobern, von Inseln, die man verheeren und von Menschen, die man zerstören, unterwerfen und umbringen konnte ... Ein neuer Menschenschlag von ungewöhnlichen Wilden wächst heran, Männer, die viele Länder durchreisen und sich schließlich keinem zugehörig fühlen ... die ihre Heimat ohne Bedauern verlassen und ungeduldig wieder hinausdrängen, wenn sie zurückkehren, um sich auf Kosten von Kraft und Gesundheit Reichtümer erwerben zu können ... Die unstillbare Begierde nach Gold hat dazu den niederträchtigsten und abscheulichsten Handel begründet, den Sklavenhandel ... Und durch die neuen Reichtümer in der Heimat und in Amerika ist die Maschinerie der Beherrschung riesengroß geworden, da die armen Staaten gezwungen sind, unter dem Joch der Unterdrückung und endlosen Kriegen zu schmachten, während die von den indischen Schätzen ständig erneuerten europäischen Staaten den Erdball verwüsten und mit Blut besudeln ...

Halten wir inne und stellen wir uns vor, in einer Zeit zu leben, in der Amerika und Indien unbekannt waren. Nehmen wir an, daß ich mich mit folgenden Worten an die grausamsten unter den Europäern wende: Es gibt Gebiete, die Euch reiche Erze, gute Kleidung und köstliche Eßwaren schenken werden. Aber lest diese Geschichte und seht, zu welchem Preis euch diese Entdeckung versprochen wird. Wollt ihr, daß sie geschehe? Man muß sich vorstellen, daß es ein

Wesen gibt, das teuflisch genug ist, diese Frage zu bejahen! Denken wir daran, daß es keinen einzigen Augenblick in der Geschichte geben wird, da meine Frage nicht dieselbe Gültigkeit hat ...

ZITATORIN ZWEI Aus der Resolution der Fünften Generalversammlung des Weltrates der indianischen Völker:
Wir verwerfen die linguistische Repression, die in folgenden Ausdrücken steckt:
– *Entdeckung*: die legitimen Entdecker jedes Landes sind seine ursprünglichen Bewohner;
– *Begegnung zweier Welten*: Zunächst handelt es sich nicht nur um die Begegnung zweier Welten, sondern um den Zusammenfluß mehrerer Kulturen, zum Beispiel der afrikanischen Präsenz. Aber diese sogenannte Begegnung war von vornherein verfälscht durch die Auferlegung von absolut ungleichen und widrigen Bedingungen, durch eine Dynamik der Invasion und der Ausbeutung, die heute in die imperialistische Herrschaft übergeht;
– *Integration in die Zivilisation*: hier wird ›Zivilisation‹ im Singular verstanden, und dies ist eine Art, die Würde anderer Völker und Zivilisationen zu leugnen oder anzugreifen;
– *Primitive*: ein rassistischer und kolonialistischer Ausdruck, der die Komplexität und den ganzheitlichen Charakter unserer Auffassungen vom Kosmos und unserer kollektiven Lebensweise zu leugnen versucht. Der diskriminierende Gebrauch von ›primitiv‹ ist verbunden mit dem von ›Wilden‹ und ›Barbaren‹, im Gegensatz zu den sogenannten ›Zivilisierten‹ ...

ZITATOR ZWEI Aus den Berichten des Bartolomé de Las Casas:
Die Neugeborenen starben früh, denn die Mütter hatten wegen des Hungers und der Arbeit keine Milch in den Brüsten ... Manche Mütter ertränkten ihre Kinder vor

Verzweiflung, andere nahmen in der Schwangerschaft bestimmte Kräuter zu sich, so daß sie die Kinder tot zur Welt brachten.

Indianerflöte wie oben

KOMMENTATOR Bartolomé de Las Casas, 1474 bis 1566, ist die große Prophetenfigur der Entdeckungsjahre, ihr lebender Widerspruch. Ursprünglich ein Laie, wurde er Priester und Ordensmann und schließlich Bischof von Chiapas. Der frischfröhlichen Mord- und Raubpraxis der spanischen Eroberer setzte er unversöhnlich Maßstäbe des Evangeliums entgegen. Seine grauenvollen Berichte vom Völkermord lösten in Madrid Bestürzung aus, und unter des Las Casas unmittelbarem Einfluß erließ Karl der Fünfte die sogenannten Neuen Gesetze, die Nuevas Leyes von 1542. Sie erklärten die Indianer zu mündigen Untertanen, regelten den Arbeitsschutz und verboten die Kinderarbeit. In den neugewonnenen Kolonien lösten sie Sabotage und Rebellionen aus, sie waren einfach undurchführbar. Als Missionar versuchte Las Casas die Bekehrung der Indianer ohne Gewaltanwendung, was ihn fast das Leben kostete. 1547 verließ er die Neue Welt, um nie zurückzukehren – ein Geschlagener, ein Narr Gottes, der Erste in der Reihe von christlichen Propheten des amerikanischen Widerspruchs, deren letzter Prominenter der in seiner Kathedrale erschossene Erzbischof Oscar Romero war.

AUTOR Halten wir an diesem Widerspruch (oder vielmehr diesen Widersprüchen) zunächst eines fest, verehrte Zuhörer: vor hundert Jahren waren sie unbekannt. Das Festival von 1893 stand auf dem Felsengrund einer unerschütterlichen Fortschritts-Überzeugung, und der Kolumbus jener Jahre war der Kolumbus, den der US-amerikanische Autor Washington Irving erfunden hatte (oder jedenfalls zu neun Zehnteln erfunden), einschließlich der blauen Augen, mit denen er den Genuesen aufnordete. Kolumbus hätte, so wie Irving ihn beschrieb, den Romanen eines Walter Scott entstiegen sein können:

ZITATOR EINS Kolumbus war ein Mann von großer Geisteskraft und Erfindungsgabe … Er strebte edle und hohe Ziele an, die große Gedanken in ihm weckten und das Verlangen, sich durch große Taten auszuzeichnen. Dieselbe erhabene Gesinnung, mit der er Ansehen zu erlangen suchte, ließ ihn auch nach Würde und Reichtum streben … Ein kühner und forscher Geist … eine glühende und begeisterte Vorstellungkraft … ein ungewöhnlicher Träumer …

AUTOR Es gehört zum Signum dieser Fünfhundertjahrfeier, daß ein solches Columbus-Porträt unvorstellbar geworden ist; wenn sein malerisches Äquivalent auch noch unzählige Zimmerwände von New Jersey bis Los Angeles zieren dürfte. Unsere Zivilisation hat es gelernt, sich selbst in Frage zu stellen (Vielleicht ist sie die erste, der dies gelungen ist – dies wäre immerhin eine Auskunft über Sinn oder Unsinn der Geschichte.) Vielleicht kann sie es sich auch einfach bloß leisten, den Zweifel an sich selbst zu genehmigen oder sogar zu finanzieren.

Wir haben im Vorigen einige indianische Texte vorgestellt, die sich auf das Kolumbusjahr und seine Problematik beziehen. Auch sie wären vor hundert Jahren unvorstellbar gewesen. Aber dies nicht nur, weil sich die weiße Presse geweigert hätte, etwas so Kurioses wie einen indianischen Text zur Centenarfeier abzudrucken. Entscheidend, so scheint mir, ist etwas anderes: solche Indianertreffen, solche Solidarisierungen waren vor hundert Jahren nicht denkbar und zwar aus dem einfachen Grund, weil sich die Indianer, soweit noch vorhanden, mehr oder weniger in ursprünglichen Zuständen befanden. Was immer heute an (höchst erfreulichen) indianischen Artikulationen vorliegt – es zeigt, daß die Indianer gelernt haben, sich weißer politischer Mittel zu bedienen. Was das für die indianische Kultur insgesamt bedeutet, hat der große Anthropologe Claude Levi-Strauss kürzlich in einem Interview in der spanischen Zeitung EL PAIS klar und gestrafft formuliert:

KOMMENTATOR Frage: Könnte es sein, daß die Fünfhundertjahrfeier die Ursache für eine neue, eine Wiederentdekkung wird?

ZITATOR ZWEI Nein. Was der Westen zerstört hat, ist für immer verloren. Es hat keinen Sinn, mit Illusionen zu leben. Auch wenn wir mit Sympathie die Bewußtseinsbildung betrachten, die sich in Amerika – im Süden wie im Norden – in der Form einer synkretistischen Indianerkultur vollzieht, die sich als solche der weißen Kultur entgegenstellt: sie zerstört die Vielfalt der Einzelkulturen, welche einst die amerikanische Gesamtkultur bildete.

AUTOR Und natürlich war es in erster Linie der Einfluß des Christentums, der seit den Tagen des Kolumbus die Mythologie und das Bewußtsein der Indianer veränderte. Nirgends, auch in den USA und in Kanada nicht, hat es eine vollständige Bekehrung der Indianer erreicht; andererseits haben sich nirgends Indianerkulturen ohne jeden christlichen Einfluß erhalten können.

Diese Entwicklung geriet vollends in reißenden Fluß seit den Tagen des Zweiten Vatikanischen Konzils – wovon noch gesondert zu reden sein wird.

Die interessanteste weltliche Stimme des Widerspruchs aber, die sich in den USA erhob, war die Stimme des Kirkpatrick Sale, eines Mannes, der schon längst als radikaler Grüner (oder grüner Radikaler, wie man will) mit beachtlichen Publikationen hervorgetreten war. Er hat sich die Mühe gemacht, den Mount Everest der Columbus-Literatur zu besteigen, und er hat in seinem Buch ›The Conquest of Paradise – Columbus and the Columbian Legacy‹, das deutsch unter dem Titel ›Das verlorene Paradies – Christoph Kolumbus und die Folgen‹ bei List erschienen ist, wohl endgültig neue Maßstäbe für die Beurteilung der Person wie der Konsequenzen des Cristóbal Colón gesetzt.

Um es mit einem Satz zu sagen: dieser Kolumbus ist bei Sale alles andere als ein Held, aber ein Schurke in einem herausragenden Sinn ist er wohl auch nicht. Sale sieht ihn (und belegt dies auch) in erster Linie als Wirrkopf, und zwar als erstaunlich mittelalterlichen Wirrkopf. Seine geographischen Vorstellungen, insbesondere seine Ansicht über die Distanz zwischen Europa und dem legendären Cipango, waren schlicht und einfach falsch, und zwar falscher als die der kundigen Zeitgenossen. Deshalb lehnte König Joâó von Portugal seinen Expeditionsplan rundweg ab, als ihn der Genuese 1486 in Lissabon vortrug. Die Unterstützung der katholischen Könige Spaniens konnte er deshalb gewinnen, weil er einen typisch mittelalterlichen Plan vortrug, was Sinn und Zweck der Reise betraf: die fernen Riesenreiche sollten bekehrt, und die goldenen Ziegel von ihren Dächern sollten dazu benutzt werden, die Wiedereroberung Jerusalems zu finanzieren.

Im übrigen leitete Columbus selbst die spätere Eroberungspolitik in Amerika mit all ihren Scheußlichkeiten ein: fieberhafte, rücksichtslose Goldsuche, Sklaverei und Massenmord für die Eingeborenen, ökologische Dummheiten ersten Grades. Als Gouverneur von Hispaniola war er so unfähig, daß seine Verhaftung und Rückführung nach Spanien durch Bobadilla, den Beauftragten der Krone, völlig zu Recht geschah. Colón war geschickt genug, daraus die ersten Stränge für die historische Legende vom verleumdeten Helden und Entdecker zu flechten. Wirklich arm ist er nicht gestorben, er hinterließ den Seinen ein stattliches Vermögen – wenn es auch keineswegs den Ausmaßen entsprach, die er als ›Admiral der Indien‹ glaubte beanspruchen zu können. An seiner Kreuzzugsidee hielt er noch lange, lange fest – mindestens bis weit ins erste Jahrzehnt des neuen Jahrhunderts hinein. In all dem war er Kind der Zeit – der europäischen Zeit des 15. Jahrhunderts.

Fünfzig Jahre später, nach den jede Phantasie sprengenden Eroberungszügen des Cortés, des Alvarado und des Pizarro, war die Bevölkerung der spanischen Amerikas auf ein Zehntel ihres ursprünglichen Bestandes reduziert, die Indianer der Karibik waren fast vollständig ausgerottet, und die leyenda nera, die Schwarze Legende von der bestialischen spanischen Grausamkeit, wartete darauf, von nördlich-protestantischen Druckerpressen aus in Gang gesetzt zu werden.

Kirkpatrick Sale, das muß man feststellen, hat mit dieser Legende nichts im Sinn und belegt dies ausdrücklich. Er schildert im letzten Drittel des Buchs die Anfänge der zweiten großen Landnahme, der englischen auf dem nördlichen Teil des Kontinents, die gute hundert Jahre später lag. Und er vermag, was Menschlichkeit beziehungsweise Unmenschlichkeit, Verständnis beziehungsweise Unverständnis, Habgier beziehungsweise Zurückhaltung und ökologische Klugheit betrifft, nicht den geringsten Unterschied auszumachen:

ZITATOR ZWEI Die Geschichte der ersten Niederlassung jenes Landes, das in der Schlacht um den Kontinent letztendlich siegte, nämlich Englands, ist ein warnendes Beispiel. Sie zeigt uns ganz deutlich, wie die zweite große Kolonisationsmacht das Vermächtnis des Kolumbus verwirklichte, nämlich mit der gleichen rücksichtslosen Entschlossenheit, der gleichen Mischung von Unerschrockenheit und Grausamkeit wie die erste – und auch die tragische Wirkung ihrer Unternehmungen und der Triumph ähneln sich. Die spanischen Eroberungsmethoden mögen sich von den englischen unterschieden haben, gemeinsam war ihnen aber das Bestreben, ihr eigenes Volk hierherzubringen, die politische und ideologische Vorherrschaft an sich zu reißen, große Gebiete zu besiedeln und zu beherrschen, ein Volk von Untertanen militärisch in Schach zu halten, die Ressourcen des Bodens auszubeuten – und geistig erneuert aus diesem Prozeß hervorzugehen.

AUTOR Und so kommt es an der Chesapeake Bay zu den gleichen schrecklichen Abläufen wie in der Karibik: zunächst naives Staunen über die freundlichen nackten Wilden, dann ebenso naive Inbesitznahme, erste Reibereien, Änderung des Indianerbildes, der nun zum menschenfressenden, unzivilisierbaren Monstrum wird, Niederbrennen von Siedlungen, Massaker – und, im Zuge dessen, was Fernand Braudel die ›Internationalisierung der Mikroben‹ genannt hat, zum Massensterben der Ur-Amerikaner an Kinderkrankheiten wie Mumps, Masern und Blattern.

Hätte alles anders kommen können? Wäre eine Verzahnung der Kulturen möglich gewesen, oder auch nur eine einigermaßen lebenserhaltende Koexistenz? James Fenimore Cooper, der Verfasser der Lederstrumpf-Romane, träumte von einer solchen; Las Casas hat bestimmt von ihr geträumt; und Kirkpatrick Sale träumt auch davon, wenn er unverhohlen Partei nimmt:

ZITATOR ZWEI Hätten die Europäer gewußt, wo und wie sie suchen mußten – sie hätten sicher Erlösung gefunden: in dem integrativen Verhalten der Stämme, in den ... gemeinschaftsorientierten Werten, im reichen Zusammenspiel der indianischen Kulturen mit der Natur – aber ebenso aller anderen Urvölker, die europäischen nicht ausgenommen ... es gibt Erneuerung und Wiederherstellung, aber keinen Fortschritt, es gibt Erkenntnisse, die viel weiter vordringen als die Wissenschaft, Verständnis, das keine Worte oder Ideengebäude braucht, ... einen Umgang mit der Erde, der über die Identifikation mit dem Ich oder der Art weit hinausgeht.

Das Vorbild der Indianer wäre damals Erlösung gewesen, und es könnte heute noch Erlösung sein.

Die Indianerin Doris Melliadis vom Stamm der Irokesen erklärte vor fünfzehn Jahren in New York:

ZITATORIN Heute versammeln sie sich zur nahenden Katastrophe und der Zerstörung des weißen Mannes durch seine eigene Hand, durch seine fortschrittlichen Technologien, und nur der Indianer Amerikas kann sie abwenden. Die Zeit ist nahe. Diesmal wird das Unsichtbare sichtbar werden.

ZITATOR ZWEI Wollen wir es hoffen. Es gibt nur eine mögliche Lebensweise in Amerika, es kann nur eine geben ... Fünf Jahrhunderte lang haben wir versucht, diese einfache Wahrheit zu irgnorieren. Wenn wir sie weiter ignorieren, riskieren wir die Gefährdung – schlimmer noch, die Zerstörung – der Erde.

AUTOR Soweit der Schlußappell – wenn man so will – des Kirkpatrick Sale. Leider hat er einen methodischen Fehler begangen – eigentlich nur eine methodische Unterlassung. Da er sich auf die beiden Ur-Situationen der Landnahme konzentriert – auf Hispaniola und an der Chesapeake Bay –, läßt er seine Weißen auf Stämme treffen, die tatsächlich eine hohe Naturverbundenheit mit sehr kluger extensiver Landwirtschaft verbanden. Was er – vielleicht notwendigerweise – unberücksichtigt läßt, ist das, worauf die Eroberer wenige Jahre später stießen: die indianischen Großreiche mit ihrer ganzen Komplexität, ihren sozialen Pyramiden vom Gottkönig bis zum Sklavenwurm, mit ihrer Grausamkeit und ihren eingebauten Wachstumsproblemen, die, wenn nicht die der Europäer, so doch verzwickt genug waren. Und genau da wirds kritisch ...

* * *

TITELSPRECHER Drittes Kapitel: Konfrontation, Kontroverse, Beschwichtigung.

Motiv, breit und schön, aus Dvoraks ›Neuer Welt‹

AUTOR Man kann sichs leicht machen, wie etwa der spanische Minister Luis Yañez, der mit den Vorbereitungen zur Jubelfeier betraut ist und alle Einwände mit der Formel abtut:

ZITATOR EINS Lächerlicher Masochismus!

AUTOR Aber es gibt natürlich gründlichere Argumente. Am besten sind sie vielleicht zusammengefaßt in einer Attacke, die der rechtsgerichtete amerikanische Kolumnist Charles Krauthammer schon im Mai 1991 gegen Sales Buch ritt. Krauthammer krempelt die Ärmel hoch und legt los:

ZITATOR EINS Die Attacke hat zwei Teile. Erstens, die Schurkerei des Kolumbus und seiner Nachkommen festzustellen – das heißt, die unsere. Kolumbus ist das tote weiße Männchen schlechthin ...

Aber stimmt das so? Balzac schrieb einmal, daß alle großen Vermögen auf einem Verbrechen beruhen. Aber alle großen Zivilisationen genauso. Die europäische Eroberung Amerikas (wie die Eroberung anderer Räume) war sicher von großen Grausamkeiten begleitet. Aber das besagt nicht mehr, als daß die Eroberung Amerikas genau so war wie der Aufstieg des Islam, wie die normannische Eroberung Englands, wie die weitverbreitete indianische Tradition der Raubzüge, der Entvölkerung und der Aneignung fremden Landes ...

Die wirkliche Frage lautet: was ist aus diesem blutgetränkten Boden gewachsen? Und die Antwort: die großen modernen Zivilisationen der beiden Amerikas ...

Wenn wir Zivilisationen nach ihren Individuen beurteilen wollten, sollten alle gehängt werden, ein einziger Mord genügt, um den Galgen zu rechtfertigen. Aber wenn man Zivilisationen nach dem beurteilt, was sie der Welt genommen und was sie ihr gegeben haben, dann wird ein vorurteilsloser Beobachter – sagen wir, einer aus den Millionen in Mitteleuropa und Asien, deren Augen voll Hoffnung auf Amerika gerichtet sind – sicher den Tag segnen, an dem Kolumbus die Segel gehißt hat.

Teil Eins des Anti-Kolumbus-Kreuzzugs ist also die Verleumdung des Kolumbus und seines Erbes. Teil Zwei ist Heiligenlegende – das Lied von der Heiligkeit der Indianer in ihrem prä-kolumbianischen Eden, einem Land der Tugend, der Empathie und der ökologischen Harmonie.

War das wirklich so? Sicher, ein paar Indianerstämme (die Hopis zum Beispiel) waren Pazifisten, die Bäume umarmten. Aber die Idee, daß das prä-kolumbianische Amerika eine Hemisphäre voll edler Wilder war, ist ein pubertärer Traum (kürzlich bunt, wenn auch lächerlich illustriert in dem Film ›Der mit dem Wolf tanzt‹).

Man nehme die Inkas. Die Zivilisation der Inkas, schreibt der Peruaner Mario Vargas Llosa, war eine pyramidale, theokratische Gesellschaft von totalitärer Struktur, in der das Individuum keinerlei Wichtigkeit, ja kaum eine Existenz hatte ... Die Staatsreligion verwandelte das Inka-Reich in einen Bienenstock ... Sicher, der Bienenstock wurde zerstört von halbanalphabetischen, rücksichtslosen und habgierigen Kriegern. Aber sie vertraten eine Kultur, in der sich Freiräume für den Einzelnen gebildet hatten, die weder gesetzlich noch durch die herrschende Macht kontrolliert werden konnten. Mit anderen Worten, eine Kultur der Freiheit, die den Einzelnen mit Souveränität und Würde ausstattet.

Ist es eurozentrisch zu glauben, daß ein Leben in Freiheit dem Leben im Bienenstock überlegen ist? Sicher, das rechtfertigt nicht die Grausamkeit der Eroberung. Aber es erlaubt uns festzustellen, daß nach 500 Jahren das Erbe des Kolumbus eine Zivilisation geschaffen hat, die wir bei allem kulturellen Relativismus nicht mit der der Inkas gleich setzen sollten. Sie ist besser.

Und die Menschheit wurde dadurch besser. Unendlich viel besser. Das genügt, um Kolumbus zu ehren und 1492 zu segnen.

AUTOR Soweit Charles Krauthammer, und seine Argumente sind nicht ungeschickt. Sie erinnern nicht nur von fern an einen Text, den wir schon eingangs zitiert haben:

ZITATOR EINS Was zählt, ist die Wirklichkeit der neuen Völker, die nun einen Teil der Familie der Gotteskinder bilden. Das ist das Wichtigste. Christus wurde verkündet, und aus diesem Kontinent der Hoffnung hebt sich die Opfergabe des Glaubens empor – des Glaubens jener, die einst »Nicht-Völker« – non-peuples, non-pueblos – gewesen und jetzt Gottesvolk sind.

KOMMENTATOR Der Text stammt aus einer Handreichung der lateinamerikanischen Bischofskonferenz CELAM und wurde hinausgegeben als Material für Predigttexte bei den Dankmessen der Centenarfeier. Mit anderen Worten: die offizielle Linie der römischen Kirche hat sich – wie schon der projektierte Papstbesuch zum 12. Oktober zeigt – zum Feiern statt zur reuigen Reflexion entschlossen.

AUTOR Das war und ist keineswegs selbstverständlich. Die CELAM war bis vor einigen Jahren eine Bastion lateinamerikanischen Selbstbewußtseins gegenüber der Kolonisation, aber es ist ihr Einiges zugestoßen. Am Besten lassen wir einen belgischen Theologen berichten, der Brasilien seit 1958 und die heroischen Zeiten der CELAM erlebt hat ...

ZITATOR ZWEI Der Vatikan hat den Monsignore Lopez Trujillo als Generalsekretär eingesetzt (es ist der einzige Dauerposten). Damit hat er den ganzen Apparat der Konferenz umgestürzt, die jetzt eine Kriegsmaschine der Kurie geworden ist, im Dienst einer ganz bestimmten Politik: der Rückkehr zur Großen Disziplin. Die Bischöfe sind heute isolierter als früher ...

KOMMENTATOR Und was hat Rom zu dieser Intervention veranlaßt?

ZITATOR ZWEI Eben dieses lateinamerikanische Selbstbewußtsein. Damals tauchten im Episkopat Männer wie Hélder Câmara, Leonidas Proaño auf ... Diese Prälaten, die als erste seit dem 16. Jahrhundert sich nicht mit den Kolonisatoren solidarisierten, haben begriffen, daß es eine Kirche zu errichten gilt, die ihre eigenen Bedürfnisse entdeckt und nicht von außen gesteuert wird – kurz, es ging um die Ent-Kolonisierung der lateinamerikanischen Kirche. Das erklärt das Mißtrauen Roms, aber auch das Mißtrauen der Mehrheit des Klerus selbst.

Aber diese Generation von Medellín ist heute weg vom Fenster. Einige sind gestorben, andere sind krank oder im Ruhestand ...

KOMMENTATOR Und ist diese Generation nicht ersetzt worden?

ZITATOR ZWEI Es ist niemand da, der die Stafette übernehmen könnte. Rom wünscht möglichst gesichtslose Bischöfe, die Politik der jüngsten Ernennungen verstärkt diese Tendenz.

Rom ist dabei, das zu demontieren, was die Generation von Medellín aufgebaut hatte. Das bekannteste Beispiel ist Recife, wo das, was man Hélder Câmara aufzubauen gestattete, systematisch vernichtet wird. »Er hat so ein Durcheinander angerichtet, daß man bei Null beginnen muß« – heißt es in Rom. ...

Der Orgelsatz vom Anfang

AUTOR Zurück also zur Großen Disziplin – und das heißt ja wohl auch, zurück zur Großen Tradition. In dieser Tradition waren die prä-kolumbianischen Indianer eben Nicht-Völker – Naturkinder, die auf das große weiße Schiff mit dem Kreuzsegel warteten. Ob die Große Disziplin genügen wird, die Fülle des Widerspruchs, gerade auch des indianischen Widerspruchs, aus der Weltöffentlichkeit wegzudrücken?

Takte aus Dvorak

Was dann immer noch bleibt, ist Beschwichtigung. BEGEGNUNG – ENCOUNTER – ENCUENTRO: So stehts groß über den Fahnenbögen des Jubeljahres. Eine großartige Formel: der große weiße Panzerwagen begegnete der Speerschleuder des Aztekenkriegers, der eben Pech hatte. Wir tauschten Saatgut, Viren, Mikroben aus – Tomaten und Kartoffel und Syphilis gegen Pferde, Blattern und Cholera.

Den Tabak und die Schokolade nicht zu vergessen. TIME, das amerikanische Wochenmagazin, das eine gewisse Meisterschaft im wohlausgewogenen Beschwichtigungsgeschäft beanspruchen darf, hat das wie folgt formuliert:

ZITATORIN ZWEI Kolumbus feiern? Sicher nicht, wenn das Schulterklopfen und Fahnenwedeln hieße. Aber es kann mehr bedeuten: die lange, faszinierende Chronik zur Kenntnis nehmen; feststellen, daß der unausweichliche Konflikt sowohl Verlierer wie Gewinner hervorbrachte und eine Mischung von Rassen, Gebräuchen und Sitten wie noch nie vorher auf Erden. Kolumbus und alles, wofür er steht, mag einfach ein Anlaß sein, den Zeigefinger zu heben. Aber vielleicht kann man ihn dadurch feiern, daß man versucht, einander besser zu verstehen.

Schlußtakte aus Dvorak

* * *

AUTOR Aber darf es dabei bleiben?

TITELSPRECHER Viertes Kapitel: die Kolumbusfalle.

Zwei Orgeltakte/Indianerflöte/Dvorakmotiv, abrupt nebeneinander

AUTOR Ist nach all dem ein Fazit denkbar, verehrte Hörer? Ist Kirkpatrick Sale widerlegt, war nicht doch das Licht der Gnade das Entscheidende – die Botschaft der Fülle, die Würde und Souveränität des Einzelnen, die sich in den Freiheitsräumen Amerikas erst richtig entfaltete? Und ist es nicht richtig, daß Amerika nicht nur in diesem Jahrhundert, sondern seit seiner Gestaltwerdung für Europa eine stete Stütze und Ermutigung war?

Das Fatale ist, daß beide Seiten recht haben.

Betonen wir, was wir schon eingangs sagten: die Kolumbus-Story war eine Erfolgsstory, weit über alle Erwartungen hinaus, auch noch über unsere Erwartungen vor 1989. Sie hat einen euroatlantischen Zivilisationstypus geschaffen, dem sich Japan und seit neuestem Korea, Singapur, Taiwan, Hongkong – also die kleinen asiatischen Tiger – adaptiert haben. Die letzte fadenscheinige Konkurrenz, der real existierende Sozialismus, hält sich noch in China, Cuba, Vietnam – fähig zur ideellen Aussaat ist er nicht mehr.

Und natürlich ist dies eine gemeinsame europäisch-amerikanische Geschichte. Ohne die Düsternisse und die anhebende Kapitalismus-Epoche des europäischen 15. Jahrhunderts hätte es die großen Seefahrten nicht gegeben. Es war europäischer Drang, der sich auf die neuen, jungfräulichen Küsten stürzte – und seitdem ist europäisches und amerikanisches Schicksal in einer Zivilisation miteinander verbunden geblieben. Die mehr oder weniger snobistischen Abgrenzungsversuche gewisser europäischer Intellektueller erscheinen demgegenüber töricht, ja lächerlich.

Was aber (außer Gold und anderem Reichtum) entdeckte der Europäer an diesen jungfräulichen Küsten für sich? Er entdeckte die Freiheit des Abenteuers, und er entdeckte die Faszination des weiten, des praktisch menschenleeren Raumes. Er entdeckte die gewaltige Fülle des Rohmaterials: unermeßliche Wälder, gewaltige Adern von Metallen jeder Art, – das war nicht nur Reichtum, das veränderte das kulturelle Gesicht des westlichen Menschen. Schon im fünfzehnten Jahrhundert sah dieses Gesicht so aus, wie es der Historiker William Woodruff in seinem Buch ›Impact of Western Man‹ schildert:

ZITATOR ZWEI Vor den Europäern hatte keine Zivilisation Anlaß gehabt, an den systematischen materiellen Fortschritt der Menschheit zu glauben; keine Zivilisation legte so viel Wert auf die Quantität anstelle der Qualität des Lebens; keine Zivilisation strebte so unnachgiebig einem in immer weitere Fernen rückenden Ziel zu; keine Zivilisation versuchte mit solcher Leidenschaft, das Tatsächliche durch das Mögliche zu ersetzen; keine Zivilisation war je so begierig wie die westliche, die Welt nach ihrem Willen zu lenken; keine Zivilisation kannte so wenige Augenblicke des Friedens und der Ruhe.

AUTOR Fügen wir dieser Bilanz etwas sehr Wichtiges hinzu: Europa war imgrunde eine sehr junge Kultur. Nach dem Ende Roms glitt es jahrhundertelang in fast primitive Verhältnisse zurück, und nie hat es ganz die Tage der großen Freiheit vergessen, die in den Sagas der Nordmänner, den keltischen Heldenliedern ihren Niederschlag gefunden haben. Amerika, wenn man so will, erlaubte es dem mittelalterlichen europäischen Abenteurer, noch eine Zeitlang jung zu bleiben. Wenn wir einen der machtvollsten Beiträge Amerikas zur Weltkultur näher betrachten – den klassischen Western –, so ist seine Verwandtschaft mit dem Menschenbild etwa der großen isländischen Prosaerzählungen des 10. Jahrhunderts absolut erstaunlich: der überlebensgroße, einsame Held, der zum glorreichen Totschlag bereite und von Gefahren umringte, in karger, menschenleerer Landschaft, imgrunde nur seinem eigenen Kodex verpflichtet, der über Land und Meer ausgreift in unersättlicher Sehnsucht nach Weite und Eigengesetzlichkeit ...

Ein paar Takte von »Don't Fence Me In ...«

Und so ist denn der Cowboy folgerichtig ein ideales Berufsbild der männlichen europäischen Jugend zwischen sechs und zwölf Jahren geblieben.

Der Erfolg, den diese Fusion von europäischem Ausgriff und amerikanischen Möglichkeiten hatte, ist erst in unseren Tagen in seiner vollen Problematik klargeworden. Hätte sich dieser amerikanische Raum nicht eröffnet, wäre das arme, geschundene Europa über kurz oder lang gezwungen gewesen, erwachsen zu werden; sich mit den eigenen Begrenzungen zu befassen, eine Kultur zu entwerfen, in der seine adoleszenten Träume der Vergangenheit überantwortet werden mußten. Ob Europas Traditionen dergleichen erlaubt hätten, ist eine Frage für sich. Fest steht, daß sie durch die Entdeckung Amerikas nicht gestellt zu werden brauchte: jedes neu auftauchende Problem konnte mithilfe der Ressourcen Amerikas materiell beantwortet werden – nicht durch Verzicht, nicht durch kollektives Ja zur Begrenzung, sondern durch die ständige Ausweitung der technischen und quantitativen Hilfsmittel.

Und das wird die große Frage von morgen sein. Gewiß, wir haben zusammen, wir Euro-Atlantiker, die Kultur geschaffen, die dem Individuum den größten Spielraum gewährt. Aber wir haben diese Freiheit an den Wohlstand gekoppelt, und zwar von Anfang an. Dieser Wohlstand beruht auf der Inbesitznahme immer weiterer Räume, immer gewaltigerer Ressourcen, immer günstigerer Handelsbedingungen. Stillstand ist schon Krise, und das Ende der Kultur des Verbrennungsmotors, aus ökologischen Gründen unbedingt zu fordern, wäre vermutlich das Ende der freiheitlichen Institutionen.

Das ist das endgültige Gericht, dem wir, wir Euro-Atlantiker, wir Nachfahren des Kolumbus, uns stellen müssen. Krauthammer hat recht: die Weltgeschichte ist kein Gerichtshof über moralische Schandtaten, und keiner kann die Mörder der karibischen Indianer hängen. (Die Mörder der guatemaltekischen Indianer von heute könnte man schon hängen, aber das würde diplomatische Verwicklungen bedeuten, auf die man keinen Wert legt. Ebenso könnte man die Mörder des Erzbischofs Oscar Romero hängen, aber auch dagegen sprechen hochpolitische Gründe.) Wie dem auch sei, die Weltgeschichte ist, entgegen der Ansicht von Friedrich Schiller, eben nicht das Weltgericht.

Was jedoch das Weltgericht sein wird, ist die Erdgeschichte. Und vor diesem Tribunal versagt Kolumbus, versagt sein Erbe und seine Hinterlassenschaft. Die Schnelligkeit, mit der wir die Biosphäre des Planeten unbewohnbar machen, ist eine direkte Folge der Problemlösungsstrategien, an die wir uns, von fünfhundert Jahren Expansion und Opulenz verführt, mehr und mehr gewöhnt haben.

Es läßt sich, vielleicht, alles viel einfacher ausdrücken, mit den Worten der Schrift, dem Evangelium vom ersten Fastensonntag:

TITELSPRECHER Daraufhin führte ihn Satan auf einen hohen Berg, zeigte ihm alle Herrlichkeit der Welt und sprach: dies alles will ich dir geben, wenn du niederfällst und mich anbetest.

AUTOR Nun, 1492 wurden wir auf diesen Berg geführt – und wir waren nicht so standhaft wie der Mann aus Nazareth.
Das wärs wohl.

Großer triumphaler Orgelsatz

Pffft –!

oder:
Das Ende der Großen Atlantischen Blase
Exposé 2003

Seit der dubiosen Machtübernahme der George W. Bush-Administration und ihren zahlreichen Beleidigungen der kollektiven Menschheitsvernunft ist es üblich, einen möglichst malerischen Gegensatz zwischen Europa und den USA herauszuarbeiten, wobei auf beiden Seiten des Großen Teiches viel Überflüssiges zusammengeredet und -geschrieben wurde.

Die dabei übliche Diskurs-Anordnung: ein schnuckeliges, schon etwas schmuddeliges, postheroisches – sagen wir ruhig feiges Europa gegen ein US-Amerika der Macht und der Kampfbereitschaft – sagen wir ruhig der Machtgier. Robert Kagan beschreibt uns Europäer als Venusianer und Amerika als marsianisch-martialisch, Danny Cohn-Bendit wiederum nennt die amerikanische Vision (oder was als solche verkauft wird) kapitalistisch-bolschewistisch, wegen ihres radikalen Weltveränderungsanspruchs. Und nach den großen Anti-Irakkrieg-Demonstrationen in Europas Städten machte sich ein halbes Dutzend der üblichen Verdächtigen, von Habermas über Eco bis Derrida, in führenden Zeitungen an einem humanistischen Europa-Definitionssoll zu schaffen.

Der Versuch, wahrscheinlich als Eröffnung eines fundamentalen Dialogs auf Augenhöhe gedacht, zerrann im Sande der Unbestimmtheit und Unbestimmbarkeit. Das war logisch. Denn letzten Endes handelte er auch nur mit längst abgelösten Valuten – und so kam nicht viel Erkenntnisgewinn, geschweige denn Tatbereitschaft zustande.

Wesentlich ergiebiger ist es, die Geschicke Europas und Amerikas als europäisch-amerikanische Gesamtgeschichte zu begreifen – ergiebiger und für die Zukunft bedeutsamer als die sorgsame Pflege transatlantischer Eigenheiten und Ressentiments. Erweitern wir also unseren Gesichtswinkel, betrachten und werten wir die Geschichte der letzten fünfhundert Jahre strikt als eine gemeinsame Geschichte Europas und Amerikas; als die Geschichte dessen, was ich als das *Great Atlantic Bubble,* die Große Atlantische Blase definiere. Das Modell hat den Vorteil, daß es sich methodisch in die wahrhaft übergeordnete, die biosphärische Perspektive einfügen läßt, ja daß es überhaupt erst in dieser Perspektive fruchtbar wird, ihre Priorität aufzeigt, zu rascher konkreter Umsetzung nötigt. Die üblichen Dialogansätze, die Richtlinien und Tabus des Totalen Marktes respektierend, haben das bisher vermieden; in der Regel wohl auch deshalb, weil die Seelsorge des Totalen Marktes in den letzten Jahrzehnten höchst erfolgreich die Gehirne und Eingeweide von allzu kritischen Denkweisen gereinigt hat.

Präzisieren wir: wahrhaft amerikanische Geschichte hörte vor fünfhundert Jahren auf. Die letzten Amerikaner (in Kanada nennt man sie höflich *First Nations)* sitzen in elenden Reservaten herum, haben nichts zu tun, trinken zu viel, und ihre Kinder werden durch den Genuß von Paleface-TV endgültig den Wegen der Väter entfremdet. Nein, die heute so genannten Amerikaner (einschließlich der meisten Lateinamerikaner) sind die Kinder und Zöglinge erfolgreicher Europäer, die sich, dank einer einmaligen Glückskonstellation und folgend ihrer eigenen wilden Entschlossenheit, die Erfüllung von Europäerträumen leisten konnten und leisteten.

Der Historiker William Woodruff hat in seinem Werk *Impact of Western Man* die psychologische Ausgangssituation für die Große Atlantische Blase umfassend beschrieben:

»Vor den Europäern hatte keine Zivilisation Anlaß gehabt, an den systematischen materiellen Fortschritt der Menschheit zu glauben; keine Zivilisation legte so viel Wert auf die Quantität anstelle der Qualität des Lebens; keine Zivilisation strebte so unnachgiebig einem in immer weitere Fernen rückenden Ziel zu; keine Zivilisation versuchte mit solcher Leidenschaft, das Tatsächliche durch das Mögliche zu ersetzen; keine Zivilisation war je so begierig wie die westliche, die Welt nach ihrem Willen zu lenken; keine Zivilisation kannte so wenige Augenblicke des Friedens und der Ruhe.«

Diese europäische Stimmung, die wir als die Saat der Renaissance zu kennen glauben (oder schon, wie kürzlich Charles Murray meinte, der Hochscholastik), sproßte aber aus einer spätmittelalterlichen Welt innerer und äußerer Verelendung, zumindest Verunsicherung empor. Eine Heimat der Not war Europa immer und immer wieder gewesen; Hunger, Krieg, Seuchen – die apokalyptischen Reiter hatten es nie lang verschont. Seine Staaten waren feudal, das heißt im Vergleich zu den großen östlichen Reichen schlecht organisiert; mit Ausnahme von einigen winzigen Gebilden: Signorien, Städte des Handels und der Manufaktur, dazu ein paar Landstriche am Rand der See. »Herbst des Mittelalters«, so hat Huizinga diese Raumzeit in einem epochalen Werk genannt. Und nicht nur die materiellen Bedingungen waren prekär, auch die spirituellen Ressourcen waren zerrüttet. Die Westkirche war durch das Avignon-Exil, das anschließende Schisma und die Angriffe der Armutsbewegungen diskreditiert; kollektive Hysterie tobte sich aus in Geißlerzügen, Hexenwahn und sadistisch inszenierten Hinrichtungen. Die ritterliche Kriegführung (wenn es sie je gegeben hatte) verkam zum Handwerk beutesüchtiger Schnapphähne.

Wenn die Heere der östlichen Riesenreiche in Abständen über die großen Ebenen einfielen, war Europa schutzlos und verdankte seine wiederholte Rettung innerasiatischem Zwist, welcher die Aufmerksamkeit der Eroberer jeweils von der West-Expansion ablenkte. Und dahinter, im ganz fernen Osten, stand eine Welt, deren Dimensionen und deren Organisationsgrad in Europa kaum erahnt wurden.

Die Umsegelung Afrikas und die Auffindung Amerikas ändern all dies fast über Nacht. Aus ein paar kargen Randstaaten, welche tüchtige Schiffe und überlegene Waffen entwickeln, entsteht die entscheidende Macht der Neuzeit, das große Seereich, das sich mit dem Leviathan als seinem heraldischen Totemtier schmückt. Es hat, wie wir heute sehen, der ganzen Welt sein Herrschaftszeichen aufgedrückt. Das letzte massige Landtier, der letzte Behemoth, der es herausforderte, war das Sowjetsystem; sein Ende markiert, wenn man rein geopolitisch denkt, den endgültigen Triumph der atlantischen Riesenschlange, die längst ihren Laich auch im Pazifik ablegt.

Wir interpretieren diese fünfhundert Jahre als Wirtschaftsgeschichte im weitesten Sinne; das heißt als Geschichte eines Booms, der schon zu Ende geht, und der durch ihn verursachten biosphärischen Regression. Als Erstes ist dabei der Begriff der Finanz-Blase, des großen Bubble genauer zu betrachten: sind seine Symptome auf den fünfhundertjährigen Boom der *New Atlantic Economy* anwendbar?

Im Wesentlichen ja.

Ein wirtschaftlicher Boom entsteht, wenn eine große bisher ungenutzte Ressource (eine Erfindung, ein Rohstoff, eine Produktionsmethode oder eine neue Energiebasis) auftaucht bezw. angeboten wird, die große Rendite verspricht. Es wird ein Bubble, eine Seifenblase daraus, wenn das Ende des Booms eher als erwartet eintritt – oder wenn das Angebot in zahlreichen Hirnen und Bäuchen der Zeitgenossen allzu wirre Habgier entzündete. In der Regel schlägt das Angebot spätestens vom Punkt der Höchstnotierung ab ins Kriminelle um, wenn es nicht von vornherein auf Betrug beruhte.

Die Geschichte dieser gewaltig aufgepumpten Spekulationen, die man heute unter dem Begriff des Bubble zusammenfaßt, begann ja tatsächlich erst in der Neuzeit; drei davon seien als exemplarisch beschrieben.

Zuerst der Tulpenwahn, die so genannte Tulpomanie 1637 in Holland. Nicht nur in den Finanzzentren, sondern bis weit in die Märkte und Dörfer hinaus entstanden Börsen für den Handel mit den kostbaren Zwiebeln; es wurden Preise im fünfstelligen Guldenbereich gefordert und bezahlt – bis das nervöse Abstoßen einsetzte und die mythische Ware wieder in hübsche Blumen zurückverwandelte. Eine heilsame Lektion und eine menschliche Katastrophe: Zahlreiche Vermögen, auch solche der gerade aufsteigenden kleinen Leute, waren ruiniert.

Der zweite Boom dieser Art, die 1720 in England gestartete »Südseeblase« *(South Sea Bubble)*, hatte nichts mit dem Pazifik, sondern mit dem Südatlantik, d.h. Südamerika, zu tun und war wohl von vornherein auf Betrug angelegt. Seine Initiatoren versprachen fabelhafte Geschäfte dortselbst, wobei sie großzügig darüber hinweggingen, daß alles längst spanisch und portugiesisch beherrscht war. Die Blase platzte bald, die Investoren konnten sich nur noch über sich selbst wundern.

Umfangreicher und historisch bedeutsamer: die Transaktionen des Schotten John Law im Dienste der französischen Monarchie, die 1717 begannen. Law scheint kein Scharlatan gewesen zu sein; seine Vorstellungen waren kühn, aber durchaus ableitbar aus der Logik der Finanzwirtschaft. Zum Desaster wurden sie durch die Gier und Torheit vor allem der Aristokraten, die einfach nicht genug bekommen konnten und blindlings Aktien kauften, deren Marktnotierung ins Schwindelerregende (und Schwindelhafte) stieg. (Damals entstand das französische Wort *millionaire.)* Kriminell wurde die Sache, als Law die neuen Kredite fiktiv durch die zu erwartende Ausbeutung von Louisiana deckte. Als die Blase platzte, war der Sündenbock natürlich John Law selber, aber die stete finanzielle Malaise des französischen Ancien Régime wurde zur steten Katastrophe, die dann 1789 zur Einberufung der Generalstände führte.

Man sieht: alle drei Bubbles waren aufs Engste mit den überseeischen Entdeckungen verbunden; waren sozusagen Derivate des gewaltigen Angebots, das fast sofort 1492 einsetzte, und das ein Muster für sämtliche folgenden abgab bis zum großen Crash von 1929 und zur Verwitterung der *New Economy* um die letzte Jahrtausendwende.

1492: Da sticht ein halbverrückter Genuese, der die zuverlässigen Karten der Portugiesen ignoriert und sozusagen hintenherum in Cipango Gold für die Befreiung des Heiligen Grabes einsammeln will, die alten Himmelskreise auf – und aus der See steigt ein kontinentaler gedeckter Tisch für jeden möglichen Appetit. Sofort beginnt die Bull-Saison, die Haie schießen heran, die *New Atlantic Economy* ist geboren.

Gewiß, der neue Kontinent bot auch neue, unerhörte Freiheit, bot hundert Wege aus der Unmündigkeit, und im Spiel und Widerspiel der Geister ging mehr und mehr davon in den Diskurs und in die Praxis der Gesellschaft auf beiden Seiten des Atlantik ein. Noch schneller aber (und das sollte die Praxis bis heute bestimmen) entdeckte der *Homo sapiens europaeus* seine Jugend wieder – seine uralten Talente als Beutemacher und Landräuber und Völkermörder. Was der Stand der Dinge, was der Stand der Gesittung in Europa schon nicht mehr erlaubte, ja, was er allmählich als todsündig und sinnwidrig erkannte, das entfaltete sich nun aufs neue in prachtvoller Unbekümmertheit.

Die neue atlantische Ökonomie begann, wie bekannt,

mit Massenmord, Versklavung und altmodischer Plünderung, unter dem mystischen Glanz, ja der mystischen Verblendung des Goldes. Das Gold der Azteken; das Gold der Inkas; der unwiderstehliche Köder des Dorado, der Mythos des über und über mit Gold verkleideten Herrschers irgendwo im weitesten Westen, legte jede wirksame zivilisatorische Schranke nieder. Wenige Jahre nach Columbus, bei Cortés und Pizarro und Alvarado und den anderen unglaublichen Conquistadoren, redete kein Mensch mehr vom Heiligen Grab: unterstützt von blankem Stahl und den mächtigsten vorstellbaren Alliierten, nämlich den Mikroben aus den schmutzigen Städten und Dörfern Eurasiens, leiteten sie als Pioniere den wahrscheinlich umfassendsten Biozid der Geschichte ein.

Was die Spanier und Portugiesen, nach ihnen die Holländer und Franzosen und Engländer, da wiederbelebten, war die gute alte Beutegier, der heißhungrige Marsch des Opportunismus, mit dem schon die Urindianer die Großwildbestände Amerikas vor Jahrzehntausenden ausgerottet hatten (die vielzitierte ökologische Weisheit der Nachkommen entstand in späteren, viel kargeren Zeiten).

Entscheidender als der spanische Wahnsinnsanfall, der schon ein gutes Jahrhundert später in den Niedergang führte, wurde die Gier des Nordens. Um 1780 schätzte der Chronist Hector de Crèvecoeur die Dauer der vollständigen Durchdringung Nordamerikas von Küste zu Küste auf acht Generationen, in Wahrheit dauerte es nicht halb so lang. Gold- und Büffelräusche, der unerbittliche Pflug der Settler, aber noch mehr die Millionenspekulation der Banken und Eisenbahnmagnaten lieferten Treibsatz um Treibsatz für das, was nun zum Stichwort der Moderne wurde: für immer mehr Tempo und immer mehr Profit.

Pubertäre europäische Träume (die Gold- und Silberfixierung der Wikinger, aber auch der Landhunger ungezählter Bauergenerationen, der Hunger einer wachsenden technischen Klasse nach den Schätzen der Berge und den fossilen Brennstoffen) entzündeten den Hunger, der sich rücksichtslos durch Felsen und Wälder und Savannen und indianisches Fleisch bohrte, der Aas, Abfall, Abraum wie Gischt nach allen Seiten versprühte und keine Zeit damit verlor, Verwüstung ein wenig aufzuräumen oder gar zu vermeiden. In nackter Wirtschaftssprache: keine externen Kosten durften die Rendite schmälern.

Aber nun ist es die Eigenart der atlantischen fünfhundert Jahre, daß gleichzeitig (und natürlich kausal verbunden) die bisher intensivste und letztlich erfolgreichste Suche nach der politischen Freiheit stattfand. Der Kampf um die Möglichkeiten realexistierender Republik begann im Grunde schon auf den Schiffen der puritanischen Auswanderer, wo sie einander ihre *Covenants,* ihre Gesellschaftsverträge zuschwuren, aber auch in den Städten Hollands, in den Kantonen der Schweiz – und vor allem in den Köpfen der großen Aufklärer diesseits wie jenseits des Ozeans. Bis ins 20. Jahrhundert hinein stand die Doppelgestalt der Freiheit (politische Emanzipation und wirtschaftliche Expansion) als die Große Zukunft fest, wurde zum Banner der USA wie zum Selbstverständnis der europäischen artikulierenden Klasse. Ja sogar die einsetzenden Oppositionsbewegungen hatten gemeinsame Wurzeln und gemeinsame Anliegen, bis zur internationalen Arbeiterbewegung im späten 19. und frühen 20. Jahrhundert, die gerade in Amerika ihre heroischsten Momente erlebte – man denke an das Hay Market-Massaker in Chicago.

Was der amerikanische Kontinent dazu lieferte, war schiere Größe – Größe der Savannen und Gebirge, Größe der Seen und Wälder, und sogar die meisten Tierarten, Wild, Fische und Vögel, wuchsen größer als ihre europäischen Vettern. Europa lieferte die Waffen (wie schon gesagt, als wirksamste die Mikroben), lieferte hauptsächlich in britischem Kapital den nötigen Treibstoff für Expansion und Akkumulation bis tief ins 19. Jahrhundert hinein, stiftete und produzierte technischen Fortschritt zusammen mit den Bastlern der Neuen Welt – lieferte aber vor allem die Ressource Mensch, jeweils angepaßt an die Bedürfnisse der Unternehmer und der Märkte, von den Pelzjägern über die Farmarbeiter der Prärie bis zu den Sweatshops von New York und den Industrielandschaften an Susquehanna und Missouri. Und an den amerikanischen wie an den europäischen Hochschulen las man Homer und Sophokles, Cicero und Vergil, aber nicht nur dort. Es wird von einem neuenglischen Hufschmied des frühen 19. Jahrhunderts berichtet, der zwischen den Kundenabfertigungen seinen Ofenrohr-Zylinder abnahm, in den er ein lateinisches Buch geklemmt hatte, und jede Pause zur Weiterbildung nützte.

Natürlich entwickelte auch Nordamerika seine eigenen Traditionen und Mythen wie jede europäische Region. Es ist bezeichnend, was da jeweils nachhaltig wurde und blieb. Die europäische Aufklärung munitionierte ihre Rebellion gegen den religiös sanktionierten politischen Unterdrückungszustand mit dem Ideal und Idol des »Edlen Wilden«, der sich dann zum Millionengeschäft der Jugendschmöker entwickeln sollte; im Aufstieg des medialen Zeitalters wurde er schließlich vom klassischen Western-Helden überstrahlt.

Dieser Westernheld ist ein Musterbeispiel erfolgreicher Regression. Er ist der Mann außerhalb sozialer Kontrolle, Herr aller seiner Entschlüsse, die er im Raum absoluter Gefahr zu fällen hat. Kurz, er ist die Wiederauflage des Nordkriegers, der Held der Prosa-Sagas des 10. Jahrhunderts. Und so klingen auch seine Dialoge isländisch, wenn es echte Western-Dialoge und nicht die Produkte hereingeschmeckter italienischer Drehbuchschreiber sind: »Wird ein heißer Herbst, schätze ich.«

Hier nun, in dieser Freiheit außerhalb jeder bisherigen Konvention, sehen patriotische Amerikaner, etwa der stockkonservative Kolumnist Charles Krauthammer, gerade den glorreichen Sinn der amerikanischen Geschichte. Was soll schon sein mit den paar umgebrachten Indianern, die das vorher untereinander genau so gründlich besorgt haben? Jedes große Wer der Geschichte, ja jedes große Vermögen sei nun einmal auf Verbrechen gegründet – die Hauptsache sei, was sich daraus entwickelt habe. Aus dem Samen dieser blutigen Freiheit sei schließlich der Freiheitsbaum Amerikas gewachsen (und Krauthammer bezieht die spanischen Conquistadoren ausdrücklich mit ein).

Nun, ganz so einfach wars nicht. Die Doppelgestalt der politischen und wirtschaftlichen Freiheit wies früh genug ihre Spalten, Risse, ja Sprengsätze auf; und sie waren von Anfang an sichtbar. Es lohnt sich, einige von ihnen näher anzusehen.

Der erste, vielleicht der idealistischste Versuch, den reißenden Strom der habgierigen Freiheitshelden zu stauen oder in moralisch annehmbare Kanäle zu lenken, waren die *Nuevas Leyes*, die neuen Gesetze Karls V.; er erließ sie 1542 unter dem unmittelbaren Eindruck der Gräuelberichte des großen Bartolomé de Las Casas. Sie dekretierten die Gleichberechtigung der indianischen Untertanen, verboten brutale Arbeitsausbeutung und errichteten Verwaltungsstellen der Krone, die ausdrucklich *ayudamientos* genannt wurden, d.h. Hilfsbehörden für die Eingeborenen. Als der erste grimme Richter der Krone in Peru eintraf, um den Gesetzen Gehorsam zu verschaffen, jagten die reichgewordenen Conquistadoren Botenreiter zu ihren Genossen ins Land hinaus: »Unsere Freiheiten sind in Gefahr!« (Die *Nuevas Leyes* blieben im wesentlichen Papier.)

Shays Rebellion: der Mann war Offizier des Unabhängigkeitskrieges im 18. Jahrhundert, und es ging ihm um das Los seiner neuenglischen Kampfgefährten, die nach der Rückkehr in die Heimat mit ihrem wertlosen Sold in Continental-Banknoten die Grundschulden auf ihre kleinen Anwesen nicht ablösen konnten. Die Rebellen stürmten deshalb die Ämter und vernichteten die Hypotheken-Unterlagen. Der schon etablierten nordamerikanischen Bourgeoisie jagte die Rebellion gehörigen Schreck ein, außerplanmäßig berief man die Notabeln zum Verfassungskongreß nach Philadelphia ein, wo man die Verfassung, um etliche zentralisierende und eigentumbeschützende Paragraphen bereichert, in ihrer heutigen Form verabschiedete.

Thomas Jefferson: es ist kaum bekannt, daß er eine umfassende Ergänzung dieser Verfassung plante. Ihr Angelpunkt war eine politische Einheit, die er die *hundreds,* also die ›Hundertschaften‹, nannte. Diesen Kleingruppen wollte er ein Höchstmaß an politischer Kompetenz verleihen. Noch auf dem Totenbett soll er gestanden haben, daß es ihn zutiefst schmerzte, diesen Schritt zur wirklichen Demokratie nicht mehr verwirklichen zu können.

Eine wahrhaft abenteuerliche Vision: US-Amerika als ein Bienenhaus aus Tausenden von Waben, die man sich als möglichst autarke politische und soziale Einheiten, als *oikoi,* Großhaushalte im griechisch-antiken Sinne vorzustellen hätte.

Übergehen wir die zahllosen Turbulenzen und Strömungen, die auf die atlantische Gesellschaft einwirkten und einwirken; erinnern wir uns an zwei Warnungen, die von US-amerikanischen Präsidenten ausgesprochen wurden: Abraham Lincolns düstere Vision von der Überwältigung der Republik durch das Big Business, und Eisenhowers Rede von den Gefahren des »militärisch-industriellen Komplexes«.

Die Mahnungen konnten nicht mehr viel ändern. Der *Impact of Western Man,* die Tiefenprägung der Welt durch die atlantische Zivilisation hat stattgefunden, und nach der Statistik von Charles Murray stammen aus diesen 500 atlantischen Jahren 97 Prozent aller registrierten wissenschaftlichen Leistungen weltweit. (Chinesen und Inder haben wohl nicht sehr viele ihrer Errungenschaften aufgeschrieben –

gleichviel.) Diese Zivilisation ist eingemündet in einen totalen Markt, eine totale Indienststellung der Wissenschaft als Magd der Produktion, eine Reduktion jeder politischen Struktur zur Wach- und Schließgesellschaft der Ökonomie.

Das gilt für beide Ufer des Großen Teichs. Das Weltmuster des Imperiums bezieht nicht nur uns Europäer, sondern immer mehr Kulturen ein, globalisiert den schäumenden Verschleiß der Ressourcen und die Zwanghaftigkeit quantitativen Wachstums.

Mit ihren Werkzeugen und ihrer Rolle in zwei Weltkriegen überholten die USA endgültig und schufen jenen *American way of life,* in dem sich die Spirale von Bedürfnis und Angebot wirklich aus der alten Schwerkraft von Furcht und Not zu lösen schien. Die Große Atlantische Blase ist die endgültige Antwort, ist, um eine landläufige Parole aufzunehmen, das Ende der Geschichte. Was Europa noch an alten Flicken in seinem Kulturmuster von der Neuen Welt unterschied, wurde durch die jungen Götter, die 1944 aus dem Meer stiegen, endgültig angeglichen. Das gesellschaftliche, wirtschaftliche, ästhetische Design, das die USA ursprünglich aus Europa mitbrachten und in neue Massen-Dimensionen übersetzten, wurde nun in Gegenrichtung übernommen – bis zum Punkt absoluter Unvernunft. (Daß etwa ein vollgepacktes Areal wie Deutschland zum Mekka des motorisierten Individualverkehrs werden konnte, ist dafür ein verrückter Beleg.)

Was die Bewußtseinsgeschichte der Menschheit angeht, waren die fünfhundert Jahre des Bubble eine schlimme Regression. Sie läßt sich in einem Satz zusammenfassen: man brauchte nichts wirklich Neues zu lernen. Das Tischlein-deck-dich, das aus dem Ozean stieg, gab ihr scheinbar ihre Jugend zurück; die Jugend der Völkerwanderungen und Landnahmen vom Cro-Magnon-Menschen an, und man hatte Macht, mehr Macht denn je. (Macht ist bekanntlich die Einbildung, nichts mehr lernen zu müssen.)

Aber die Große Blase ist angepiekst, der Höhepunkt des Booms überschritten, obwohl das weder das *American Enterprise Institute* noch der BDI begriffen haben – von ihren politischen Putzkolonnen ganz zu schweigen. Dafür gibt es mehrere Gründe.

Vielleicht fand die erste entscheidende Abweichung schon 1898 statt, als die USA sich zur Annexion Hawaiis und der Philippinen entschlossen, also zur altmodischen Kolonialmacht wurden, so wie die Briten, von denen sie sich im Streben nach Freiheit getrennt hatten. Es gab prominente Denker damals in den USA, die sich eben deshalb gegen diese Kapitalerhöhung des Atlantischen Booms wandten; für sie verriet Amerika dadurch sein historisches Wesen und seine Vorbild-Bedeutung für die Freiheit der Völker. Aber der Imperialismus stand damals in voller Blüte, die Nation konnte vor Kraft kaum laufen, und so siegte wieder einmal der alte, mörderische Opportunismus. (Er sollte bis in unsere Tage vor allem im lateinamerikanischen Hinterhof funktionieren.)

Wichtiger und endgültiger wurde ein ideeller Aspekt: das Auftauchen der einzigen wirklich originellen Perspektive des 20. Jahrhunderts, der biosphärischen.

Sie entstand zunächst in Amerika durch die Gruppe der *concerned scientists,* aber auch durch Menschen aus der Tradition der großen Waldgänger und der unmittelbaren Demokratie. Der Vietnam-Protest trug diese Perspektive in die Masse der dissidenten Akademiker. In Europa dauerte es einige Jahre, bis die Linke ihr Mißtrauen gegen diese scheinbare Restauration alter Menschenbilder überwand, schließlich hing man noch an der Anbetung der entfesselten Produktivkräfte, die der Realsozialismus mit dem Kapitalismus teilte. Aber nach dem Schritt über die Hemmschwelle entstand das europäische, speziell das deutsche Ökopax-Bewußtsein und prägte das Profil der neuen sozialen Bewegungen – wieder war der atlantische Wechselkontakt hergestellt.

In den USA begriff die Plutokratie sofort die grundsätzliche Gefahr, die von dieser neuen Perspektive für sie ausging: denn sie war schlüssig, sie war unausweichlich, sie stellte die Logik des Booms und damit die historische Richtung der letzten 500 Jahre absolut in Frage, ebenso wie die bisherigen Schlagworte fast aller Fraktionen der politischen Klasse.

Daß prompt der Gegenangriff erfolgte, war gleichfalls unausweichlich. Ronald Reagan wurde aufgebaut, Carters Auftragsarbeit GLOBAL 2000 verschwand in der hintersten Schublade, und das große Geld stampfte kapitalistische Denkküchen wie das *American Enterprise Institute* serienweise aus dem imperialen Humus, während die neue Offensive von GATT, WTO, IWF und Weltbank Armen wie Reichen die Spielregeln der Deregulierung, d. h. die jüngste Logik des Großen Bubble aufzwang.

Selbstverständlich war auch diese Offensive keine rein US-amerikanische; europäische Topfirmen wurden transnational und waren durchaus bereit und in der Lage, mitzuspielen, die Betriebswirtschaftslehre wurde im Sinne einer gottlosen neokonservativen Theologie standardisiert, und die europäischen Fakultäten und Wirtschaftsjournalisten sprachen ihre Stichworte nach.

So war der Gegenangriff des Geldes über die Maßen erfolgreich. Einer jener Siege war errungen, wie sie die Heiligen Büros der Macht immer wieder erringen – oder doch zu erringen glauben: die erfolgreiche Beseitigung einer neuen Dimension der Wirklichkeits-Erkenntnis durch ein System kollektiver Verblendung.

In den USA und überall sonst in der Welt des Leviathan stiegen die großen Vermögen zu bisher unbekannten Höhen auf, und heute wird man vergebens in irgendeiner politischen Talkshow, ob in Berlin oder Los Angeles, nach dem Diskurs über soziales Wohlbefinden, geschweige denn über die biologischen, thermodynamischen und Entropie- Gesetze suchen, um welche kein nachhaltiger Zukunftsentwurf herumkommt.

Nachhaltige Zukunft: das erst ist die Gabelung, an der sich in den letzten zwei Jahrzehnten die Wege Europas und der USA zu scheiden beginnen. Dem amerikanischen Machtkomplex ist die Welt des fünfhundertjährigen Booms zum selbstverständlichen Weltgeist geworden; und der daraus resultierende *way of life* wird von der Mehrheit wohl noch akzeptiert. Unter dem Banner der Globalisierung und mit aller Medienmacht wird er der Menschheit als Problemlösung angeboten: *Ende der Geschichte.*

Rational begründbar ist da natürlich überhaupt nichts, und Tiefenschichten im amerikanischen Wesen wissen das auch und suchen nach Ausgängen. Alles drängt in solchem Zwiespalt auf die Lösung von außen und oben, auf eine altmodisch-messianische Eschatologie. Diese bringt einerseits die merkwürdigsten christlichen Erweckungs-Sekten voran, führt andererseits in der Politik zum Manichäismus, zum übergangslosen Kontrast von Gut und Böse, der zwanghaft auf Armageddon, die Endschlacht in orientalischer Wüste zutreibt. Bis dahin gilt es den alten Optimismus zu bewahren, ja zu verstärken: Komm, du lichtes Reich auf dem Berge!

Europa sieht, vielmehr fühlt das anders. Zwar will es vom Fortschrittszwang des *Atlantic Bubble* so schnell auch nicht loskommen, seine Global Players sind keinen Deut selbstloser als die amerikanischen, der Maybach ist ein ebenso schädlicher überflüssiger Protzschlitten wie der Cadillac, und unsere herrschende Wirtschaftstheologie so gut wie ihre politischen Diener gebärden sich um kein Iota intelligenter als die in Übersee. Das Boom-Ethos darf auf keinen Fall entthront werden – auch in Europa nicht. Die völlig falschen Reformansätze der Agenda 2010 sind dafür ein gutes Beispiel.

Was wir Europäer uns allerdings zugelegt haben, ist ein

gewisser Ablaßhandel, der die Gewissen beruhigen soll. Kyoto-Protokoll, der internationale Gerichtshof etcetera: immerhin, wir sind mühsam in die Zukunft unterwegs oder glauben es wenigstens. Und daß der US-amerikanische Machtkomplex da nicht mitspielt, ist ja auch, gestehen wirs ein, ein guter Grund für leicht schadenfreudige Genugtuung: wir Venusianer sind immerhin ein wenig weiser ...

Natürlich sind wir nicht annähernd weise genug. Ob wir zwanzig bis vierzig Energiesklaven pro Kopf beschäftigen statt, wie die Amerikaner, achzig bis hundertzwanzig, ist kaum zukunftsrelevant. Zynisch gesprochen: fünf oder fünfzig Meter Wassertiefe macht für einen Nichtschwimmer keinen Unterschied.

Ein anderer Unterschied ist immerhin bemerkenswert: der demographische. Die USA haben einen Geburtenüberschuß, sind im Durchschnitt wesentlich jünger als wir. Mit anderen Worten: wir Europäer spüren, daß wir Kindern und Enkeln wenig Erfreuliches zu bieten haben, und verhalten uns entsprechend; schon deshalb, weil unsere säkularisierten Gemüter mit einer primitiv-messianischen Triumph-Erwartung, die kollektiven Glaubensakten entspringt, nicht viel anfangen können.

So oder so, ob Armageddon oder Schwarzer Freitag: die Zeit des *Great Bubble* ist zu Ende. Sie hat (vielleicht) der atlantischen Menschheit fünfhundert Jahre Gnadenfrist verschafft – aber gerade dadurch hat sie es verhindert, daß fünfhundert Jahre früher ernsthaft und konstruktiv über die Zukunft nachgedacht wurde.

Was könnte Europa tun, um sich wirklich, nicht nur mit verbalem Florettgefuchtel, aus einer lebensgefährlichen Allianz zu lösen? Solange es auf dem geltenden Design des Wirtschaftens und der Sozialisierung durch den Totalen Markt beharrt: NICHTS.

Es wird weiterhin als vielleicht unwilliger, aber letzten Endes braver Soldat Schwejk hertrotten hinter den Todesmaschinen der planetarischen Interessenwahrung, wird weitermarschieren in die Armageddon-Wüste hinein, bis alles in Scherben fällt – einschließlich der Lebensgrundlagen.

Was es gälte: einen Zivilisationsentwurf zu finden, der wirklich universalisierbar ist, und die dafür notwendigen, durchaus nicht immer erfreulichen Schritte einzuleiten.

Das könnte und müßte aber wiederum in atlantischer, wenn möglich in globaler Gemeinschaft geschehen. Amerika hält dafür mindestens ebensoviele Ideen und Ressourcen wie Europa bereit, wenn es ihm gelingt, das Joch der Plutokratie abzuschütteln. Und so rufen wir unseren amerikanischen Freunden zu: *Good luck!*

Pffft.

Nachwort

Arbeit an der Zukunft

von
Joseph Kiermeier-Debre

DIE WELT, 31. Januar 2007

Im Streit über neue Klimaschutzvorgaben für die Automobilindustrie hat Bundeskanzlerin Angela Merkel die EU-Kommission scharf kritisiert. Sie werde »mit aller Härte« gegen die Pläne kämpfen, für alle Neuwagen bis 2012 nur noch höchstens 120 Gramm CO_2*-Ausstoß zuzulassen, sagte Merkel auf dem Europatag der deutschen Wirtschaft in Berlin. –*

Notwendig sei vielmehr eine Unterscheidung nach Typen und Marktsegmenten. Dafür werde die Bundesregierung »mit aller Kraft und aller Energie« eintreten. Dass die Autobauer ihre Selbstverpflichtung zur Reduktion schädlicher Klimagase nach eigenen Angaben nicht einhalten können, nannte die CDU-Chefin eine bedauerliche Tatsache.

Daraus dürfe aber nicht folgen, dass die EU nun alle neuen Autos über einen Kamm schere: »Wir werden verhindern, dass es eine generelle Reduktion gibt«, sagte sie. Sie sagte damit der deutschen Autoindustrie Hilfe im Kampf gegen pauschale EU-Auflagen zur Schadstoffbegrenzung zu.

Der bayerische Staatsminister für Wirtschaft, Infrastruktur, Verkehr und Technologie, Erwin Huber, assistierte am 8. Februar 2007 der Bundeskanzlerin und ehemaligen Bundesumweltministerin mit der Bemerkung:

»Die Deutschen dürfen von Brüssel nicht zu einem Volk von Kleinwagenfahrern degradiert werden«. Gegenüber der BILD-Zeitung betonte Erwin Huber weiter: »Die Bundesregierung dürfe nicht zulassen, dass die EU die deutsche Ober- und Mittelklasse – Premium-Marken wie BMW, Audi, Mercedes, Porsche – kaputt macht«.

In dem 1991 erschienenen Buch von Carl Amery unter dem Titel *Bileams Esel* mit Essays, Pamphleten, Kolumnen, Reden, Hymnen und Flüchen, so Walter Jens in seinem Vorwort, findet sich ein Appell, dessen Echo nicht verklungen ist, sondern sich vervielfacht hat:

> »wir alle, wir Künstler und Literaten, nehmen notgedrungen an einer Lotterie teil, deren Ausgang wir nicht kennen, und jeder von uns kann nur hoffen, daß seine Arbeit zur großen Änderung beiträgt, die stattfinden muß. Unsere Arbeit an der Zukunft sind buchstäblich Ent-Würfe: Zeichen und Worte, die wir in die Nacht vor uns werfen in der Hoffnung, daß sie sich dort verwurzeln. Das geht nicht ohne Disziplin, nicht ohne äußerste Anspannung der Ressourcen. Aber das ist der Preis, den wir für den freiesten Beruf der Welt zu zahlen bereit sind …« (S.264)

Hier sind aus dem Nachlass von Carl Amery weitere Entwürfe seiner unermüdlichen Arbeit an der Zukunft versammelt. Sie wenden sich natürlich wie im spezifischen Kontext des Zitats nicht nur an Künstler und Literaten und an die Intelligentsija (die Amery ohnehin seinen/den entscheidenen Zukunftvorstellungen unendlich entfremdet glaubte), sondern an alle Menschen, die guten Willens sind. Alle sind wir aufgefordert, eine möglichst aktive Rolle bei einer Neuorientierung des Denkens und Fühlens der Menschheit zu übernehmen.

Diese Neu-Orientierung entdeckte Carl Amery für sich persönlich bereits zu Beginn der 70er Jahre des vergangenen Jahrhunderts. Er begann sich von den zwanghaft in den Ideologien des Ost-West-Konfliktes verhafteten Denkschablonen zu befreien, und in den beiden grundlegenden essayistischen Arbeiten dieser Jahre, in *Das Ende der Vorsehung* (1972) und in *Natur als Politik* (1976), versuchte ihr Verfasser jenseits solcher Schablonen die Diskussion auf jene Probleme zu konzentrieren, deren Lösung er als unerlässliche Notwendigkeit erachtete, um eine menschenwürdige Zukunft zu gewährleisten, eine Zukunft von Leben und Tod in Würde.

Um diese menschenwürdige Zukunft kreisen auch die Arbeiten des Aufsatzbandes *Bileams Esel* von 1991, an den dieser Band anschließen möchte, und ebenso die in schöner Regelmäßigkeit bis zu seinem Tode im Jahre 2005 erschienenen Großessays *Die Botschaft des Jahrtausends* (1994), *Hitler als Vorläufer* (1998) und *Global Exit* (2002). Ein breit angelegtes Amerika-Buch für 2006 ist leider nicht mehr zustande gekommen, aber dieser Band kann ein Exposé des Geplanten bieten, das dieses ungeschriebene Rückblicksbuch in die Zukunft vergleichsweise so umkreist, wie die anderen Aufsätze dieser Sammlung die Großessays mit schönen Girlanden umwinden und zusammenbinden. Auch diese fassen die Bücher gelegentlich exposéartig zusammen, variieren deren Thesen unter verschiedenen Aspekten und deklinieren und konjugieren sie nach Anlass (Festtag oder Todesfall) und diversen Gelegenheiten (Forstpreis oder Kirchentag) mit unermüdlichem Eifer durch.

Das aktuelle Essay-Buch entpuppt sich dabei insgesamt als ein Unternehmen, das über Amerys Tod besorgt in die Zukunft vorausweist, das sein Leben und Schreiben als unabgeschlossen und weiterwirkend erweist. Es greift dabei mit den ausgewählten Arbeiten gut 20 Jahre bis 1987 zurück, und obgleich es nur einen bescheidenen Teil aus dem in den Tiefen des Archivs Vorhandenen bringen kann, dürfte das Gebotene gleichwohl repräsentativ sein. Zum großen Teil bietet die Sammlung Texte, die hier zum ersten Mal veröffentlicht werden; es gibt aber auch einige Beiträge zum Wiederlesen. Ihr Erstdruck ist aber zumeist nur schwer greifbar und der Nachdruck gerechtfertigt. Die unterschiedlichen Diktionen – ob Vortrag oder Beitrag, ob Funkessay oder Nachruf – wurden nicht vereinheitlicht; in den orthographischen und typographischen Eigenheiten sollte der Zeitfluss erkennbar bleiben und auch der Wandel des Schreibinstruments, denn der Computer hielt auch in Carl Amerys Schreibstube Einzug und ersetzte die Schreibmaschine.

Zukunft, das ist die Vokabel, die Carl Amerys Denken wesentlich bestimmte. Damit stand er nicht allein, weil das Wort wie Magie und Zauber viele und vieles bewegt. Es bewegte sogar sein literarisch-fiktionales Schreiben, denn er schrieb mit dem *Königsprojekt* (1974), dem *Untergang der Stadt Passau* (1975), den *Feuern der Leyermark* (1979), den *Wallfahrern* (1986) und dem *Geheimnis der Krypta* (1990) Romane, die in antiquierter Genrebezeichnung »Zukunftsromane« heißen müssten. Auch diese Romane sind eigenwillige Rückblicke in die Zukunft, sehr spezifische »science fiction«, also Geschichten, die vom Zauber der Vokabel Zukunft getragen und belebt sind. Alle, so heißt es in den *Wallfahrern*,

> »sprachen ihr Nachtgebet an Gott oder die Menschheit oder die lichte Zukunft, fromm bedacht auf ihr Verdienst in den ewigen Kontobüchern. Barmherzigkeit ists, daß keiner von euch wußte, wie die Bilanz aussehen würde ...« (393)

So barmherzig wie die Barmherzigkeit selbst ist Amery nicht. Es soll jeder wissen, wie die Bilanz aussehen wird, wenn wir weiterhin unser Nachtgebet in naiv frommer Weise sprechen. Uns allen fällt der Autor mit diesen Aufsätzen und seinen »ungehaltenen« Reden recht unsanft ins Gebet, stört insbesondere das heute zumeist sehr unfromme Bedachtsein aufs Verdienst weniger in den ewigen als auf den Verdienst in den aktuellen Kontobüchern. Amerys Nachtgebet auf die lichte Zukunft weiß jedenfalls, dass die Bilanz schrecklich sein wird, wenn das Schielen auf möglichst hohe Gewinne die einzige Zukunftsvision bleiben sollte. Er liest seinen Betern die Leviten – und wie! In Amerys Gardinenpredigten gibt es wenig Betulichkeit; da fliegen die Fetzen, da geht es um Ressourcen und Energiewirtschaft, um Kapital und Märkte, um Globalisierung und Geld, um Macht und Ausbeutung, um die gnadenlosen Folgen unseres Götzendienstes. Er nennt die Götzen beim Namen: das Auto zuvörderst – selbstverständlich die spritsaufenden und CO_2 im Übermaß ausstoßenden deutschen Premiummarken wie den Phaëton mit seinem hybriden Namen; dann nennt er das Geld, das den Stellenwert eines Altarsakraments in der globalen Reichsreligion erobert hat. In Amerys Diktion heißt das anschaulich und treffend Mammonismus. Er scheut sich nicht, Ross und Reiter zu nennen, was ihm gelegentlich durchaus auch juristische Schwierigkeiten seitens der Genannten verursachte. Er geißelt den Ablasshandel, der unseren unverzeihlich hohen Energieverbrauch und -missbrauch beschönigen soll, er klagt gegen die schamlose Verletzung und Schleifung nicht nur der Wälder der Welt, sondern auch aller sozialen und ökologischen Schutzzäune zugunsten des totalen Marktes, zum Vorteil eines bedingungslosen Wettbewerbs mit maximaler Rendite. In seinen Auftritten plädiert er für die kleinen, überschaubaren Einheiten gegen die unüberschaubaren und unkontrollierbaren Zentralisierungen und das PLANET MANAGEMENT.

Die Kapuzinerpredigten Carl Amerys sind bei allem Eifer für die gerechte und menschenwürdige Sache keine geifernden Anklagen, die zugunsten der Emotionalität die Rationalität seines Vortrags vergessen ließe. Der Autor und Redner ist unverkennbar ein Moralist und gleichwohl ein bedingungsloser Parteigänger der Aufklärung, ein gläubiger Freimaurer, ein unorthodoxer Orthodoxer, ein konservativer Rebell und ein frommer Renegat – die Etiketten sind Legion, die sich Carl Amery verdient hat. Sie verfehlen ihn im Einzelnen, sie zieren ihn und fassen ihn aber in ihrer Gesamtheit.

Worüber auch immer er spricht und schreibt, stets verblüfft der Essayist mit Belesenheit und profundem Wissen, ist er faktisch auf der Höhe seines Themas. Sein stupendes Wissen und sein Erzählen und Argumentieren aus dieser Belesenheit, aus seiner klassischen Bildung und aus seiner Intellektualität heraus – der Freund Hans Werner Richter charakterisierte Amerys Denken, Diskutieren und Erzählen einmal »dreizehnstöckig« – ist in jedem der abgedruckten Beiträge überdeutlich erkennbar. Ob Amery sich in antikhumanistischer Welt bewegt, ob er über den Wald oder das Geld doziert, ob er Wilhelm Högner oder der Novemberrevolution von 1918 die Ehre gibt, ob er die Erklärungsmuster der Geschichtswissenschft zu Hitler in Frage stellt oder den *Neocons* und *think tanks*, den fundamentalistischen Neokonservativen und ihren Denkküchen, kurz der Goldenen Horde um George W. Bush an den Kragen fährt, stets geschieht es in kenntnisreicher Argumentation und stilistisch und sprachlich korrekter, klarer und unzweideutiger Form. Der Mann ist/war Lateiner, war ein Maximilianeer, wurde dennoch ein polyglotter, historisch orientierter und versierter Weltbürger, kurz und gut – ein bayrischer Intellektueller. Zwei davon kannte Hans Werner Richter, einer davon ist schon lange tot und nun, so Gerd Holzheimer in seinem

Nachruf auf Carl Amery in *Literatur in Bayern* (Nr. 81, Sept. 2005, S.50), ist auch er »gestorben, langsam wird es, so gesehen, eng, zumindest in Bayern«.

Von vielem sprach und spricht Carl Amery. Reich war seine Themenpalette. Er nannte sich einen Generalisten, der es gleichwohl mit jedem Fachwissenschaftler in Theologie und Philosophie, in Politik und Geschichte, in Ökonomie und Ökologie aufnehmen konnte. Gleichwohl war er nie einer jener Redner, die schon Sokrates bloßstellte, weil sie vorgaben, das Reden über alles und jedes Thema um des Redens willen zu beherrschen. Carl Amerys Reden entstammen im Unterschied zu den Vielrednern auf und in den aktuellen Foren und Akademien nicht der Beliebigkeit; bei noch so unterschiedlichen Ansätzen in Thema und Anlass hatten sie alle nur ein einziges Thema. Jedes Gesprächsujet wusste Carl Amery behutsam aber nachdrücklich zu jenem Thema zu führen, das ihn – sieht man nur auf die aktuelle Diskussion um Brüssel und die CO_2-Werte – seit 1970 zu einem einsamen Prediger in der Wüste werden ließ, zu einer ungehörten Kassandra. Seine Gretchenfrage wurde die Gattungsfrage. Sie tauchte in seinem und im öffentlichen Bewusstsein nur schleichend auf, wurde dann aber konkret und in ihrer Härte in leichten Variationen immer und immer wieder gestellt:

> *Kann, wird die Menschheit überleben, und zwar in absehbarer Zeit überleben? Ist sie, sind wir imstande ihre/unsere Errungenschaften zu überleben?*

Carl Amerys Lebensleistung besteht darin, diese Frage für unsere heimischen Breiten überhaupt entdeckt zu haben. Das ist kein geringes Verdienst. Seine Leistung erschöpft sich jedoch nicht in dieser Entdeckung. Er hat die Frage dem öffentlichen Bewusstsein mit nie erlahmender Energie eingebettet und nicht zuletzt entschieden dazu beigetragen, dass es so etwas wie ökologisches Denken gibt, dass daraus ein politisches Programm und eine Partei wurde, der er bis zuletzt scharf ins Gewissen redete. Aber Carl Amery stellte die Gattungsfrage nicht nur als Aktivist und Gründungsvater der GRÜNEN, sondern er wurde – und damit steht er unter Deutschlands Intellektuellen, Künstlern und Literaten wie ein einsamer Leuchtturm da – der Lieferant einer Theorie, als ökologischer Materialist der Schöpfer einer Öko-Philosophie, die er in bewundernswerter Leistung vom Essay, der umfassenden argumentativen Abhandlung in einen phantastisch-poetischen Diskurs überführen konnte. Mag sein, dass dem ökologischen Vordenker Ehre und Tribut gezollt wurde, seinem poetischen Diskurs für die Zukunft des menschlichen wie biospärischen Lebens in seinen einschlägigen Romanen, seinem literarischen Plädoyer für ein Leben und für einen Tod in Würde bleibt solche Würdigung noch immer vorenthalten.

Wenn von Zukunft die Rede ist – und davon ist erklärtermaßen bei Amery und nicht nur bei ihm viel die Rede –, dann muss zwangsläufig auch vom Tod gesprochen werden. Schon an Ernst Blochs *Prinzip Hoffnung*, an seinem *Geist der Utopie* monierte Carl Amery 1973, dass das Wort »Tod« peinlichst vermieden wird, dass es als das »letale Nichts« beschönigend aus dem Bewusstsein gedrängt ist. Man kann aber nicht von Zukunft sprechen und dieses Skandalon ausklammern. Darin wiederum unterscheidet sich die Rede Amerys von allen Lobrednern einer »lichten Zukunft«, dass er dieses Ärgernis nicht ausklammert, sondern in sein ökophilosophisches Gebäude als Stützpfeiler einbaute. Er erklärt ihn als eine unerlässliche Verkehrsform des Lebens selbst, und insofern ist er als Option auf unser aller Zukunft kein Ärgernis, sondern Teil jener unveränderlichen Naturgesetzlichkeit in den menschlichen und biospärischen Lebenskreisläufen.

Zukunftshoffnung und Todverdrängung sah Amery aber nicht nur in Blochs »letzter Prophetie« am Werke – sie sieht anders als Amery den Menschen uneingeschränkt als die Krone der Schöpfung und nicht das biosphärische Leben in seiner Gesamtheit –, sondern weit trivialer im umtriebigsten Teil der Menschheit, jenem Teil, der sich von allen altmodischen Sinngebungen gelöst hat und einem rein biologischen, dem sog. Bierhefe-Programm, verschrieben hat. Dieser Teil, der ökonomisch erfolgreichste der Menschheit (er verkennt, dass die Ökonomie der Ökologie untergeordnet ist), pflegt, so Amery, als Sinngebung einen Fortschrittsoptimismus, der in der unentwegten Suche selbst besteht, wobei für die Jagd nach Erfüllung und nach dem Glück sogar

> »alle Kräfte des überorganischen Faktors eingesetzt [werden]. Was darüber hinaus noch an vereinzelten Sinnbedürfnissen herumliegt, wird in die Ecke der Sozialbetreuung, der geisteswissenschaftlichen Lehrstühle und des Kulturbetriebs gefegt, zu dem auch die Kirchen gerechnet werden.«

Dieses Zukunftsprogramm, der pure Ökonomismus, ein Mammonismus dümmlichster Art, ein todtrauriger Konsumismus, ist, Ironie des Erfolgs, selbstzerstörerisch, wenn auch äußerst verführerisch. Die modische Gegenvariante auf diese platte Zukunftsgläubigkeit ist ein würdeloser und feiger Nihilismus, eine zukunftspessimistische Schnaps-Tresen-Verliebtheit in den Untergang der Menschheit. Mit solchen Apokalyptikern wollte Carl Amery bei aller Skepsis in Sachen Gattungsfrage nie verwechselt werden; dagegen steht sein Ethos der Arbeit an der Zukunft, das im Gegensatz zu diesen Visionen auf eine Zukunft hin und in einer Praxis zu leben versucht, »die das Leben und sein anderes Ufer, den Tod klar sieht und voll anerkennt.« Diese Praxis – es ist die Praxis alter Weiser und Heiliger – wird gesteuert aus der Einsicht in die biosphärischen Gegebenheiten, in denen der Mensch nur dann die Krone der Schöpfung bleibt, indem er anerkennt, dass er diese Krone nicht ist, dass nicht alles und vor allem jedes nichtmenschliche Leben für ihn und für seinen Tisch zubereitet ist. Nur die Befreiung in Nachhaltigkeit aus dem selbstmörderischen biologischen Programm versetzt ihn in die Lage, wieder Herr der Situation zu werden, aus Demut Souveränität zu gewinnen. Das ist die Zukunft der Menschheit, und wenn die Arbeit an solcher Zukunftsgewinnung misslingen sollte – was nicht unwahrscheinlich scheint –, dann war die Anstrengung doch auch der Mühe wert, weil sie zeigen konnte,

wie das alles wirklich gemeint war.

Der Herausgeber:

Prof. Dr. Joseph Kiermeier-Debre lehrt an der Universität München im Fach Neuere Deutsche Literaturgeschichte. Er ist Leiter des Antoniter-/Strigelmuseums und der MEWO Kunsthalle in Memmingen. Als Autor und Herausgeber hat er zur Literatur und Kunst vom Barock bis zur Gegenwart zahlreiche Veröffentlichungen vorgelegt, u.a. das im List Verlag 1996 erschienene Begleitbuch zur gleichnamigen Ausstellung der Münchner Stadtbibliothek Am Gasteig und der Monacensia »Carl Amery - ›... ahnen, wie das alles gemeint war‹«. Im Deutschen Taschenbuch Verlag hat er neben einigen Lyrik-Bänden auch alle Titel der »dtv-Bibliothek der Erstausgaben« (bisher 70 Bde) herausgegeben und kommentiert. Zwei seiner Bücher wurden von der Stiftung Buchkunst in Frankfurt als vorbildlich in Gestaltung und Layout mit ersten Preisen im Wettbewerb der schönsten Bücher ausgezeichnet.